GANSETT À LA NUIT TOMBÉE

SAGA DE L'ÎLE DE GANSETT, TOME 11

MARIE FORCE

Gansett À La Nuit Tombée
Saga de l'île de Gansett, Tome 11

Par : Marie Force
Publié par HTJB inc.
Copyright 2020. HTJB inc.

Couverture : Kristina Brinton
Formatage : E-book Formatting Fairies
Traduit de l'américain par
Élisabeth Bataille
ISBN: 978-1952793226

marieforce.com

La meilleure façon de rester en contact est de vous abonner à ma lettre d'information. Il suffit pour cela de vous connecter à marie@marieforce.com. Inscrivez-vous dans l'espace dédié en haut de l'écran où sont demandés vos nom et adresse e-mail. Si vous ne recevez pas régulièrement de mes nouvelles, n'oubliez pas de vérifier dans les messages indésirables et répertoriez mon adresse afin qu'elles vous parviennent et pour ne pas manquer une nouvelle parution. Vous pourrez ainsi peut-être gagner de beaux cadeaux.

CHAPITRE 1

$\mathcal{L}$e crissement de la chaise à bascule sur la nouvelle terrasse en bois, l'agréable brise de l'après-midi venant de l'océan, la chaleur du bébé endormi sur sa poitrine et l'agitation de la ville qu'il considérait désormais comme chez lui apaisaient et calmaient Owen Lawry. Sur la balustrade qui venait d'être repeinte en blanc étaient accrochés des pots d'impatiences roses, lavande et blanches que Laura avait soignées tout l'été.

Chaque centimètre carré de l'hôtel *Sand & Surf* avait été rénové au cours de l'année précédente et conservait encore les odeurs de sciure et de peinture fraîche. L'équipe fonctionnait à plein régime depuis le Memorial Day[1] et c'était vraiment formidable de voir l'hôtel ouvert et de nouveau habité par des gens heureux.

Il y avait presque un an, Owen se trouvait au même endroit, regardant le dernier ferry partir le jour de Christophe Colomb[2]. Il y avait vu un symbole. Avec ce ferry, il disait au revoir à son ancienne vie de troubadour, sans attaches et insouciant, allant de concert en concert, suivant les saisons et les contrats.

Ce jour-là, il n'était pas parti. Il était resté à cause de Laura.

Parce qu'il ne pouvait plus imaginer un jour – que dis-je, une *heure* – sans elle. Et il ne l'avait jamais regretté. Pas une seule seconde. Il regardait le fils de Laura, Holden, l'enfant qu'ils élevaient ensemble même s'il était le fils d'un autre, comme le sien autant que celui de Laura. Au début de l'été, ils avaient eu la surprise d'apprendre qu'ils attendaient des jumeaux ensemble. Lui qui n'avait jamais voulu les contraintes d'une promesse, du mariage ou de la famille, était à présent aussi engagé qu'un homme pouvait l'être et n'avait jamais été aussi heureux alors que la date de leur mariage se rapprochait chaque jour.

Une seule chose le séparait de l'avenir qu'il souhaitait tellement avec Laura, Holden et les jumeaux : le procès de son père. La pensée de le revoir après plus de dix ans rendait Owen malade d'anxiété et de nervosité, comme s'il était encore un enfant de 5 ans qui ne comprenait pas ce qu'il avait fait pour déclencher le courroux paternel.

Dans quelques jours, Laura et lui, sa mère à lui et le père de Laura, ainsi que plusieurs amis qui allaient témoigner, prendraient le ferry pour se rendre au procès en Virginie. Frank, le père de Laura, s'occuperait de Holden pendant qu'ils seraient au tribunal. Owen ne voulait pas que Laura vienne, mais elle insistait pour être à ses côtés. Il était horrifié à l'idée qu'elle soit assise dans la salle d'audience, écoutant les détails du cauchemar de son enfance, qui la choqueraient et l'épouvanteraient.

Mais il aurait fait la même chose pour elle. Il aurait insisté pour être là, même si elle ne le souhaitait pas.

La porte moustiquaire s'ouvrit et Owen, jetant un coup d'œil par-dessus son épaule, vit sa mère qui s'approchait.

— Je me demandais où vous étiez passés, fit Sarah Lawry en s'asseyant dans le fauteuil à bascule à côté d'eux.

Elle repoussa derrière son oreille ses cheveux blonds mi-longs.

— Il dort ?

— Comme une souche.

— Tu peux le poser dans son berceau, tu sais, le taquina-t-elle.

— Je préfère ça de beaucoup.

Le duvet brun de Holden effleurait le menton d'Owen, si doux qu'on aurait dit les ailes d'un ange.

— Moi aussi, répondit sa mère.

Owen la regarda.

— Tu vas parler à Charlie avant qu'on ne parte ?

— Je dîne avec lui ce soir.

— Tu vas lui dire où nous allons et pourquoi ?

— Je le veux. J'en ai besoin. Je le sais. C'est juste... J'ai du mal à en parler.

— Il mérite de savoir, Maman. C'est un ami formidable pour toi et cela depuis des mois.

Owen regardait le ferry qui se dirigeait vers le brise-lames, amenant un autre groupe de touristes sur l'île. À cette époque de l'année, les ferries faisaient la navette toute la journée et jusque tard dans la nuit.

— Vois les choses comme ça. Vous en parlerez beaucoup dans la semaine qui vient ou un peu plus longtemps. Autant en finir d'un coup pour ne plus jamais avoir à en parler.

— Tu as raison et je vais essayer ce soir. C'est ce que je peux faire de mieux.

— Je lui parlerai si tu veux que je le fasse.

— C'est très généreux à toi, mais c'est à moi de le faire. Je lui dois bien ça.

— J'essaie toujours de trouver un moyen de dissuader Laura de venir avec nous.

— Je ne pense pas que tu vas y arriver. Elle est très décidée.

— Je sais.

Sa mère se pencha et mit sa main sur son bras.

— Elle t'aime, Owen. Elle veut te soutenir dans cette épreuve. Tu dois la laisser faire.

— Je le sais aussi. Que répondras-tu quand Charlie te dira qu'il t'aime et veut te soutenir à travers ça ?

— C'est différent. Nous ne sommes pas fiancés et n'avons pas d'enfants ensemble ; il ne m'aime pas. Pas comme Laura t'aime.

— Si c'est ce que tu penses, tu n'as pas fait attention à la façon dont il te regarde. L'amour, c'est l'amour, Maman. Il faut te préparer à ce qu'il veuille t'accompagner.

Du coin de l'œil, Owen vit sa mère frémir à l'idée que Charlie se rende avec eux en Virginie.

— J'ai parlé à John aujourd'hui, reprit-il.

Son frère était policier dans le Tennessee.

— Il ne peut pas venir la semaine prochaine, ni au mariage. Ils ont deux collègues en congé maladie, si bien qu'il ne peut pas s'absenter. Il m'a demandé de te dire qu'il est désolé.

— Alors... Il ne reste que nous, c'est ça ?

Les six frères et sœurs d'Owen avaient appelé la semaine précédente, s'excusant pour telle ou telle raison de ne pas pouvoir assister au procès. La plupart d'entre eux avaient dû choisir entre se rendre au tribunal ou venir à Gansett pour son mariage. Rien d'étonnant à ce qu'une majorité ait choisi l'option B.

— Pas de souci. À nous deux, on va s'en sortir.

En fin de compte, la seule chose qui importait était de voir son père mis en prison pour les mauvais traitements infligés à sa femme et ses enfants pendant des décennies, pour culminer avec les coups violents qui avaient amené Sarah à Gansett l'automne précédent afin d'y être soignée. Elle était restée depuis, leur apportant à Laura et lui une aide essentielle pour gérer l'hôtel *Sand & Surf* et s'occuper de Holden.

— Je ne sais pas ce que je ferais sans toi, Owen. Toi et moi... Nous avons fait un long chemin ensemble.

— Je me disais justement que Laura et moi n'aurions jamais pu survivre l'année dernière sans ton aide.

Le commentaire fit sourire sa mère. Il ne l'avait jamais vue aussi heureuse ou sereine et détestait l'idée que le procès vienne bouleverser cette paix durement gagnée, pour l'un comme pour l'autre.

— Malgré tout ce qui m'a amenée ici, cette année a été l'une des meilleures de ma vie. Avec du temps et du recul, je n'arrive pas à croire que j'aie pu vivre aussi longtemps comme je l'ai fait.

— C'est fini, maintenant. Encore un obstacle à franchir et tu es libre.

— Deux, en fait. J'attends encore aussi le divorce. Naturellement, ton père fait obstruction à tout le processus.

— Bien évidemment.

— J'aurais aimé être là quand son avocat l'a informé qu'il devait me verser la moitié de sa retraite chaque mois.

Owen émit quelque chose qui était moitié grognement, moitié rire.

— Tu en mérites chaque centime et plus encore. D'ailleurs, il va avoir pitance et couchette aux frais de la Virginie pour un bon bout de temps et il n'aura pas beaucoup besoin de sa retraite.

— Et s'il n'est pas condamné ? demanda Sarah, les sourcils froncés d'inquiétude.

— Il le sera. Il n'y a aucun risque qu'il s'en sorte avec toutes les preuves que nous avons accumulées contre lui. David, Blaine et Slim seront tous là pour témoigner de ton état et de tes blessures lorsque tu es arrivée ici en octobre dernier. Il est cuit.

— Sauf qu'aucun d'entre eux ne peut témoigner avoir vu ton père me frapper.

— C'est là que j'interviens. Je témoignerai que je l'ai vu régulièrement te battre. On l'aura, Maman. Essaie de ne pas t'inquiéter.

— Ce qui m'inquiète vraiment, c'est ce qui arrivera s'il n'est pas condamné. Il me poursuivra et nous serons tous en danger.

— Il ne s'approchera pas de toi. Peu importe l'issue du

procès, tu auras toujours une mesure d'éloignement qui l'empêchera de s'approcher de toi.

— L'idée de le revoir me fait horreur. Je sais que tu dois ressentir la même chose. Cela fait si longtemps.

— Pas assez, mais je ferai tout ce qu'il faudra pour qu'il ne puisse plus jamais poser la main sur toi ni sur personne.

Malgré son désir farouche de rester maître de ses émotions, sa voix trembla sur ces derniers mots.

— Owen...

— Je le regarde, tu sais ?

Il se pencha au-dessus du bébé qu'il aimait de tout son cœur et passa sa main sur le dos de Holden.

— Il me fait confiance implicitement. Suffisamment confiance pour s'endormir dans mes bras car il sait déjà que je ne laisserai jamais personne lui faire du mal. Comment peut-on violer cette confiance et blesser un enfant qui dépend entièrement de soi ? Comment un homme devient-il un monstre pareil ?

— Je ne sais pas, soupira tristement Sarah. Je ne comprendrai jamais comment quelqu'un peut en arriver là. Et tu ne sauras jamais à quel point je suis désolée de la façon dont tu as grandi, des sacrifices que tu as faits pour nous tous.

— Je n'ai aucun regret, parce que tout ce qui s'est passé m'a conduit exactement là où je devais être – comme cela t'a également amenée là où tu dois être.

Holden bougea dans ses bras, mais sans s'éveiller.

— Je vais le porter dans sa chambre.

Owen se leva, prenant soin de ne pas lâcher le bébé.

— Parle à Charlie, Maman. Fais-lui confiance. Tu ne le regretteras pas.

— Même s'il insiste pour venir avec nous ?

— Surtout à ce moment-là.

Elle lui sourit.

— Tu es un fils que n'importe quelle mère serait fière d'avoir.

— C'est grâce à toi uniquement. Nous ne reconnaissons aucun mérite à mon géniteur.

Ce qui fit rire Sarah comme il l'espérait.

— Non, c'est bien vrai.

— Passe une bonne soirée. À plus tard.

— À plus.

Owen laissa sa mère sur le fauteuil à bascule et pénétra dans le hall frais, où une des jeunes femmes engagées pour les aider pendant l'été s'occupait de la réception. Lorsqu'il passa avec Holden, elle lui sourit.

Il monta l'escalier jusqu'à l'appartement du troisième étage qu'il partageait avec Laura et Holden. Il leur faudrait trouver un endroit plus grand avant l'arrivée des deux nouveaux bébés au début de l'année prochaine mais, pour l'instant, leurs chambres à l'hôtel leur convenaient. Pour dire la vérité, Owen serait triste de quitter l'appartement où il était tombé amoureux de Laura et où il vivait si heureux avec le petit garçon et elle.

Il ouvrit avec sa clé et traversa sans bruit l'appartement où Laura faisait une sieste l'après-midi. Elle avait été bien fatiguée pendant son premier trimestre de grossesse avec les jumeaux. Comme pour Holden, elle souffrait d'horribles nausées matinales qui avaient tendance à durer une grande partie de la journée. C'était une autre raison pour laquelle Owen souhaitait qu'elle reste à la maison lorsqu'il irait en Virginie.

Owen déposa Holden dans son berceau et remonta sur lui la couverture légère que Sarah avait réalisée au crochet. Elle s'occupait du bébé comme une grand-mère heureuse. Et ne se souciait pas plus qu'Owen qu'un autre homme en soit le père. Il le considérait comme le sien et Sarah faisait de même. L'un et l'autre feraient tout pour lui.

Avant de laisser le bébé à son sommeil, Owen se pencha au-dessus du berceau pour embrasser sa tête si douce. Fermant la porte derrière lui, il passa dans la chambre qu'il partageait avec Laura. Elle dormait recroquevillée sur le côté, ses cheveux blonds étalés sur l'oreiller. Il se déplaça lentement pour ne pas la déranger, s'allongea à côté d'elle et essaya vraiment de se détendre. Cependant, il était vain d'espérer un quelconque apaisement tant qu'ils n'auraient pas surmonté l'épreuve qui les attendait depuis près d'un an.

Il ne voulait pas penser au pire scénario – son père se trouvant acquitté. Même s'il était improbable qu'il en soit ainsi, du moins sa mère l'avait enfin quitté une fois pour toutes. Owen, ses frères et sœurs l'avaient suppliée pendant des années de partir, mais elle était toujours revenue – jusqu'à cette dernière scène qui lui avait fait prendre la décision de rompre pour de bon avec son mari. Son père était maintenant sorti de leur vie, ou le serait bientôt.

Sans ouvrir les yeux, Laura tendit la main et la posa sur sa poitrine.

— Tu penses à quoi ?

— À pas grand-chose. Je fais juste une pause à côté de la femme que j'aime.

Ses lèvres s'ouvrirent sur un petit sourire.

— Je ne suis pas drôle ces derniers temps. Quand je ne vomis pas, je dors.

Comme elle était réveillée, il se tourna vers elle et l'attira dans ses bras, sa tête posée sur sa poitrine.

— Je t'aime, peu importe l'état dans lequel tu es.

— L'amour est vraiment aveugle.

— Je t'aime tellement, Laura. Tu ne peux savoir à quel point.

Laura ouvrit les yeux et examina attentivement le visage d'Owen :

— Qu'est-ce qui te tracasse ?

— Tu penses que quelque chose ne va pas parce que je t'ai dit combien je t'aime ?

— C'est plutôt la façon dont tu l'as dit, comme si tu t'inquiétais que je ne le sache pas. Alors, dis-moi ce qui ne va pas.

Owen savait qu'il était probablement inutile d'essayer de la dissuader de venir avec eux, mais il sentait qu'il devait quand même essayer encore.

— J'aimerais que tu ne viennes pas en Virginie.

Il marqua un temps avant d'ajouter :

— Ça ne s'est pas passé comme je le voulais. Tu sais que je veux que tu sois avec moi, où que je me trouve. C'est juste que cette fois... Penser que tu entendes tout ça...

Laura se souleva sur un coude pour voir son visage.

— Tu as peur que cela change mes sentiments pour toi si j'entends d'horribles détails sur ton père ?

— Peut-être.

— Certainement pas.

Elle l'embrassa et le regarda avec amour.

— S'il te plaît, ne me demande pas de te laisser vivre ça tout seul. Tu l'as fait pendant trente-quatre ans. Tu n'es plus seul.

Ses mots tendres lui firent monter les larmes aux yeux. Même dans ses rêves les plus fous, il n'aurait jamais pu imaginer la vie ou l'amour qu'il avait trouvés avec elle. Tentant de contenir le flot de ses émotions, il ferma les yeux le plus fort qu'il put. Il ne voulait pas être celui que les démons de son enfance avaient mis à mal et qu'il aurait dû vaincre il y avait longtemps.

Bien décidé à tenir debout comme il l'avait toujours fait, il l'obligea doucement à se réinstaller sur son oreiller et s'assit.

— Ma mère sort avec Charlie ce soir. Pourquoi n'irions-nous pas dîner sur la plage : Holden pourrait se salir autant qu'il le voudrait ?

Laura le regarda attentivement avant d'acquiescer :

— Bien sûr, ça sera amusant.

Il se pencha pour l'embrasser.

— Je vais aller faire des courses pour le dîner. Je reviens tout de suite.

Owen quitta l'appartement avec le sentiment d'avoir échappé à une émotion douloureuse. Il savait qu'elle voulait seulement le réconforter, mais sa douceur et son désir d'aider le laissaient sans défense et incapable d'affronter la tempête de feu qui l'attendait. Il fallait qu'il trouve un moyen quelconque de la dissuader de venir avec eux et il ne lui restait que quelques jours pour le faire.

---

1. Célébré le dernier lundi du mois de mai en l'honneur de tous les soldats tombés au cours de combats. (N.D.T.)
2. Deuxième lundi d'octobre, pour rappeler le jour où le navigateur a posé le pied sur le continent américain. (N.D.T.)

CHAPITRE 2

*L*ongtemps après le départ d'Owen, Laura resta allongée sur le lit, pensant à ce qu'il avait dit. Il ne voulait vraiment pas qu'elle aille avec lui et elle comprenait pourquoi. Cependant, elle ne pouvait pas imaginer le laisser affronter tout seul quelque chose d'aussi bouleversant et difficile – si bien qu'elle se trouvait véritablement déchirée entre ce qu'il disait vouloir et ce dont, selon elle, il avait besoin.

Un léger coup frappé à la porte l'arracha à ses pensées.

— Entrez.

— C'est moi, annonça son frère Shane.

— Je suis là.

Il parut dans l'embrasure de la porte, grand, beau et très bronzé d'avoir travaillé à l'extérieur tout l'été. Il ne s'était pas contenté de les aider, Owen et elle, à l'hôtel ; il avait supervisé la construction de logements à loyer modéré sur la propriété laissée par testament à la ville par Mme Chesterfield.

— Tu rentres tôt, remarqua Laura.

— Il fait terriblement chaud. Je n'en pouvais plus.

— Prends-toi quelque chose à boire. Il y a de l'eau et du soda dans le frigo et je crois qu'Owen a aussi de la bière.

— Je meurs d'envie d'un Coca.

Shane alla dans la minuscule cuisine et revint avec son soda et une bouteille d'eau fraîche pour sa sœur, que Laura accepta avec gratitude.

— Assieds-toi, dit-elle en désignant le bout du lit.

Il était mince tout en étant musclé. Ses cheveux châtain clair avaient blondi sous le soleil d'été.

— Je suis trop sale.

Il s'appuya contre la porte et avala sa boisson d'un trait, soupirant de plaisir en faisant rouler la canette sur son visage. Le temps passé sur l'île avait fait du bien à son cadet. Il s'était remis – autant qu'il se pouvait – de l'amère déception de son mariage malheureux avec Courtney, qui lui avait caché une dépendance aux antidouleurs.

— Où est mon neveu ?

— Il fait une sieste.

— J'allais demander si je pouvais l'emmener jouer sur le sable.

— On va y aller dîner.

Elle prit son téléphone et envoya un texto à Owen, lui disant d'ajouter un sandwich pour Shane.

— Tu viens avec nous.

— Ah bon ?

— Oui. Je viens de dire à Owen de te prendre quelque chose pour le dîner.

Ses yeux bleus lumineux riaient.

— Tu es aussi autoritaire que tu l'étais quand nous étions enfants. Tu le sais, n'est-ce pas ?

— Tu es bien content quand je m'occupe de toi. Tu pourrais l'admettre, non ?

— Oui, je le sais. Les vieilles habitudes sont difficiles à perdre. Je ne cesse de penser qu'il est probablement temps que je quitte un peu tes jupes. Tu pourrais te faire de l'argent en louant ma chambre.

— Tu ne vas nulle part et on gagne plein d'argent avec les autres chambres de l'hôtel, alors enlève-toi cette idée de la tête. Nous adorons t'avoir ici avec nous.

— Tout de même... Il faudra bien que je trouve une solution pour me débrouiller tout seul au lieu de me reposer sur toi.

— Mais pas du tout ! Tu nous as immensément aidés pour le bébé et l'hôtel. Tu fais partie de notre famille, Shane. Nous *aimons* t'avoir ici. Je ne veux vraiment pas que tu partes.

— Owen n'est probablement pas tellement ravi d'avoir ton frère à ses côtés tout le temps.

— Ce n'est pas vrai non plus. Il t'aime – presque autant que moi. Vous voir devenir de bons amis a été un très grand plaisir pour moi.

— Si ça change un jour, tu me le diras, hein ?

— Ça ne changera pas.

— Laura...

— Très bien, je te le dirai, mais je ne vais pas changer d'avis, pas plus qu'Owen. C'est ta maison maintenant. Détends-toi et profites-en.

— J'aime vraiment être avec vous et près du reste de la famille, c'est bien aussi.

— C'est sûrement mieux que d'être tout seul dans ton appartement lugubre.

Son sourire s'effaça en pensant à l'année qu'il avait passée après l'implosion de son mariage.

— C'est sûr.

— Je peux te demander un conseil ?

— Tu veux *mon* avis ? Waouh, c'est un moment impressionnant pour ton petit frère.

— Je suis sérieuse.

Son sourire s'effaça.

— Qu'est-ce qui ne va pas ?

— Le procès.

— Et alors ?

— Owen ne veut pas que j'y aille.

— Il te l'a dit clairement ?

— Oui.

— Il a dit pourquoi ?

— La première fois qu'il en a parlé, il a dit que c'était à cause du voyage, du bébé et tout ça. Mais on vient d'en reparler et il a honte d'étaler le linge sale de sa famille devant moi. Je sais déjà beaucoup de choses, mais il doit y en avoir tellement d'autres dont je ne suis pas au courant.

— Tu ne peux pas lui reprocher de vouloir te protéger de ça.

— Je ne le blâme pas, mais qui le protégera, *lui* ? Comment puis-je le laisser affronter ça tout seul ?

— Peut-être qu'il a besoin d'être seul pour ça, Laura.

— Il a été tellement à mes côtés, tu sais ? Depuis le tout début. Avant même qu'il y ait eu quoi que ce soit de romantique entre nous, il prenait soin de moi. Je veux veiller sur lui, mais il ne l'accepte pas.

— Tu en as parlé à Sarah ?

— Pas encore, mais je le devrais probablement.

— Quand je vois comment il est avec Holden et toi, il est si difficile de croire qu'il a été engendré par un homme comme ça.

— Je sais, soupira Laura. Il ne le dit pas, mais il s'inquiète du fait que le caractère de son père puisse sommeiller en lui. Je n'ai jamais vu aucun signe de ce genre de fureur. En fait, sauf la nuit où sa mère est arrivée ici l'automne dernier après que son père l'eut tabassée. Il était hors de lui ce soir-là.

— C'est une réaction naturelle et tout homme qui se respecte l'aurait après avoir vu sa mère tellement maltraitée.

— Que me conseilles-tu pour le voyage ?

— Tu as quelques jours pour te décider, mais je comprends pourquoi tu veux y aller – et pourquoi il ne veut pas que tu assistes au procès. Il essaie de te protéger.

— Et je l'aime pour ça, mais je veux *le* défendre. Je veux être avec lui pendant cette épreuve. Il ne me laisserait jamais traverser seule quelque chose comme ça. Tu te souviens de la soirée où je suis allée à Providence pour parler avec Justin parce qu'il refusait de signer les papiers du divorce ?

Shane fit un signe de tête.

— Owen est venu avec moi et s'est assis à une autre table pour être là si j'avais besoin de lui. Il ne pouvait supporter l'idée que je me trouve seule et c'est ce que je ressens à l'idée qu'il aille au procès sans moi.

— Peut-être devrais-tu lui rappeler ce moment et combien il était important pour lui d'être là pour toi.

— Tu as raison. Je devrais. Merci, Shane. Je suis contente que tu m'aies écoutée.

— Pour une fois, je suis heureux de faire quelque chose pour toi.

Holden poussa un léger cri dans son berceau.

— J'espérais que si je traînais assez longtemps, il se réveillerait.

Shane avala le reste de son soda.

— Je vais le chercher.

— Il a probablement une couche de trente kilos.

— Je m'en occupe. Détends-toi quelques minutes de plus tant que tu le peux.

— Merci.

Laura se laissa aller sur les oreillers, souriant en écoutant le délicieux gazouillis entre Shane et Holden. Il y avait un lien merveilleux entre eux et Holden s'était illuminé à la vue de son oncle, ce qui avait ravi ce dernier. Être ici avec eux lui avait fait du bien. Cela lui avait donné le temps et l'espace nécessaires pour guérir, tout en le maintenant en contact avec les personnes qui l'aimaient ; pendant les derniers mois, il s'était efforcé de surmonter l'immense chagrin d'avoir dû suivre la descente de Courtney dans la dépendance. Il l'avait soutenue pendant sa cure de désintoxication, tout cela pour finalement apprendre que son mariage était terminé.

Plus d'une fois, Laura et leur père, Frank, s'étaient demandé si Shane pourrait un jour surmonter la douleur de son divorce. Cependant, depuis qu'il était sur l'île, elle avait constaté une amélioration notable et la présence de Holden avait certainement aidé. La venue de Frank sur l'île pendant l'été avait également été bénéfique pour Shane et elle, et Laura espérait que son père resterait à la fin de la saison estivale.

Tout se mettait en place pour eux. Il ne lui restait plus qu'à veiller sur Owen dans les prochaines semaines et ils pourraient alors attendre avec impatience leur mariage et continuer leur vie ensemble. Shane lui avait suggéré de parler avec Sarah du procès et de la meilleure façon d'aider Owen à franchir ce cap – c'était une excellente idée. Elle le ferait le lendemain matin.

Pour l'instant, il fallait qu'elle surmonte son épuisement permanent et profite de cette soirée avec trois hommes qu'elle adorait.

Cela faisait des mois que Sarah était tendue à l'idée de sortir avec Charlie. Ils avaient passé beaucoup de temps ensemble, dînant et allant au cinéma. Il y avait eu beaucoup de soirées chez lui, à regarder la télévision, jouant à des jeux de société et préparant ensemble des repas. Elle n'avait aucune raison d'être nerveuse à l'idée de passer du temps avec l'homme qui était devenu son ami le plus proche.

Il ne lui avait jamais mis la pression. Il n'avait même jamais essayé de l'embrasser. Lorsqu'elle se rétractait s'il s'approchait trop près d'elle, il ne posait pas de questions. Bref, il s'était comporté en parfait gentleman, même si elle se rendait compte qu'il attendait d'elle davantage que ce qu'elle était capable de lui donner.

Ce soir, elle lui parlerait de Mark. De son mari violent et du procès à venir. Elle lui dirait pourquoi elle ne pouvait pas supporter qu'il la touche, même si elle savait au plus profond d'elle-même qu'il ne lui ferait jamais de mal comme son époux autrefois. Elle lui raconterait tout parce qu'il méritait de savoir et qu'elle était lasse de fuir le passé.

Pour la première fois de sa vie d'adulte, Sarah attendait avec impatience chaque nouvelle journée. Elle se levait avec un objectif et aimait son travail dans l'hôtel que ses parents avaient dirigé pendant des décennies avant de prendre leur retraite et de déménager en Floride. Elle aimait être avec Owen, Laura et bébé Holden, qu'elle adorait comme l'aurait fait toute grand-mère qui l'était pour la première fois.

Et puis il y avait Charlie, qui s'était frayé un chemin pour gagner sa confiance, soir après soir, au cours des derniers mois où ils avaient passé tant de soirées ensemble. Si vous lui aviez demandé en octobre dernier, alors qu'elle avait fui son mari après une nouvelle dérouillée épouvantable, si elle éprouverait encore des sentiments pour un homme, elle aurait dit non. Sans hésiter. Mais à présent, elle vivait quelque chose de fort avec Charlie qu'elle ne pouvait pas facilement expliquer. Ils ne s'étaient jamais embrassés, mais elle se sentait plus proche de lui qu'elle ne l'avait jamais été du monstre qu'elle avait épousé.

C'est pourquoi elle avait prévu de tout lui dire ce soir-là. Si c'était trop dur pour lui, elle comprendrait. Il avait traversé des drames terribles, passé quatorze ans en prison pour un crime qu'il n'avait pas commis et retrouvé sa liberté après une longue bataille menée par sa belle-fille, Stéphanie.

L'idée qu'il se détourne d'elle après tout ce qu'ils avaient partagé la rendait triste, mais elle ne l'en blâmerait pas. Confier son drame à quelqu'un qui avait vécu son propre cauchemar n'était pas quelque chose qu'elle faisait sans y avoir longuement réfléchi. Mais elle savait depuis un certain temps qu'ils faisaient du surplace, incapables d'avancer dans une vraie relation à cause des démons qui la hantaient.

Il méritait de connaître la vérité et elle la lui dirait. Ce qu'il en ferait dépendrait entièrement de lui.

Comme toujours, il avait insisté pour venir la chercher à sa porte et, comme toujours, il était pile à l'heure. Un léger coup frappé à la porte l'avertit de son arrivée.

Sarah avala une longue goulée d'air et expira, bien décidée à faire ce qu'il fallait ce soir et à en accepter le résultat, quel qu'il fût. Elle ouvrit la porte, vit son beau visage souriant et ne put se retenir de sourire à son tour. Être avec lui la rendait toujours heureuse.

Il la regardait d'une façon intense et attentive qui la faisait frissonner, consciente qu'il la désirait, même s'il ne l'avait jamais dit.

— Tu es magnifique.

— Toi aussi.

Il avait roulé les manches de sa chemise boutonnée, révélant les tatouages de ses avant-bras. Sa haute stature toute en muscles prenait tout l'espace de la porte. Tout d'abord, sa taille l'avait intimidée, mais elle avait vite appris qu'elle n'avait rien à craindre de lui. Ses cheveux gris étaient coupés en brosse et ses yeux d'un bleu vif ne manquaient rien de ce qui se passait autour de lui. Un jour, il lui avait dit que son sens de l'observation lui avait été fort utile face aux dangers de la prison.

— Prête ?

Sarah prit le pull qu'elle avait posé sur le lit et son sac à main.

— Prête.

Il ferma sa porte et la suivit dans l'escalier.

Elle souhaita une bonne soirée à l'étudiante qui travaillait à la réception et sortit sur la véranda.

Charlie était juste derrière elle.

— Tout va bien ?

Sarah ne fut pas surprise qu'il ait remarqué sa nervosité inhabituelle. Il était toujours attentif. C'était une qualité qu'elle avait appris à apprécier alors qu'elle avait été traitée en quantité négligeable pendant toute sa vie de couple.

— Je sais que tu as réservé chez Domenic, mais je me demandais si on pourrait prendre une pizza et aller chez toi. J'aimerais te parler tranquillement.

Inquiet, Charlie fronça les sourcils.

— Comme tu veux.

Avec l'efficacité qu'elle appréciait maintenant, et en une demi-heure, il commanda leurs pizzas chez Mario et les conduisit chez lui. Lorsqu'ils arrivèrent, il prit la pizza et fit le tour de sa camionnette pour l'aider à sortir. Tout cela en silence, ce qui était assez dans son caractère. Malgré tout, elle sentit qu'il était préoccupé au sujet de ce qu'elle voulait lui dire.

— Charlie ?

— Oui ?

— Ça n'a rien à voir avec toi. Ce que je veux te dire.

— Oh. OK.

Il la regarda en tenant la porte moustiquaire tandis qu'elle le précédait dans la maison.

— J'ai pensé que tu voudrais peut-être rompre avec moi.

— Non. Rien de tel.

— Bien.

— Cela dit, tu pourrais vouloir rompre avec moi quand tu sauras ce que je t'ai caché pendant tout ce temps.

— Aucune chance.

— Tu devrais attendre d'entendre ce que j'ai à dire avant de décider quoi que ce soit.

— Sarah !

Elle se tourna pour lui faire face.

— Oui ?

— Non. C'est. Impossible.

Souriant, elle expira à fond et se détendit. Tout allait bien se passer. Il l'aimait. Il se soucierait encore d'elle après avoir entendu son histoire.

CHAPITRE 3

Sarah le suivit dans la cuisine – il mit la pizza au four et les assiettes sur la table. Sans qu'elle ait à demander, il lui versa un verre du chardonnay qu'il gardait à portée de main pour elle, prit une bière pour lui et la rejoignit à table.

La plupart des hommes l'auraient poussée à se mettre à parler, mais Charlie n'était pas la plupart des hommes. Il la servit, lui laissa l'espace nécessaire pour rassembler ses pensées. Comme d'habitude, la pizza champignons-saucisses qu'ils aimaient tous les deux était délicieuse, lui permettant de se concentrer sur autre chose pendant quelques minutes.

Elle s'essuya la bouche et prit une gorgée de son vin.

— Tu as été très patient avec moi. J'espère que tu sais à quel point je l'apprécie.

— Ça n'a certainement pas été très dur de passer du temps avec toi.

— C'est gentil à toi de dire ça, mais tout de même... Je sais que tu dois avoir des questions que tu ne m'as jamais posées.

— Je pensais que tu me le dirais un jour, ou peut-être pas. Quoi que tu aies décidé, ça me convenait.

— Même si cela signifiait que notre... amitié... n'ait jamais progressé ?

Charlie repoussa son assiette et prit une gorgée de bière.

— Tu sais, quatorze ans de prison, ça te fait apprécier chaque fichue seconde où tu es libre. Si tout ce que tu pourrais jamais me donner, c'est ce que nous avons déjà, je serais plus heureux que je ne l'ai été depuis aussi loin que remontent mes souvenirs.

Les yeux de Sarah se remplirent de larmes.

— Tu mérites tellement plus que ce que j'ai pu te donner.

Il couvrit sa main avec la sienne, beaucoup plus grande, et Sarah fit un effort évident pour ne pas reculer. Il lui avait fallu des mois d'une amitié sans souci pour l'accepter sans que la peur la fasse hésiter. Et, pour ça, elle était fière de ses progrès.

— Tu n'as pas idée à quel point j'aime les moments que nous passons ensemble, dit-il. Je m'en réjouis à chaque fois. Pendant si longtemps, je n'avais absolument rien à espérer et maintenant j'ai ça. Toi. Je ne vais pas m'en aller, Sarah. Peu importe ce que tu me dis ce soir, je resterai là.

En entendant cela, les larmes qu'elle avait essayé de contenir roulèrent sur ses joues.

— Pourrais-je...

— Quoi, ma chérie ?

— Je pourrais peut-être te prendre dans mes bras ?

Depuis le temps qu'ils se connaissaient, elle ne l'avait jamais laissé faire une pareille chose.

— J'aimerais que tu le fasses.

Tout en gardant sa main autour de la sienne, il se leva.

— Mais faisons ça bien !

Il la conduisit vers le canapé dans son salon confortable et s'assit, tapotant la place à côté de la sienne.

Sarah prit la place qu'il lui désignait, mais une nervosité incontrôlable l'empêchait de faire ce qu'elle voulait tant.

Il lui tendit les bras.

— Viens près de moi.

Elle était si lasse d'avoir peur, de vivre dans le passé, d'essayer de fuir ses démons. Chassant ses craintes, elle se rapprocha de lui, se réfugiant entre ses bras.

Sans la serrer, il la tint contre lui, lui donnant le sentiment d'être en sécurité et non prisonnière.

— Souvent, quand on embrasse quelqu'un, on passe aussi ses bras autour de lui, la taquina-t-il.

Ses mains tremblaient, mais elle mit malgré tout ses bras autour de lui, appuya sa tête contre sa poitrine et ferma les yeux.

— Voilà, murmura-t-il avec douceur lorsqu'elle se fut installée. Est-ce que ce n'est pas agréable ?

Elle hocha la tête parce qu'elle ne se sentait pas capable de parler.

— J'aime beaucoup ça aussi, déclara-t-il. Tu sens toujours si incroyablement bon. J'ai eu du mal à résister à la tentation de m'approcher suffisamment pour respirer ton parfum.

— Charlie...

— Quoi, ma chérie ?

— Il nous battait, mes enfants et moi. Il m'a frappée tellement fort en octobre dernier ; je savais que si je restais, il allait me tuer, alors je suis finalement partie. Il m'a fallu beaucoup trop de temps pour me décider. Mes enfants ont grandi dans un cauchemar et je ne pouvais rien faire pour les protéger.

Une fois qu'elle eut commencé, les mots sortirent à toute vitesse, presque comme si elle craignait que, si elle ne parlait pas maintenant, elle ne le ferait jamais.

— C'était un général de l'armée de l'air et tout le monde avait peur de lui – mais personne plus que sa femme et ses enfants. Il sera jugé la semaine prochaine en Virginie. C'est là que je vais. Owen vient aussi. Nous devons tous les deux témoigner.

— Quel jour partons-nous ?

Elle souleva la tête de sa poitrine et rencontra ses yeux d'un bleu profond qui la fixaient avec une détermination féroce.

— Non... Tu ne peux pas...

— Essaie de m'en empêcher !

Il s'arrêta, détourna d'elle son regard pendant une seconde, semblant essayer de contenir sa colère.

— Ce n'est peut-être pas la bonne façon de le dire à la lumière de ce que tu as souffert. Je veux être avec toi et te soutenir tout au long du procès. J'espère que tu me laisseras faire cela pour toi.

— C'est gentil à toi de le vouloir, mais mon fils sera là. Ça va aller.

— Non.

— Non quoi ?

— Je n'irai pas bien, assis ici à m'inquiéter pour toi. Je serai fou d'inquiétude pour toi et Owen, que j'aime beaucoup aussi à présent. Ce serait tellement plus facile, pour moi, si j'étais là avec toi plutôt que de devenir fou dans mon coin.

Sarah sourit de la façon dont il avait retourné toute l'affaire.

— Tu ne voudrais pas que je devienne fou, n'est-ce pas ?

— Non, bien sûr. Mais je ne voudrais pas non plus que tu voies – ou entende – ce qui va se passer pendant ce procès. Je serais...

Elle déglutit avec difficulté.

— J'aurais honte... que tu saches ce que j'ai toléré pendant tant d'années. Il a fait du mal à mes bébés, Charlie. Je l'ai laissé faire parce que je pensais que je n'avais pas le choix, mais j'avais des choix. J'aurais pu partir.

— Chuuut. Si je te connais, et je te connais sacrément bien, tu as dû penser que tu n'avais pas d'autre possibilité. J'ai connu des gars comme ton mari en prison. Ce sont des pervers narcissiques. Ils s'attaquent à des personnes qui sont moins capables de se défendre parce que ça leur donne l'impression d'être puissants.

— Oui, murmura-t-elle, stupéfaite parce qu'il comprenait de façon si fine. Mark était comme ça. Il dirigeait notre maison comme un escadron. Si on s'écartait d'un pouce de la règle, on avait droit à ses foudres – moi la première, mais Owen venait tout de suite après. Il était notre aîné et faisait tout ce qu'il pouvait pour protéger ses frères et sœurs – à ses propres dépens. Que n'a-t-il pas enduré... Un jour, son père lui a cassé le bras dans un accès de rage. Une autre fois, il a inversé les rôles et Owen a été accusé d'avoir agressé *son père*, alors qu'il se protégeait, lui, et ses frères et sœurs.

Charlie ne répondit rien. Au contraire, il la laissa parler tout en lui caressant les cheveux, si bien qu'elle se sentait en sécurité comme elle ne l'avait jamais été auparavant avec un homme.

— Je regarde Owen maintenant et je suis si fière de celui qu'il est devenu tout seul, sans que ce soit grâce à son père ou moi. C'est un merveilleux partenaire pour Laura et un père incroyable pour Holden. Il n'a pas vu le sien depuis plus de dix ans. Et voilà qu'il doit témoigner contre lui juste avant son mariage avec Laura.

Elle secoua la tête avec consternation.

— Quelle tristesse qu'il doive subir ça.

— Je déteste que vous ayez tous dû souffrir de la sorte et souffriez encore, mais je ne suis pas d'accord avec une chose que tu as dite.

— Quoi donc ?

— Qu'Owen est devenu l'homme qu'il est sans que tu y aies ta part. Je doute qu'il soit d'accord avec ça. Je suis sûr qu'il t'attribue plus de mérite que tu ne t'en donnes toi-même.

— J'aurais dû partir. Je m'en veux de ne pas avoir emmené mes enfants pour venir ici chez mes parents.

— Je n'oserais jamais te reprocher quoi que ce soit que tu as fait parce que tu pensais ne pas avoir le choix, mais pourquoi n'es-tu pas revenue chez tes parents ?

— J'avais peur de lui, soupira-t-elle. J'avais peur de ce qu'il me ferait à moi, aux enfants et à mes parents si jamais je le quittais. Alors, je suis restée et ce qui s'est passé a été pire que tout ce que j'aurais pu imaginer. Ce n'est qu'après être partie pour de bon que j'ai été capable de voir l'énorme erreur que j'avais faite en restant.

— Je ne crois pas aux regrets. J'ai fait ce que j'ai fait pour Stéphanie et j'en ai payé un prix terriblement élevé, mais elle est bien vivante, réussit dans son entreprise et aime Grant. Chaque fois que je la vois heureuse et souriante, je me rends compte que tout ce qui est arrivé en valait la peine. De tous tes enfants, je ne connais qu'Owen et, d'après ce que je vois de lui, on pourrait dire la même chose. Il est enchanté de la vie qu'il mène avec Laura, et tes autres enfants ont une vie enrichissante malgré la jeunesse qu'ils ont eue. Vous avez tous survécu, ma chérie. C'est ce qui compte vraiment.

Ses paroles réconfortantes prononcées d'un ton doux la touchèrent profondément, agitant des sentiments qu'elle aurait nié avoir pour lui auparavant, avant cette soirée.

— Je suis désolée d'avoir attendu si longtemps pour te dire cela. Je voulais le faire. Depuis un certain temps déjà.

— Tu n'as pas à te faire de souci.

Mettant un doigt sous son menton, il l'obligea à le regarder.

— Je te le jure, Sarah, tu n'auras plus jamais peur, pas tant que je serai là. Tu n'as rien à craindre de moi. Je ne te toucherai jamais qu'avec une pensée d'amour.

— Oh... Tu... Tu...

— Je t'aime. Oui, je t'aime, et depuis très longtemps. Alors, s'il te plaît, ne me demande pas de te laisser vivre une chose aussi difficile toute seule. Laisse-moi être là avec toi comme je pense que tu voudrais être là pour moi.

— Tu m'aimes.

Ni la tête ni le cœur de Sarah n'arrivaient à accepter des mots qu'elle n'avait pas entendus de la part d'un homme depuis plus longtemps qu'elle ne voulait l'admettre. Le mot *amour* ne faisait pas partie de son mariage avec Mark, du moins pas après le premier mois, lorsqu'il avait prétendu l'aimer et la respecter.

Il ne lui avait pas fallu longtemps pour le voir tel qu'il était vraiment.

— Je t'aime. Tu le veux bien ?

— Oui, répondit-elle en riant tandis que des larmes coulaient sur ses joues. Je le veux bien.

— Alors, pourquoi pleures-tu ?

— Parce que tu m'as surprise et rendue heureuse.

— Et ça te fait pleurer ?

Elle fit un signe de tête affirmatif.

Il essuya légèrement ses larmes du bout des doigts.

— Que se passerait-il si je t'embrassais ?

— Je... Je ne sais pas.

— Est-ce que je peux essayer ?

— Oui. S'il te plaît.

Un sourire illumina le visage de Charlie, mettant des étoiles au coin de ses yeux.

— Toujours tellement raffinée.

Il posa ses mains sur son visage et embrassa ses joues et le bout de son nez.

— Toujours si polie.

Le cœur de Sarah battait rapidement et comme par saccades. Elle s'était demandé au cours de nombreuses nuits blanches si elle serait un jour suffisamment proche de lui, si elle aurait le courage d'essayer de nouveau. Mais entendre dire qu'il l'aimait... Eh bien, cela changeait tout.

— Est-ce que ça va ? demanda-t-il doucement en continuant à placer stratégiquement des baisers sur son visage.

Elle hocha la tête parce que c'était tout ce qu'elle pouvait faire. L'impatience lui rappelait une époque lointaine où elle regardait un jeune officier de l'armée de l'air avec des étoiles dans les yeux, pensant que le soleil et la lune se levaient et se couchaient sur lui. Pendant un certain temps, ça avait été le cas. Un court instant, tout avait été parfait.

— Ne pense pas au passé, Sarah, chuchota Charlie. Pense à l'avenir que nous aurons ensemble.

Ses lèvres frôlèrent les siennes en une caresse si fugace qu'elle faillit ne pas s'en apercevoir.

— Pense comme ce sera magnifique quand nous t'aurons libérée du passé. Peux-tu le faire ?

Elle le voulait tellement. Elle n'avait jamais voulu rien autant que saisir la vie qu'il envisageait pour eux.

— Je veux essayer.

— Je t'aiderai. De toutes les façons possibles. Tu es liée à moi maintenant, ma douce Sarah.

Liée à lui. Elle s'attendait à se sentir piégée et emprisonnée comme auparavant, mais elle était tout à fait consciente qu'aujourd'hui, tous les choix lui appartenaient.

— J'aime être liée à toi.

— Bien, dit-il avec un petit sourire.

Il se pencha davantage, allant lentement pour ne pas lui faire peur.

Elle appréciait le souci qu'il avait de la rassurer, même si elle n'était pas entièrement à l'aise. La chaleur du désir qui couvait dans ses veines lui faisait l'effet d'une révélation. Il y avait si longtemps qu'elle n'avait pas ressenti quelque chose qui ressemblait à un véritable désir qu'il lui fallut un moment pour reconnaître cette sensation.

Il y avait seulement un centimètre entre ses lèvres et les siennes et il semblait attendre quelque chose. Il l'attendait.

Faisant appel au courage qu'elle n'avait pu trouver pendant si longtemps, elle changea très légèrement de position, annulant la distance jusqu'à ce que ses lèvres viennent se presser contre les siennes.

Un son ressemblant à un gémissement sortit de lui, mais il ne bougea pas, ne réagit pas et ne fit rien qui puisse l'effrayer. Au contraire, il la laissa décider de la manière dont ce premier baiser, le plus important, allait se passer, demeurant parfaitement immobile et lui donnant le plein contrôle.

Sarah leva sa main vers son visage et fit glisser ses lèvres sur les siennes.

— Charlie...

— Quoi, ma chérie ?

— Embrasse-moi toi aussi.

— Tu es certaine ?

Elle hocha la tête tandis que son cœur battait la chamade.

Il mit ses mains sur son visage et garda les yeux ouverts, probablement pour juger de sa réaction, avant de poser légèrement ses lèvres sur les siennes.

Sarah posa sa main autour de son poignet, essayant de se rappeler comment faire. Elle voulait tellement lui donner ce qu'il voulait, ce qu'il avait attendu si longtemps d'elle.

Ses lèvres effleurèrent lentement les siennes.

Sarah gémit et ce léger son le fait reculer.

— Est-ce que ça va ?

Elle fit un signe de tête.

— Ne t'arrête pas.

Il lui sourit et reprit le doux glissement de ses lèvres sur les siennes.

— Charlie...

— Quoi, ma chérie ?

Elle adorait quand il l'appelait ainsi.

— Je veux bien, si tu veux, tu sais... Faire plus.

— Humm, *plus*. Comme ça peut-être ?

Il passa le bout de sa langue sur sa lèvre inférieure, de droite à gauche, jusqu'à ce que Sarah pense exploser sous la force du désir que ses baisers éveillaient en elle.

— Tu trembles.

— Pas parce que je suis nerveuse.

— Non ?

Elle secoua la tête.

Il s'allongea sur le canapé et tapota la place à côté de lui.

Sarah regarda le coussin, puis ses yeux remontèrent vers son visage. Il la regardait avec amour, affection et amusement. Puis elle fixa ses lèvres.

— Sarah...

Il tendit la main et fit glisser ses doigts dans ses cheveux.

— Laisse-moi te serrer dans mes bras.

Elle le désirait tellement et lui faisait totalement confiance ; elle s'étendit à côté de lui, appréciant qu'il se soit installé côté mur pour qu'elle n'ait pas peur de se sentir prise au piège.

Il passa un bras autour d'elle et l'encouragea à se servir de l'autre comme d'un oreiller – plutôt musclé.

— Voilà. Comment te sens-tu ?

— Bien. Vraiment bien.

Elle ne pouvait pas s'empêcher de fixer ses lèvres. Maintenant qu'elle y avait goûté, elle en voulait beaucoup plus, mais elle ne savait pas comment le lui dire. Ses besoins, ses désirs n'avaient jamais été pris en compte dans son mariage.

— Pourrions-nous, peut-être...

— Un autre baiser ?

— Oui, soupira-t-elle d'aise parce qu'il avait prononcé ces mots pour elle.

— J'aimerais beaucoup. Je pensais que tu ne le demanderais jamais.

Elle rit et lui permit de l'attirer encore plus près de lui. Alors qu'il glissait sa jambe entre les siennes et l'entraînait dans un autre baiser, Sarah se détendit contre son corps musclé et céda au désir qui bouillonnait doucement entre eux depuis des mois d'une amitié platonique. L'embrasser était aussi merveilleux qu'elle l'avait imaginé. Et savoir qu'il l'aimait rendait cela encore meilleur.

CHAPITRE 4

— Ça vous dérange si je prends Holden pour lui donner son bain ? demanda Shane alors que le soleil descendait vers l'horizon.

— Cela nous dérangerait, Owen ? demanda Laura en plaisantant. Hum, non, pas du tout.

— Moi pareil, répondit Owen.

Shane sortit son neveu du sable et l'entoura d'une serviette.

Au mot *bain*, Holden avait poussé un petit cri et gloussé. C'était le moment de la journée qu'il préférait.

— Viens, mon petit beignet au sucre, fit Shane. Allons te nettoyer.

— Fais bien attention de bien rincer tous les plis et les creux, recommanda Laura.

— On s'en occupe, hein ? déclara Shane à Holden qui applaudit de joie.

Shane rit et se dirigea vers l'escalier avec son précieux fardeau.

— Ils sont si mignons ensemble, remarqua Owen en les regardant s'éloigner.

— Je pensais la même chose tout à l'heure. Shane en est fou.

— Et vice-versa.

— Mon frère a l'air d'aller mieux, tu ne crois pas ? demanda Laura.

— Mille fois mieux qu'en arrivant. Gansett a réussi sa magie sur lui comme pour tout le monde.

Laura appuya sa tête contre l'épaule d'Owen et regarda le coucher de soleil exploser en magenta profond, orange et violet qui projetaient une lueur chaude sur l'eau étale et calme.

— Elle a certainement agi sur moi.

Il prit sa main et lia leurs doigts.

— Et moi.

Il avait été inhabituellement silencieux toute la soirée, laissant Laura et Shane mener la conversation tandis que Holden les amusait.

— Est-ce que ça va ?

Elle avait besoin de savoir, mais avait presque peur de sa réponse.

— Oui oui.

— O. ? insista-t-elle, en raccourcissant son nom comme le faisait souvent Evan.

— Hum ?

— Je connais ta façon de te taire et de te refermer quand tu es soucieux, et ce n'est pas un problème si tu le sens comme ça. Mais j'espère que tu sais que je suis juste là, et que je veux t'aider si je peux.

— Je le sais et j'essaie de ne pas fermer la porte. C'est juste... que c'est dur.

La douleur qu'elle entendait dans sa voix lui fit mal et souhaiter qu'il y ait quelque chose – n'importe quoi – qu'elle puisse faire pour lui épargner l'affreuse épreuve qui menaçait, bouchant son horizon. Elle voulait l'encourager à lui parler, mais au lieu de cela, elle lui laissa le silence dont il semblait avoir besoin. Alors que la pénombre envahissait leur coin de paradis, Laura retira à contrecœur sa main qu'il tenait serrée dans la sienne.

— Il faut que j'aille nourrir Holden et le coucher.

— Je nettoie ici et j'arrive tout de suite.

Elle l'embrassa sur la joue.

— Ne sois pas trop long.

— Je me dépêche.

Sentant qu'il avait besoin d'être seul un moment, Laura le laissa regarder l'eau et monta les marches qui menaient à la véranda. Là, elle utilisa le tuyau pour débarrasser ses pieds du sable et se servit de la serviette qu'elle avait rapportée de la plage pour les sécher. Le son de voix joyeuses, le bruit de la vaisselle et le tintement des verres à pied en cristal provenant du bistro de Stéphanie dans le hall la suivirent dans l'escalier menant au troisième étage.

Dans l'appartement, Shane était étendu sur le sol à côté de Holden, qui jouait avec ses animaux en peluche. Il était vêtu de son pyjama rayé et ses cheveux étaient encore humides après le bain. Son visage s'illumina de joie à la vue de sa mère.

— Mama.

— Oh, c'est si près de maman, remarqua Shane. Allez, mon vieux. Tu peux le faire. Maman !

— Mam.

— Il va probablement commencer par dire dada d'abord, dit Laura. Ils le font toujours.

— Ce n'est vraiment pas juste.

— N'est-ce pas ?

Elle se pencha pour prendre Holden sur le sol, haletant parce que son dos protestait.

— Doucement !

Shane s'était levé d'un bond pour la soulager du bébé qui devenait de plus en plus lourd.

Laura se frottait le bas du dos.

— C'était bizarre.

— Il est trop lourd pour que tu le soulèves comme ça du sol.

— Oui, Dr McCarthy.

— Je suis sérieux, Laura. Ce n'est plus un poids plume et tu dois penser à mon autre nièce et à mon autre neveu.

— Qu'est-ce qui te fait croire que je vais en avoir un de chaque ?

— Juste une supposition.

— Ce serait bien, parce qu'on n'en aura plus après ceux-là. J'ai assez vomi pour deux vies.

— Je ne vais certainement pas te le reprocher.

Il embrassa le visage potelé de Holden et le passa à Laura.

— Merci pour cette soirée.

— C'était bien.

— Owen était plutôt calme.

— Je sais.

— Vous allez au barbecue de fruits de mer chez Seamus et Carolina demain ?

— Je pense que oui. Ça dépendra si Owen est d'humeur à faire la fête.

Shane l'embrassa sur la joue.

— Tiens bon. Ce sera bientôt fini et vous pourrez regarder le futur plutôt que le passé. Sur le pas de la porte, il se retourna vers elle.

— Je suis là si vous avez besoin de moi pour quoi que ce soit.

— Tu m'enlèves déjà une énorme épine du pied en me remplaçant ici pendant que nous serons partis. Je t'en suis reconnaissante.

— C'est le moins que je puisse faire, répondit-il avec un sourire et un signe de la main en fermant la porte derrière lui.

Le frère et la sœur avaient vécu beaucoup de choses ensemble : d'abord la perte de leur mère quand ils étaient enfants, puis deux divorces douloureux, qui avaient fait d'eux les meilleurs amis en plus d'être une fratrie. Elle aimait avoir

Shane à ses côtés, de nouveau présent dans sa vie quotidienne, ainsi que dans celle de son fils.

Alors qu'elle était assise dans le fauteuil à bascule de la chambre de Holden pour l'allaiter, ses pensées se tournèrent de nouveau vers Owen et la question difficile qui pesait lourdement sur son esprit. Devrait-elle céder à ses désirs et rester à la maison ou insister pour partir avec lui ? Elle n'était pas plus décidée une demi-heure plus tard lorsqu'elle mit son bébé endormi dans son lit, remontant la fine couverture sur lui.

En regardant Holden, si absolument parfait, son cœur se brisa à l'idée d'un autre petit garçon extraordinaire qui avait eu le malheur d'être le fils d'un homme violent et imprévisible, qui ne saurait jamais quel homme fort, doué et aimant ce garçon était devenu. Des larmes lui vinrent aux yeux en pensant à la profonde douleur qu'Owen portait en lui, malgré un extérieur insouciant. Elle ferait tout pour le libérer, ne serait-ce que très partiellement de cette douleur, si seulement elle savait comment.

Laura prit une douche et passa une chemise de nuit avant de se glisser dans le lit. Elle commençait à s'inquiéter d'Owen quand elle l'entendit enfin entrer dans l'appartement et se diriger tout droit vers la douche. Bien que ses yeux soient lourds car elle se sentait perpétuellement fatiguée, elle se força à rester éveillée jusqu'à ce qu'il vienne au lit.

Elle lui montra qu'elle était toujours éveillée en posant sa main sur sa poitrine.

Il couvrit sa main avec la sienne avant de se tourner vers elle.

Dans un silence complet et inhabituel, il se blottit contre elle, s'accrochant à elle comme il le faisait rarement. Pour une fois, il prenait plutôt qu'il n'offrait et elle était plus qu'heureuse de lui donner tout ce dont il avait besoin.

Laura fit courir sa main dans son dos, relevant la tête pour essayer de le voir dans la faible lueur des lampadaires. Alors qu'il la regardait, elle l'embrassa.

Il détourna son visage.

— Je ne peux pas.

Déconcertée par son rejet sans précédent, elle demanda :

— Qu'est-ce que tu ne peux pas ?

— Je ne peux pas te faire l'amour ce soir. Je suis énervé et j'ai peur de te faire mal.

— Owen, tu ne pourrais jamais me faire de mal.

— Je ne peux pas prendre ce risque.

— Alors, laisse-moi faire.

— Attends. Te laisser faire quoi ?

Oubliant son épuisement parce qu'elle sentait son besoin évident, elle s'agenouilla et poussa sur son épaule pour qu'il se couche sur le dos.

— Laura...

— Chuuut. Tu prends soin de moi chaque jour de mille et une façons. Et voilà que tu trouves vraiment difficile que je prenne soin de toi.

Elle se pencha au-dessus de lui, embrassant sa poitrine pendant que sa main caressait son ventre.

— Je t'aime autant que tu m'aimes. Tu le sais, n'est-ce pas ?

— Oui, je sais, mais...

— Pas de mais à ce sujet. Laisse-moi t'aimer. Laisse-moi prendre soin de toi.

— Tu es fatiguée et tu as besoin de te reposer.

— Je me reposerai beaucoup, mais pour l'instant j'ai besoin de toi.

Il cessa de protester, mais ses muscles restaient raides et tendus.

Elle l'embrassa lentement, caressant sa poitrine et son ventre. Le seul signe qu'elle agissait sur lui fut l'agitation de ses jambes sous les couvertures.

— Détends-toi, murmura-t-elle. Ferme les yeux et savoure.

— Je ne peux pas faire ça.

— Si, tu peux. Tu peux le faire pour moi.

Il souffla longuement par les narines comme s'il était énervé, mais son corps semblait se détendre un peu.

Encouragée par sa capitulation partielle, elle continua à descendre, découvrant l'érection qui dépassait son nombril. Elle le prit en main et le caressa comme elle avait appris qu'il aimait.

Aspirant une grande goulée d'air, il souleva ses hanches du lit.

Laura baissa la tête et arrondit ses lèvres autour du large gland tout en continuant à le caresser.

Il haleta et saisit une poignée de ses cheveux comme si, à présent, il ne pouvait arrêter l'inévitable.

Elle ouvrit la bouche plus largement et le prit profondément, utilisant sa langue ainsi que sa main et la chaleur de sa bouche pour lui donner du plaisir.

— Tu as fait tellement plus que ta part, le taquina-t-elle en s'arrêtant pour respirer.

Comme d'habitude, le commentaire le fit rire.

— Viens ici.

— Dans une minute. Je n'ai pas encore fini.

— On aura tout à fait fini dans moins de dix secondes si tu continues comme ça.

Comme elle désirait ardemment se relier à lui, lui montrer de toutes les manières possibles qu'elle l'aimait, elle céda à ses souhaits mais n'abandonna pas le contrôle. Au contraire, elle s'assit à califourchon sur lui, se penchant pour embrasser ses lèvres.

— Ça te plaît comme ça ?

— Formidable, comme toujours.

Ses mains remontèrent de ses cuisses à sa taille, il souleva sa chemise de nuit et la fit passer par-dessus sa tête.

Laura détestait le volume disgracieux de ses seins pendant la grossesse, mais Owen disait qu'il les aimait – presque autant qu'il aimait la taquiner à leur sujet. Ce soir, il n'y eut aucun jeu.

Ce soir, il n'était que respect alors qu'il remplissait plus que largement ses mains.

Il s'assit pour se rapprocher d'elle et attira le bout de son sein gauche dans sa bouche.

Laura l'entoura de ses bras et s'accrocha à lui alors qu'il l'excitait comme personne ne l'avait jamais fait ni ne le pourrait. Son toucher l'incendiait. Elle leva les hanches jusqu'à ce qu'elle se trouve au-dessus de son érection et le prit lentement, se donnant le temps de s'adapter à sa taille impressionnante.

— Doucement, mon bébé, chuchota-t-il en l'embrassant. Gentiment et doucement.

Quant à elle, il ne lui aurait pas été possible de faire autrement. Cette pensée la fit rire.

— Qu'est-ce qu'il y a de si drôle ?

— La chose habituelle.

— Ce n'est pas drôle.

— Si, répliqua-t-elle, ravie de l'amusement qu'elle entendait dans sa voix. C'est hilarant.

— Tu ne m'as pas laissé faire tous les préliminaires.

— Parce que tu as dit que tu ne voulais pas de moi ce soir.

— Je n'ai jamais dit ça. Je n'aurais jamais dit ça.

Tout en parlant, il se pencha en avant, la poussant pour qu'elle s'allonge sur le dos. Il l'accompagnait dans son mouvement, sans jamais perdre leur lien fragile.

— J'ai dit que j'avais peur de te faire du mal parce que j'étais énervé.

— Et j'ai répondu que tu ne pourrais jamais me faire de mal, parce que je crois que c'est vrai.

— Je ne te ferais jamais de mal exprès.

Il se recula un peu et se pencha pour embrasser la petite bosse des bébés sous la peau de son ventre.

— Ni à nos bébés.

Elle le désirait et elle passa ses doigts dans les cheveux blonds et hirsutes d'Owen.

— J'ai entendu que tu parlais de préliminaires ?

Malgré sa hâte, elle gardait un ton léger, espérant que cela aurait l'effet désiré sur lui.

— J'ai peut-être dit quelque chose comme ça.

Il ne l'avait jamais touchée autrement qu'avec une extrême tendresse, mais ce soir, sa tendresse atteignait un tout autre niveau, peut-être pour essayer de compenser sa peur de perdre son sang-froid. S'installant entre ses jambes qui étaient appuyées sur ses larges épaules, il la caressa avec sa langue pour qu'elle s'ouvre à lui.

Laura se cambra vers la chaleur de sa bouche, saisissant le drap dans ses poings pour s'accrocher au lit. Encouragé par ses gémissements de plaisir, il glissa un doigt en elle tout en suçant son clitoris. La combinaison déclencha son orgasme, si bien qu'elle dut étouffer ses cris dans ses mains pour ne pas réveiller le bébé. Lorsqu'elle fut redescendue d'une hauteur incroyable, il se déplaça au-dessus d'elle tout en maintenant ses jambes ouvertes sur ses cuisses.

— Je pense que tu es peut-être plus prête maintenant, fit-il tout en testant sa théorie avec ses doigts.

— Je crois que tu as peut-être raison, répondit-elle entre deux respirations profondes.

— Voyons voir !

Laura le prit dans ses bras, l'attirant pour un baiser tandis qu'il enfonçait son membre en elle, l'étirant et la brûlant malgré la préparation.

— Si chaud et si étroit, murmura-t-il contre ses lèvres alors qu'il déplaçait ses jambes de ses cuisses pour qu'elle les referme autour de ses hanches. J'ai toujours bien du mal à me retenir jusqu'à ce que tu me laisses entrer. À chaque fois, en fait !

— Je suis désolée que ça me prenne autant de temps.

— Pas moi. Je me sens mieux que jamais.

— Moi pareil.

— Je ne sais pas si je peux le croire. Je reçois beaucoup de plaintes.

Elle fut immensément soulagée de l'entendre la taquiner. Malgré les soucis et les chagrins, son Owen était toujours là et, avec un peu de chance, il le serait encore après la confrontation avec son père.

— Ce ne sont pas des plaintes, à proprement parler, mais plutôt un commentaire sur le fait que tu as eu plus que ta part.

Le rire d'Owen fit beaucoup pour dénouer la tension qu'elle avait portée en elle toute la journée, tant elle craignait que le procès ne les éloigne l'un de l'autre. Elle ne le supporterait pas. Peu importe les difficultés, elle devait être celle qui les maintiendrait en bonne entente. Il ne méritait rien de moins après tout ce qu'il lui avait donné.

Il l'embrassa, la toucha et la câlina jusqu'à être totalement en elle, ce qui les fit trembler et s'accrocher l'un à l'autre. Owen faisait toujours attention à ne pas trop peser sur son ventre et il en fut de même cette nuit-là. Il l'emmena dans un voyage délicieusement érotique sans lui causer un moment de chagrin ou d'incertitude : elle savait à quel point il l'aimait.

Il le lui disait chaque fois qu'il la regardait, la touchait ou lui parlait. Alors qu'il lui faisait lentement et doucement l'amour, ses douces caresses l'enflammant de nouveau, Laura aurait voulu lui faire voir qu'il n'avait pas hérité quoi que ce soit de son père en devenant un homme.

— Owen.

— Oui ?

— Je t'aime tellement. Je t'aime plus que je n'aimerai jamais personne.

— Tu as le droit d'aimer nos bébés plus que tu ne m'aimes.

Elle secoua la tête.

— Je les aime autant que je t'aime toi. Pas plus.

Son front se posa sur le sien. Ses mains s'arrondirent autour de ses épaules alors qu'il la pénétrait plus profondément.

Laura serra ses jambes autour de lui et souleva les hanches pour répondre à chacune de ses poussées, jusqu'à ce qu'ils crient tous les deux de l'incroyable plaisir qui les envahissait. Toujours enfoui au plus profond d'elle, il se laissa aller sur le côté, l'entraînant avec lui. Il souleva la jambe de la jeune femme, la ramena sur sa hanche tandis qu'il continuait à palpiter et à pulser des soubresauts de leurs orgasmes.

Laura posa ses lèvres sur la poitrine d'Owen, ferma les yeux et respira son odeur familière.

— Si tu ne veux vraiment pas que je vienne avec toi, je resterai à la maison. Si c'est ce qu'il te faut, je n'insisterai pas.

— Tout à l'heure, sur la plage, je pensais que je devais absolument t'épargner le voyage, le procès, tout ça. Si je m'écoutais, tu ne poserais jamais les yeux sur Mark Lawry. Mais depuis que j'ai décidé que tu n'irais pas, j'ai commencé à m'inquiéter de ne pas pouvoir supporter ça si tu n'es pas là. Et cela fait de moi le salaud le plus égoïste du monde, parce que je sais que tu serais beaucoup mieux si tu restais à la maison.

— Tu n'es pas égoïste, Owen. Tu es tout le contraire. Si tu me demandais quel est ton plus grand défaut, je dirais que tu penses aux autres avant de penser à toi. Et cela remonte exactement à ton père et à la façon dont tu as été élevé et dont tu t'es occupé de tout le monde à tes propres dépens. Tu le fais encore et, tout ce que j'essaie de te dire, c'est que tu n'as plus à le faire.

Il la serra dans ses bras et l'embrassa.

— Continue à me le répéter, tu veux bien ? Je vais mettre pas mal de temps à m'en convaincre.

— On a le reste de notre vie pour y arriver.

— Le reste de notre vie, fit-il en soupirant. Ça me semble si bon.

Elle l'embrassa et caressa sa barbe naissante.

— Ça ressemble au paradis pour moi.

— Pendant que j'étais sur la plage, j'ai essayé d'imaginer ce que ce procès aurait pu être avant que je ne vous aie dans ma vie, Holden et toi. Je serais devenu fou – bien plus que maintenant.

— Je suis contente que notre présence t'aide.

— Sûrement, Laura. Je t'entends tout le temps dire aux gens tout ce que je fais pour toi, mais c'est toi qui m'as fait goûter enfin à ce qu'est une vie normale. Tu ne peux pas savoir ce que ça représente pour moi.

— Il faudra que tu t'en souviennes au cours des prochaines semaines. Je veux que tu ne penses qu'à ce que tu as maintenant et plus à ce que tu étais auparavant. Ces jours sont passés et n'ont plus d'importance. Tu n'es plus l'enfant sans défense qui n'avait aucun pouvoir ni moyen pour protéger les personnes qu'il aimait. Tu es un homme grand et fort qui prend soin de tous ceux qui l'entourent avec amour et gentillesse.

— Tu pourras continuer à me le répéter aussi ? Et tu ne me reprocheras pas si je me comporte comme un vrai crétin dans un proche avenir – au moment où nous sommes censés être merveilleusement heureux en attendant avec impatience le jour de notre mariage ?

— Je continuerai à le faire et je ne te tournerai jamais le dos, quoi que tu dises ou fasses. Ce n'est pas ta faute si le calendrier est ainsi. Le procès aurait dû être terminé depuis longtemps, alors n'ajoute pas les délais à la liste des choses que tu penses devoir regretter. Tu n'y es pour rien.

D'une caresse de sa grande main, il ramena doucement en arrière les cheveux emmêlés de Laura.

— Le lendemain du mariage de Janey, quand je t'ai trouvée devant l'hôtel sous la pluie, en train de regarder l'endroit... C'est le jour où ma vraie vie a commencé. Tout ce qui a précédé... En fait, ça n'a plus d'importance maintenant que je t'ai.

— Ça compte parce que ça a fait de toi ce que tu es et j'aime ce que tu es. Mais ça n'a rien à voir avec la vie que nous avons construite ensemble – à moins que nous ne le permettions.

Owen jouait avec la bague de fiançailles au doigt de Laura, la faisant tourner et la touchant comme s'il avait besoin de se rappeler leur lien.

— Jamais je ne laisserai faire une chose pareille.

Malgré l'assurance de sa voix, Laura avait toujours peur que le procès puisse compromettre la liberté durement gagnée sur un passé douloureux.

CHAPITRE 5

 — Je ne peux pas croire que nous allons vraiment faire ça, déclara Carolina Cantrell à son fiancé, Seamus O'Grady.

C'était l'après-midi du samedi et ils faisaient une pause au milieu des préparatifs pour la fête prévue en fin de journée. Ils avaient demandé à Slim, leur ami pilote, de surveiller la préparation d'un authentique barbecue de la mer, spécialité de la Nouvelle-Angleterre, qui mijotait en ce moment même dans une cuve remplie d'algues au bout du jardin.

— Il est encore temps de se défiler, répondit-il avec le charmant accent irlandais qui enchantait Carolina depuis presque un an.

— Je ne vais pas me dégonfler, parce que c'est exactement ce que tu crois que je vais faire.

— Alors, c'est uniquement pour ça que tu tiens le coup ? Pour que je sois fier de toi ?

— Ouais, c'est la seule raison.

De mécontentement, ses yeux verts n'étaient plus qu'une fente, ce qui la fit rire.

— Il est si facile de t'agacer.

Le provoquer – de toutes les manières possibles – était devenu le passe-temps favori de Carolina, surtout depuis qu'elle n'essayait plus de combattre le tsunami connu sous le nom de Seamus O'Grady. Il l'avait poursuivie avec une détermination tenace et avait réussi à épuiser sa résistance, tant et si bien que ses doutes au sujet de leur différence d'âge – seize ans – lui avaient paru bêtement insignifiants au regard de l'immense amour qu'elle ressentait pour lui.

— Je ne te trouve pas drôle aujourd'hui, remarqua-t-il, d'un ton bougon. Pas drôle du tout.

— Si. Tu me trouves toujours amusante.

— Normalement, oui. Mais aujourd'hui, pas trop.

Carolina lança un regard interrogateur en direction de son beau fiancé et arriva à une conclusion surprenante.

— Tu es nerveux ?

— Quoi ? Non. Bien sûr que je ne suis pas énervé. Pourquoi devrais-je l'être ?

— Hum, eh bien, je pourrais faire remarquer une chose évidente...

— Je ne suis pas nerveux, Carolina, alors enlève-toi ça de ta jolie tête et retourne travailler.

— Pas avant que tu me dises ce qui ne va pas. Si tu n'es pas énervé, alors qu'est-ce qu'il y a ?

— Tout va bien, sauf que tu me harcèles alors qu'on a tellement à faire pour se préparer.

En temps normal, ce commentaire l'aurait mise en colère. Le harceler ? Elle ne le *taquinait* pas. Quoique... Il triait des ustensiles en plastique à l'autre bout de la cuisine qu'elle traversa et, se faufilant derrière lui, elle passa ses bras autour de lui.

— Dis-moi ce qui ne va pas.

— Je te le jure, mon amour, tout va bien. Absolument tout.

— Alors, pourquoi n'es-tu pas toi-même aujourd'hui ?

— Comment ça ?

— Tu es irritable ; généralement, c'est moi qui le suis.

— Peut-être que tu as déteint sur moi de plus d'une manière.

Les sous-entendus sexuels étaient beaucoup plus conformes à ce qu'elle attendait de lui.

— Alors, tu ne vas pas me le dire ?

Elle l'encouragea à se tourner et lui faire face.

Il soupira et passa ses doigts dans ses cheveux d'un bel auburn, les ébouriffant par la même occasion.

— Je suppose que tu pourrais dire que je me sens un tout petit peu...

Il fit un geste de la main, de haut en bas.

— Au sujet de ce que nous allons faire.

— Ému. Tu es ému !

— Sauf que de le dire, j'ai l'impression d'être une chochotte de première catégorie.

Carolina éclata de rire. Son homme avait un don pour les mots.

— Mais pas du tout !

Sa bouche avait du mal à prononcer le mot redouté.

— Ça fait de toi un nouveau marié avec un trac parfaitement naturel.

Elle lui prit la main et le conduisit dans le salon où ils s'assirent ensemble sur le canapé.

— Je n'ai pas le moindre doute en ce qui nous concerne ou sur ce que nous allons faire, martela-t-il. Tu dois le savoir.

— Bien sûr, je le sais. Parce que si je pensais que tu avais des doutes après tout ce que tu as fait pour arriver à ce jour, je n'aurais pas d'autre choix que de te tuer.

Son visage s'illumina du demi-sourire malicieux qu'elle adorait.

— Et je n'aurais pas d'autre possibilité que de te laisser faire.

— Heureusement, il n'y aura pas de meurtre aujourd'hui. Seulement de l'amour.

Il se pencha pour l'embrasser.

— Aujourd'hui et chaque jour.

Carolina referma sa main autour de la nuque de Seamus, qu'elle garda là pour l'embrasser encore. Elle se déplaça très légèrement jusqu'à se trouver tout contre lui.

Il lui répondit comme il l'avait toujours fait – passionnément.

Ils restèrent ainsi, serrés l'un contre l'autre, jusqu'à ce que Carolina entende une porte se fermer dans l'allée. Elle se détacha de lui.

— Ce doit être Joe et Janey. Tu es prêt ?

— Je suis né comme ça, mon amour.

Souriant, elle lissa ses cheveux et posa un instant sa main sur sa joue.

— Merci de ne pas m'avoir abandonnée.

— Ah, Seigneur, Caro. Ne dis pas ça. Tu vas me faire perdre mon sang-froid.

Touchée parce que ses émotions étaient à fleur de peau, elle continua :

— Je suis sérieuse. Tu m'as rendue si heureuse – plus que je ne l'aurais jamais imaginé, et je veux que tu le saches avant qu'il ne se passe quoi que ce soit d'autre aujourd'hui. Je sais que je t'ai donné du fil à retordre...

Il étouffa un rire.

— C'est peu que de le dire.

— Je veux juste que tu saches que je suis contente que tu aies persévéré. Tellement, tellement heureuse.

Il tendit la main pour passer un doigt sur son visage :

— Je t'aime, Caro.

— Je t'aime, moi aussi.

Elle l'embrassa de nouveau, s'attardant jusqu'à ce qu'elle entende s'ouvrir la porte moustiquaire. Le laissant avec un sourire, elle se leva pour accueillir son fils et sa famille.

— Nous avons entendu dire qu'il y avait une fête ici aujourd'hui, commença Joe.

Il portait son fils nouveau-né, P.J.,[1] dans un siège de voiture pour bébé qu'il posa sur la table de la cuisine.

— On est les premiers arrivés ? demanda Janey.

— Oui.

Caro était heureuse de les voir et les serra dans ses bras avant de se tourner vers son adorable petit-fils. Né par césarienne en urgence plusieurs semaines avant terme, il avait passé plus d'un mois à l'hôpital jusqu'à ce qu'il soit enfin jugé suffisamment fort pour rentrer chez lui sur Gansett.

— Comment va mon bébé aujourd'hui ?

— Il se porte super bien.

Joe détacha les sangles pour libérer le petit garçon et le passa aussitôt à sa grand-mère.

— Il mange bien et dort beaucoup.

Carolina contempla le minuscule visage, les sourcils comme des plumes, les lèvres miniatures, le léger duvet de cheveux blonds. Il était la plus belle chose qu'elle ait vue depuis le temps où elle avait tenu son père dans ses bras.

— C'est exactement ce qu'il faut qu'il fasse.

Seamus apparut derrière son épaule, se pencha pour embrasser le front de P.J.

— Voilà mon nouveau meilleur ami.

Le ton chantant de l'Irlande dans sa voix était devenu une musique pour les oreilles de Carolina au cours des dix derniers mois.

— Est-ce qu'on peut faire quelque chose pour aider à préparer la fête ? demanda Janey, en prenant un cornichon dans un bocal ouvert sur le plan de travail.

Carolina échangea des regards avec Seamus. Il lui fit un signe de tête, l'encourageant à partager leur nouvelle avec les deux personnes les plus importantes dans leur vie.

— Il y a quelque chose que vous pourriez faire pour nous aujourd'hui.

— Laquelle ? demanda Joe qui était toujours presque entièrement occupé par le bébé.

— Vous pourriez nous soutenir, murmura Carolina.

Cela lui valut toute l'attention de son fils.

— Vous soutenir ?

Le regard de Joe passa de sa mère à Seamus, puis revint sur elle.

— Tu veux bien me répéter ça ?

— La fête d'aujourd'hui, reprit Seamus, est en fait un mariage. On ne voulait pas en faire toute une affaire...

Janey poussa un cri qui effraya son fils.

— Oh, mon Dieu ! Vous êtes *sérieux* ? Vous allez vous *marier* ?

— Nous allons nous marier, confirma Carolina. Et nous aimerions que vous soyez tous les deux nos témoins. Si vous le voulez bien, évidemment.

Joe et Janey se regardèrent et, un bref instant, Carolina n'aurait pu dire ce qu'ils pensaient. Attendre qu'ils répondent quelque chose la rendit nerveuse pour la première fois de la journée. Alors, elle sentit la main de Seamus sur son dos – ce simple geste la calma et réconforta. Quoi qu'il se passe, il serait là avec elle et ils étaient sur le même bateau.

— Bien sûr que nous serons vos témoins, s'exclama Joe tandis que Janey acquiesçait d'un mouvement de tête.

— C'est formidable !

Janey les serra tous les deux dans ses bras.

— Merci mille fois de nous l'avoir demandé.

Seamus serra la main de Joe.

— À qui d'autre l'aurions-nous proposé ?

— Waouh, je n'arrive pas à y croire, reprit Joe. Un mariage surprise. Tout le monde va être épaté.

— Nous ne voulions pas de chichis, cadeaux et mois de préparation, expliqua Seamus. Nous voulons juste être mariés.

— Et ta famille ? demanda Janey.

— Shannon les représentera, répondit Seamus en parlant de

son cousin, arrivé sur Gansett un peu plus tôt dans l'été avec la mère de Seamus ; il avait ensuite décidé de rester quelque temps. Nous avons parlé à mes parents en Irlande hier et ils sont aux anges. Ma mère aime Caro et ne pourrait pas être plus heureuse pour nous. Et, en parlant de ma famille, j'aurais bien besoin d'une semaine de congé à la fin de la saison pour que je puisse amener ma nouvelle épouse dans mon pays natal pour qu'ils fassent connaissance.

— Accordé, s'exclama Joe. Je suis jaloux. J'adorerais aller en Irlande un jour.

— Je serais heureux de t'y emmener, répondit Seamus. À condition de trouver quelqu'un pour nous remplacer tous les deux sur les ferries.

Joe lança un regard en direction de P.J.

— Je vais être un peu occupé pendant les prochaines années, mais, un jour, je te prendrai au mot.

— Quand tu veux.

— Il y a encore une chose, continua Seamus en s'adressant à Joe. J'ai essayé de convaincre ta mère de signer un papier que Dan Torrington a rédigé pour moi.

— Seamus ! gronda Carolina.

— Quel genre de papier ? demanda Joe.

— Un accord prénuptial, dit Seamus.

— Je lui ai dit que c'était totalement inutile, répliqua Carolina en regardant son fiancé d'un œil noir. Et c'est presque insultant qu'il pense à l'argent dans un moment comme celui-ci.

— Je suis un immigrant irlandais qui gagne bien sa vie, ma chérie ; mais je n'ai pas ce que tu as. Je veux que tu sois protégée.

— Tu as l'intention de me quitter et de t'enfuir avec mon argent ?

— Bien sûr que non, mais...

— Alors, pourquoi gâchons-nous cette journée avec une conversation que je croyais close depuis des semaines ?

— Nous ne gâchons rien du tout et, si tu l'avais oubliée,

pas moi.

Il tourna son attention vers Joe.

— Qu'est-ce que tu en penses ?

Joe réfléchit un instant.

— Je pense que tu devrais le signer, Maman.

— Joe ! protesta Janey.

Joe leva la main pour arrêter son objection et celle de sa mère.

— Je pense que tu devrais le signer, mais pas parce que je crois que tu en auras un jour besoin.

— Alors pourquoi ? interrogea Carolina.

— Parce que cela semble important pour Seamus.

— Oui, insista Seamus. C'est très important pour moi.

Carolina et Seamus s'affrontèrent du regard et cela se termina quand elle cilla.

— Bien. Si c'est si important pour toi, je vais le signer. Mais qu'il soit dit que je fais ça pour toi. Pas pour moi.

— Bien noté, mon amour.

Il alla chercher le formulaire dans l'autre pièce.

Quand il revint, Carolina le lui prit, le signa et le lui rendit.

— Je ne veux plus jamais en parler.

Alors qu'il la serrait dans ses bras, elle se sentit fondre.

— Je ne peux pas imaginer qu'un jour nous devrons discuter de ce papier ou de ce qu'il raconte, mais je me sens mieux de savoir que tu es protégée, reprit Seamus.

— De toi ? Maintenant, tu te soucies de me protéger ? Qui est-ce qui me protégeait quand tu me poursuivais comme un fou furieux et même autour de la table de la cuisine ?

— *Oh, mon Dieu*, gémit Joe tandis que Janey riait comme une folle. Je n'ai vraiment pas besoin de cette image dans ma tête.

— Pas devant les enfants, mon amour, dit Seamus avec un sourire et un baiser.

Elle secoua la tête, amusée, amoureuse et consternée tout à la fois.

— Maintenant, je voudrais faire risette avec mon petit-fils, dit Seamus, en tendant les bras pour prendre P.J.

Tandis que Seamus tenait le bébé, Caro se tourna vers son fils, qui n'avait que deux ans de moins que l'homme qu'elle allait épouser.

— J'ai honte pour lui. J'espère toujours qu'il va apprendre à se comporter correctement, mais je commence à y renoncer.

Joe l'embrassa en riant.

— Je suis heureux pour toi, Maman. Comment pourrais-je ne pas l'être quand je vois à quel point il te rend heureuse et comme vous allez super bien tous les deux ensemble ?

Carolina ferma les yeux pour retenir le flot de larmes qui les remplissait. Joe et elle étaient restés seuls tous les deux pendant très longtemps après la mort de son père dans un accident quand le petit garçon n'avait que 7 ans. Maintenant, ils étaient tous deux heureux en amour et avaient tant de choses à attendre.

— Merci, Joseph.

Il l'embrassa sur la tempe.

— Est-ce que c'est moi qui joue le rôle du père de la mariée ?

— Certainement.

À 17 h, le jardin de Seamus et Carolina était plein d'amis qui appréciaient la soupe de poisson et les chaussons aux palourdes que Slim avait préparés. Tout le monde taquinait le fringant pilote qui leur avait caché ses autres talents.

— Vous devriez voir ce que je peux faire d'autre, dit-il en déclenchant des rires.

Seamus s'approcha de Carolina.

— Tout le monde est là ?

— Sauf Grand Mac et Linda. Je ne sais pas ce qui peut les retenir.

— Tu as demandé à Janey ?

— J'étais sur le point de le faire.

— Je viens avec toi.

Ils trouvèrent Janey dans le salon, en train d'allaiter P.J.

— Alors, c'est l'heure ?

— Pas encore, répondit Caro. Tes parents ne sont toujours pas arrivés.

— Je me demande ce qu'ils font.

— Tu veux bien les appeler ?

— Bien sûr. Mon téléphone est dans mon sac à main dans la cuisine.

— Je vais le chercher.

Seamus était heureux d'avoir quelque chose à faire de l'énergie qui le traversait de la tête aux pieds. Ils étaient si près... Si proches d'avoir ce qu'il voulait pour probablement l'éternité, même si ce n'était que pendant quelques années. Il se souvenait encore de la première fois où il avait vu Carolina, peu après avoir commencé à travailler pour Joe. Elle était venue chercher son fils pour aller déjeuner et il en avait été tout retourné.

Il avait tout de suite compris qu'il devrait abattre des montagnes pour gagner son cœur. Tout d'abord, il travaillait pour son fils. Ensuite, il n'avait que deux ans de plus que Joe. Cependant, le troisième défi s'était avéré le plus ardu : la convaincre qu'elle avait le droit d'être heureuse, de faire fi de ce que les autres pensaient d'eux ou des années qui les séparaient. Il ne s'en souciait pas le moins du monde et l'avait finalement amenée à voir les choses de son point de vue.

Il trouva le portable de Janey et le lui apporta, attendant aux côtés de Caro pendant qu'elle passait l'appel. Sa charmante épouse portait une magnifique robe jaune qui mettait en valeur son bronzage de fin d'été. Il y avait une petite semaine, elle s'était fait faire une coupe et une coloration et, à la regarder, on n'aurait pu dire si elle avait ou non plus de 40 ans.

— C'est bizarre, fit Janey. Ils ne répondent ni l'un ni l'autre.

— Je le jure devant Dieu, s'énerva Caro, si je découvre qu'ils se font des câlins quand je veux me marier, ils n'ont pas fini de m'entendre.

— Merci pour ce visuel, répliqua Janey. Début du lavage de cerveau.

Son téléphone sonna.

— C'est ma mère.

— Merci mon Dieu ! s'exclama Caro.

— Où êtes-vous ?

Janey fit une pause pour écouter.

— Caro vous attend pour servir le dîner. OK. À tout à l'heure.

Elle mit fin à l'appel et les regarda.

— Ils sont en retard, mais ils sont en route. Elle avait l'air un peu essoufflée.

— Je le savais !

Seamus se mit à rire.

— Ce n'est pas toi qui vas reprocher aux autres de passer trop de temps au lit, mon amour.

— Je vous ai entendus, grommela Joe qui les avait rejoints. Et je ne veux plus jamais entendre ça.

— Mes excuses, rétorqua Seamus en souriant. Pas devant les enfants.

— Exact, fit Joe. Et ne l'oublie pas. On y va ou quoi ?

— On attend la belle-famille, dit Janey. Ils ont apparemment été distraits au moment de sortir de la maison.

— Non ! s'exclama Joe en souriant. L'ancien est toujours en forme, hein !

— O-oh, gémit Janey. Je vous en prie, arrêtez de parler de ça !

— Et qui traites-tu de vieux ? demanda Caro à son fils.

Cet échange plaisant permit à Seamus de se libérer de la tension qui l'avait oppressé toute la journée. Ses amis seraient bientôt sa nouvelle famille et il avait hâte qu'il en soit ainsi.

Frank McCarthy entra dans la maison, l'air reposé et détendu après une grande partie de l'été passée sur Gansett.

— Qu'est-ce qu'on attend, les enfants ? demanda le juge.

— On attend que votre frère et sa femme sortent du lit et viennent à notre fête, ronchonna Carolina.

Les yeux de Frank s'élargirent de surprise.

— Je sais, oncle Frank, enchaîna Janey. C'est tout à fait dégoûtant.

Frank rit de voir sa nièce consternée.

— Je ne sais pas si le mot dégoûtant est celui que j'utiliserais. J'allais dire surprenant.

— Ils sont comme un couple d'adolescents ces derniers temps, expliqua Caro.

— Tant mieux pour eux, rétorqua Seamus. On va être comme ça aussi, mon amour, alors tu ferais mieux de te préparer.

— Oh, Seigneur, murmura Joe. Je n'avais vraiment pas besoin d'entendre ça non plus.

— Je suis désolée, chéri.

Caro tapota le bras de son fils.

— J'ai essayé de le contrôler, mais j'ai peur qu'il n'y ait pas moyen.

— Et elle m'aime bien comme ça, même si elle n'a pas envie que tu le saches, répliqua Seamus – ce qui mortifia profondément Joe.

— Si tu n'arrêtes pas de parler maintenant, il n'y aura pas de mariage, menaça Carolina.

Seamus lui sourit. Rien ne pouvait l'abattre le jour où il devait épouser l'amour de sa vie.

Vingt minutes plus tard, Grand Mac et Linda McCarthy arrivaient en toute hâte, le visage rouge et énervé.

— Vraiment désolée d'être en retard, s'excusa Linda. Nous avions un rendez-vous qui a pris du retard et...

— Allons, allons, Maman, fit Janey. Nous savons ce à quoi

vous étiez occupés.

Grand Mac renifla, ce qui lui valut un coup de coude de sa femme dans les côtes.

— Commençons le spectacle, maintenant que tout le monde est là, proposa Frank.

— Quel spectacle ? demanda Linda.

— Dois-je leur dire, Maman ? s'enquit Joe.

— Je t'en prie.

— Il s'agit du spectacle Carolina and Seamus, annonça Joe. Ils se marient aujourd'hui.

Linda poussa un cri perçant.

— *Quoi ?*

— Tu l'as bien entendu, fit Caro, visiblement amusée par la réaction de son amie de longue date.

— Vilains cachottiers ! s'écria Linda en prenant Carolina puis Seamus dans ses bras.

— Félicitations ! Quelle idée amusante – un mariage surprise.

Le visage de Linda devint cramoisi.

— Désolée d'avoir retardé les choses.

— Pas de problème, fit Caro avec un sourire chaleureux pour celle qui était devenue sa famille depuis que Joe avait fait la connaissance du fils de Linda, Mac, en maternelle.

— Tu es là maintenant, alors...

Elle le regarda.

— On y va ?

— Oh oui, s'il te plaît, mon amour.

— Excellent, dit Frank. Vous deux, préparez-vous et laissez-moi faire le reste. Mac, viens m'aider à mettre tout le monde en place.

Suivant son frère jusqu'à la porte coulissante qui menait à la terrasse et au jardin, Grand Mac s'arrêta pour serrer la main de Seamus.

— Tu vas épouser l'une des plus belles femmes que je

connaisse. Prends bien soin d'elle.

— Je le ferai. Tu as ma parole.

Grand Mac approuva de la tête et poursuivit son chemin vers le jardin.

Seamus se tenait aux côtés de Carolina, Joe, Janey et Linda, écoutant les frères McCarthy rassembler leurs amis et leur famille.

— Mes amis, commença Frank, nous avons une petite surprise pour vous aujourd'hui. Où est Seamus ?

— J'attendais ce signal, fit Seamus en embrassant Carolina qu'il avait prise dans ses bras. Il lui murmura à l'oreille :

— Toi et moi pour toujours, mon amour. On y va.

Elle renifla en hochant la tête.

— On se retrouve là-bas. Ne te perds pas en route.

— Non, dit-elle en riant en essuyant ses larmes avec les mouchoirs que Linda lui passait.

Seamus sortit dans le jardin, où un bourdonnement de curiosité retint l'attention de leurs invités. Ils avaient décidé d'agir plutôt que de faire un discours, si bien qu'il s'approcha de Frank et lui serra la main sous les regards perplexes des amis présents.

Janey, portant P.J., s'avança avec sa mère jusqu'au premier rang du groupe qui se tenait autour d'eux.

— Raconte, Janey, lui dit son frère Mac. Qu'est-ce qui se passe ?

— Chut, répondit-elle. Tu vas voir dans une minute.

Après une longue pause pendant laquelle tout le monde cherchait à mieux voir la maison, Carolina apparut au bras de son fils. Elle portait un bouquet de marguerites que Seamus avait cueillies pour elle dans leur jardin.

— Oh, mon Dieu, s'exclama Adam McCarthy. Ils se marient !

––––––––––––––––––––––––

1. Abréviation pour Peter Joseph, prénoms de ses grand-père et père. (N.D.T.)

CHAPITRE 6

Seamus se mit à rire devant les réactions étonnées qui suivirent l'exclamation d'Adam. Lorsque Carolina et Joe arrivèrent à l'endroit qu'ils avaient choisi un peu plus tôt, elle se retourna et prit son fils dans ses bras. Après quelques mots chuchotés, tous deux s'essuyèrent les yeux.

Seamus tendit la main à Caro, qui lia ses doigts aux siens. Il la rassura d'une légère pression et laissa échapper tout l'air qu'il avait dans les poumons et retenait sans s'en rendre compte, attendant que quelque chose de terrible vienne tout interrompre. Depuis le jour où ils avaient élaboré ce plan, il avait pensé qu'elle pourrait changer d'avis. Mais cela n'était pas arrivé et maintenant ils étaient exactement là où il voulait être presque depuis le jour où il l'avait rencontrée.

— Mes amis, au nom de Seamus et Carolina, je suis heureux de vous accueillir à leur barbecue de mariage, s'exclama Frank sous les acclamations enthousiastes de l'assemblée. J'ai été très heureux de passer du temps avec eux ces dernières semaines pendant qu'ils se préparaient pour cette journée. Ils tenaient surtout à ce que leur mariage soit décontracté et amusant et voulaient inviter les personnes qui comptent le plus pour eux.

Seamus et Carolina ont choisi de rédiger eux-mêmes leurs vœux ; je leur laisse donc la parole à partir de maintenant. Seamus ?

Carolina passa son bouquet à Linda et se tourna vers lui.

Il lui prit les mains, la regarda en espérant qu'il pourrait s'en sortir sans se ridiculiser.

— Dès le jour où j'ai rencontré la mère de mon nouveau patron, j'ai su que j'allais avoir des tas d'ennuis.

Carolina et tous les invités éclatèrent de rire à cette entrée en matière, comme il l'avait espéré.

— Tu m'as entraîné dans une joyeuse course-poursuite, mon amour, et il y a eu beaucoup de jours où j'ai cru que nous n'arriverions jamais à celui-ci. Et avant de te promettre amour et dévotion éternels, je veux dire à ton fils bien-aimé, Joe, que je le remercie de m'avoir accueilli dans sa famille et confié le cœur de sa mère. Je promets d'en prendre soin. Je n'ai peut-être que quelques années de plus que toi, Joseph, mais ça ne veut pas dire que je ne ferai pas de mon mieux pour être un excellent beau-père.

— Ah, Seigneur, grommela Joe en riant et en retenant un flot de larmes auquel il ne s'attendait manifestement pas. Fou d'Irlandais !

Carolina lui fit un sourire radieux, visiblement heureuse de ce qu'il avait dit à Joe.

— Ma belle Carolina, il n'y a pas de mots pour te dire comme il le faudrait ce que tu représentes pour moi, combien je t'aime ou combien je me réjouis à l'idée de passer le reste de ma vie avec toi. Je vais donc simplement faire le vœu de t'aimer, de t'honorer et de te chérir tous les jours de ma vie et te remercier d'entreprendre cette odyssée avec moi. Il n'y a personne avec qui je préférerais voyager.

Les larmes coulaient sur les joues de Caro quand il eut fini, si bien qu'il se pencha et les sécha de ses baisers.

— Pas encore, intervint Frank en faisant rire tout le monde. Caro ?

Elle respira à fond et serra les mains de Seamus.

— Toi, Seamus O'Grady, tu as été la source de mon plus grand tourment ainsi que de mon plus grand amour. Tu me rends folle la plupart du temps et je crois bien que tu le fais exprès.

Seamus haussa les épaules en souriant.

— Tu ne me feras jamais avouer ça.

— Je n'imaginais pas à quel point ma vie était vide et sans espoir jusqu'à ce que tu débarques et me forces à sortir de ma zone de confort de toutes les façons possibles. Tu m'as conquise parce que tu étais fondamentalement convaincu que nous étions parfaitement faits l'un pour l'autre ; que rien, pas même quelques années, ne pouvait nous séparer alors que nous étions destinés à nous aimer. Il m'a fallu un certain temps pour me faire à ta façon de penser, mais une fois que je t'ai finalement cédé, j'ai été plus heureuse que je ne l'aurais jamais imaginé. Alors, merci de ne pas avoir renoncé quand les choses sont devenues difficiles. Merci de m'avoir fait rire et d'être resté assez longtemps pour que je me fasse une raison : puisque je ne pouvais pas commettre un meurtre, il fallait probablement que je t'épouse.

— C'est la première fois que le mot *meurtre* est utilisé dans les vœux de mariage ? demanda Seamus à Frank.

— C'est assurément une première pour moi, répondit Frank qui paraissait beaucoup s'amuser.

— Excellent.

Seamus adressa un immense sourire à sa femme, heureux de chaque mot qu'elle lui avait dit, car il n'avait aucun doute : elle l'aimait avec tout ce qu'elle avait à donner.

— Je t'aime, répéta-t-elle, et je te respecterai et te chérirai ainsi que ce que nous connaîtrons ensemble pour le reste de ma vie. Et quand tu m'auras finalement rendue folle, je pourrai partir heureuse en sachant que j'ai été pleinement et totalement aimée par le plus merveilleux des hommes.

Elle faillit bien le faire pleurer avec ses mots qui venaient du fond de son cœur. Il appuya son front contre le sien, mourant d'impatience d'entendre Frank dire qu'elle était sa femme et qu'il pourrait l'embrasser.

— Les anneaux ? s'enquit Frank.

Seamus relâcha à contrecœur une des mains de Carolina et retira les bagues de la poche du pantalon kaki qu'il avait repassé pour l'occasion. Ils étaient allés sur le continent deux semaines plus tôt acheter les bagues jumelles en platine. Il les tendit sur sa paume et Carolina prit celle de Seamus.

Il glissa celle de Carolina à son doigt, puis elle fit de même, la fraîcheur du métal entourant son annulaire ; il avait conscience de ce que cela représentait et se sentit humble comme il ne l'avait jamais été.

— Par les pouvoirs à moi conférés par l'État de Rhode Island, reprit Frank, je suis heureux de vous déclarer mari et femme. Seamus, tu peux embrasser ton épouse.

Seamus prit Carolina dans ses bras et l'embrassa à pleine bouche tandis qu'amis et famille poussaient des cris de joie.

Elle se tint serrée contre lui pendant un long moment qui n'appartenait qu'à eux et, lorsqu'il mit fin au baiser à regret, ils étaient tous deux en larmes tellement ils prenaient conscience tout à coup de l'importance de ce qu'ils venaient d'accomplir.

— Mme O'Grady.

— M. O'Grady.

— Nous devons nous rendre à une fête.

— Oui.

— Merci pour ça, Caro. Tu n'as pas idée à quel point tu m'as rendu heureux.

— Je crois que je le sais.

Seamus la serra de nouveau dans ses bras, demeurant ainsi aussi longtemps qu'il le pouvait avant que les invités ne réclament leur attention. Il la relâcha à contrecœur, comptant les heures jusqu'au moment où il serait seul avec sa nouvelle épouse.

~

— Quelle surprise fantastique ! s'enthousiasma Maddie McCarthy devant le groupe d'amis et la famille rassemblés autour de quatre tables de pique-nique et dégustant homards et soupe de palourdes.

En temps normal, c'était le moment que préférait Laura, entourée de ses cousins, de leurs proches et des amis qui étaient devenus comme sa famille depuis qu'elle était arrivée sur l'île. Pourtant, rien n'allait quand Owen était assis à côté d'elle, mais à un million de kilomètres de là, perdu dans ses propres tourments.

Maddie s'adressa à sa belle-sœur Janey.

— Vous étiez au courant ?

— Nous l'avons découvert une heure avant vous tous.

— C'est tellement sympa de faire ça de cette façon, déclara Grant McCarthy, en jetant un coup d'œil en direction de sa fiancée, Stéphanie. Tu ne penses pas, chérie ? On réfléchit, mais pas de chichis. On se marie et c'est tout.

Stéphanie haussa les épaules.

— J'imagine.

— Il y a beaucoup d'aspects positifs dans cette façon de voir les choses, reprit Laura.

— C'est drôle, enchaîna Owen, je pensais exactement pareil ; et notre mariage sera plutôt simple.

— C'est tout ce dont je suis capable pour le moment, dit Laura avec un sourire pince-sans-rire à son intention en posant une main sur son ventre.

Elle était soulagée de le voir faire un effort pour participer à la conversation avec leurs amis.

— Toujours malade tous les jours ? demanda Abby Callahan.

— Je n'en manque pas un, répondit Laura. Ça a duré cinq bons mois pour Holden, alors il m'en reste trois !

— Ah, fit Adam McCarthy, le cousin de Laura. Ça doit être affreux.

— Il y a mieux comme amusement. C'est sûr.

— Alors, je suppose que l'endroit où nous avons prévu de nous marier est tout le contraire de chic et atypique, enchaîna Evan McCarthy.

— Votre mariage va nous faire voyager en plein hiver, répliqua Blaine Taylor. Je suis tout à fait d'accord.

— Je vote pour, moi aussi ! renchérit sa femme, Tiffany. On n'attend que ça.

— Jusqu'à aujourd'hui, vous déteniez le record du mariage avec le moins de chichis, confirma la fiancée d'Evan, Grace Ryan. Mais je pense que Seamus et Caro ont battu vos fiançailles qui n'ont duré que trois jours.

— Je ne changerais rien à la façon dont nous nous sommes mariés, affirma Blaine en souriant à sa femme. C'était juste ce que nous voulions.

— Je suis partisan d'enlever ma fiancée pour éviter tout le tintouin, continua Grant.

— Maman te tuerait si tu faisais ça, répliqua son frère Evan. Comme le jour où tu as oublié de lui annoncer tes fiançailles.

Grant fit la grimace.

— Elle était plutôt énervée.

— Maman croit qu'elle a un droit inaliénable de nous voir tous nous marier, fit Mac. En ma qualité d'aîné et de sage, je recommande fermement de ne pas vous enfuir avec vos fiancées.

Entendant ce commentaire, ses trois frères célibataires le bombardèrent avec leurs serviettes en papier et, visant juste, l'atteignirent en pleine figure. Riant, Mac s'en débarrassa vivement.

— Tu es vraiment un beau parleur, remarqua Adam.

— Il se laisse parfois emporter en parlant, approuva Maddie.

Par jeu, son mari lui fit les gros yeux.

— Quoi ? C'est vrai ! Il faut que tu aies raison ou bien c'est la catastrophe.

Sydney Donovan et son mari, Luke Harris, les rejoignirent avec leurs assiettes.

— Tu arrives juste à temps pour te joindre à la conversation au sujet du moulin à paroles qu'est Mac, expliqua Grant à Luke.

— Oh, ça m'intéresse ! s'exclama Luke. Il pontifie à propos de quoi à présent ?

— Des dangers de s'enfuir avec sa fiancée quand tu as Linda McCarthy pour mère, répondit Maddie.

— Grrr, je déteste toujours être d'accord avec Mac, fit Luke. Cependant, dans ce cas, il va bien falloir.

— Eh bien, merci ! s'écria Mac.

Luke était son ami de longue date et partenaire commercial.

— Ça a été si douloureux pour toi ?

— Atroce, admit Luke avec un sourire engageant. Alors, qui est-ce qui s'enfuit avec sa fiancée ?

— J'adorerais, déclara Grant. Ça serait génial ! Juste Steph et moi et un imitateur d'Elvis à Las Vegas !

— Je vais chercher un autre verre de vin, maugréa Stéphanie en se levant de table. Quelqu'un a besoin de quelque chose ?

Les convives déclinèrent et elle s'éloigna.

— J'ai dit quelque chose ? demanda Grant.

— Traitez-moi de folle, remarqua Abby en souriant à l'homme avec lequel elle avait passé dix ans avant de se rendre compte que son véritable amour était son frère Adam, mais la plupart des femmes ne grandissent pas en rêvant du jour où elles diront « oui » devant un imitateur d'Elvis.

— Et moi de fou, soupira Grant, le regard fixé sur Stéphanie, mais je suis sans doute le seul de nous deux à vouloir vraiment se marier.

— Ce n'est pas vrai, dit doucement Grace. Elle est incroyablement amoureuse de toi. Tout le monde peut le voir.

— Peut-être, mais elle n'est absolument pas pressée de se marier.

— Tu lui en as parlé ? demanda Laura à son cousin.

— J'ai essayé de le faire plusieurs fois, mais ça n'a rien donné.

Grant écarta son assiette, comme s'il n'avait plus envie de son homard.

— De toute façon, je ne devrais pas laver mon linge sale en public.

— On n'est pas vraiment un public, remarqua Janey à l'intention de son frère.

— N'empêche. Elle n'apprécierait pas.

— Tu veux qu'on lui parle ? demanda Grace. Laura et moi pourrions essayer de la faire parler un peu. Peut-être qu'elle nous raconterait des choses qu'elle ne voudrait pas te dire.

— Eh bien, merde, ragea Grant, s'il y a des choses qu'elle ne veut pas me dire, peut-être que nous ne devrions pas parler mariage.

— Ne dis pas ça, mon vieux, coupa Evan.

— En faire une question de c'est-tout-ou-rien ne te mènera nulle part, ajouta Mac.

— Je déteste quand il a raison, intervint Adam, mais je suis d'accord avec lui. Ne pose pas d'ultimatum ou quoi que ce soit que tu pourrais regretter plus tard.

— Si vous voulez lui parler, dit Grant à Grace, je veux bien. Au point où j'en suis, je ne sais pas vraiment quoi faire. Je ne veux pas la pousser, mais je suis comme qui dirait perdu quant à la meilleure façon de procéder.

— Nous allons lui parler, promit Laura. Essaie de ne pas t'inquiéter. Elle t'aime.

— Je sais, répondit Grant, mais il n'avait pas l'air entièrement convaincu.

~

— Quand tu m'as demandé de t'accompagner à un barbecue de fruits de mer, je n'avais aucune idée que je te verrais aussi agir en qualité de juge.

Frank McCarthy pouffa au commentaire amusé de Betsy Jacobson. Ils avaient apporté des assiettes chargées de fruits de mer à une table pour deux dans le coin du jardin de Seamus et Carolina.

— Je suis plein de surprises.

— Oui. C'était une belle cérémonie.

Grande et mince, avec des cheveux noirs bouclés qu'elle portait généralement sur les épaules, mais qui étaient aujourd'hui retenus dans une queue de cheval mettant en valeur son visage, elle était d'une beauté saisissante.

— Officier lors d'un mariage a toujours été l'une de mes tâches préférées.

— Je peux le comprendre. Tu savais depuis un moment qu'ils allaient faire ça ?

— Ils me l'ont demandé il y a deux semaines.

— C'est bien de savoir que tu es vraiment doué pour garder des secrets.

Frank éclata de rire.

— Seulement quand c'est absolument nécessaire. Sinon, je suis plutôt comme un livre ouvert.

— La retraite vous va bien, Votre Honneur. Vous semblez très détendu.

— J'adore ça. Laura m'a dit que je suis si bronzé que mes confrères du tribunal ne me reconnaîtront pas. Je suppose que j'ai été plutôt pâlot ces trente dernières années.

— Tu as travaillé dur et bien gagné ta liberté.

— Ça fait quand même bizarre de n'avoir pas grand-chose d'autre à faire quand je me lève le matin que d'aller prendre un café et des beignets avec mon frère et les types de la marina.

— Je parie que Mac adore t'avoir avec lui.

— Oui, et c'est génial de pouvoir le voir tous les jours. Il m'aide à apprendre à me détendre. Il m'a emmené pêcher au milieu de la journée un mardi comme s'il n'y avait rien de plus normal que de prendre quelques heures pour soi.

Elle se pencha un peu plus vers lui et confirma dans un murmure conspirateur :

— C'est tout à fait normal, Frank.

— Continue à me le rappeler.

— Avec plaisir.

— As-tu déjà décidé de ce que tu feras à la fin de l'été ? demanda-t-il, espérant que la question semblerait désinvolte alors que ses sentiments pour elle étaient devenus tout autres au fil de leurs rencontres pendant l'été.

Jusqu'à présent, ils avaient partagé de nombreux dîners, des journées à la plage, des pique-niques avec sa famille et le baby-sitting de son dernier petit-fils. Il espérait que ce qui avait commencé comme une amitié prometteuse pourrait se transformer en quelque chose de plus, ce qui ne lui était pas arrivé depuis qu'il avait perdu sa femme il y avait bien longtemps.

Betsy était encore fragile après la mort tragique de son fils dans un accident de bateau au début de l'été, si bien qu'il y allait prudemment avec elle.

— J'essaie toujours de décider de ce que je vais faire ensuite, répondit-elle. Ned a été très gentil de me permettre de louer au mois et ça m'a vraiment aidée. Être ici a été une bonne chose pour moi. Vous m'avez tous aidée.

— Bien, reprit Frank, non sans hésitation.

Honnêtement, il ne voulait pas entendre qu'elle avait l'intention de partir. Le temps qu'ils avaient passé ensemble leur avait fait du bien à tous les deux et il espérait que c'était loin d'être fini.

— À un moment ou à un autre, je devrais probablement retourner travailler.

— Il faut que tu travailles ? demanda-t-il avant de faire machine arrière. Ce n'est pas que ça me regarde. Pardon.

— Mais si, Frank, répondit-elle doucement. Tu as été un ami vraiment incroyable et d'un grand soutien. Je ne sais pas comment j'aurais pu traverser ces derniers mois sans ta famille et toi. Mes amis, chez moi, ont tous le cœur brisé à cause de Steve, si bien que c'est plus difficile. Ils sont merveilleux. Ne me comprends pas mal. Ils veulent tous aider, mais ils ne savent pas comment. Ici, les gens ne le connaissaient pas alors, même s'ils sont tristes pour moi, je ne suis pas confrontée partout à un chagrin permanent. J'avais besoin de ça.

— Je suis heureux que nous ayons pu aider.

— Et non, je n'ai pas besoin de travailler. J'ai reçu une pension très généreuse de mon mari au moment de notre divorce et je l'ai investie sagement. Le bureau où je travaille m'a gardé ma place. Je suppose que, par courtoisie, je devrais leur faire savoir si je ne reviens pas.

— Tu ne dois pas décider tout de suite.

— Je ne peux pas rester éternellement dans les limbes. Au travail ou avec toi.

Il fut surpris par son commentaire inhabituellement direct au sujet de leur amitié.

— C'est là que nous étions ? Dans les limbes ?

Elle le gratifia du sourire timide qui l'avait fait craquer tout l'été.

— Je suis consciente du fait que tu aimerais que nous soyons plus que des amis.

Elle s'arrêta et rougit.

— Ou peut-être ai-je mal compris. Dans ce cas, me voici plus qu'embarrassée.

Frank tendit la main vers elle par-dessus la table.

— Tu as très bien compris. Je m'intéresse beaucoup à toi. Et à nous.

Le regardant avec autant d'intérêt que de curiosité, elle retourna sa paume et lia leurs doigts.

— Tu m'aurais dit ça si je n'en avais pas parlé ?

— J'espérais que tu serais prête à avancer plus loin à ton rythme. Je ne voulais pas te presser. Je sais combien le processus du deuil peut être difficile, même si je ne peux pas imaginer ce que ce serait de perdre mon unique enfant. C'est un tout autre niveau de chagrin.

— C'est incroyablement dévastateur, mais je me rends compte que je préfère avoir eu le temps que j'ai eu avec Steve et le perdre trop tôt, plutôt que de ne jamais l'avoir connu et aimé.

— C'est une très belle façon de voir les choses. Je ne l'ai pas connu et je le regretterai toujours, mais je parie qu'il serait sacrément fier de la façon dont tu t'es comportée depuis sa mort. Je sais que je le suis. Pour ce que ça vaut.

— C'est très important pour moi. Merci.

Il lui serra la main et lui fit un clin d'œil dans l'espoir de détendre l'atmosphère.— Alors, ça veut dire que tu veux bien être ma petite amie ?

— Je ne suis pas un peu vieille pour être considérée comme la petite amie de quelqu'un ?

— Tu n'as même pas encore 50 ans et tu es probablement trop jeune pour un vieux type comme moi.

Il avait quatorze ans de plus que les 48 ans de Betsy, mais la différence d'âge n'avait jamais été un problème entre eux.

— Tu n'es pas vieux. Tu es jeune et plein de vitalité et...

— Et quoi ? demanda-t-il, ravi de la rougeur qui montait à ses joues.

Comme ils étaient assis à l'ombre, cela ne pouvait pas être attribué à la chaleur du soleil.

— Tu es très beau, ce que tu savais déjà.

— Il y a très longtemps que personne ne me l'a dit.

— Il faut croire que toutes les femmes de Providence sont aveugles et muettes.

Son commentaire indigné fit rire Frank à gorge déployée, ce qui attira l'attention de ses deux enfants à l'autre bout du jardin : ils semblaient intrigués de le voir tenir la main de Betsy. Non qu'ils soient vraiment surpris. Elle avait passé beaucoup de temps avec lui et sa famille pendant l'été et ils s'étaient tous pris d'affection pour elle.

— Cela fait longtemps que je n'ai pas été la compagne de quelqu'un. Je ne suis peut-être plus très douée pour ça.

— Oh, je pense que tu seras parfaite dans ce rôle.

Il fit rouler leurs mains jointes d'avant en arrière, comme une caresse.

— Qu'est-ce que tu en dis ?

— Tes enfants nous regardent.

— Mes enfants ne sont plus des enfants et ils t'aiment presque autant que moi. Alors, ne t'inquiète pas pour eux.

— Tu es sûr que ça ne les dérange pas que je prenne autant de ton temps ?

— Certain.

— Tu leur as vraiment demandé ?

— Je n'ai pas besoin de leur poser la question. Je les connais assez bien pour dire sans hésiter que, s'ils avaient des problèmes avec le fait que je sorte avec toi, ils l'auraient déjà dit. Tout ce qu'ils m'ont déclaré, et sans réserve, c'est qu'ils apprécient vraiment ta compagnie. Sinon, nous ne serions probablement pas assis ici à avoir cette conversation parce que, comme tu le sais à présent, ils sont toute ma vie. Cela ne signifie pas pour autant qu'il n'y a pas aussi de la place dans mon monde pour d'autres personnes.

— Au pluriel ?

Elle l'amusait. Elle le mettait au défi. Et dans des moments comme celui-ci, elle le charmait. Il était tombé amoureux d'elle presque depuis le jour de leur rencontre, peu de temps après la tragédie qui avait emporté son fils, et cette conversation se préparait déjà depuis un certain temps.

— Une personne. Seulement toi, ma chérie.

— Eh bien, oui, Frank. Je pense que j'aimerais beaucoup être ta compagne.

Le cœur du juge fit une étrange petite danse joyeuse et il se sentit le souffle coupé devant une femme pour la première fois depuis qu'il avait perdu la sienne il y avait une éternité.

— Est-ce que ça veut dire que tu vas rester ici pour voir comment se passe l'automne sur notre belle île ?

— Cela signifie que je pourrais être très tentée d'y réfléchir.

— Je vais devoir songer à ce que je peux faire pour te convaincre.

CHAPITRE 7

*J*oe attendit que tout le monde ait fini de manger avant de se lever ; il siffla très fort pour attirer l'attention générale. Sa mère et Seamus étaient assis à sa droite. Janey, qui tenait leur fils, se trouvait à sa gauche. Ils partageaient la journée avec tous ceux qu'ils aimaient.

— On m'a demandé d'être le témoin de Seamus environ cinq minutes avant le mariage, je n'ai donc pas eu beaucoup de temps pour préparer un discours éloquent.

— Le temps n'aurait pas aidé, remarqua Mac – ce qui fit rire Joe.

— C'est vrai. Je voulais juste dire à ma mère et à Seamus que c'était vraiment une magnifique surprise. Et... Pour dire la vérité, au début, je ne savais pas ce que je devais penser de votre couple ; mais avec le temps, j'ai compris que vous alliez parfaitement bien ensemble. Ma mère et moi avons été seuls longtemps. Maintenant, nous faisons partie d'une famille de cinq personnes et je suis heureux d'y accueillir Seamus aujourd'hui. Tu as été un ami et un collègue formidable depuis que j'ai eu le bon sens de t'engager pour diriger notre entreprise. Bien sûr, je ne t'avais jamais imaginé marié à ma mère, mais je suis heureux que tout se soit déroulé de cette façon.

Il leva sa bouteille de bière en hommage à sa mère et à son nouveau mari.

— À Seamus et Carolina. Puissiez-vous avoir beaucoup, beaucoup d'années heureuses ensemble, et s'il te pousse à commettre un meurtre, Maman, je te donne l'argent de la caution et une pelle.

Tout le monde rit et applaudit pendant que Carolina essuyait ses larmes et embrassait son mari.

Janey tendit la main et Joe lui prit la sienne en s'asseyant.

— Je suis fière de toi, chuchota-t-elle pour qu'il soit le seul à l'entendre.

— C'est vrai ?

— Hum-hum. Cela n'a pas été facile pour toi au début, mais tu as fait passer le bonheur de ta mère d'abord et ça me rend fière.

— Si tu m'avais demandé quand j'étais petit ou même il y a quelques années si elle était heureuse, je t'aurais répondu « oui » sans hésiter. Mais je me rends compte maintenant, après l'avoir vue avec Seamus, qu'elle n'était pas malheureuse, ce qui est une chose totalement différente.

— Oui, c'est vrai et nous ne le savons tous les deux que trop bien.

Joe passa son bras autour de sa charmante épouse et blottit sa tête dans ses doux cheveux blonds. Il regarda le bébé endormi dans ses bras et connut un moment de pur bonheur – et de contentement. Mettre leur fils au monde avait été une épreuve traumatisante pour tous les deux, une épreuve dont ils devaient encore se remettre de plus d'une façon. Mais la seule chose qui comptait pour Joe était qu'ils soient tous deux en bonne santé et en sécurité.

— Joe ?

— Oui ?

— Je pense que je suis prête à – tu sais – revenir à la normale.

Pendant une seconde, le cerveau de Joe se figea complètement.

— Par *normale*, tu veux dire...

Elle fit un signe de tête affirmatif.

Ils n'avaient pas fait l'amour depuis avant la naissance du bébé, bien que le médecin de Janey à Providence l'ait autorisée à reprendre une activité normale depuis deux semaines. Joe avait senti qu'elle n'était pas encore prête ; il avait donc fait un effort terrible pour ne pas la presser ou lui donner l'impression qu'il mourait de désir pour elle, ce qui était le cas. Ce n'était pas nouveau. Depuis qu'ils s'étaient rencontrés deux ans plus tôt, il l'avait toujours désirée.

— Tu crois qu'on pourra filer bientôt ? demanda Joe.

Janey éclata de rire, et le son de ce rire lui réchauffa le cœur. Il était si reconnaissant qu'elle ait survécu à l'arrivée traumatisante de leur bébé. Aussi longtemps qu'il vivrait, il n'oublierait jamais sa peur épouvantable ce jour-là.

— C'est le mariage de ta mère. Nous devrions être les derniers à partir.

— Peut-être que P.J. fera des siennes et nous permettra de nous sauver d'ici plus tôt.

— On ne peut qu'espérer.

— Janey, je veux que tu saches... Il n'y a pas d'urgence de ma part. Je ne veux pas que tu te sentes obligée ou...

Il oublia complètement ce qu'il allait dire quand la main de Janey atterrit sur sa cuisse et remonta pour le caresser intimement sous la table.

— Tu as une question ? s'enquit-elle avec un sourire à la fois innocent et calculateur qui lui fit bouillir le sang dans les veines, et surtout dans son entrejambes.

— Une seule. Quand P.J. va-t-il se réveiller et nous donner une excuse pour nous échapper ?

— Bientôt. Très bientôt.

— Bien.

Grace, Laura et Abby planifièrent discrètement leur approche. Elles avaient attendu que Charlie et Sarah s'éloignent pour aller chercher des boissons fraîches avant de se jeter sur Stéphanie qui était restée un long moment avec eux. Grace et Laura passèrent chacune un bras dans celui de Stéphanie et s'éloignèrent du groupe tandis qu'Abby les suivait.

Laura avait dû convaincre Abby de les rejoindre. Depuis qu'elle avait ouvert le *Grenier d'Abby* dans l'hôtel *Sand & Surf* où se trouvait également le *Bistro de* Stéphanie, les jeunes femmes avaient passé beaucoup de temps ensemble. Depuis longtemps, elles avaient oublié qu'Abby était en couple avec Grant et étaient devenues des amies intimes. Laura appréciait leur compagnie à l'hôtel et avait été heureuse de les voir se rapprocher au cours de la saison estivale particulièrement chargée.

— Qu'est-ce que vous mijotez toutes les trois ? demanda Stéphanie à ses amies.

— Il s'agit d'une ingérence, commença Abby.

— Une ingérence ? Qu'est-ce que vous racontez ?

— Il faut qu'on te parle, enchaîna Grace gentiment.

— À quel sujet ?

— Grant.

— Qu'est-ce qu'il a ? demanda Stéphanie avec une expression butée.

— Ne tire pas sur les messagers, fit Laura. Il ne l'admettra probablement jamais, mais tu l'as quelque peu blessé dans le jardin quand tu l'as envoyé promener.

— Moi, je l'ai envoyé promener ?

— En te levant et t'éloignant quand il a essayé de te faire parler de votre mariage.

— Je n'ai pas fait ça.

— Hum, si ! répliqua Grace. Quelque chose ne va pas, Steph ? Tu sais que tu peux nous parler si tu as besoin, n'est-ce pas ?

— Je peux m'en aller si tu préfères ne pas parler de Grant devant moi, coupa Abby.

— Je me fiche de tout ça, rétorqua Stéphanie. C'est de l'histoire ancienne, et tu es heureuse avec Adam.

— C'est bien vrai, admit Abby avec un sourire béat qui fit rire les autres.

— Tu vas nous dire ce qui se passe, Steph ? demanda Laura. Quelque chose ne va pas entre Grant et toi ?

— Non, tout va bien. Il vous a dit de me demander ça ?

Laura secoua la tête, inquiète de voir que Stéphanie était manifestement tourmentée. — Quoi que ce soit, tu te sentiras mieux si tu en parles à tes meilleures amies.

— Il n'y a rien, insista Stéphanie.

— Alors, pourquoi ne veux-tu pas parler de mariage alors que tu es fiancée à l'homme que tu aimes depuis presque un an ? demanda Grace.

— Je ne sais pas.

Les épaules de Stéphanie s'affaissèrent comme si elle s'avouait vaincue, ce qui fit de la peine à Laura.

— Je ne sais même pas pourquoi je ne veux pas en parler. Je l'aime. Vous savez que je l'aime.

— Tout le monde peut le voir, souligna Abby.

— On est bien comme ça. Quelle différence cela fera si nous sommes mariés ?

— Je ne prétends pas parler pour lui, mais je pense que ça en fera une pour Grant, souligna Laura. Il veut avoir des enfants un jour et il a déjà 36 ans. C'est probablement une des raisons pour lesquelles il aimerait se marier et pouvoir fonder une famille.

— Je ne sais pas si c'est ce que je veux.

— Tu ne veux pas de famille ? s'étonna Abby.

Stéphanie haussa les épaules. Quand ses yeux se remplirent de larmes, elle les ferma, décidée à rester maîtresse d'elle-même.

Grace passa un bras autour d'elle et Steph laissa tomber sa tête sur l'épaule de son amie.

— Je serais probablement une mère épouvantable, dit doucement Stéphanie – si doucement que Laura l'entendit à peine.

Et puis soudainement, elle comprit.

— Non ! s'exclama Laura. Tu serais une mère merveilleuse.

— Comment peux-tu dire ça ? répliqua Stéphanie. Ma propre mère était absolument horrible. Je ne saurai pas comment m'occuper d'un enfant qui mérite qu'on sache exactement quoi faire.

— Tu n'es pas du tout comme elle, Steph, intervint Grace. Regarde tout ce que tu as fait et accompli en faisant sortir Charlie de prison, en ouvrant ta propre entreprise, tout en ayant la plus merveilleuse relation avec Grant et nous tous. Comment peux-tu dire que tu ne saurais pas quoi faire ?

Stéphanie pleurait sans se cacher à présent. Elle secoua la tête :

— C'est vraiment gentil de votre part de dire ça, mais il n'y a aucun moyen de savoir si je réussirai ou pas tant que je n'aurai pas essayé et je ne peux pas prendre ce risque. Ce ne serait pas juste pour l'enfant ou pour Grant. Il mérite mieux. Il mérite tellement mieux que moi.

— Mon Dieu, Steph ! fit Laura. Tu ne sais pas à quel point il t'aime si tu peux dire quelque chose comme ça.

Stéphanie essuya les larmes sur ses joues.

— Je sais que vous voulez bien faire…

— Mesdames, dit une voix masculine et grave derrière elles, si ça ne vous dérange pas, je vais prendre la suite.

Elles se retournèrent pour voir Grant qui s'était approché.

Laura regarda Stéphanie pour voir ce qu'elle voulait qu'elles fassent.

— C'est bon, les filles. Cette conversation n'a probablement que trop attendu de toute façon.

Elles étreignirent et embrassèrent Stéphanie chacune à leur tour avant de s'éloigner pour les laisser régler ça. Laura serra le bras de son cousin quand elle passa devant lui, effrayée de ce qu'il pourrait devenir s'il perdait la femme qu'il aimait.

Stéphanie avait la gorge serrée en regardant l'expression indéchiffrable de son fiancé.

— Qu'est-ce que tu as entendu ?

Il gardait les mains dans les poches du short à carreaux qu'elle lui avait acheté pour son anniversaire au début de l'été. Elle avait dû le convaincre de le mettre et maintenant il l'aimait beaucoup.

— Pas mal de choses.

— Je suis désolée. Je n'aurais pas dû leur dire ce que je n'ai pas pu partager avec toi.

— Pourquoi ? Pourquoi as-tu été incapable de m'en parler ?

— Parce que j'ai peur.

Il fit un pas vers elle.

— De quoi, ma chérie ?

— De te perdre.

Malgré l'effort qu'elle faisait pour contenir l'émotion qui la prenait lorsqu'elle parlait de ses peurs les plus profondes, un sanglot s'échappa de ses lèvres serrées.

Grant avança encore et l'enlaça, l'attirant dans son étreinte familière et réconfortante.

— Cela n'arrivera pas. Il n'y a rien que tu puisses dire ou faire qui m'empêcherait de te vouloir ou de t'aimer. Je pensais que tu le savais.

Parfois, elle avait encore l'impression de ne pas mériter cet homme extraordinaire.

— Je ne sais pas si je veux des enfants.

Dire ces mots à haute voix l'emplit d'une peur déraisonnable qu'elle gardait cachée en elle depuis des mois alors qu'elle esquivait les efforts de Grant pour fixer une date de mariage.

— Pourquoi dis-tu ça ?

— Parce que ! Après la façon dont j'ai grandi, je ne dois pas prendre ce genre de risque avec un enfant innocent qui mérite mieux qu'une mère qui ne sait diablement pas ce qu'elle fait.

Grant eut un rire léger qui la surprit et rendit furieuse.

— Tu te moques de moi ?

— Non, mon bébé. Je ne me moque pas de toi. Je me moque de l'idée que tout le monde sait ce qu'il fait en mettant un enfant au monde. Regarde Joe depuis l'arrivée de P.J. ! Il n'a pas la moindre idée de ce qu'il faut faire avec un bébé, pourtant il trouve toujours quoi faire. Et il a perdu son père quand il avait 7 ans. Bien sûr, il a eu le mien pour lui montrer ce qu'est la paternité, mais il ne se sentait probablement pas davantage prêt à être père que tu l'es à être mère. Et Laura ? Sa mère est morte quand elle avait 9 ans. Elle n'a personne pour lui montrer comment faire, mais quelqu'un peut-il nier qu'elle est une mère merveilleuse pour Holden ?

— Non, répondit Stéphanie avec une petite voix.

— Regarde ce qu'elle traverse pour mettre les jumeaux au monde. Elle est tombée de nouveau enceinte en sachant les souffrances que la grossesse lui impose et elle n'a pas baissé les bras.

— Je pense que c'était peut-être un accident, coupa Stéphanie, cherchant désespérément un peu d'ironie au milieu de la tempête de son cœur.

— À leur âge, il n'y a pas d'accident.

Il se détacha d'elle, mais juste assez pour voir son visage.

— Je crois du fond du cœur que tu serais une mère extraordinaire. Je crois que si tu jetais un seul regard sur l'un de nos enfants, tu ferais n'importe quoi pour lui. Je crois que tu donnerais ta vie pour que nos enfants soient en sécurité. Je crois à toutes ces choses parce que je te connais, Stéphanie. Je *te* connais, la vraie toi. Je connais ton cœur et je sais ce que c'est que d'être aimé par toi. Rien de ce que tu peux dire ne pourra jamais me convaincre que tu n'aimeras pas notre enfant de la même façon que tu m'aimes – avec tout ce que tu as à donner.

Elle était secouée de sanglots tandis qu'il la serrait contre lui et lui caressait le dos.

— Ce n'est pas juste.

— Quoi donc ?

— Quelqu'un devrait avertir une fille que, si elle s'engage avec un écrivain, elle sera sans défense quand il lui parlera comme ça.

— Tu n'es pas impuissante, mon bébé. C'est toi qui as tout le pouvoir. Je ne pourrai jamais aimer une autre femme ; alors si tu ne m'épouses pas, tu me condamnes à vivre comme un moine pour le reste de ma vie, coquille inutile du type que j'aurais pu être avec toi comme épouse.

Elle riait malgré les larmes qui continuaient à couler librement.

— Tu vois ce que je veux dire ? Qu'est-ce que je suis censée répondre à ça ?

— Tu pourrais dire : *Oui, Grant, comme d'habitude, tu as raison sur tout. Et tout va bien se passer. Tant que nous sommes ensemble, nous pouvons tout surmonter, y compris être parents.* Tu pourrais dire : *Je t'aime et seulement toi et je veux t'épouser autant que tu veux m'épouser.* Tu pourrais aussi dire…

Elle tendit les bras vers lui, entoura son cou et s'accrocha à lui comme à une bouée de sauvetage.

— Ce que tu as dit est vrai, chuchota-t-elle contre ses lèvres. Entièrement.

— Vraiment ? Tu le penses ?

Hochant la tête, elle l'embrassa de nouveau.

— Je suis désolée de ne pas t'avoir parlé de ça plus tôt. J'aurais dû savoir que tu saurais quoi dire pour me faire reprendre pied.

— Je ne veux plus jamais que tu sois seule à perdre pied. Tu n'es plus seule, Steph. Tu n'as pas besoin de t'infliger ça.

— Il faut encore que je m'y habitue. J'ai été seule pendant si longtemps que parfois j'oublie que tout est différent maintenant, que je n'ai plus besoin de tout garder en moi.

Il la tint longtemps dans ses bras, lui donnant exactement ce dont elle avait besoin comme il l'avait toujours fait.

— Tu sais ce qu'il y a eu de mieux dans le fait d'avoir grandi sur Gansett ?

Surprise par le changement de sujet, elle demanda :

— Non, quoi ?

— Je connais chaque chemin de bout en bout.

Indiquant d'un signe de tête un passage sur sa droite, il continua :

— Celui-ci fait le tour de la maison du voisin et aboutit à la route où nous nous sommes garés.

Stéphanie lui sourit parce que son plan la remplissait de joie, d'impatience et de soulagement d'avoir enfin partagé avec lui ses peurs les plus profondes. Lorsqu'il lui tendit la main, elle lui donna joyeusement la sienne et le laissa la guider sur le chemin qui les ramènerait chez eux.

Debout à côté de son père et de Betsy, Laura avait gardé un œil sur Stéphanie et Grant qui semblaient retrouver une bonne entente, à en juger les étreintes et les baisers. C'était un soulagement. Elle les aimait tous les deux et aimait le couple qu'ils formaient. Son cousin n'avait jamais été aussi gentil et heureux que depuis qu'il avait rencontré Stéphanie et en était tombé amoureux. Laura admirait énormément Steph à cause de la bataille qu'elle avait menée pour libérer Charlie de la prison tout en cumulant plusieurs emplois pour subvenir à ses besoins et payer ses avocats.

Jusqu'à ce que Grant la présente à son ami Dan Torrington, aucun avocat n'avait réussi ce que Dan avait accompli avec quelques appels téléphoniques bien placés.

Justement, Dan s'approchait avec sa fiancée, Kara Ballard.

— Je pense que vous êtes les derniers que nous devons inviter, commença Dan.

— À quoi ? interrogea Laura.

— Mes parents arrivent sur l'île ce soir, expliqua Kara, et ils organisent un dîner pour nous demain soir à la *Summer House*[1]. Je sais que le délai est court, mais ils voulaient fêter nos fiançailles. Personnellement, je pense que ce genre de fête est stupide, mais vous ne pouvez pas dire ça à ma mère.

— Je dois vérifier auprès d'Owen qu'il n'a pas de projets ou un concert, mais nous devrions pouvoir venir, répondit Laura.

— N'hésitez pas à amener le bébé, ajouta Kara.

— Votre Honneur, continua Dan, j'espère que vous pourrez venir aussi.

— Appelez-moi Frank, Dan. Et oui, nous aimerions beaucoup, dit-il en jetant un coup d'œil à Betsy, qui hocha la tête affirmativement.

— Vous devrez me laisser un peu de temps pour m'habituer à vous appeler par votre prénom, prévint Dan. Je n'ai pas été élevé pour traiter les juges de manière aussi désinvolte.

— Je suis à la retraite maintenant.

— Juge un jour, juge toujours.

Laura voyait bien que les commentaires de Dan plaisaient à son père, qui faisait une transition en douceur vers la retraite. Elle était heureuse qu'il vive assez près d'elle pour le voir tous les jours. Il avait également été d'une grande aide avec Holden.

Evan s'approcha, voulant parler à Laura.

— Excusez-moi, dit-elle aux autres.

— Qu'est-ce qu'il y a ? demanda-t-elle à son cousin qui était l'ami le plus proche d'Owen.

— Est-ce qu'il va bien ? interrogea Evan.

Elle n'eut pas besoin de demander de qui il parlait.

— Je ne sais pas, soupira-t-elle. Il dit que oui, mais plus on s'approche du départ, plus il se renferme sur lui-même. Je pense qu'il est horrifié à l'idée de revoir son père après tout ce temps et de devoir témoigner. Mais plus que ça, il est terrifié par la pensée que quoi qu'il dise ou fasse, ça puisse être insuffisant pour le mettre sous les verrous pendant un bon moment.

— J'aimerais vraiment que Sarah et lui n'aient pas à affronter ça. Surtout maintenant, juste avant votre mariage.

— Crois-moi, je souhaiterais la même chose.

— Je me suis inquiété parce qu'on nous a demandé de jouer dans plusieurs concerts la semaine dernière et il a refusé, ce qui est inhabituel.

— Surtout quand il peut jouer avec toi. Ce sont ses concerts préférés.

Evan sourit.

— Je vais en Virginie avec toi.

— Evan... Tu n'es pas obligé. Je serai là, ainsi que Blaine, David, Slim, mon père, Sarah. Il sera bien protégé.

— C'est mon meilleur ami, Laura. Je ne peux pas le laisser traverser ça sans être auprès de lui.

Elle posa ses mains sur son bras et sa tête sur son épaule.

— Je ressens la même chose, je ne peux donc pas te reprocher de vouloir venir. Je suis sûre qu'il sera content.

— Je m'inquiète pour lui, reprit Evan, le regard fixé sur Owen à l'autre bout du jardin.

Il était avec sa mère et Charlie, ainsi que Shane, qui tenait Holden dans ses bras. Mais tous ceux qui connaissaient bien Owen voyaient que, s'il souriait et hochait la tête, le sourire n'était pas son vrai sourire. Ce n'était pas celui qui illuminait son visage et mettait des étoiles au coin de ses yeux.

— Moi aussi, avoua Laura.

---

1. Autre hôtel célèbre sur l'île de Gansett – la *Maison d'été*. (N.D.T.)

— Ma mère m'a dit qu'elle restait chez Charlie ce soir, commença Owen quand ils furent rentrés et eurent mis Holden au lit.

— Vraiment ? Waouh. C'est bien pour elle et... lui. Tu penses qu'ils vont, tu sais...

— J'essaie très fort de ne pas y penser.

Laura rit en voyant l'expression de son visage.

— Mon père et Betsy se tenaient la main aujourd'hui.

— J'ai vu ça.

— On dirait que les choses avancent pour tout le monde.

— Maman a dit que Charlie allait venir en Virginie avec nous. Slim va devoir louer un avion plus grand.

Comme ils étaient vraiment nombreux à partir, le père de Laura avait réservé par l'intermédiaire de Slim un avion privé au départ de l'aéroport Green à Warwick.

— Je suis contente que ta mère ait enfin dit à Charlie ce qui se passe pour qu'il puisse l'aider à traverser tout ça.

— J'en suis également heureux.

— Evan a prévu de venir avec nous.

La nouvelle sembla prendre Owen au dépourvu.

— Pourquoi ? Il a trop de choses qui se passent au studio pour s'absenter.

— Il veut être à tes côtés.

Owen secoua la tête.

— Ce n'est pas nécessaire.

— Pour lui, si.

Laura s'approcha prudemment de lui. Pour la première fois, elle n'était pas sûre d'être la bienvenue.

— Tu ne comprends pas combien c'est dur pour les gens qui t'aiment de te voir souffrir.

Il la laissa passer ses bras autour de lui, mais comme s'il la tolérait seulement, ce qui était aussi une première.

— Et vous ne comprenez pas, ni les uns ni les autres, à quel point tout cela est embarrassant et humiliant pour moi.

— Pourquoi, Owen ?

En la regardant fixement, la bouche tiraillée par un tic nerveux, il lança :

— Parce que ! C'est mon père ! Comment Evan ou toi pourriez-vous comprendre d'où je viens avec Frank et Mac McCarthy pour pères ?

La douleur qu'elle entendait en écho dans chacun de ses mots la blessait comme un couteau, la faisant souffrir pour lui. Elle avait entendu dire qu'il était possible d'éprouver la douleur des autres presque aussi intensément qu'ils la ressentaient eux-mêmes, mais elle ne l'avait jamais vécu aussi profondément jusqu'à présent.

— Ton père n'a pas déteint sur toi, Owen. Tu n'avais aucun contrôle sur celui qui t'a engendré, pas plus qu'Evan et moi ne sommes responsables de notre naissance. Nous avons eu de la chance. Pas toi. Nous ne te regardons pas différemment parce que quelque chose sur quoi tu ne pouvais pas agir t'est arrivé. Au contraire, cela nous fait t'admirer encore plus que nous ne le faisions déjà, parce que tu as survécu, alors que cela aurait pu briser une personne moins forte.

— Comment peux-tu être si certaine que ça ne m'a pas broyé ?

— Regarde-toi. Tu es fort, efficace, digne de confiance, loyal, aimant et doux… Si doux avec moi, Holden, ta mère et toutes les autres personnes que tu aimes. Tu ne lui ressembles en *rien*, Owen. Personne ne le pense, sauf peut-être toi.

La tension faisait tressauter sa joue tandis qu'il fixait un point au-dessus de son épaule.

— J'ai l'impression qu'il est là en moi, tapi comme s'il dormait, attendant d'exploser à la première provocation.

— Alors, si je t'énerve un jour, tu me frapperas ?

Les mains à plat sur la poitrine d'Owen, elle le poussa légèrement.

Comme il ne s'y attendait pas, il chancela un peu.

— Qu'est-ce que tu fais ?

— Je veux te prouver quelque chose.

Elle leva la main et la posa doucement contre sa joue.

— Si je te gifle, tu me gifleras à ton tour ?

Il tourna la tête, évitant le contact de sa main.

— Non. Arrête. Pourquoi fais-tu ça ?

Elle ferma son poing, qu'elle pressa contre son ventre.

— Si je te frappe ici, tu feras de même ?

— Laura…

— Tu ne mettrais jamais la main sur moi, quoi que je te fasse. Jamais. Je n'ai pas le moindre doute à ce sujet. Je pourrais dire ou faire n'importe quoi, tu ne me toucherais jamais autrement que par amour.

— Arrête.

— Pas avant que je t'entende dire que tu ne lui ressembles en rien.

Avec ses mains de nouveau sur sa poitrine, elle leva vers lui un front provocateur.

— Ai-je besoin de te pousser un tout petit peu plus pour te faire comprendre ce que je sais déjà ?

L'idée qu'elle puisse physiquement le pousser à faire ce qu'il ne voulait pas était ridicule et ils le savaient tous les deux.

— Dois-je le faire ?

— Non, dit-il en soupirant tout en lui prenant les poignets et les éloignant de sa poitrine.

Il embrassa une de ses paumes, puis l'autre.

— Je préférerais mourir plutôt que de faire quoi que ce soit qui puisse te blesser.

— Et c'est pour cela, exactement, que tu ne seras jamais le fils de ton père. Ne le vois-tu pas, Owen ? Ce n'est pas comme ça qu'il fonctionne. Il aimerait mieux mourir que d'admettre qu'il est terriblement faible et pas à la hauteur ou qu'il ne contrôle pas sa colère. Tu préférerais mourir plutôt que de me faire du mal ou d'en faire à quelqu'un que tu aimes. Tu ne vois pas la différence ?

— Je commence, mais j'ai toujours peur qu'un jour, sa tête hideuse n'apparaisse en moi.

— Alors, quand Holden aura 5 ans et qu'il sera assis à table, jouant avec sa nourriture au lieu de manger, tu frapperas si fort sur son petit visage qu'il ne pourra pas aller à l'école pendant une semaine de peur que quelqu'un ne voie les bleus ?

Elle avait délibérément choisi l'exemple de la première fois où son père l'avait frappé.

— Non, répondit-il, en clignant rapidement des yeux.

Laura encadra son visage avec ses deux mains.

— Tu ne le ferais jamais, tu ne pourrais jamais. Tu aimes Holden plus que tu ne t'aimes toi-même. Tu m'aimes plus que tu ne t'aimes toi-même. C'est pourquoi tu ne te comporteras jamais comme ton père l'a fait. Il n'aime personne plus qu'il ne s'aime lui-même.

Il l'enlaça, laissant tomber sa tête sur son épaule.

— Je veux que tu le dises.

— Dire quoi ?

— Je ne suis pas du tout comme mon père. Dis-le.

— Laura...

Elle glissa sa main autour de sa nuque, le berçant contre elle.

— Dis-le.

— Je ne suis pas du tout comme mon père.

— Répète-le.

Il souffla longuement, comme s'il était secoué de l'intérieur.

— Je ne suis pas du tout comme mon père.

— Encore une fois.

— Je ne suis pas du tout comme mon père.

— On va continuer à travailler sur ça jusqu'à ce que ce soit plus facile à dire et à croire.

— Je ne veux toujours pas que vous veniez en Virginie.

— Dommage.

Pressant ses lèvres sur sa tempe, elle reprit :

— Oh, bon sang ! Ça ne t'énerve pas quand je te parle comme ça ? Tu te sens obligé de me menacer d'une gifle pour que je fasse ce que tu dis ?

Il l'attira contre lui.

— En fait, ça m'excite un peu quand tu me tiens tête.

Laura rit.

— C'est bon à savoir.

— Merci.

Ses yeux s'emplirent de larmes et elle les ferma, bien décidée à rester forte pour lui alors qu'elle avait envie de pleurer.

— S'il te plaît, ne me remercie pas de t'avoir aidé à voir que tu es un homme bon, Owen. Un des meilleurs que je connaisse. Et je ne pense pas que mon opinion sur toi changera jamais.

— Ça me tuerait si je faisais quelque chose pour perdre ton respect.

— Là encore, tu me donnes raison. Crois-tu que ton père a déjà dit quelque chose comme ça à ta mère ?

— J'en doute.

— Je continuerai à te rappeler toutes les différences qu'il y a entre lui et toi.

— OK.

— Viens te mettre au lit avec moi, Owen. J'ai besoin de toi.

— Tu as besoin de moi... On dirait que c'est le contraire, ce soir.

— Nous avons besoin l'un de l'autre, depuis le tout début.

Il pencha la tête pour l'embrasser, s'attardant un long moment.

— Je ne sais pas comment j'ai pu vivre sans toi.

— Je ressens exactement la même chose.

Elle se mit sur la pointe des pieds pour l'embrasser.

— On va t'aider à survivre au procès et ensuite on aura le reste de notre vie ensemble.

Il glissa les mains le long de son dos, enserra ses fesses et la souleva.

Laura s'accrocha à lui tandis qu'ils traversaient la pièce jusqu'à leur lit. Il la déshabilla, puis se dévêtit lui-même, tout en la regardant, les yeux pleins d'amour. Se penchant au-dessus d'elle, il laissa un cercle de baisers sur la légère bosse de son ventre.

— J'ai hâte de rencontrer ces petits.

— Moi aussi.

— Qu'ils arrêtent de te rendre malade tous les jours.

Elle glissa ses doigts dans ses cheveux blonds toujours indisciplinés.

— Moi pareil.

Il pouffa, l'embrassa de la taille jusqu'à son front.

— On va te couvrir pour que tu n'attrapes pas froid.

Il la souleva sans effort, arrangea les oreillers pour elle et la couvrit avant de se glisser à ses côtés.

Laura se tourna sur le côté et le prit dans ses bras.

— C'est le meilleur moment de la journée. Tout au bout du jour, quand je suis enfin seule avec toi.

Il glissa une jambe entre les siennes et l'enlaça.

— C'est aussi le moment de la journée que je préfère.

Malgré le désir qu'elle ressentait toujours pour lui, surtout quand ils se trouvaient nus dans le lit ensemble, ses yeux refusèrent de rester ouverts plus longtemps.

— Je crois que je vais m'endormir.

— Endors-toi, ma chérie.

— Tu ne veux pas...

— Toujours, mais tu dois dormir.

— Je te revaudrai ça demain matin.

— Ne t'inquiète pas. Tu me donnes tout ce que je désire et même plus. Tu ne me dois rien.

— Je te dois tout, chuchota-t-elle. J'étais une épave et tu m'as remise à flot.

— Le meilleur projet sur lequel j'aie jamais travaillé.

Le visage blotti contre sa poitrine, elle sourit, satisfaite et heureuse. Peu importe ce qui se passait autour d'eux, ils auraient toujours ça. Elle emporta cette pensée avec elle en s'endormant.

Longtemps après que Laura se fut endormie, Owen resta éveillé, écoutant la corne de brume du port Sud et le fracas des vagues frappant la digue. Ces sons figuraient parmi ses préférés, dans une enfance qui n'avait pas eu beaucoup de bons souvenirs. Ses six frères et sœurs et lui avaient passé leurs étés ici avec leurs grands-parents ; ce qui, à part les campagnes de leur père militaire, avait été les seuls moments de calme qu'ils aient vécu au milieu de leur éducation violente.

Penser à ces étés lointains fit revenir les menaces qu'avait proférées leur père : ils ne devaient partager les affaires de famille avec personne, même pas les grands-parents qui les adoraient. Les enfants de Mark Lawry avaient toujours vécu dans la peur qu'ils avaient de leur père, même lorsqu'ils se trouvaient à des centaines de kilomètres.

Adulte, Owen avait passé beaucoup de temps à se demander

pourquoi, lorsqu'il avait 12 ou 13 ans, il ne s'était jamais confié à ses grands-parents, qui auraient remué ciel et terre pour les sauver de l'enfer dans lequel ils vivaient. Avec l'âge et la maturité, il savait qu'il avait été gouverné par la peur ; mais il regrettait ardemment de ne pas avoir eu le courage de parler, de dire quelque chose, même si les conséquences auraient été terribles.

Il n'oublierait jamais la façon dont sa grand-mère, une femme forte et impressionnante, avait pleuré en apprenant la vérité sur ce que ses petits-enfants bien-aimés avaient enduré des mains de leur père. Il avait fallu une tentative de suicide du plus jeune de ses frères, Jeff, pour faire sauter le couvercle et mettre au jour tout ce gâchis. Jeff était parti vivre avec leurs grands-parents en Floride, était maintenant à l'université et en excellente forme.

Qu'est-ce qui aurait pu être différent pour Jeff, pour eux tous, si Owen avait seulement dit quelque chose au cours de l'un de ces étés idylliques avec leurs grands-parents ? Intellectuellement, il savait qu'il minimisait la peur accablante avec laquelle il avait vécu quand il avait 12 ans, alors que ce qu'il était à 34 ans tremblait encore à l'idée de devoir rencontrer son père dans quelques jours.

Il se détestait pour cela. Pourquoi devrait-il avoir peur alors qu'il était plus grand et plus fort que la brute qui l'avait élevé n'avait même jamais été ? Comment était-il possible que son père ait encore le pouvoir de le faire trembler alors qu'il ne l'avait pas revu depuis plus de dix ans ?

Owen aurait donné n'importe quoi pour avoir une baguette magique et faire avancer le temps de leur vie jusqu'à ce que le procès soit terminé, son père finalement condamné et enfermé en prison, où il paierait enfin pour la façon odieuse dont il avait traité sa femme et ses enfants pendant des décennies.

En l'absence de magie, il n'avait d'autre choix que de faire appel à toute sa force pour traverser cette épreuve, tourner la page et pouvoir aller de l'avant avec Laura et la vie qu'ils avaient projetée. Son père n'y avait nulle place et, après le procès, il n'aurait plus jamais à le revoir. Ce jour-là n'arriverait jamais assez tôt au gré d'Owen.

Il passa sa main sur les longs cheveux soyeux de Laura, réconforté par sa présence même lorsqu'elle dormait. Elle avait dit qu'il ne ressemblait en rien à son père et cela avait touché une corde sensible chez lui. Il voulait tellement croire qu'elle avait raison, mais il avait toujours été conscient de l'existence d'une cellule de fureur frémissant en lui. S'il ne pouvait pas imaginer qu'il puisse jamais frapper l'un de ses proches, la rage faisait néanmoins partie de son être.

Peut-être n'aurait-il jamais le besoin de puiser dans cette ressource cachée ; il ne pouvait qu'espérer qu'elle resterait en sommeil et ne montrerait pas sa tête affreuse pour lui causer des ennuis. Fixant le plafond dans l'obscurité de la nuit avec l'amour de sa vie endormie dans ses bras, Owen fit le vœu silencieux de ne jamais laisser la colère lui dicter ses réactions envers Laura ou ses enfants. Il les aimait trop pour laisser se produire jamais une telle chose.

Il n'était pas le fils de son père. Il ne serait jamais le fils de son père. Owen s'endormit enfin, emportant ces pensées avec lui dans son sommeil.

C'est une énorme erreur, pensait Sarah en ôtant la tenue qu'elle avait portée pour le barbecue et passant une chemise de nuit légère d'été qu'elle avait apportée pour dormir. Plus tôt dans la journée, en préparant un sac pour passer la nuit avec Charlie, elle avait été excitée et impatiente de passer des heures seule avec lui.

Maintenant que le temps était venu, elle se sentait malgré tout aussi nerveuse qu'une vierge pendant sa nuit de noces. Et ridicule de laisser sa nervosité ébranler sa détermination à aller de l'avant avec un homme qui avait été un ami extraordinaire pour elle depuis presque un an. Il avait été patient, gentil et doux avec elle dès le début. Il lui avait montré comment un vrai homme traite une femme quand il se soucie d'elle, et maintenant elle voulait lui montrer ce qu'elle ressentait pour lui.

Sauf qu'elle n'était pas sûre d'y arriver. Il y avait si longtemps qu'elle n'avait pas ressenti le genre de sentiments que Charlie suscitait en elle rien qu'en la regardant de l'autre côté de la table avec ce sourire timide et ces yeux d'un bleu vif. Il n'avait jamais grand-chose à dire, mais lui avait fait sentir son affection par ses gestes, bien plus éloquents que les mots les plus convaincants qu'on lui eût jamais adressés.

Elle se brossa cheveux et dents, essayant de trouver le courage de quitter la salle de bains, de se mettre au lit avec lui, de l'enlacer, de le toucher et de l'embrasser. Il lui avait dit qu'il n'attendait rien d'elle qu'elle ne soit pas prête à lui donner et elle était heureuse qu'il ait su employer des mots importants pour elle. Toutefois sa nervosité ne la quittait pas.

Respirant longuement, elle plaça ses vêtements pliés dans son sac et le poussa dans un coin de la salle de bains. Elle frotta ses paumes moites sur le coton doux de sa robe et, sortant de la salle de bains, trouva Charlie déjà au lit. Il était appuyé contre plusieurs oreillers, la poitrine nue et les couvertures remontées jusqu'à la taille. Elle eut un moment de panique totale en se demandant s'il était nu en dessous.

Un rire nerveux s'échappa de ses lèvres fermement serrées rien qu'à cette pensée.

— Qu'est-ce qu'il y a de si drôle ? demanda-t-il d'un ton bourru qui aurait pu sembler rude à quelqu'un qui ne le connaissait pas aussi bien qu'elle.

Malgré l'extrême injustice qu'il avait subie pendant quatorze ans en prison, il n'y avait rien de dur chez son Charlie.

Son Charlie. Depuis combien de temps le considérait-elle

comme *son Charlie* ? Pour être honnête, cela faisait un certain temps déjà.

Il lui ouvrit les couvertures et tapota le matelas à côté de lui.

— Tu vas me le dire ?

— Toute cette histoire est drôle, répondit Sarah en se glissant dans le lit près de lui, tout en s'efforçant de calmer son cœur qui battait la chamade, avant de se mettre à hyper ventiler ou quelque chose d'aussi embarrassant.

Il se tourna pour lui faire face, s'appuyant sur une main levée.

— Tu m'expliques la blague ?

Elle se focalisa sur sa poitrine musclée, le tatouage complexe qui entourait son biceps et le tapis de poils foncés de son torse qui commençait à grisonner par endroits. C'était un homme bien bâti et, soudainement, elle eut envie de le toucher, de sentir sa peau douce sous ses mains, d'examiner chaque colline et vallée de ses muscles qui l'avaient fascinée pendant des mois.

— Je suis nerveuse, admit-elle, en gardant son regard fixé sur sa poitrine plutôt que sur son visage.

— Ce n'est que moi, Sarah. Ton ami Charlie.

— Qui se trouve maintenant au lit avec moi et au moins à moitié nu.

— Seulement à moitié, dit-il avec un petit rire bref.

— Tu es nerveux, toi aussi ?

— Bon sang, bien sûr que oui !

— Pourquoi ?

— Parce que tu es enfin là et quenje ne veux pas faire quelque chose qu'il ne faudrait pas ou te faire peur.

— Je suis certaine que c'est impossible.

— N'en sois pas trop sûre. Ça fait longtemps que je n'ai pas été dans un lit avec une femme. Vraiment longtemps.

— Donc tu n'as pas, avec quelqu'un... Depuis que tu es sorti de prison ?

— Nan.

— Oh.

— Oui, ce qui fait que j'ai mes propres inquiétudes, surtout sachant ce que ce bâtard que tu as épousé t'a fait endurer. Je veux te donner tout ce que tu mérites, tout ce que tu aurais dû avoir depuis le début, mais je ne veux pas te presser...

Sarah caressa le visage qui lui était devenu si cher.

— Embrasse-moi, Charlie.

Il l'enlaça et l'attira plus près.

— Est-ce que ça va ?

Elle hocha la tête.

Se penchant au-dessus d'elle, il la regarda pendant un long instant en retenant son souffle avant d'abaisser son visage vers le sien, ses lèvres douces mais persuasives.

— C'est tout ce que nous avons à faire. Je serais heureux que tu dormes seulement dans mes bras.

— Pourquoi ne pas voir ce qui se passera et essayer de ne pas trop s'inquiéter de quoi que ce soit ?

— Ça me semble être un bon plan.

Il l'embrassa encore, avec plus d'insistance cette fois, sa langue cherchant la sienne dans des poussées profondes qui lui firent désirer être encore plus proche de lui.

Elle en profita pour le toucher, pour découvrir la géographie de sa poitrine et de ses bras musclés.

Son contact sembla l'enflammer et il finit par venir s'allonger sur elle tandis qu'un baiser se multipliait par deux puis trois. Elle ne pouvait pas être assez proche de lui, même avec ses bras et ses jambes autour de lui, ses doigts s'enfonçant dans les muscles de son dos tandis que les lèvres et la langue de Charlie continuaient à la dévorer. Son érection pulsait contre elle, dure et insistante, lui rappelant où leurs baisers brûlants pouvaient la mener si elle voulait aller aussi loin.

Cela faisait si longtemps – tellement, tellement longtemps – qu'elle n'avait pas voulu quelque chose comme elle désirait cet homme. La passion traversait tout son corps, le feu couvant en elle d'un besoin presque douloureux d'en avoir plus qui la fit gémir contre ses lèvres.

Il sursauta, interrompant le baiser.

— Je suis désolé. Je ne voulais pas perdre mon sang-froid. C'est trop.

— Ce n'est pas assez.

Il la regarda, semblant stupéfait de ce qu'elle avait dit.

— Sarah...

— J'ai besoin de toi. J'ai besoin de plus.

— Tu es sûre ?

— Oui, Charlie. Oui, j'en suis certaine.

près avoir quitté subrepticement le mariage de Carolina et Seamus, Stéphanie et Grant retrouvèrent leur confortable cottage sur Shore Point Road et parlèrent pendant des heures de toutes les choses auxquelles Stéphanie pensait depuis des mois. Les vannes enfin ouvertes, les mots sortaient dans un flot ininterrompu : elle lui avait caché inquiétudes et peurs si longtemps qu'elle craignait de l'avoir blessé par sa réticence à les partager avec lui.

— Je ne peux pas te dire à quel point j'aurais aimé que tu me laisses traverser cela avec toi, plutôt que de sentir que tu devais me le cacher, dit-il lorsqu'elle lui eut finalement tout dit.

Ils étaient pelotonnés l'un contre l'autre sur le canapé, les bougies allumées sur la table basse jetant une lueur chaude dans la petite pièce.

— Tu avais tes propres affaires à régler, après l'accident et tout le reste. Tu as été tellement anéanti par ce qui s'est passé ce jour-là, parce que tu ne pouvais pas sauver Dan et Steve en même temps ; et il fallait que tu termines le scénario. Je ne voulais pas peser sur toi.

— Tu n'es jamais un fardeau pour moi.

— J'avais peur que ça change tes sentiments pour moi d'entendre que j'avais des doutes sur le fait d'être une épouse et une mère.

— Steph... Mon Dieu, comment as-tu pu avoir peur de ça ? Tu ne sais pas à quel point tu m'es indispensable ? Tout ce qui arrive, de la minute où je me lève jusqu'à celle où je me couche avec toi, je veux le partager avec toi. Mille fois par jour, je me demande ce que tu fais, ce que tu dirais de tout ce que je fais, je pense aux choses que je dois te dire... Ta voix est toujours dans ma tête. Il n'y a rien que tu puisses dire, faire ou ressentir qui me ferait désirer entendre la voix de quelqu'un d'autre dans ma tête. Quand vas-tu t'en rendre compte ?

Elle repoussa les larmes qu'elle avait eu tellement de mal à retenir en lui livrant son âme. Mais, comme toujours, les mots de Grant eurent un pouvoir incroyable sur elle. Les choses qu'il lui disait...

— Au fond de moi, je savais que j'avais tort de ne pas partager mes soucis avec toi. Je savais aussi que tu voudrais arranger ce qui n'allait pas, parce que c'est ce que tu fais toujours. Depuis le tout début, tu as voulu réparer ce qui n'allait pas pour moi.

Elle ne pouvait pas résister à l'envie de le toucher alors qu'il était étendu si près d'elle, si bien qu'elle déboutonna sa chemise et posa sa main sur sa poitrine. Le battement régulier de son cœur sous sa paume la calma comme nulle autre chose ne pouvait le faire.

— Charlie a emmené Sarah chez lui ce soir.

La main de Grant vint couvrir la sienne.

— Vraiment ? Tant mieux pour eux.

— Il te doit cette incroyable seconde chance.

— J'ai juste passé un coup de fil. Dan a tout le mérite de l'avoir libéré.

— Tu en as la moitié, parce que sans cet appel, Dan Torrington ne serait pas venu à la rescousse.

— Nous sommes tous les deux heureux d'avoir pu réparer un tort terrible, pour Charlie et pour toi.

— Je ne veux plus avoir peur, Grant, mais c'est presque comme si je ne savais pas comment *ne pas avoir* peur. J'ai passé la plus grande partie de ma vie à craindre une chose ou une autre. Il est difficile de perdre cette habitude.

— Je suis absolument certain que tu es capable d'arriver à tes fins une fois que tu sais ce que tu veux faire. Si tu décides que la peur ne va plus diriger ta vie, alors je ne doute pas que tu y arrives. Tu es la personne la plus forte que j'aie jamais rencontrée.

— Mais non.

— Si. Tu n'as pas idée à quel point tout le monde t'admire pour ce que tu as pu accomplir par toi-même.

— Vous m'admirez ! fit-elle en riant. Qui est-ce qui a remporté un Oscar ?

— Ce n'est rien comparé à ton extraordinaire persévérance dans la bataille qui t'a permis de faire annuler un verdict qui n'aurait jamais dû être prononcé.

— Mais j'avais lamentablement échoué jusqu'à ce que tu passes ce coup de fil.

— Steph... Voyons. Pourquoi tout le monde le voit sauf toi ? Tu es l'héroïne de cette histoire, pas moi. Pas Dan. Toi. Si tu n'avais pas continué à te battre, je n'aurais jamais été au courant pour Charlie ou la situation dans laquelle il se trouvait. Si tu ne t'étais pas souciée plus de lui que de toi-même, il serait encore dans cette prison. Tu dois t'attribuer le mérite de l'avoir libéré, et te délivrer en oubliant le passé pour accueillir l'avenir.

— J'essaie. Tu n'as pas idée des efforts que je fais.

— Je le sais. À nous deux, il n'y a rien que nous ne puissions gérer.

— J'ai commencé à le croire après l'accident, quand j'ai eu toute une journée pour imaginer comment je pourrais vivre sans toi.

— Ah, Seigneur, soupira-t-il. J'étais une véritable épave quand je suis revenu et toute l'attention s'est tournée vers moi alors que tu étais en train de mourir intérieurement. Je suis désolé, ma chérie. J'aurais dû faire plus attention au traumatisme que cela avait été pour toi.

— C'était bien pire pour toi.

— Ce n'est pas nécessairement vrai.

Il l'attira plus près de lui, ses lèvres appuyées contre son front.

— Mon Dieu, je t'aime tellement. Je ne savais pas qu'il était possible d'aimer quelqu'un autant que je t'aime. En pensant que tu as été inquiète ou effrayée tout ce temps et que je ne le savais même pas... J'ai l'impression d'être un sale égoïste.

— Certainement pas. J'ai fait beaucoup d'efforts pour cacher mes soucis à tout le monde. Personne ne le savait jusqu'à aujourd'hui.

— Tu me promets que tu ne souffriras plus en silence ?

Elle fit un signe de tête.

— Dis-le. Je veux t'entendre le dire.

— Je te promets que je ne souffrirai plus en silence.

— Et promets-tu de te souvenir chaque jour que je t'aime plus que je ne m'aime moi-même et que tout ce qui compte pour moi, c'est que tu sois en sécurité et heureuse ?

— Si tu promets de ne pas oublier que je ressens exactement la même chose pour toi.

Son sourire la remplit de joie. Tout allait bien. Il connaissait toutes ses inquiétudes les plus sombres et l'aimait malgré tout.

— Promis.

— Moi aussi.

Elle l'attira pour un doux baiser.

— Allons nous coucher.

— Pas avant d'avoir fixé une date de mariage.

— Oh, je pensais que tu l'avais oublié, répondit-elle avec un sourire fin pour lui faire comprendre qu'elle plaisantait.

— Je n'ai pas oublié et toi non plus.

Tout en parlant, il fit passer son chemisier par-dessus sa tête et la libéra de son soutien-gorge.

— Qu'est-ce qu'on décide ?

— Ce que tu veux m'ira.

Effleurant ses seins, il proposa :

— Le week-end prochain, alors ?

Bouche bée, Stéphanie avait l'air abasourdie et elle tira sur les cheveux de Grant pour attirer son attention qui était fixée sur ses seins.

— Quoi ? Le week-end prochain ?

Il la regarda brièvement avant de caresser son téton avec sa langue.

— Pourquoi pas ?

Stéphanie se tortilla sous le désir qui la transperçait, chaud et insistant, jusqu'à ce qu'elle ne puisse plus arrêter le tremblement que ce désir provoquait.

— Nous ne pouvons pas nous marier le week-end prochain.

— Pourquoi ? demanda-t-il en suçant son mamelon.

Elle poussa un léger cri et s'agita, le forçant à la libérer.

— Premièrement, c'est juste avant le mariage de Laura et Owen et je ne veux pas leur voler la vedette. Deuxièmement, c'est encore la haute saison au restaurant et j'ai dû jongler beaucoup pour pouvoir ne pas travailler aujourd'hui. Je ne veux pas m'inquiéter pour le boulot au lieu de ne penser qu'à toi. Troisiè-mement... Je ne vois pas de troisième raison, mais les deux premières suffisent.

Il prit ses deux seins dans ses mains et les lui caressa avec ses pouces jusqu'à ce qu'ils soient durs et parcourus de four-millements.

— OK, disons alors la fête du Travail. Nous nous marierons le dernier jour de la saison estivale officielle, quand les gens rentreront chez eux et que nous aurons récupéré l'île en grande partie.

La saison se prolongeait à présent jusqu'à la fête de Christophe Colomb, mais les choses se calmaient définitivement le jour de la fête du Travail.

— Bien. Nous nous marierons le jour de la fête du Travail.

— Où ? demanda-t-il en déboutonnant le short de la jeune femme et en y glissant sa main pour atteindre son sexe.

— Sur la plage.

Ses doigts pressèrent et cherchèrent jusqu'à trouver la source humide qui l'attendait.

— Et ensuite ?

— On fera une fête au restaurant.

— Bien. C'est un plan.

Il s'assit brusquement, lui enleva short et culotte avec des mouvements presque frénétiques qui indiquaient à quel point il la désirait. Après avoir ôté ses propres vêtements, elle s'attendait à ce qu'il l'aide à se lever et la conduise vers le lit. Mais il s'allongea sur elle, apparemment trop pressé pour changer d'endroit.

— Je t'aime aussi, tu sais. De façon déraisonnable.

— Il n'y a rien de déraisonnable, répliqua-t-il en l'embrassant, la touchant et la caressant jusqu'à ce qu'elle soit près de le supplier de la pénétrer.

— Tu es souvent extrêmement déraisonnable, mais je t'aime quand même.

Son rire rauque précéda la pression de son érection contre ses parties sensibles.

Stéphanie leva les hanches, voulant se rapprocher, le prendre en elle, lui montrer ce qu'il représentait pour elle. Elle voulait tout lui donner, y compris la famille qu'il désirait tant. Si cela signifiait qu'elle le rendait heureux, elle ravalerait toutes les craintes qui lui restaient et aurait confiance dans l'avenir qu'il lui promettait, aussi brillant et aussi magnifique qu'il le disait. Tant qu'elle l'avait, elle ne pouvait pas imaginer que sa vie se déroulerait d'une autre façon.

D'une forte poussée, il la pénétra entièrement et toute pensée qui ne concernait pas le plaisir exquis qu'ils trouvaient ensemble fut chassée de son esprit, balayée sur une vague de désir qui nécessitait toute son attention.

— Je n'ai jamais connu quelque chose comme ça, Steph, murmura-t-il à son oreille en poussant profondément en elle avant de se retirer et de recommencer.

— Tu es ce qui m'est arrivé de meilleur.

L'écoutant, le touchant, blottie au creux de ses bras, Stéphanie put enfin lâcher prise, oublier les peurs qui l'assaillaient, accueillir l'avenir dont il serait le centre et l'amour qu'ils avaient trouvé ensemble.

— Tu ne pourras jamais me quitter, dit-il. Tu m'anéantirais.

— Où irais-je alors que la seule chose dont j'ai besoin se trouve ici ?

Ses mots semblèrent allumer en lui un feu ; il accéléra le rythme jusqu'à ce qu'ils crient tous les deux dans leur jouissance. Elle s'accrochait à lui, son ancre dans la tempête, et prit tout ce qu'il avait à donner jusqu'à ce qu'il soit épuisé et détendu dans ses bras, son cœur battant la chamade et sa respiration rapide.

— Alors, ce sera pour la fête du Travail ? demanda-t-il après une longue période de silence.

— Oui, ce sera ce jour-là.

Mac et Maddie rentrèrent chez eux après les festivités de la journée et trouvèrent une autre fête qui battait son plein. Daisy et David, qui avaient gardé les enfants pendant qu'ils assistaient à ce qu'ils croyaient être un barbecue, recevaient Jenny Wilks et son fiancé, Alex Martinez, ainsi que Jared James et sa toute nouvelle épouse, Lizzie. Avec eux se trouvait une autre jeune femme que Maddie ne connaissait pas.

— Oh là là, s'écria Daisy lorsqu'ils franchirent la porte coulissante. Maman et Papa viennent de rentrer et on va avoir des ennuis parce qu'on a fait la fête !

— Oh, arrête, dit Maddie à son amie. Tant que personne ne buvait, il n'y a pas de problème.

La table de la cuisine était surchargée de bouteilles de bière, de verres de vin et de biscuits apéritif.

— Hum, euh, grommela Alex en essayant de cacher sa bouteille de bière.

Mac rit parce que son stratagème n'était guère réussi.

— Il y a encore à boire quelque part ?

— Dans le frigo, répondit David. Sers-toi.

— J'en ai fort envie, répliqua Mac.

— C'est ta maison après tout, rétorqua David.

— Tu veux qu'on s'en aille ? demanda Daisy à Maddie lorsqu'elle approcha une chaise de la table.

— Pas besoin d'interrompre la fête, dit Maddie, même si elle était plus qu'éreintée.

Elle attendait un troisième enfant et l'épuisement ne la quittait pas. Elle n'avait jamais été aussi fatiguée avec Thomas ou Hailey.

— Ils ont été sages ?

— Thomas ne voulait pas aller au lit, comme d'habitude, mais il dort comme un loir maintenant.

— Ça n'a pas été trop dur ?

— Pas du tout. Oncle David et lui se sont amusés avec les camions et il ne voulait pas arrêter de jouer.

— J'imagine. C'est la même chose avec son papa presque tous les soirs. Et pour Hailey ?

— Un ange, comme toujours.

— Tant mieux. C'est un bébé adorable et facile.

Maddie posa sa main sur son ventre qui commençait à s'arrondir.

— J'espère que celui-ci le sera aussi.

— Maddie et Mac, coupa Jenny, voici mon amie Erin Barton. Elle a un entretien avec le conseil municipal lundi pour prendre ma place au phare.

Erin avait de longs cheveux châtain clair qu'elle portait en queue de cheval, ce qui lui donnait l'air plus jeune que son âge – que Maddie estimait vers 35 ans.

— Ravie de te rencontrer, Erin, fit Maddie.

— Mon père fait partie du conseil, interrompit Mac. Je lui dirai d'être gentil avec toi.

— Il est gentil avec tout le monde, précisa Jenny.

— C'est vrai, admit volontiers Mac en souriant à Erin.

— Je suis sûr que si Jenny te recommande, tout se passera bien.

— Je ne suis toujours pas convaincue à cent pour cent que ce changement me fera du bien comme le répète Jenny, fit Erin, mais il est difficile de lui résister quand elle a quelque chose en tête.

— Je ne le sais que trop, coupa Alex en faisant un clin d'œil à sa fiancée.

— Tu adores quand je prends une résolution, rétorqua Jenny avec un sourire plein de sous-entendus qui fit rire tout le monde.

— Trop d'info ! grogna Erin en se couvrant les oreilles.

— Désolée, murmura sombrement Jenny.

Cela surprit Maddie. Jenny plaisantait à l'évidence. Pourquoi aurait-elle ressenti le besoin de s'excuser auprès de son amie ?

Sentant que Maddie était perplexe, Erin expliqua :

— Je suis la sœur jumelle de Toby. Son premier fiancé.

— Oh, fit simplement Maddie en comprenant soudainement.

Toby avait été tué le 11 septembre.

— Je suis vraiment désolée.

— C'est très gentil de ta part. C'était il y a longtemps et personne n'est plus heureuse pour Jenny que moi. Vraiment.

Jenny serra son amie contre elle.

— Merci.

— Je suis peut-être plus heureux pour Jenny que tu ne l'es, intervint Alex, les faisant tous rire de nouveau.

— Je l'aime bien, dit Erin.

— Moi aussi, renchérit Jenny. Et tu sais le meilleur ? Il a un frère qui est presque aussi beau que lui.

— Il est loin d'être aussi beau que moi, coupa Alex.

Et il ajouta pour Erin :

— Je serais désolé que tu te fasses des illusions et sois déçue.

— Oh, mon Dieu, s'exclama Jenny. Tu es insupportable. Paul est vraiment aussi beau que toi, n'est-ce pas, mes amies ?

— Tout à fait, répliqua Lizzie.

Son nouveau mari fit semblant de la foudroyer du regard.

— Eh bien ? C'est vrai. Ce n'est pas parce que je suis mariée maintenant que je suis devenue aveugle.

Maddie s'abrita derrière sa main pour pouffer.

— Qu'est-ce qui est si drôle là-bas, Mme McCarthy ? lui demanda son mari.

— C'est que vous pensez tous que nous devenons hystériques ou aveugles une fois que vous nous avez passé la bague au doigt. Mes yeux fonctionnent encore très bien et Paul Martinez est très séduisant.

Alex se sentit gêné, tandis que Mac lançait des regards noirs.

— Tu me paieras ça plus tard, grogna-t-il.

— Je n'ai pas peur de toi. J'ai des choses que tu veux.

— C'est pourtant vrai !

— Et là, s'exclama Jared, c'est notre signal pour filer, les amis.

Ils se levèrent et rassemblèrent bouteilles et verres vides.

— J'ai dit quelque chose ? s'étonna Mac.

— Tu le sais bien !

Maddie fit les gros yeux à son mari, qui ne cachait jamais

son désir de passer du temps seul avec elle. Elle aimait ça chez lui, mais n'allait pas le lui dire.

Ils souhaitèrent bonne nuit, remercièrent Daisy et David d'avoir gardé les enfants et les accompagnèrent jusqu'à la porte.

Mac poussa le verrou et éteignit les lumières extérieures quand ils furent tous installés dans leurs voitures.

— Tu n'avais pas besoin de les faire fuir, reprocha Maddie alors qu'ils montaient ensemble à l'étage.

— Je vois bien que tu n'en peux plus, mais tu ne l'avoueras jamais.

— Ne dirait-on pas que tu me connais très bien ?

— Je te connais mieux que personne et je sais aussi que cette grossesse te fatigue énormément.

— Oui. C'est vrai, soupira-t-elle. Je n'ai jamais été aussi fatiguée de toute ma vie. Je n'arrive pas à comprendre pourquoi cette fois-ci est si différente des deux premières fois.

— Hum, peut-être qu'avoir deux autres enfants à gérer pendant que tu es enceinte a quelque chose à y voir ?

— Ça se pourrait.

— Il faut que je t'aide davantage ici.

— C'est votre haute saison à la marina. Tu fais ce que tu peux.

— Je pourrais être davantage à la maison. Nous ne sommes pas si occupés que ça et j'ai des associés qui peuvent m'aider pour que je puisse t'aider.

— Ce n'est pas nécessaire, Mac. D'accord, je suis un peu fatiguée. Je vais m'en sortir. S'occuper des enfants et de la maison, c'est mon boulot.

Il s'approcha d'elle et mit ses mains sur ses épaules.

— C'est *notre* travail et ça ne me dérange pas d'en faire plus ici pendant que tu t'occupes de faire grandir Malcolm III là-dedans.

Elle leva un sourcil.

— Malcolm III ? Tout d'abord, comment sais-tu que c'est un garçon ; et ensuite, *Malcolm ? Tu es sérieux ?*

— C'est ta façon de dire que tu n'aimes pas mon prénom ?

— Je préfère de beaucoup Mac à Malcolm.

— Moi aussi. Alors, on va l'appeler Mac.

— Il y a déjà trop de Mac dans cette famille et Janey veut encore avoir un gamin McCarthy et le prénommer Mac. On ne s'y retrouvera plus.

— Alors on l'appellera M.J.

— Comme pour P.J. ? s'étonna-t-elle, en lui rappelant son nouveau neveu.

— Il faut qu'on trouve quelque chose. J'ai grandi en détestant mon prénom, mais maintenant que je suis plus âgé, je suis content qu'on m'ait donné celui de mon père. J'aime être le fils aîné et celui qui a pu perpétuer la tradition. Je veux la même chose pour ce petit, même s'il n'est pas mon fils aîné.

— Tu n'as pas idée de ce que ça me fait quand tu parles de Thomas comme ça.

— Comment pourrais-je parler de lui autrement ? C'est mon fils. Il l'est depuis le jour où je vous ai rencontrés tous les deux.

Elle se mordit la lèvre et secoua la tête.

— Qu'est-ce qu'il y a ?

— Je devrais y être habituée maintenant.

Perplexe, il fronça les sourcils.

— Habituée à quoi ?

— À toi et à la façon incroyable dont tu nous aimes. On est mariés depuis presque deux ans et tu m'épates encore.

Il l'enlaça.

— Pareil pour moi. Chaque jour.

Elle glissa ses bras autour de sa taille et se tint à lui.

— Allons te mettre au lit.

Bien décidée à lutter contre ce terrible épuisement pour passer plus de temps avec son mari, Maddie passa l'une des chemises de nuit en soie qu'il aimait, se brossa les cheveux et les dents et se mit au lit avec lui.

— Viens près de moi, dit-il en tendant les mains vers elle.

Elle se blottit contre lui et se détendit entre ses bras.

— Je ne me souviens pas de ce que c'est que dormir tout seul.

— Moi non plus, mais je crois bien que c'était ennuyeux et solitaire.

— Comparé à ça, tout le reste le serait.

— Hum, c'est bien vrai.

Il lui caressait le dos en petits cercles.

— Endors-toi, ma chérie.

— Tu ne veux pas...

— Pas ce soir. Tu as plus besoin de dormir que de moi.

— Ce n'est jamais vrai.

— Chut. Dors. Nous avons des millions de nuits où nous pouvons faire toutes sortes de choses coquines.

— Par exemple ? Tu peux me raconter...

— Eh bien, d'abord...

Maddie s'endormit au son familier et réconfortant de sa voix.

CHAPITRE 10

— Une mariée ne devrait jamais, *jamais, jamais* faire la vaisselle pendant sa nuit de noces, claironna Seamus en entrant dans la maison après avoir raccompagné le dernier de leurs invités.

Il avait fermé et verrouillé la porte, éteint les lumières extérieures avant de s'appuyer contre le chambranle.

Demain, ils allaient retrouver un terrible désordre dans le jardin et Carolina avait décidé d'essayer de remettre déjà un peu d'ordre autour de l'évier de la cuisine qui était dans un état épouvantable, mais apparemment son mari tout neuf ne voulait pas en entendre parler.

Mari... Elle n'en avait plus depuis quelque trente ans. Comme il était étrange d'utiliser à nouveau ce mot si longtemps après que Pete, son cher époux, eut trouvé la mort dans un accident. Carolina se sécha les mains avec un torchon et se tourna vers lui.

— Où as-tu entendu parler de cette règle ?

— C'est dans la bible du mariage, chapitre B, paragraphe 2, point 2 : une nouvelle mariée ne doit jamais, *jamais*, au grand jamais faire la vaisselle pendant sa nuit de noces. Tout au contraire, elle doit servir son mari comme il l'entend et lui montrer à quel point elle lui est reconnaissante parce qu'il a daigné l'épouser.

Si chacun d'eux vivait cent ans – certes, elle y serait arrivée bien avant lui – il ne cesserait probablement jamais de la faire rire.

— Tu viens juste d'inventer ça.

— Il fallait bien que je fasse quelque chose. Je croyais que tu étais là à te préparer pour moi et je te trouve en train de faire la vaisselle. Cela nécessitait des mesures énergiques et un contingent de règles.

— Comment voulais-tu que je me prépare pour toi ?

— En te déshabillant, pour commencer.

— Donc, tu t'attendais à ce que je sois debout, toute nue, dans la cuisine, à attendre que tu me dises comment te servir au mieux ?

— Ça aurait été une excellente façon de commencer notre mariage.

— Tu me diras quand tu seras réveillé de ce rêve et prêt à revenir au présent.

— Je ne veux jamais me réveiller du rêve que j'ai fait, même si tu ne m'honores pas et ne m'obéis pas en te mettant toute nue dans la cuisine.

— Est-ce que quelqu'un t'a déjà dit que tu étais incorrigible et complètement fou ?

Il repoussa la porte et s'approcha d'elle, son regard aux yeux verts fixé sur elle.

— Tu me l'as dit. Plusieurs fois.

Carolina se sentait comme une proie prise au piège.

— Et pourtant, tu en redemandes toujours.

Il s'arrêta à un centimètre d'elle.

— Je suis un vrai glouton quand il s'agit de punition.

— Aujourd'hui, tu en as pris pour toute une vie.

— Oui, et j'en remercie le Seigneur.

Il referma ses bras autour de son cou, l'embrassa comme s'il en mourait d'envie depuis des jours, des semaines, des mois, toute une vie, se perdant entièrement dans ce baiser.

Ainsi choyée, Carolina ne pouvait que s'accrocher et avancer comme elle l'avait fait depuis que ses dernières défenses étaient tombées : elle l'avait laissé entrer dans son cœur et son âme où il était maintenant si fermement ancré qu'elle ne pouvait imaginer un jour sans lui comme centre de sa vie.

Carolina n'avait aucune idée du temps qui s'était écoulé lorsqu'il cessa de l'embrasser doucement, ses lèvres touchant les siennes tandis qu'il la regardait dans les yeux.

— Mon Dieu, j'en mourais d'envie depuis que le juge McCarthy a dit que je pouvais embrasser ma femme.

— Tu t'es admirablement comporté tout l'après-midi.

— Ce qui signifie que je devrais en être récompensé.

Il fit glisser ses doigts des épaules de Carolina jusqu'à ses mains et l'entraîna derrière lui, quittant la cuisine pour se diriger vers leur chambre.

— On aurait dû aller quelque part ce soir. Un endroit spécial.

— Ici, c'est un endroit exceptionnel. C'est notre maison et c'est devenu beaucoup plus magnifique pour moi depuis que tu y as emménagé.

Il s'arrêta, lâcha ses mains et lui fit face.

— Tu le penses vraiment ?

— Oui, fit-elle, exaspérée. Bien sûr que je le pense.

Il était bien meilleur qu'elle pour parler de ses sentiments, quand elle devait faire un effort pour savoir si elle pensait ce qu'elle avait dit.

— Tout à l'heure, j'ai pensé que je n'avais pas pris conscience de la solitude ou de la détresse de mon existence jusqu'à ce que tu arrives dans ma vie.

— Carolina...

— Je ne sais pas si je te l'ai dit assez souvent ou montré...

— Me montrer quoi ?

— Combien je t'aime.

— Mon Dieu, oui, je le sais, mon amour. Je sais. Comment pourrais-je ne pas savoir ?

— Peut-être parce que la moitié du temps, y compris le jour de notre mariage, je menace de te tuer.

Son rire qui ressemblait à un aboiement bruyant la fit rire à son tour.

— Pardon pour aujourd'hui. Je n'avais pas prévu d'inclure ça dans mes promesses.

— J'ai adoré que tu le fasses. C'est ma faute, mon amour. Je le sais. Et je le fais exprès parce que j'aime la façon dont tu me regardes quand je t'énerve.

— Tu m'exaspères, d'accord. Mais maintenant que je sais que tu le fais exprès...

— Il faut que tu me regardes encore comme ça.

Tout en parlant, il s'acharnait sur les boutons, pressions et agrafes. Lorsqu'il l'eut entièrement dévêtue, il la regarda, les yeux affamés et brûlants.

— Tu es tellement belle. Je te regarde, continua-t-il, les lèvres près de son oreille, et je te veux. Je te désire, Caro, et je te suis tellement reconnaissant que tu aies accepté de m'épouser.

— Tu ne m'as guère laissé le choix, répliqua-t-elle, exultant de savoir qu'il était si heureux.

— Oui, c'est vrai. Laissée à toi-même, tu serais encore à décider de me laisser ou non retourner dans ton lit après m'avoir jeté dehors une première fois.

— Ce que tu ne savais pas à l'époque et que je ne devrais probablement pas te dire maintenant, c'est que tout ce que tu avais à faire était de me parler avec cet accent irlandais follement sexy et je t'aurais donné tout ce que tu voulais.

— Ah ça alors ! C'est un motif d'annulation !

— Tais-toi donc et fais l'amour à ta femme, tu veux ?

— Et comment, mon amour.

Il ôta ses vêtements comme s'il était poursuivi par les chiens de l'enfer et l'entraîna au lit avec lui.

— Quelle délicatesse ! Qu'as-tu fait de la tienne ?

— Je n'en ai aucune ce soir. Je suis comme un bouc excité cherchant sa femelle.

Carolina éclata de rire, incapable de s'arrêter, malgré les efforts qu'il faisait pour la faire changer d'idée – et on peut dire qu'il fit tout ce qu'il pouvait avant de renoncer et de laisser tomber sa tête sur la poitrine de son épouse, avouant sa défaite complète.

— Tous ces rires ne valent rien pour l'ego fragile d'un homme.

— Tu n'es pas un homme. Tu es un bouc excité cherchant sa femelle, tu te souviens ?

— J'ai mal choisi mes mots. Tu as fini de te moquer de moi, maintenant ?

— Peut-être, sauf si tu dis encore quelque chose d'aussi drôle.

— J'aime t'écouter rire, surtout quand c'est moi qui te fais rire.

— Autant dire *tout le temps*. Tu n'as pas idée à quel point tu es drôle.

— Je suis amusant parce que j'aime te faire rire. Je n'ai jamais été comme ça avant toi.

— Je trouve ça très difficile à croire.

— Pourtant... Ma vie n'avait pas grand-chose d'amusant avant de te rencontrer. Perdre mes frères comme je l'ai fait... Il y a eu beaucoup de tristesse. Tu me donnes envie de rire à nouveau, Caro.

Touchée de l'entendre parler de deuils qu'il mentionnait rarement, elle passa les doigts dans ses épais cheveux auburn, espérant le réconforter.

— Nous avons eu tous les deux plus que notre part de chagrin.

— En effet, c'est pourquoi nous avons droit à toute une vie de bonheur.

— Je suis d'accord.

Il sema des baisers depuis son cou jusqu'à son ventre en passant par ses seins.

— Tu sais à quel sujet je suis d'accord ?

— Je commence à en avoir une idée.

Il fit entendre un rire comme un grondement profond qui lui donna la chair de poule. Depuis un an, elle avait appris à ne pas lui résister lorsqu'il voulait prendre le contrôle de ses sens, ce qui était exactement ce qu'il faisait en ce moment. Alors qu'il lui faisait l'amour avec sa bouche et sa langue, Carolina essayait de se rappeler qui elle avait été avant que cet Irlandais séduisant, charmant et plus grand que nature ne tombe dans sa vie comme une bombe et chamboule tout son monde.

— Je veux faire ça tous les jours de notre vie, dit-il en embrassant l'intérieur de sa cuisse et en enfonçant ses doigts en elle.

— C'est ce que je préfère faire, et de loin.

— C'est mieux que quand c'est moi qui m'occupe de toi ?

— Eh bien, en fait... On pourrait peut-être dire que c'est ex aequo.

— J'ai pensé que tu pourrais dire ça.

Comment était-il possible qu'il l'amuse même quand il lui faisait l'amour ?

— Seamus...

— Oui, mon amour ?

— Changeons de place.

— Pas ce soir. Je ne tiendrai jamais le coup. Je veux faire l'amour à ma femme, et la journée a été très, *très* longue. Je parie que la personne qui a décidé qu'on devait faire une grande fête après le mariage n'était pas un mec.

Il parlait ainsi tout en enfonçant de nouveau les doigts en elle, la faisant haleter du plaisir qui la traversait.

— S'il te plaît. Viens près de moi. J'ai besoin de toi.

Ces mots avaient toujours eu de l'effet sur lui et ce soir-là, il n'en fut pas autrement. Gardant ses doigts enfoncés profondément en elle, il se servit de son autre bras pour remonter vers le haut du lit et s'allonger à ses côtés.

— De quoi as-tu besoin ?

Elle posa sa main sur son visage.

— De toi.

Il l'embrassa avec des lèvres et une langue qui avait gardé son odeur, ce qui ne la surprit pas. C'était un amoureux sensuel, érotique, doué d'une imagination créative sans limites. Avec lui, Carolina avait fait des choses qu'elle n'aurait jamais crues possibles avant lui. Ce soir, cependant, il ne semblait pas désireux de lui montrer à quel point il pouvait être créatif. Au contraire, il n'était qu'amour pur en la regardant.

— Dis-moi que je n'ai pas rêvé ce qui s'est passé aujourd'hui, murmura-t-il d'une voix rauque alors qu'il retirait ses doigts et la pénétrait.

— Ce n'était pas un rêve.

Il se pressait contre elle, la pénétrant par petites poussées avant de se retirer pour recommencer.

— Je continue à vivre cela comme si c'était nécessaire, parce que rien de ce qui est réel ne pourrait jamais être aussi bon.

— C'est réel, et c'est bien, et il en sera toujours ainsi.

Il la rendait folle, mais ce n'était pas nouveau. Au lit ou dehors, il prenait un plaisir presque pervers à éprouver ses limites.

Mais elle avait appris un certain nombre de choses pendant le temps qu'elle avait passé avec lui et savait comment faire capoter ses plans. Si bien qu'à la poussée suivante, elle se contracta autour de son membre, lui tirant un petit cri. Au même instant, elle agrippa ses reins et le pressa contre son corps, le prenant plus profondément en elle.

— Seigneur, quelle femme ! Tu veux me faire avoir une crise cardiaque ?

— Pas du tout, fit-elle avec un sourire innocent. J'essaie juste de faire avancer un peu les choses.

— Tu as bien failli me faire exploser avec cette manœuvre.

Carolina rit de voir son expression indignée. Son rire – et la contraction de ses muscles internes – le firent gémir.

— Ah, mon amour, tu épuiserais la patience d'un saint.

— Heureusement que tu es l'exact opposé d'un saint.

— C'est tant mieux en effet.

Il se mit à bouger plus vite.

— Est-ce que c'est ce que veut ma femme exigeante ?

— Oui, fit-elle avec un soupir satisfait. C'est exactement ce qu'elle veut.

— Je ne sais pas ce qui ne va pas, déclara Joe, visiblement déprimé parce qu'il ne comprenait pas que, malgré son désir intense de faire l'amour à sa femme, il n'y arrivait pas.

— Rien du tout, répondit Janey.

Elle posa sa main à plat sur son ventre, ravie d'être près de lui, même si les choses ne se passaient pas comme prévu.

— Je ne comprends pas. Cela n'est jamais arrivé. Jamais.

— Ce n'est pas grave, mon chéri. Détends-toi. On essaiera encore demain.

— Je ne veux pas réessayer demain et ne me dis pas de ne pas me stresser. Si ton système interne ne fonctionnait pas bien, tu pourrais te détendre ?

Il lui fallut tout son sang-froid, ainsi qu'une réserve d'énergie dont elle ignorait l'existence, pour s'empêcher de rire devant l'expression de son visage.

— Si tu ris, je divorce.

— Même pas en rêve. Ce n'est pas drôle.

— Non, pas du tout. Il y a quelque chose qui ne va pas chez moi. Comment puis-je être tout nu dans un lit avec toi et ne pas bander comme il se doit ?

Janey savait qu'elle devait faire très, très attention à ce qu'elle disait.

— Hum, je ne sais pas ? Est-ce que ça aiderait si, tu sais, je lui donnais une attention particulière ?

— Peut-être.

— Tu ne fais pas ça exprès pour que je le fasse, n'est-ce pas ?

— J'ai déjà eu recours à des subterfuges pour obtenir ce que je veux de toi ?

— Non, mais nous n'avons jamais encore eu de rapports après un accouchement. Lui et toi avez peut-être peur que je devienne une de ces femmes qui oublient leur pauvre mari après être devenue mère.

Le regard qu'il lui jeta était absolument hilarant, mais là encore, elle n'osa pas rire.

— Ce n'est pas ça ?

— Ce n'est pas quoi ?

— Tu n'es pas une de ces femmes qui oublient leur mari après l'accouchement ?

— Comment pourrais-je jamais t'oublier ?

Elle le fit s'allonger sur le dos, puis commença par un léger massage sur la poitrine, insistant sur l'ensemble des muscles qui ondulaient sous son toucher.

— Tu es censé te détendre.

— C'est ce que je fais.

— Ferme les yeux. Ne pense pas. Ressens seulement les choses.

Janey continua le massage, ajoutant un chapelet de baisers jusqu'au bas de son ventre. Cela n'ayant rien donné, elle se baissa pour venir le chevaucher, son pénis logé bien à l'aise entre ses deux seins.

Il respira à fond, gardant l'air dans ses poumons.

— Détends-toi.

— Je ne peux pas quand tu fais ça.

— Mais si.

Elle continua à l'embrasser, ajoutant un mouvement de la langue qui le rendait habituellement fou, mais pas ce soir. Rien ne marchait.

— J'ai un problème. Qu'est-ce que ça pourrait être d'autre ?

— Tu penses au lieu de te détendre. Comment puis-je travailler dans ces conditions ?

— Viens près de moi, tu veux bien ?

— Je n'ai pas fini ici. Je ne suis même pas encore au moment où ça devient intéressant.

— S'il te plaît ? répéta-t-il en lui tendant les bras.

Elle céda en entendant le ton suppliant de sa voix. Elle rampa jusqu'à lui, heureuse de sentir ses bras puissants autour d'elle. Elle s'était toujours sentie en sécurité – et tellement désirée – entre ses bras. Qu'il puisse y avoir quelque chose qui n'allait vraiment pas entre eux était tellement inimaginable qu'elle ne pouvait même pas supporter d'y penser.

— Je suis désolé, marmonna-t-il d'un air sinistre.

— S'il te plaît, arrête. Il s'est passé tellement de choses, c'est un miracle que nous ne soyons pas devenus gâteux tous les deux.

— J'espère que tu sais que ce n'est pas parce que je ne te désire pas. Tout ce temps, j'avais tellement envie de toi.

— Je le sais, c'est juste que... Laisse tomber. Ça n'a pas d'importance.

— Non ! Quoi que tu penses, dis-le.

Janey posa son menton sur ses mains et étudia le visage de son mari, contracté par une tension comme elle ne lui en avait pas vu depuis le jour où leur fils était né dans des circonstances dramatiques et effrayantes.

— Tout ce qui est arrivé avec P.J. Tu ne peux pas ne pas te rappeler que tout a commencé ici même, toi et moi tous les deux dans un lit, en train de faire l'amour. Et je me demande tout simplement s'il serait possible que tu aies si peur de me remettre enceinte que ça pourrait nuire à ton organe.

Joe commença par protester mais s'arrêta, soupira et ferma les yeux.

— Oui, c'est possible.

— Tu sais qu'au cours des semaines qui ont suivi la naissance de P.J., tu ne m'as jamais dit comment tu avais vécu cette journée ?

— Parce que ça n'a plus d'importance maintenant. Vous êtes tous les deux en bonne santé ; c'est du passé et il n'est pas nécessaire de le revivre. Une fois, c'était plus que suffisant.

Janey souhaitait qu'il comprenne à quel point il semblait tourmenté par le souvenir de ce qui avait dû être l'un des pires et des plus beaux jours de sa vie, tout cela en un laps de temps inoubliable de vingt-quatre heures.

— Je pense que tu le revis chaque jour et souffres en silence parce que toute l'attention se portait sur le bébé et moi.

— Il le fallait absolument. C'est toi qui as subi le traumatisme d'une opération en urgence.

— Cela ne m'a pas affectée, Joe. J'étais inconsciente et j'ai ignoré ce qui se passait jusqu'à ce que ce soit fini et que tout aille bien. Ce n'est pas comme ça que ça s'est passé pour toi, n'est-ce pas ?

Sa mâchoire pulsait et se contractait tandis qu'il luttait pour garder son sang-froid.

— Je ne veux pas parler de ça. Pourquoi ressasser le passé alors que ça n'a plus d'importance maintenant ?

— Ça en a si ça pèse encore autant sur toi.

Elle remonta encore dans le lit pour embrasser ses lèvres qui ne lui répondaient pas.

— Joe, mon chéri, parle-moi. Dis-moi ce que tu as vécu pour qu'on puisse passer à autre chose et tourner la page. Ne garde pas tout ça pour toi.

Il bougea pour qu'elle se retrouve sur le dos et quitta le lit ; il passa un short avec des mouvements hâtifs et saccadés.

— Je ne veux pas en parler. Je ne veux pas revivre ça et, si tu n'avais pas été anesthésiée, tu ne le voudrais pas plus que moi.

Janey lui tendit la main.

— Reviens.

— Je ne veux pas en parler.

— J'ai bien entendu.

Il lui prit la main et, à contrecœur, la laissa le ramener vers le lit.

— Je suis désolé. Je ne veux pas que tu te mettes martel en tête.

— Ce n'est pas grave. Je comprends. Mais j'ai tous ces blancs dans ma mémoire, tu sais ? Je me revois en train de faire la sieste dans la chambre d'amis de Mac, et l'image suivante, je suis à Providence avec un nouveau bébé et une famille traumatisée autour de moi.

— C'est mieux que tu ne t'en souviennes pas. Fais-moi confiance.

— Bien sûr. Mais j'aimerais que tu me fasses assez confiance pour me dire comment c'était pour toi.

— N'en fais pas une question de confiance, Janey. Ce n'est pas juste. Je te fais confiance plus qu'à n'importe qui.

— Je le sais, alors laisse-moi t'aider à surmonter ça en m'en parlant.

Il mit ses deux mains sur son visage, passant ses doigts dans ses cheveux à plusieurs reprises jusqu'à ce que ses mèches courtes rebiquent.

— Tu vas vraiment m'y obliger ?

— Il le faut.

— Bien. Ne dis pas que je ne t'ai pas prévenue.

— D'accord.

Il resta silencieux un long moment, si longtemps qu'elle se demanda s'il avait changé d'avis ; puis il commença sur un ton atone et plat qui ne ressemblait en rien à son animation habituelle lorsqu'il parlait.

— La seule image que je n'oublierai jamais, c'est la quantité de sang qu'il y avait. J'étais monté te réveiller parce que Blaine et Tiffany rentraient après leur mariage au phare, et j'ai pensé que tu voudrais être là pour leur arrivée. Je n'ai pas réussi à te réveiller. Je pensais que tu dormais vraiment, mais ensuite je t'ai touchée... Tu étais tellement froide et, pendant une minute, j'ai pensé...

Sa voix se cassa et ses yeux se remplirent de larmes. Il les couvrit de ses mains comme pour lui cacher son angoisse.

Le cœur brisé de le voir ainsi, Janey aurait vraiment voulu le prendre dans ses bras, mais elle n'osa pas le toucher.

— J'ai repoussé les couvertures et, vraiment, il y avait tellement de sang. J'ai failli m'évanouir à la vue de tout ce sang, mais je me suis forcé à bouger, à crier, à appeler David. Dieu merci, il était là. J'avais passé tant de temps – des années – à le détester pour ce qu'il t'avait fait subir ; et puis, l'avoir à mes côtés quand c'est arrivé... Il n'y a rien que je ne ferais pas pour lui après ce qu'il a fait pour toi, pour moi, pour P.J. Il a été... Il a été incroyable.

Il ajouta dans un murmure :

— Je n'ai jamais eu aussi peur de toute ma vie, Janey.

Des larmes coulaient sur son visage, mais il ne faisait rien pour les arrêter et fixait le plafond.

— Même pas quand mon père est mort.

Elle s'approcha de lui, l'enlaça et posa son visage sur sa poitrine.

Son bras se referma autour d'elle.

— C'était un putain de cauchemar, de la seconde où j'ai vu le sang jusqu'à ton réveil à Providence quatre heures plus tard. Pendant tout ce temps, j'ai cru que j'allais vous perdre, le bébé et toi. David et Victoria ont réalisé l'opération ici, dans la clinique et, même si j'étais complètement paniqué, je savais qu'ils ne pouvaient vraiment pas être équipés pour une urgence de cette ampleur. Et il s'est avéré qu'ils ne l'étaient pas, mais ils ont fait avec ce qu'ils avaient parce qu'ils n'avaient pas le choix. Tout le monde s'est accordé à dire que David avait été vraiment incroyable pendant une opération qu'il n'avait jamais entreprise seul auparavant. Victoria et Mason nous l'ont bien fait comprendre après. Sans lui…

Il vida ses poumons.

— Nous avons eu une chance incroyable qu'il sorte avec Daisy et qu'elle l'ait amené chez Mac, autrement il n'aurait pas été là. Je t'aurais perdue faute de l'avoir trouvé à temps, d'avoir pu t'aider. C'est cette partie qui me hante, comment ta vie et celle de notre fils n'ont tenu qu'à un fil. Le hasard de tout cela est difficile à vivre.

— Nous avons eu beaucoup de chance ce jour-là, répondit doucement Janey. Mais cela fait longtemps que nous en avons beaucoup, si tu y réfléchis. Nous avons eu la chance de naître avec des parents formidables qui nous ont aimés, d'avoir une vie magnifique sur cette île que nous aimons tant, des amis et des familles extraordinaires qui nous aiment. Nous avons toujours eu de la chance et on peut penser que cette chance nous accompagnera encore quand nous en aurons le plus besoin.

— Sans doute.

— Je suis vraiment fière de la façon dont tu as tenu bon pendant tout cela. D'après ce que j'ai entendu, David n'est pas le seul à avoir été extraordinaire. Tu l'as été tout autant.

— Non, ce n'est pas vrai.

— Comment peux-tu dire ça ? Tu as trouvé de l'aide quand j'en avais besoin et tu es resté fort pendant une crise. Tu as été mon rocher tout ce temps-là.

— Tu ne dirais pas ça si tu savais tout.

— Qu'est-ce que je ne sais pas ?

Joe frotta la barbe qui repoussait sur sa mâchoire en fin de journée.

— Quand David t'a emmenée pour l'opération... Je lui ai dit... J'ai dit...

— Qu'est-ce que tu lui as dit, Joe ?

— Que s'il fallait faire un choix – le bébé ou toi –, je voulais qu'il te sauve. Et maintenant, je regarde notre fils si beau et je me souviens de la facilité avec laquelle je t'ai choisie plutôt que lui et je me déteste pour ça.

— Joe, mon Dieu, j'aurais fait la même chose. Tu ne l'avais même pas encore vu et tu m'aimes depuis des années. N'importe qui aurait fait la même chose.

— Tout de même... Ça me rend malade d'y penser maintenant que je peux le tenir dans mes bras et le toucher. Maintenant que je l'aime aussi.

Elle posa sa main sur son visage et l'obligea à se tourner pour la regarder, chassant ses larmes avec ses baisers.

— Je t'aime tellement. J'aime la manière insatiable dont tu m'aimes. Je n'oublierai jamais ce jour où, sur ta véranda, tu m'as dit que tu étais amoureux de moi depuis des années. J'étais choquée et le contraire en même temps. Avec le recul, je pense que je savais depuis le début que tu m'aimais comme ça. Entendre qu'au milieu de la plus grande crise de ta vie, tu m'avais choisie par-dessus tout fait que je t'aime encore plus. Cela ne veut pas dire que nous n'aimons pas P.J. de tout notre cœur. Cela signifie seulement qu'il a eu la chance de naître avec des parents qui s'aiment vraiment.

Il la serra très fort dans ses bras alors que les larmes continuaient de couler sur ses joues.

— Je ne pense pas que je pourrais revivre ça, Janey.

— Revivre quoi ?

— Avoir un autre bébé après ce qui s'est passé cette fois-là. Passer presque dix mois à vivre avec une telle peur... Ça me tuerait.

— Alors, nous n'en aurons pas d'autre. Nous serons très

reconnaissants pour le merveilleux fils que nous avons et pour tout ce que nous avons reçu.

— Tu avais dit que tu ne voulais pas qu'il soit fils unique.

— Je n'aurais pas choisi cela pour lui, mais il sera entouré de cousins qui seront comme des frères et sœurs pour lui. Il faudra que ça lui suffise.

— Tu es sérieuse ? Tu serais vraiment d'accord pour n'avoir que lui ?

— Oui. Pour être tout à fait honnête, tout l'épisode m'a fait une peur bleue à moi aussi et je n'en ai entendu parler qu'après la crise. Si on se contente d'avoir P.J., peut-être que l'année prochaine je pourrais retourner à l'école et obtenir mon diplôme. Je doute que je puisse y arriver si nous décidons d'avoir d'autres enfants.

— J'aimerais te voir finir tes études. Je serais tout à fait d'accord.

— Est-ce que tu te sens un peu mieux après avoir partagé ça avec moi ?

— Un peu. Tu avais peut-être raison sur quelque chose...

— Juste une ?

Son rire lui fit comprendre qu'il allait vraiment bien.

— Inconsciemment, j'étais sans doute inquiet que tu retombes enceinte.

— Je vais parler à Vic pour trouver un moyen pour que ça n'arrive pas. En attendant...

— Je vais acheter des préservatifs.

— Je devrais demander à Mac de nous les acheter. Il a une dette envers moi qui date de l'époque où il sortait avec Maddie : il m'avait demandé d'en acheter pour que personne ne sache qu'ils couchaient ensemble.

— Ce serait drôle, mais je préférerais que ton frère ne soit pas mêlé à notre affaire, si ça ne te dérange pas.

— Alors, je ne peux pas le torturer, même un petit peu ?

— Oh, d'accord, amuse-toi comme tu peux, mais laisse-moi en dehors de ça.

— Très bien. On se retrouve ici demain soir et on verra comment les choses se passent.

— D'accord pour le rendez-vous.

Soulagée, Janey ferma les yeux et se serra très fort contre lui, reconnaissante qu'il ait partagé sa douleur avec elle.

— Janey ?

— Oui ?

— Merci de ne pas être morte. Je n'aurais jamais pu vivre sans toi.

— J'aimerais dire qu'il n'y avait pas de problème, mais cela ne semble pas juste puisque, apparemment, ce fut un énorme problème pour toi, pour David et beaucoup d'autres.

— Ils seraient tous d'accord avec moi pour dire que notre beau petit garçon et toi en valiez la peine.

CHAPITRE 11

Owen était piégé. Poursuivi. Traqué. Son père était à la maison et le cherchait ; il ne pouvait se cacher nulle part pour échapper à sa colère. Il avait de nouveau fait quelque chose pour le rendre fou furieux et l'enfer serait sa punition. Il s'était fait tout petit et caché derrière les lits superposés dans la chambre que ses sœurs partageaient. Elles n'étaient pas à la maison, si bien que, peut-être, son père ne l'y chercherait pas.

De loin, il entendait sa mère crier et pleurer, disant à son mari de laisser Owen tranquille. Ce n'était pas sa faute si la fenêtre était cassée. Tous les enfants du quartier jouaient au basket dans l'allée et l'un d'eux avait brisé le carreau.

Le bruit sourd d'un coup avait mis fin aux pleurs de sa mère et forcé Owen à retenir les siens pour qu'on ne le trouve pas. Il l'avait de nouveau frappée. Encore une fois. Chaque fois qu'elle essayait de les défendre, sa fratrie ou lui, contre la fureur paternelle, il la frappait en premier. Alors qu'elle savait ce qui allait arriver, elle essayait toujours de l'arrêter. Mais rien ne pouvait arrêter Mark Lawry quand il partait dans une de ses rages.

— Un homme rentre du travail et veut se détendre un peu et qu'est-ce qu'il trouve ? Une fenêtre cassée dont il doit *s'occuper*

127

parce que son satané fils ne peut pas faire tenir ses amis tranquilles. Eh bien, je ne pense pas que je devrais avoir à me préoccuper de ça alors que je n'étais même pas là quand c'est arrivé.

— Je vais appeler quelqu'un pour réparer, avait répondu Sarah d'une petite voix. Tu n'as pas à t'en inquiéter.

— *Et qui va payer pour ça ?*

— C'est du verre, Mark. Le verre se brise. Ces choses arrivent.

— Tais-toi ! Je ne veux plus t'entendre.

Owen se mit à pleurer, suppliant silencieusement sa mère de faire ce que son père lui disait et de se taire. Toutes ses supplications ne changeraient rien à l'inévitable et ne lui attireraient qu'une autre gifle ou un autre coup de poing. Mark Lawry était fou de rage et quelqu'un devait payer. Owen préférait que ce soit lui plutôt qu'un de ses cadets ou sa mère.

Un jour, il serait plus grand et plus fort que son père et capable de se défendre. Il vivait pour ce jour. Il rêvait de pouvoir anéantir son père d'un seul coup de poing. Pendant le cours de gym, il saisissait toutes les occasions de soulever des poids pour devenir plus grand et plus fort plus vite. Il soulevait des pierres dans le jardin et des parpaings en béton qui se trouvaient près de la maison de son ami Jimmy.

— Où est-il ? hurlait Mark dans sa rage et Owen se tassait contre le mur, espérant qu'il s'ouvre et le fasse disparaître.

— Je ne sais pas.

— Il ferait mieux de se montrer, ou j'irai chercher un de ses frères. Comment est-ce que je peux savoir si ce n'est pas l'un d'eux qui a cassé la fenêtre ?

— Ils n'étaient même pas ici ! pleurait Sarah. Laisse-les tranquilles. Laisse-les tous tranquilles.

— Ne me dis pas ce que je dois faire, espèce de misérable chienne inutile. Si tu savais seulement les élever correctement, je n'aurais pas à le faire.

— Je te déteste.

— *Qu'est-ce que tu as dit ?*

Owen bondit hors de sa cachette et courut vers sa mère.

— Lâche-la, espèce d'ordure !

Il se réveilla, haletant, en nage et pleurant. Seigneur ! Son cœur battait si vite qu'il craignait d'avoir une crise cardiaque. Heureusement, il était seul dans le lit, il avait donc un instant pour reprendre ses esprits. Mais bon sang, comment était venu ce cauchemar ? Il n'avait pas repensé à la fenêtre cassée depuis des années, ni à l'horrible correction que sa mère et lui avaient subie ce jour-là.

Ce foutu procès faisait ressurgir toutes sortes d'horreurs qu'Owen pensait avoir enterrées depuis longtemps.

Il passa ses mains sur son visage et respira à plusieurs reprises en tremblant, essayant de se calmer avant de se lever pour aller retrouver Laura. Un bruit venant de la salle de bains le fit s'asseoir et il sortit du lit. Il enfila un caleçon et se dirigea vers la salle de bains. Il frappa un petit coup à la porte avant de l'entrebâiller.

— Princesse ?

— Tout va bien. Rendors-toi.

Owen entra dans la salle de bains, fermant la porte derrière lui pour ne pas réveiller Holden.

— Tu ne retournes pas au lit ? dit-elle faiblement en s'appuyant contre le mur entre deux vomissements.

Elle le regarda plus attentivement.

— Qu'est-ce qui ne va pas ?

— Rien.

Il s'assit à côté d'elle et lui prit la main.

— Ça commence tôt aujourd'hui.

Elle appuya sa tête contre son épaule.

— En fait, ça dure depuis hier.

— Je ne veux pas me battre contre des moulins à vent, mais comment vas-tu tenir le coup quand nous serons en Virginie ? C'est déjà suffisamment dur quand on est chez nous.

— Ne t'inquiète pas pour ça. Je m'en sortirai. D'une manière ou d'une autre.

— Laura...

— *Owen...*

— Comment est-ce que je me retrouve enchaîné à la femme la plus têtue de l'histoire de l'univers ?

— Tu es tombé amoureux de moi.

— Oui.

Il lâcha sa main pour l'enlacer.

— La plus belle erreur que j'aie jamais faite.

— Et moi, je suis tombée amoureuse de toi. Juste là, sur le sol de cette salle de bains, quand j'étais si malade en attendant Holden.

— On racontera cette histoire un jour à nos petits-enfants.

— Je leur dirai que leur grand-père était l'homme le plus gentil que j'aie jamais rencontré. Que lorsque j'attendais l'enfant d'un autre homme, il s'est occupé de moi comme si j'étais la chose la plus précieuse au monde alors qu'il me connaissait à peine.

Ému par ce qu'elle disait, comme souvent, il fit glisser ses lèvres sur ses cheveux fins et soyeux.

— Si, il te connaissait. Dès le premier jour où il t'a vue, debout sous la pluie, juste devant l'hôtel.

— Je leur raconterai comment il retenait mes cheveux en arrière quand j'avais la nausée, lavait mon visage avec des linges frais ensuite ; comment il me brossait les dents quand j'étais trop faible pour le faire moi-même. Nous parlerons de la façon dont il a attendu si longtemps que je sois libre de l'aimer comme je le voulais ; et pendant tout ce temps, il a toujours été patient et doux avec moi, le meilleur ami que j'avais jamais eu, bien avant qu'il n'y ait autre chose entre nous. Et je terminerai mon histoire en leur disant que je n'ai jamais été aussi émue de ma vie que lorsqu'il m'a dit, pour la première fois, qu'il m'aimait.

Owen pouvait à peine respirer et encore moins parler tandis qu'il lui caressait le bras. Il s'éclaircit la gorge.

— Leur diras-tu qu'il t'a mise enceinte de jumeaux et rendue encore plus malade que tu ne l'étais avec Holden ?

Elle rit doucement et ce fut comme un baume sur son âme blessée.

— Je trouverai la façon qui convient pour bien raconter cette partie de l'histoire.

— C'est fini pour l'instant ?

— Peut-être.

Owen se leva et lui tendit la main pour l'aider à se relever. Il garda ses mains sur les hanches de Laura pendant qu'elle se brossait les dents, puis la souleva comme il le faisait depuis qu'il la connaissait et la ramena jusqu'au lit, bordant les couvertures avant de faire le tour pour s'étendre auprès d'elle. Allongé sur le côté, face à elle, il remarqua sa pâleur, ses cernes profonds sous les yeux qu'il n'avait pas remarqués la dernière fois qu'il l'avait observée.

Il voulait lui demander une nouvelle fois de rester sur Gansett, mais il savait maintenant que c'était une cause perdue ; il ne voulait pas courir le risque qu'elle croie qu'il ne voulait pas d'elle à ses côtés – ce qui ne pouvait être plus éloigné de la vérité.

— Tu vas me dire ce qui ne va pas ?

— Rien.

— J'ai su au premier regard quand tu es entré dans la salle de bains qu'il s'était passé quelque chose. J'aimerais que tu me le dises pour que je n'aie pas à me poser de questions.

— J'ai fait un rêve. Pas de souci.

— C'était à propos de quoi ?

— Je ne m'en souviens pas.

— Je ne te crois pas.

Il sourit de son impertinence. Il n'en attendait pas moins d'elle.

— C'était à propos de quelque chose qui s'est passé il y a longtemps, quelque chose que j'avais oublié.

— Avec ton père ?

— Oui.

Il se résignait à présent à lui en parler. Il regarda le mur derrière elle pour ne pas voir la compassion sur son visage.

— Mes amis et moi avions cassé une fenêtre en jouant au basket, et il s'est mis en colère quand il est rentré à la maison. Ma mère et moi l'avons affronté. C'était affreux. Je n'y avais pas pensé depuis des années.

— Quel âge avais-tu ?

— Dix ans, quelque chose comme ça.

— Le procès te fait penser à des choses que tu préférerais oublier.

Il était content qu'elle ne dise pas de platitudes ou des paroles de consolation dont il ne voulait pas.

— J'imagine.

— Ce sera bientôt fini.

— Tu crois ? Est-ce que ce sera vraiment fini un jour ?

— Oui. Tout ça refait surface maintenant parce que tu sais que tu dois le voir dans quelques jours, témoigner et entendre ta mère témoigner. Avant tout cela, tu avais réussi à mettre beaucoup de distance entre ton passé et toi.

— Pas autant que je le pensais si je suis aussi facilement effrayé à l'idée de le revoir.

— Owen, il t'a terrorisé pendant des années. Il faudrait être surhumain pour ne pas être anxieux à l'idée de le revoir. S'il te plaît, refuse de subir cet enfer supplémentaire du questionnement. N'importe qui serait angoissé.

— Je ne veux pas l'être. Je veux le regarder comme s'il n'existait pas pour qu'il sache qu'il n'a plus d'importance pour moi.

— Il le saura. Quand il nous verra ensemble et combien nous sommes heureux, il comprendra qu'il n'a pas gagné. C'est la deuxième raison pour laquelle je veux être là. Je veux qu'il voie qu'il a perdu. C'est *toi* qui as gagné. Il va aller en prison et toi tu retrouveras ta vie heureuse, pleine d'amour et de joie et de toutes les choses qu'il s'est refusées parce qu'il ne pouvait pas contrôler sa fureur.

— Et s'il ne va pas en prison ? S'il s'en sort et ne paie jamais pour ce qu'il a fait ?

— J'ai beaucoup réfléchi à cette possibilité et je m'inquiète de ce que cela vous fera, à ta mère et toi – si c'est le cas.

— Et ?

— J'ai décidé que tout ira bien pour vous deux. Il est sorti de votre vie. C'est la chose la plus importante. Et un tigre ne change pas ses rayures. Il trouvera quelqu'un d'autre à tyranniser et, peut-être que la prochaine fois, la loi le rattrapera.

— Je ne veux pas qu'il puisse faire à quelqu'un d'autre ce qu'il nous a fait.

— Alors, espérons le meilleur et préparons-nous au pire. Tu devras trouver un moyen de vivre avec si cela ne va pas dans votre sens. Tu as vécu avec tout cela pendant si longtemps et tu as trouvé une belle vie. Reste concentré sur ce point et tu t'en sortiras. Je serai avec toi jusqu'au bout.

De toutes les choses adorables qu'elle lui avait dites, cette dernière le toucha profondément.

— Je suis désolé que nous devions affronter ça.

— Pas moi. Si cela veut dire que ton père va devoir rendre des comptes pour ce qu'il vous a fait, alors tout ce qui se passera n'aura pas été vain. Au minimum, d'après tout ce que tu m'as dit à son sujet, le fait que le procès soit public sera extrêmement humiliant pour lui, ce qu'il mérite mille fois.

— Ouais, répondit Owen en riant, tu as raison sur ce point. Cela me donne un sacré plaisir pervers de l'imaginer tellement mal à l'aise au tribunal pendant que ma mère et moi laverons le linge sale de la famille. Il en détestera chaque minute.

— Et tu devrais les savourer. Si c'est la seule rétribution que tu obtiens, fais en sorte d'en profiter au maximum.

— Je n'y manquerai pas.

Il tendit la main pour caresser son visage, comme toujours émerveillé par la douceur de sa peau.

— Je ne voulais pas tout d'abord que tu viennes avec moi et maintenant je me demande comment j'ai pu imaginer pouvoir le faire sans toi.

Elle sourit de contentement et il sourit à son tour.

— Depuis le début, c'est ce que tu voulais, dit-il en riant.

— Ça a l'air d'un sombre calcul...

— Je t'aime. J'ai hâte que ce soit fini et qu'on puisse se concentrer exclusivement sur notre mariage sans rien pour nous contrarier.

— Je ne veux pas ajouter à tes soucis ou quoi que ce soit, mais il y a une toute, toute petite chose qui nous barre encore la route.

Alarmé à ces mots, Owen demanda :

— Quoi donc ?

— Je n'ai pas encore reçu mes papiers définitifs pour le divorce.

Le rappel qu'elle était toujours légalement mariée à quelqu'un d'autre lui donna littéralement un coup de poing dans la poitrine, lui coupant la respiration.

— Tu en as parlé à Dan ? Qu'est-ce qu'il a dit ?

— Il m'assure que c'est normal et que nous devrions recevoir les papiers d'un jour à l'autre.

— Et s'ils n'arrivent pas à temps pour le mariage ?

— On les aura.

— Laura...

Elle se redressa dans le lit et se pencha pour l'embrasser.

— Je n'aurais rien dû dire. Je suis désolée.

— Bien sûr que tu devais m'en parler. On appelle Dan à 9 h 01 ce matin pour être sûr qu'il s'en occupe avec la plus grande énergie.

— Si tu insistes.

Il l'attira plus près pour prolonger le baiser qu'elle avait commencé.

— J'insiste.

Mac était en route pour aller travailler lorsqu'il reçut un appel de sa sœur.

— Quoi de neuf, bestiole ?

— Quel âge faudra-t-il que j'atteigne pour que tu arrêtes de m'appeler comme ça ?

— Soixante ans ? La soixantaine ?

— Très drôle. En parlant de choses très amusantes et d'histoires toujours recommencées, j'ai besoin que tu fasses quelque chose pour moi.

Comme toujours, Mac était prêt à la taquiner autant qu'il le pouvait, mais comme ils avaient failli la perdre le jour où P.J. était né, cela lui paraissait plus difficile qu'autrefois. D'habitude, mener la vie dure à Janey était aussi naturel pour lui que respirer. Il ne pouvait pas se permettre de penser qu'ils avaient été bien près de la perdre sans avoir les larmes aux yeux. Mais il n'allait pas le lui dire...

— De quoi as-tu besoin ?

— De préservatifs.

OK, il aurait pu deviner les couches. Mais celle-là, il ne l'avait pas vue venir.

— Quoi ? Qu'est-ce que tu me racontes ?

— Joe et moi avons besoin de préservatifs et j'ai décidé que c'était toi qui allais nous les procurer.

— Tu as décidé ? Qu'est-ce qu'il a pour qu'il ne puisse pas le faire ?

— Absolument rien, mais je veux que tu le fasses.

Il se souvenait du temps où il l'avait envoyée en chercher pour Maddie et lui, au tout début où ils sortaient ensemble et qu'ils ne voulaient pas que toute l'île parle de leur relation ; il dut admettre qu'il lui en était redevable et elle le savait.

— Tu te crois assez drôle, n'est-ce pas ?

— Oui. En fait, je pense que je suis carrément tordante. Il faut absolument que tu me les apportes avant d'aller te coucher. Joe se sent un peu... *frustré* et prêt à revenir à la normale. Tu ne voudrais pas que je retombe enceinte après ce qui s'est passé avec P.J., n'est-ce pas ?

— Tu me fais le coup du chantage à l'émotion, hein ? Tu sais que j'en ai vraiment marre des accouchements en catastrophe autour de moi, alors tu me fais chanter pour que je fasse le sale boulot que ton mari devrait faire pour toi, c'est ça ?

— Oh, d'accord. C'est embêtant. Mais plus ça l'est, plus c'est drôle.

— Janey ! Allons ! Tu m'épargnes les détails dégueulasses, s'il te plaît !

— Je compte sur toi, grand frère. Ne me laisse pas tomber.

— Je te hais en ce moment.

— Mais non, tu ne me détestes pas. Tu m'aimes et tu le sais. Oh... Eh, Mac ?

— Ouais ?

— Prends les XXL, tu veux ?

Elle raccrocha en riant avant qu'il trouve quoi répondre à ça. Dégoûté, il jeta son téléphone sur le siège et éclata de rire. Sa petite sœur avait bien réussi son coup, il fallait le reconnaître. Petite dernière après quatre frères, Janey avait appris très tôt à ne pas se laisser faire. Il imaginait sans difficulté le plan ourdi entre Joe et elle et le plaisir qu'avaient eu les deux époux à rire à ses dépens.

Il lui avait joué le même tour il y avait quelque temps, jusqu'au commentaire XXL ; il l'avait donc probablement bien mérité.

Ils ne l'auraient pas volé s'il faisait des trous dans tous les préservatifs qu'il leur achetait. Il ne le ferait certainement pas, parce qu'il ne voulait vraiment pas que Janey ait d'autres enfants après ce qui s'était passé avec P.J. Il n'avait jamais eu plus peur de sa vie, et n'avait absolument aucune envie de revivre ça.

Et, comme Maddie le lui disait souvent, il pensait toujours d'abord à lui.

Maintenant, il fallait juste qu'il trouve un moyen de se venger de Janey pour ça.

CHAPITRE 12

Les dimanches matin au début du mois d'août étaient le meilleur moment d'une des journées préférées de Grand Mac McCarthy à la marina qu'il possédait et exploitait maintenant depuis quarante étés. Beaucoup de plaisanciers partaient de bonne heure pour rentrer chez eux et, après leur avoir dit au revoir, ses fils et lui prenaient le temps de s'asseoir et d'échanger les potins.

Cette année avait été encore meilleure car son frère Frank, retraité depuis juin, rejoignait l'assemblée matinale ; le retour de Frankie dans sa vie quotidienne rendait Grand Mac presque aussi heureux que d'avoir ses quatre fils revenus vivre sur l'île. Son fils aîné, Mac, dorénavant son associé à la marina, venait tous les jours, tandis que les trois autres garçons faisaient des apparitions occasionnelles à la « réunion » du matin, au cours de laquelle Grand Mac et sa bande de copains tentaient de résoudre les problèmes du monde.

Son très vieil et meilleur ami, Ned Saunders, arriva le premier ce dimanche-là ; il grommela un bonjour en allant chercher un café et des beignets au sucre.

Repensant aux jours lointains où il avait persuadé Linda de quitter sa vie à Providence pour l'épouser et venir vivre avec lui sur son île, Grand Mac se sentait ému. Elle avait aimé l'endroit comme un poisson aime l'eau, faisant sien le restaurant et y apportant immédiatement sa classe et son charme particuliers, auxquels ses clients n'avaient pas été insensibles. Les beignets avaient été une addition géniale qui faisait à présent partie de la magie du lieu.

Et c'était magique. Quel autre mot pouvait-on utiliser pour décrire la vue qu'il avait chaque jour sur le lac Salé et toutes ses variations ? Certains jours, il était si bleu qu'il faisait mal aux yeux quand on le regardait. D'autres fois, il était gris, coléreux et couvert d'écume, mais tout aussi beau que le reste du temps. Grand Mac aimait ses humeurs les plus changeantes.

Il aimait les bateaux, les gens, l'odeur du diesel qui se mêlait à celles du sable et des algues. Il aimait les mouettes qui planaient au-dessus des quais à la recherche de tout ce qui était comestible. Il adorait les enfants qui lançaient leurs pièges à crabes dans l'eau depuis ses quais flottants, utilisant des hot-dogs comme appâts, jusqu'à ce qu'ils remplissent un seau avec ces créatures gluantes. Il s'amusait aux « courses de crabes » quand, depuis le quai principal, les crustacés capturés descendaient le long de la rampe et s'échappaient dans l'eau sans avoir été blessés, mais en laissant derrière eux d'inoubliables souvenirs d'enfance.

Grand Mac avait grande envie d'inviter son petit-fils Thomas à venir faire un peu de pêche aux crabes un de ces jours. Thomas était assez âgé à présent pour apprécier quelque chose que son père avait aimé. Ils inviteraient aussi Ashleigh, la cousine de Thomas et son éternelle compagne de jeu.

Ned les rejoignit et, prenant place, laissa tomber une boîte de beignets au milieu de la table.

— Qu'est-ce qui te rend de si mauvais poil ce matin ?

— Je ne suis pas de mauvaise humeur.

— Dis ça à quelqu'un qui ne te voit pas tous les matins depuis quelque quarante ans.

Ned avait été le premier ami de Grand Mac sur l'île. Leur amitié avait été immédiate et durable. Maintenant que l'autre meilleur ami de Grand Mac – et cela depuis toujours –, son frère Frank, était sur l'île, Grand Mac faisait tout ce qu'il fallait pour passer encore beaucoup de temps avec Ned.

— Qu'est-ce qui se passe ?

— Seamus et Carolina, grogna Ned en buvant son café.

— Ah bon ?

— Y z'ont volé notre idée.

— Laquelle ?

— Faire un barbecue et s'marier.

— Oh ! Quand ça ?

— Deux s'maines. Après sui d'Laura. Z'avez z'idée comment qu'on fait pour trouver l'moment d's'marier sans marcher sur les plates-bandes d'qu'qu'un ces temps-ci ? J'sais pas quand qu'on va pouvoir l'faire.

— Faire quoi ? demanda Mac, le fils de Grand Mac qui les rejoignait.

— S'marier.

— Qui est-ce qui se marie ? continua Mac.

— Tout l'monde sauf moi, répondit sombrement Ned. On z'a attendu longtemps pour ça. J'suis prêt. Elle est prête. Maintenant, faut qu'on trouve une z'autre idée parce que Seamus et Caro z'ont volé la nôtre.

— Alors, attends ! s'écria Mac, vous alliez aussi faire un mariage surprise ?

— J'allais. Je voulais pas toute c't'agitation et tracas. Maintenant ? J'sais p'us !

— En ma qualité de gendre de la future Mme Saunders, je serais heureux d'offrir ma maison, mon jardin, tout ce dont vous avez besoin pour que cela se réalise, poursuivit Mac. Tu n'as qu'un mot à dire et on s'occupe du reste.

À ces mots, Ned s'anima manifestement et Grand Mac regarda son fils aîné avec une fierté déraisonnable. Il savait que ce n'était pas toujours facile pour un homme d'aimer ses enfants comme il le faisait, mais quand on en a cinq, aussi extraordinaires que les siens, c'était sacrément difficile de ne pas dire tout le temps qu'ils étaient géniaux. Dans des moments comme celui-ci, il n'en avait même pas besoin.

— C'est une excellente idée, fiston, fit Grand Mac. Qu'en penses-tu, Ned ?

— Je vais z'en parler à Francine. C'est elle qui décide.

— Tu seras un bon mari si tu t'en rends déjà compte, s'amusa Grand Mac.

— Tu crois qu'j s'rai un bon mari ? Vraiment ?

— J'en suis sûr, assura Mac. Tu l'aimes, elle, et ses filles, comme si elles étaient les tiennes. Maddie dit tout le temps que Tiffany et elle n'avaient aucune idée de ce que c'était d'avoir un père avant que tu n'entres dans leur vie. Et les enfants adorent leur grand-père. Tu seras un mari formidable.

Le menton appuyé sur sa main, Ned cligna des yeux à plusieurs reprises.

Pendant une seconde, Grand Mac se demanda si son vieux copain garderait son sang-froid face à un tel éloge.

— Merci, répondit Ned doucement. C'est très important pour moi.

Luke Harris les rejoignit avec d'autres habitués qui venaient prendre un café, des beignets et raconter des conneries tous les matins.

— Hum-hum, avant que la journée ne finisse, reprit Mac en se penchant pour que son père et Luke puissent l'entendre, il faut que je commence à passer un peu plus de temps à la maison. Cette grossesse fatigue énormément Maddie et elle a besoin d'aide avec les enfants.

— Pas de problème, répondit Grand Mac. Fais ce que tu as à faire.

— Je te remplacerai, enchaîna Luke. Peut-être qu'un jour tu pourras me rendre la pareille.

— Je l'espère vraiment, dit Mac.

— Tu sais qu'on ne veut pas être indiscrets, reprit Grand Mac, qui était au courant que Luke et sa femme, Sydney, espéraient avoir un bébé après une inversion de ligature des trompes.

— Oui, oui, plaisanta Luke. Rien encore, mais on s'amuse beaucoup à essayer.

Grand Mac aimait Luke Harris comme un fils depuis que l'orphelin de père s'était présenté sur les quais à 14 ans et avait demandé du travail. Il y travaillait toujours. La meilleure décision que Grand Mac ait jamais prise avait été d'en faire un associé dans l'entreprise il y avait quelques étés. Luke et Mac faisaient un excellent travail et géraient l'entreprise pour que Grand Mac puisse passer plus de temps à faire ce qu'il faisait le mieux : raconter des blagues avec ses amis.

Grant arriva peu après et prit place à table, un café à la main.

— J'ai des nouvelles du front ! commença Grant avec un sourire triomphant qui retint immédiatement l'attention de tout le monde.

— Crache le morceau, s'écria Mac.

— Steph et moi allons nous marier le jour de la fête du Travail !

— Oh, merde d'merde, marmonna Ned tandis que les autres félicitaient Grant.

— Pourquoi est-il contrarié ? demanda Grant, avec un geste du pouce en direction de Ned.

— Il a un peu de mal à trouver une date pour son mariage au milieu de tous les autres, expliqua Mac à son frère. Mais je suis heureux pour Steph et toi. C'est une super nouvelle.

— Oui, renchérit Grand Mac à l'intention de son deuxième fils, qui avait trouvé la compagne parfaite en Stéphanie.

Linda et lui adoraient positivement la charmante jeune

femme qui avait surmonté une enfance terrible, devenant quelqu'un que n'importe qui serait fier d'accueillir dans sa famille.

— C'est vraiment une très bonne nouvelle.

— J'suis ben content moi t'aussi, grogna Ned. Crois pas que j'l'suis pas. On est tous fous d'c'te gamine.

— Merci, fit Grant. Nous sommes ravis.

— Et voilà notre tout nouveau Roméo ! s'écria Grand Mac en faisant de la place à côté de lui pour son frère qui arrivait.

— Oh, la ferme !

— Quand on se tient par la main, oncle Frank, fit remarquer Mac, ça veut dire qu'on a trouvé une petite amie.

— Et alors ? rétorqua Frank avec un peu d'humeur tout en prenant un des beignets.

— Il ne le nie même pas, soupira Mac. C'est pire que ce que nous pensions.

— Vous devriez tous vous occuper de vos affaires plutôt que de celles des autres.

— C'est pas près d'arriver, déclara Ned, ce qui fit rire les autres.

— On va bien se marrer ! coupa Grand Mac. Alors… Betsy et toi. Vous allez vous mettre ensemble. C'est très intéressant…

— Tu es un connard, tu sais ça ?

— Hum, excuse-moi, mais qui est-ce qui prenait un malin plaisir à me taquiner à chaque fois que je ramenais une nouvelle fille à la maison ? Je n'ai jamais pu te rendre la monnaie de ta pièce parce que tu n'as eu d'yeux que pour Joann depuis le collège. Maintenant c'est à mon tour et la vengeance est un plat qui se mange froid.

Grand Mac n'était pas sûr d'avoir eu raison en mentionnant la femme que Frank avait perdue si jeune à cause d'un cancer ; mais Frank lui sourit tout simplement, faisant comme toujours preuve de la bonne humeur que Grand Mac attendait de son aîné.

— Amuse-toi bien, mon vieux. Tu peux te marrer tant que tu veux, elle en vaut la peine.

— Oh, waouh, souffla Mac. C'est *beaucoup plus* sérieux qu'on le pensait.

— Je ne sais pas si sérieux est le mot que j'utiliserais, répliqua Frank. Du moins, pas encore, mais il y a du potentiel.

— J't'félicite, coupa Ned. On attendait ça d'puis un temps !

— C'est sûr, répondit Frank.

— Excusez-moi, fit une voix féminine.

Tous les yeux se tournèrent vers une jeune femme aux cheveux bruns. Elle était grande, avec des yeux marron, et semblait hésiter.

— Je peux vous aider ? lui demanda Mac.

— Je cherche Mac McCarthy ?

— C'est moi, répondirent ensemble et comme d'habitude, le père et le fils.

Elle regarda Grand Mac, puis son fils, avant de revenir à l'aîné des deux.

— Senior, compléta-t-elle.

— Que puis-je faire pour vous ? reprit Grand Mac.

— Pourrais-je vous prendre un moment de votre temps, s'il vous plaît ? En privé.

— Oh-oh, Papa, pouffa Mac. Qu'est-ce que tu as encore fait ?

La jeune femme lança un regard étrange à son fils avant de reporter son attention sur lui. Il ne savait pas du tout qui elle était, mais comme elle le lui avait demandé si poliment...

— Bien sûr. Par ici.

Il la conduisit jusqu'au bout du quai principal, le lac Salé devant eux.

— Je suis désolée de vous arracher à vos amis.

— Pas de souci.

— Je m'appelle Mallory.

Elle déglutit comme si elle était nerveuse.

— Mallory Vaughn.

— Ravi de faire votre connaissance, Mallory.

— Ravie également de vous rencontrer. Est-ce que le nom Vaughn vous dit quelque chose ?

— Je ne peux pas dire que oui. Est-ce que ça devrait ?

Elle sortit un morceau de papier froissé de sa poche et le lui tendit.

— Vous devriez lire ceci.

Sans détacher ses yeux du regard honnête de la jeune femme, Grand Mac le prit avec une sorte de creux à l'estomac. De quoi s'agissait-il ? S'intéressant à la lettre, il commença à lire une écriture qui appartenait manifestement à une femme.

Ma chère Mallory,

Maintenant que je ne suis plus de ce monde, je pense qu'il est juste de partager la seule information que j'ai eu trop peur de te donner tant que je vivais. Tu m'as demandé pendant des années qui était ton père et j'avais vraiment intention de te le dire le moment venu. Puis je suis tombée malade et le temps est devenu notre bien le plus précieux. Il y avait d'autres choses que je voulais faire plutôt que de revisiter mon douloureux passé.

Ton père est un homme bon ; du moins, il l'était pendant la courte période où je l'ai connu. Il eut l'occasion de créer une entreprise sur l'île de Gansett et comme j'étais attachée à ma maison et à ma famille ici, il n'y avait pas d'avenir pour nous. Je l'ai donc laissé partir pour accomplir son rêve et je suis restée ici pour poursuivre le mien. Peu de temps après, j'ai découvert que je t'attendais.

— Oh, mon Dieu, murmura Grand Mac tandis que le quai sous ses pieds semblait bouger à mesure que son existence entière se trouvait ébranlée. Ta mère était Diana Vaughn.

— Oui.

— Donc ça fait de toi...

— Votre fille, apparemment.

Grand Mac n'arrivait pas à respirer en regardant la jeune femme devant lui, essayant de comprendre ce qu'elle disait.

Elle lui retira doucement la lettre de sa main et lui lut le reste.

Ton père possède une marina, appelée la marina McCarthy de l'île de Gansett. Il s'appelle Mac McCarthy et il sera surpris de savoir que tu existes parce que je ne lui ai jamais dit que je t'attendais. Lorsque j'ai compris que tu allais arriver, lui et moi avions mis fin à notre relation et, peu de temps après, j'ai appris qu'il était fiancé à quelqu'un d'autre.

J'avais une peur irrationnelle qu'il puisse essayer de t'éloigner de moi s'il apprenait ton existence et je ne pouvais pas laisser cela se produire. J'aurais aimé être une personne plus forte pour vous deux et je suis désolée de ce que je vous ai refusé à tous les deux par mon silence. J'espère que tu pourras trouver dans ton cœur le moyen de me pardonner et peut-être de le retrouver maintenant que tu es seule au monde. Tu dois aussi savoir que je t'ai appelée Mallory parce que son prénom complet est Malcolm. J'ai pensé que tu pourrais un jour apprécier ce lien, même s'il est provisoire, avec l'homme qui t'a engendrée. Je t'aime de tout mon cœur. Maman

Mallory plia la lettre et la remit dans sa poche.

— Je suis désolée de vous surprendre ainsi. Je ne veux rien de vous. Je voulais juste vous rencontrer, pour remplir les blancs. Je vais y aller maintenant. C'était vraiment bien de vous rencontrer enfin. C'est un endroit magnifique que vous avez ici.

Comme elle se retournait pour partir, quelque chose en Grand Mac s'éveilla, le forçant à réagir avant qu'elle ne s'éloigne.

— Attends. Ne pars pas tout de suite.

Elle s'arrêta et se tourna vers lui.

— Honnêtement, je pensais ce que j'ai dit : je n'attends rien de vous. Je vais parfaitement bien. Vous avez votre vie et j'ai la mienne. Je voulais juste mettre un visage sur ce nom. C'est tout.

— Tu ne peux pas t'en aller comme ça après m'avoir dit que tu es mon enfant, bégaya-t-il.

Il ne se souvenait pas d'avoir été aussi secoué par quoi que ce soit.

— Pourquoi pas ? demanda-t-elle avec un petit sourire amusé qui lui rappelait un peu Janey.

Il ne savait pas du tout comment cela pourrait affecter sa vie, sa famille ou son mariage, mais il savait qu'il ne se le pardonnerait jamais s'il la laissait partir.

— Parce que ce n'est pas comme ça que je fonctionne.

— Pardon ?

— Si tu imagines qu'une de mes enfants puisse se balader à travers le monde sans que je sache où elle est et qu'elle sorte ensuite de ma vie d'une façon aussi désinvolte, eh bien, tu te trompes. Tu ne veux peut-être rien de moi, mais ce n'est pas mon cas.

— C'est-à-dire ?

— Je veux te connaître. Je veux que tu me connaisses. Si ce que dit ta mère est vrai, tu as cinq demi-frères et sœurs. Tu n'aimerais pas les connaître ?

— Vous doutez de la véracité de ce que ma mère a écrit ?

— Non, mais je serais bête d'accepter la parole de quelqu'un que je n'ai jamais vu en plus de...

— Trente-huit ans, dit-elle fermement. J'aurai 39 ans mercredi.

— J'ai beaucoup de choses à considérer ici.

— Je vous l'ai dit. Je ne veux rien de vous.

— Papa ? interrogea Mac en s'approchant d'eux.

Il jeta un long regard à Mallory, la jaugeant.

— Que se passe-t-il ?

— Donne-moi une minute, fiston, tu veux bien ?

— Hum, bien sûr.

Hésitant, Mac fit demi-tour et s'éloigna.

— C'est votre fils.

— Mon aîné, Mac Junior.

— Quel âge a-t-il ?

— Trente-sept ans.

— Quel âge ont vos autres enfants ?

La question avait été posée sur un ton aimable et serein, mais il voyait à quel point elle était avide d'informations sur sa famille.

— Grant a 36 ans, Adam 34 ans, Evan 32 ans et mon bébé, Janey, vient d'avoir 30 ans.

— Quatre garçons et une fille, fit-elle doucement. Je me demandais si je pouvais avoir des frères et sœurs.

— Tu n'en as pas d'autres ?

Elle secoua la tête.

— Ma mère ne s'est jamais mariée. J'étais sa fille unique.

— Si je me souviens bien, elle était d'une famille nombreuse.

— Qui n'approuvait pas sa décision d'avoir un bébé toute seule.

Mallory haussa les épaules.

— Nous n'avions pas besoin d'eux. Nous étions là l'une pour l'autre.

— Alors, maintenant, tu es seule au monde.

— Pas entièrement. J'ai des amis fantastiques et une carrière dont je suis fière.

— Qu'est-ce que tu fais ?

— Je suis infirmière au service des urgences à Providence.

— C'est très impressionnant.

— Vous le pensez vraiment ? demanda-t-elle avec une certaine mélancolie, visiblement désireuse d'autre chose que de simples informations.

— Vraiment.

Il s'éclaircit la gorge, essayant de réfléchir à ce qu'il allait faire ensuite.

— J'ai besoin de parler à ma femme. Elle s'appelle Linda et elle est le centre de ma vie. Elle l'est depuis peu de temps après que ta mère et moi avons rompu. As-tu un numéro de téléphone ou comment peut-on te joindre ?

Elle secoua la tête.

— Je vois que vous êtes une bonne personne. Vous êtes le gentil garçon dont ma mère parlait, mais je voulais juste vous rencontrer, pas bouleverser toute votre vie. Pas besoin de parler de moi à votre famille ou à votre femme. Ce n'est pas pour ça que je suis venue. J'ai eu ce dont j'avais besoin et j'apprécie le temps que vous m'avez accordé. Je n'en prendrai pas davantage.

— Tu n'es donc pas un peu curieuse de connaître tes cinq frères et sœurs ? Et tes cousins ? Il y en a pas mal. Laura et Shane vivent tous les deux sur l'île. Ce sont les enfants de mon frère Frank. Il est là-bas à table. C'est un juge de la Cour suprême à la retraite. Mon frère Kevin est médecin-psychiatre, en fait. Il a deux fils, Riley et Finn. Ils seront là dans quelques semaines pour le mariage de Laura. Elle va épouser Owen Lawry, le meilleur ami de mon fils Evan. Si j'étais toi, quelqu'un qui n'a pas beaucoup de famille à soi, je voudrais au moins rencontrer tout le monde avant de décider que je ne veux rien avoir à faire avec eux.

— Et comment comptez-vous me présenter à votre charmante famille ?

— Comme la fille dont j'ignorais l'existence ?

Elle croisa les bras et regarda le quai en bois sous ses pieds.

— Je ne sais pas quoi dire. Je n'avais rien prévu à part faire votre connaissance.

— Tu as un endroit pour dormir cette nuit ?

— Non, j'allais prendre le ferry pour rentrer ce soir.

— Tu devrais rester. Passer un peu de temps ici. Voir ce que tu penses de l'endroit.

Il était sur le point de proposer une des chambres vides de sa maison quand il s'arrêta, sachant qu'il ne pourrait pas le faire avant d'avoir parlé à Linda.

— Nous possédons cet hôtel sur la colline.

Il désigna du doigt l'hôtel qui se trouvait juste à l'entrée de la marina.

— Vas-y et dis-leur que je t'envoie et qu'ils me facturent ton séjour.

— Je ne pourrais pas faire ça.

— Pourquoi ?

— Je ne me sentirais pas à l'aise.

— Je t'invite, tu seras mon hôte, mais si tu préfères ne pas rester, je comprends. Cependant, j'aimerais avoir ton numéro de téléphone.

Elle sembla réfléchir, pesant le pour et le contre de sa proposition.

— Je vais rester pour la nuit.

— Bien, répondit-il avec un sourire. Tu vois cette maison là-haut sur la colline ? La blanche ?

— Oui.

— C'est là que nous habitons. Viens dîner ce soir.

— Vous n'allez pas m'inviter sans en parler d'abord à votre femme.

— C'est drôle, tu ne connais pas encore ma femme et pourtant tu sembles savoir comment elle est.

— Je suis une femme, M. McCarthy. Il ne faut pas être diplômé en astrophysique pour prédire que cette nouvelle pourrait la prendre par surprise.

Elle prit une carte dans son sac et la lui tendit.

— Mon numéro de portable est là-dessus. Appelez-moi après lui avoir parlé et vous ne me blesserez pas en me disant que je ne suis pas la bienvenue là-bas.

— Ne m'appelle pas M. McCarthy. Au moins, dis Grand Mac. C'est comme ça que tout le monde m'appelle.

— Grand Mac, répéta-t-elle comme pour s'y habituer. D'accord. Merci. Vous avez été très gentil avec moi, alors que je ne vous aurais pas blâmé si vous m'aviez dit d'aller me faire voir ailleurs.

— Je ne ferais pas une chose pareille. Cependant, je me

demande si je pourrais emprunter la lettre de ta mère. J'aimerais la montrer à ma femme.

Elle sortit la lettre de sa poche et la lui remit.

— Vous comprendrez qu'elle est précieuse pour moi...

— Je te la rendrai, bien évidemment.

— Merci.

— Je t'appellerai.

— OK.

Le sourire qu'elle lui fit en partant lui rappelait d'une certaine manière sa mère. Et puis il se souvint de la photo de sa mère qu'il gardait encadrée dans son bureau et se rendit compte que Mallory était son portrait vivant quand elle était jeune femme. Quand elle s'éloigna, il la regarda jusqu'à ce qu'elle passe devant la table où plusieurs hommes la regardèrent avec curiosité. Elle ne s'arrêta pas pour leur parler, mais continua sa marche vers l'hôtel. Dans l'esprit de Grand Mac couraient pensées, souvenirs et peur de ce que cette nouvelle pourrait faire à sa famille – et à son mariage.

Mac et Frank s'approchèrent de lui, cherchant manifestement à comprendre ce qui venait de se passer. Grand Mac savait qu'il ne pouvait parler à personne de Mallory avant de s'être entretenu avec Linda. C'est pourquoi il se dirigea délibérément vers le parking.

Lorsqu'il fut près de son fils et de son frère, Mac essaya de l'arrêter.

— Papa ?

— Attends un peu. Je reviens.

— Tout va bien ? interrogea Frank.

— Ouais. Pas de quoi s'inquiéter.

En disant ces mots, Grand Mac espérait et priait qu'ils ne le feraient pas mentir.

CHAPITRE 13

ux premiers gazouillis venant du berceau dans la pièce voisine, Owen se leva et quitta le lit, espérant que Laura dormirait encore un peu. Il changea la lourde couche nocturne du bébé, le lava et lui laissa seulement sa nouvelle couche pour lui donner ses céréales et sa compote de pommes du petit déjeuner, sachant qu'il aurait probablement besoin d'un bain complet après avoir mangé.

Holden faisait des progrès constants en mangeant avec une cuillère, cependant l'heure des repas ne se passait pas sans se salir. Après qu'il eut dévoré ses céréales bien imbibées et un pot de compote de pommes, Owen le récompensa en éparpillant des Cheerios[1] sur la table de sa chaise haute. Regarder les doigts dodus du bébé prendre les Cheerios et les porter puis les mettre dans sa bouche était un très grand plaisir pour Owen. Chaque jour, Holden apprenait à faire une nouvelle chose et en être témoin était tout simplement miraculeux.

Dans des moments comme celui-ci, lorsqu'il passait du temps seul avec Holden, il se sentait un peu désolé pour l'ex-mari de Laura qui ne saurait jamais tout ce qu'il avait manqué avec le fils qu'il ne voyait que de temps à autre, chaque fois qu'il arrivait à venir passer une journée sur l'île. Laura était mariée à Justin depuis quelques mois lorsqu'elle avait découvert qu'il n'avait jamais désactivé son profil de rencontre en ligne et qu'il organisait encore des relations avec d'autres femmes.

Imaginez être marié à une femme aussi extraordinaire que Laura et que cela ne vous suffise pas ! Owen ne pouvait concevoir une telle chose parce qu'être avec elle – et son fils – était le plus grand honneur de sa vie. Comme Justin avait accepté de signer les papiers du divorce peu après la naissance de Holden, Owen ne lui en voulait pas. Il avait fait ce qu'il fallait et l'avait libérée. Mais il ne serait pas entièrement rassuré tant que son divorce ne serait pas officiel et définitif ; s'inquiétant du moment où cela se produirait, il appela Dan Torrington.

— Bonjour, marmonna Dan, si bien qu'Owen vérifia l'heure pour aussitôt faire la grimace.

— Désolé. Je ne me suis pas rendu compte qu'il était encore si tôt. On est à l'heure du bébé ici.

— Pas de problème. Que se passe-t-il ?

— Il s'agit du divorce de Laura. Tu as des nouvelles ?

— On devrait avoir le jugement définitif d'un jour à l'autre.

— Il arrivera à temps pour le mariage ?

— Tu as tout le temps, Owen. Essaie de ne pas t'inquiéter. Je le surveille de près et on l'aura.

— OK, répondit Owen, même si les assurances de Dan ne dissipaient pas complètement son anxiété – envahissante ces derniers temps.

— Tu tiens le coup ?

Owen grogna une sorte de rire.

— Fantastique. Je ne me suis jamais senti aussi bien.

— Je ne veux pas te répéter des platitudes, mais tout sera bientôt fini et tu pourras tourner la page.

— C'est ce que tout le monde me dit.

— Si je peux faire quoi que ce soit pour toi ou pour ta mère, tu n'as qu'à demander.

— Merci, Dan. Ça nous fait du bien à tous les deux que tu viennes avec nous en Virginie.

— Je suis content d'y aller. La plus grande satisfaction que je retire de ma carrière est de voir la justice rendue – peu importe la forme qu'elle prend.

— J'espère juste que nous obtiendrons justice.

— Votre cas est solide. Est-ce que c'est gagné d'avance ? Non, mais je pense que le jugement vous donnera raison en définitive.

La confiance de Dan aidait à combattre quelques-unes des plus grandes peurs d'Owen.

— On se voit mardi matin.

— Je serai là.

Après avoir terminé sa conversation avec Owen, Dan replaça le téléphone sur la table de nuit. Il avait essayé de se lever lorsque le téléphone l'avait tiré d'un profond sommeil, mais le bras de Kara autour de lui l'avait retenu au lit pendant qu'il parlait à Owen.

— Désolé, dit-il en se tournant vers elle.

— Ce n'est pas grave.

Elle était maintenant certainement habituée aux appels qu'il recevait à toute heure du jour et de la nuit. Tout en travaillant sur ses mémoires qui concernaient ses efforts pour libérer des personnes condamnées à tort, Dan continuait à superviser l'équipe d'avocats qui travaillait pour innocenter ses clients. Ils œuvraient dans son cabinet de Los Angeles alors qu'il se trouvait à l'autre bout du pays, chaque jour un peu plus impliqué dans sa vie sur une petite île où il avait commencé à se sentir comme chez lui, surtout depuis qu'il avait rencontré Kara et était tombé amoureux d'elle.

— Rendors-toi un peu, dit-il en embrassant son épaule. Il est encore tôt.

— Humm.

Sa jambe lisse glissa entre les siennes, s'arrêtant juste en dessous de son entrejambes.

La main de Dan, qui lui caressait le dos, descendit pour englober une fesse, l'attirant plus près de lui.

— On dirait que l'un de nous est bien réveillé.

— Il ne peut pas s'en empêcher quand tu es toute nue, douce et chaude.

La main de Kara sur son ventre n'allait pas arranger le problème qui grandissait un peu plus bas.

— Aujourd'hui, ça va être une très longue journée, soupira-t-elle.

Ses parents étaient venus lui rendre visite pour faire la connaissance de Dan et avaient insisté pour leur organiser une fête de fiançailles afin de rencontrer les autres amis de Kara. Dan savait qu'elle aurait préféré se passer de tout cela, mais voulait faire plaisir à ses parents, avec lesquels elle avait eu une relation difficile ces deux dernières années.

— Au moins, ils n'ont pas fait d'histoires quand tu leur as dit que nous voulions nous marier ici.

Ils avaient réservé le domaine Chesterfield [2] pour le mois de juin suivant.

— Ils savent qu'il vaut mieux ne pas me contrarier. Ils sont sans doute soulagés que je sois fiancée et de ne plus se sentir coupables d'avoir soutenu ma sœur quand elle est partie avec mon petit ami.

— Ex-petit ami.

Elle pouffa doucement et cela le fit sourire.

— Extrêmement ex. Tellement ex qu'il mérite à peine qu'on parle de lui.

— C'est vrai, et ne l'oublie pas. Ton fiancé est du genre jaloux qui ne veut pas que tu repenses à tes amours anciennes.

— Mon fiancé n'a pas à s'inquiéter et il le sait. Je n'avais jamais été vraiment amoureuse avant de le rencontrer.

— Kara...

Il la serra contre lui encore plus fort, si tant est que ce fût possible.

— Tu ne sais pas ce que ça me fait quand tu dis des choses comme ça. Comment quelqu'un a pu être assez stupide pour te laisser partir, ça me dépasse.

— Tu ferais mieux de ne jamais me laisser partir.

— Pas de soucis pour ça, mon bébé.

Il l'embrassa sur le sommet de la tête, respirant l'odeur délicieuse de ses cheveux.

— Ça va aller, à cette fête aujourd'hui ?

— Bien sûr. Mes parents veulent célébrer nos fiançailles. Je suis tout à fait d'accord. C'est juste difficile parfois d'oublier la façon dont ils ont agi quand Kelly et Matt se sont mis ensemble. C'était comme s'ils m'avaient tout à fait oubliée, et maintenant que je vais épouser monsieur l'avocat célèbre, ils sont soudainement à nouveau tout excités à mon sujet. C'est comme si... Je ne sais pas...

— Hypocrites.

— Oui.

— Je déteste la façon dont ils t'ont blessée, ma chérie. Je ne veux plus jamais que tu vives quelque chose comme ça.

— Je t'aime pour ça. Je t'aime vraiment et pour avoir accepté leur idée de fête alors que je suis sûre que tu aurais des choses à redire.

— Je ne te ferais jamais ça. Ils savent probablement ce que nous pensons tous les deux et c'est leur façon d'essayer de te retrouver.

— Peut-être. J'ai cru qu'ils allaient se fâcher quand je leur ai dit que je ne voulais pas me marier à Bar Harbor, mais ils n'ont pas protesté.

— Ils n'allaient certainement pas refuser. Tu ne le vois peut-être pas, mais tu as beaucoup changé depuis que tu es ici. Tu es beaucoup plus sûre de toi qu'auparavant.

— J'ai dû m'affirmer davantage pour être avec toi, répondit-elle sèchement.

— Exactement et ça a influencé tous les domaines de ta vie. Aucun doute qu'ils le voient aussi.

— Merci pour ça, enchaîna-t-elle, en posant son menton sur sa poitrine. J'avais besoin d'apprendre à me défendre et tu m'as montré comment faire.

Il rassembla ses longs cheveux en une queue de cheval qu'il laissa glisser entre ses doigts en vagues soyeuses.

— Nan. Tu avais ça en toi depuis le début. Je t'ai juste aidée à le trouver.

Elle laissa un chapelet de baisers de sa poitrine à son menton et remonta le long de sa mâchoire jusqu'à ce que ses dents trouvent son lobe d'oreille. La morsure un peu douloureuse le traversa d'une chaleur qui ne fit qu'augmenter son érection. Il aimait tellement Kara, joueuse et espiègle. Il lui avait fallu des mois pour la découvrir sous la carapace derrière laquelle elle se cachait quand il l'avait rencontrée.

Cependant, avec le temps, elle avait commencé à se remettre de l'horrible trahison de sa sœur et de son ex-petit ami. La confrontation qu'elle avait eue avec Kelly au début de l'été avait beaucoup aidé Kara à écarter le passé une fois pour toutes.

— Tu es terriblement folâtre ce matin, mon amour, remarqua Dan en l'attirant sur lui, son érection contre sa chaleur. Est-ce que j'ai réussi à te transformer en une personne du matin ?

Elle se mit à rire.

— Je ne le serai jamais.

Alors qu'elle descendait sur lui, le prenant dans sa chaleur intime, elle continua :

— Considère ça comme une véritable exception.

— Je trouve que c'est le parfait début d'une journée qui sera parfaite du seul fait que je vais en passer chaque minute avec toi.

Son sourire fit scintiller l'or de ses yeux bruns.

— Tout l'argent que ta mère a dépensé pour l'école de charme était un investissement très rentable.

Elle pivota sur ses hanches, lui tirant un gémissement.

— Pas d'école de charme, mon bébé. Tout est dans les connexions.

— N'empêche. Elles sont bonnes, vraiment excellentes.

Il attrapa ses hanches dans l'intention de la retourner et de prendre le contrôle.

— N'y pense même pas. Tout ça est à moi.

— J'aime bien quand tu deviens autoritaire avec moi.

— Je le vois, dit-elle en serrant les dents pour le prendre tout entier en elle.

Dan rit et l'attira à lui pour pouvoir l'embrasser. Le goût de ses lèvres et la pression de ses seins contre sa poitrine suffisaient déjà pour l'amener à la jouissance.

— Je n'arrive pas à croire qu'on va pouvoir faire ça quand on voudra pour le reste de notre vie.

Sa chevelure châtain clair descendit autour de lui comme un rideau de soie qui les mettait à l'abri du reste du monde.

— Pas *n'importe* quand.

Il serra ses fesses dans ses deux mains.

— À peu près n'importe quand.

— Je te l'accorde – et ça aussi.

À cheval sur lui, elle formait des cercles sexy et taquins.

— Je vois, donc c'est un petit coup rapide que tu cherches ?

Elle lui sourit, l'embrassa, s'attardant une minute entière avant de se redresser et de se mettre en devoir de l'amener à l'orgasme.

Après avoir accompagné Laura tout au long d'une nouvelle série de nausées matinales, Owen la laissa dormir et emmena Holden en voiture avec lui jusqu'au studio d'Evan. Il n'y était pas allé depuis un moment et fut surpris de voir que l'allée avait été bien dégagée. Dans le vestibule, il regarda par une fenêtre donnant sur les studios pour s'assurer que personne n'enregistrait avant d'entrer à l'intérieur, Holden dans ses bras.

— Ev ? Tu es là ?

— Au fond, cria Evan. Dans le bureau.

Owen traversa les studios jusqu'au bureau d'Evan, à l'arrière du bâtiment.

— Tu n'enregistres pas aujourd'hui ?

— Cet après-midi, répondit Evan. Le dimanche matin, c'est pour la paperasse. J'aime m'en débarrasser pour pouvoir profiter du reste de la semaine.

Il tendit les bras à Holden.

— Viens voir tonton Evan, mon grand.

Holden poussa un petit cri de joie quand Owen le mit dans les bras d'Evan. Le bébé adorait les écouter jouer de la guitare.

— Mon Dieu, il a grandi depuis la semaine dernière.

—Je sais. C'est fou.

Owen retira une pile de courrier d'une des chaises et s'assit, remettant les enveloppes à Evan.

— Ça n'en finit jamais, grommela Evan en jetant les courriers sur la pile de sa table. Je n'étais pas fait pour m'asseoir derrière un bureau.

— Je suppose que le bon côté de trop de paperasses est que les affaires marchent.

— C'est vrai.

Evan donna à Holden un stylo lumineux pour qu'il joue avec. Comme tout ce qu'il découvrait, l'objet alla directement dans la bouche du bébé.

— C'est propre ? demanda Owen.

— Ce n'est pas dégueulasse.

— Ne dis pas à Laura que je l'ai laissé jouer avec.

— Je ne le ferai pas si tu ne le fais pas.

— Marché conclu.

— Qu'est-ce qui t'amène ce matin ?

— J'ai entendu dire que tu avais l'intention de venir en Virginie.

— Et alors ?

— J'aimerais que tu ne viennes pas. J'apprécie les sentiments que ça manifeste ou le geste, mais…

— Ce n'est pas un geste, O. Si c'était ce que je cherchais à faire, je pourrais te taper dans le dos et te dire que je serai de tout cœur avec ta mère et toi au moment où vous partirez.

— Je sais que ton intention est bonne, que tu t'inquiètes pour moi, mais tu n'as vraiment pas besoin de quitter ton travail, ta maison et Grace. J'aurai beaucoup de gens avec moi…

— Donc, ça ne devrait pas être un souci d'en avoir un de plus.

— Evan, s'il te plaît… Tu ne comprends pas.

— Alors, explique.

— Je serai gêné que les gens que j'aime entendent les détails terribles de mon enfance. Je préfère que tu ne saches pas.

— Je le sais déjà. Tu m'en as parlé.

Il donna une boule d'élastiques à Holden quand il eut assez joué avec le stylo.

— Tu n'en connais pas la moitié et j'aimerais que ça reste ainsi.

— Que ferais-tu si j'étais sur le point de traverser une telle épreuve ?

— Heureusement, c'est une question rhétorique, car tu n'auras jamais à vivre quelque chose comme ça.

— Fais-moi plaisir. Regarde ça d'une autre façon. Si je devais connaître une situation horrible, terriblement difficile, embarrassante et bouleversante, où serais-tu à ce moment-là ?

Comme Owen ne trouvait pas d'argument à opposer au

point de vue d'Evan, il se tut. Il souhaitait que tout le monde essaie de comprendre qu'il voulait les épargner. Les mots de Laura la veille lui rappelaient que ce n'était pas à lui de protéger ceux qu'il aimait, mais c'était une habitude difficile à perdre.

— Tu serais à mes côtés, O. Ne me demande pas de faire moins pour toi que ce que tu ferais pour moi. Tu m'as demandé d'être ton témoin pour ton mariage et c'est un tel honneur, tu sais ?

— À qui d'autre pourrais-je demander ? répondit Owen avec un petit sourire.

— Toi et moi, on ne se contente pas de passer de bons moments ensemble et de faire de la musique. Du moins, je ne pensais pas que c'était le cas.

— Tu as raison. Tu es mon meilleur ami depuis toujours.

— Alors, laisse-moi faire ce que n'importe quel meilleur ami ferait dans ces circonstances.

Pendant qu'ils parlaient, Evan berçait le bébé dans sa chaise de bureau, lui caressant le dos jusqu'à ce que Holden s'endorme pour sa sieste matinale.

— Tu sais y faire avec lui.

Evan regarda le bébé, semblant surpris de trouver Holden endormi.

— Tu vois ça !

— Tu seras un père génial un jour.

— J'attends ce jour avec une certaine impatience.

— Qu'est-ce qui nous est arrivé à tous les deux ?

— La meilleure des choses possibles, répondit Evan.

— C'est vrai.

— Donc tu es d'accord pour que je vienne mardi ?

— Oui, ça va. Merci, Evan.

Evan fit un geste pour dire qu'il ne voulait pas de sa gratitude parce qu'il mettait sa vie entre parenthèses pour pouvoir soutenir Owen pendant le procès.

— Tant qu'on est là... reprit Owen qui voulait changer de

sujet, j'ai trouvé quelle chanson je veux que tu joues quand Laura et moi danserons ensemble pour la première fois à notre mariage.

— Tu peux me faire confiance, frérot.

---

1. Marque de céréales américaines. (N.D.T.)
2. Magnifique domaine acheté peu de temps auparavant par un autre de leurs amis, Jared. Avec son épouse Elisabeth, ils en ont fait un lieu de réception et mariage. Voir le tome précédent de la saga. (N.D.T.)

CHAPITRE 14

Quand Owen fut parti avec Holden, Laura essaya de se rendormir quelque temps. Les vomissements la fatiguaient toujours énormément, mais avec tout ce qu'il lui restait à faire avant leur voyage, elle n'arrivait pas à ne plus penser que tout son corps était un bouillonnement sans fin qui avait surtout besoin de sommeil.

Elle saisit son téléphone portable sur la table de chevet et prit rendez-vous avant le voyage de mardi avec Victoria Stevens, la sage-femme et infirmière locale. Heureusement, la clinique était ouverte sept jours sur sept pendant l'été et elle obtint ce rendez-vous en fin d'après-midi. Victoria lui avait proposé une médication contre les nausées, mais Laura avait refusé, convaincue qu'elle passerait ce cap comme ça avait été le cas avec Holden. Elle ne voulait absolument pas prendre quelque chose qui comporterait le plus petit risque pour les enfants qu'elle attendait.

Mais comment gérer ses matinées terribles et accompagner Owen en Virginie ? Les temps désespérés appellent bien évidemment des mesures désespérées. Elle se leva et prit une douche, espérant que son estomac se calmerait suffisamment pour qu'elle puisse avancer dans ce qu'elle avait à faire. Elle remerciait Dieu chaque jour pour la présence de Sarah avec eux ; elle gérait l'hôtel aussi efficacement qu'elle-même, mais Laura se sentait toujours coupable de faire porter une si grande responsabilité à la mère d'Owen alors qu'elle-même recevait un salaire de ses grands-parents.

Elle se força à avaler quelques crackers salés et un peu de thé léger avant de descendre au rez-de-chaussée, où les odeurs du petit déjeuner provenant de la salle à manger la précipitèrent dans les toilettes des dames – crackers et thé ressortant aussi sec.

Elle s'assit ensuite à même le sol des toilettes du rez-de-chaussée et essaya de se ressaisir. Elle en avait tellement marre d'être malade. Parfois, elle se demandait ce qu'Owen lui trouvait parce qu'elle avait été dans cet état presque tout le temps depuis qu'ils étaient ensemble.

Un léger coup sur la porte la fit se lever et se rincer la bouche. Elle ouvrit et trouva Sarah sur le pas de la porte.

— Tu vas bien, ma chérie ?

— Je me suis déjà sentie mieux. Ça dure depuis à peu près 4 h du matin.

Sarah avait l'air inquiète et elle glissa un bras autour des épaules de Laura.

— Viens avec moi.

Elle la fit passer devant le bureau de la réception au moment où Abby entrait.

— Bonjour ! fit Abby.

— Bonjour, répondit Laura.

— Ah là là, ça n'a pas l'air d'aller trop fort de nouveau ? s'inquiéta Abby.

— Un autre jour, une autre bataille, déclara Laura avec un faible sourire.

— Je l'éloigne de l'odeur du petit déjeuner, expliqua Sarah. Nous serons dans le salon si tu as besoin de nous.

— Vas-y. Je vais m'occuper de la réception à ta place.

— Merci, Abby.

La jeune femme dirigeait la boutique de cadeaux – le *Grenier d'Abby 2* – située dans le hall du *Surf.* Bien entendu, surveiller la réception ne faisait pas partie de son travail, mais comme tout le monde autour d'elle, Abby avait plus d'une fois prêté main-forte pendant l'été.

— Pas de problème. J'espère que tu vas aller mieux.

— Moi aussi. Merci encore.

Laura suivit Sarah dans le salon où elles avaient passé beaucoup de temps en famille l'année dernière. Pendant les nombreuses nuits froides et orageuses de l'hiver, ils s'y étaient tous retrouvés devant le feu pendant qu'Owen jouait pour eux, Holden endormi dans les bras de sa mère.

— Allonge-toi sur le canapé et détends-toi, reprit Sarah en tapant les coussins et couvrant Laura d'une légère couverture.

— C'est ridicule. Je suis censée travailler, faire nos valises et me préparer à quitter l'hôtel pour une semaine ou plus, et qu'est-ce que je fais ?

Sarah caressa doucement les cheveux de Laura.

— Repose-toi quelques minutes pendant que tu le peux. Détends-toi. Je reviens tout de suite.

Laura s'efforça de faire ce que Sarah lui avait dit. Depuis le canapé, elle observait les ferries aller et venir dans le port et l'éclat du soleil sur l'eau bleue tandis qu'une nouvelle journée d'été sur Gansett commençait réellement. Autour de l'hôtel, le bruit des voix, des voitures et des motos se mêlant à la cacophonie de la ville lui était devenu aussi familier que le fracas de l'océan sur la digue à l'arrière.

— Tiens, ma chérie, annonça Sarah en revenant avec une tasse fumante. Goûte ça.

— Qu'est-ce que c'est ?

— Du thé à la menthe. Ça marchait pour moi quand j'étais enceinte.

— Tu me l'as déjà suggéré et je voulais essayer.

— Si je me souviens bien, tu as dit que le goût de la menthe n'était pas celui que tu préférais.

— C'est vrai, mais au point où j'en suis, je suis d'accord pour essayer n'importe quoi.

Elle s'assit et prit une petite gorgée du breuvage. Quand elle eut avalé sans avoir envie de vomir, elle continua.

— Merci.

— Je suis désolée que tu te sentes si mal.

— Je m'attends toujours à ce qu'Owen en ait assez de l'effroyable loque à laquelle il s'est enchaîné.

— Ça n'arrivera pas et tu le sais. Il est fou de toi.

— Je me demande encore pourquoi : depuis que nous sommes ensemble, j'ai enfanté et vomi.

Le rire silencieux de Sarah lui fit monter les larmes aux yeux.

— Je ne crois pas me tromper en disant qu'il a dû voir d'autres choses en toi à part ces deux qualités attachantes.

— Tu es bien trop gentille, assura Laura en souriant à la femme qui serait bientôt sa belle-mère. Assez parlé de moi. Comment s'est passée ta nuit avec Charlie ?

Les joues de Sarah s'empourprèrent.

— Si bien que ça, hein ? la taquina Laura.

— Je ne me doutais pas, répondit-elle doucement. Tout ce temps... Je ne savais pas.

— Je suis si heureuse pour toi, Sarah, et pour Charlie aussi ! s'exclama Laura. Tu mérites tellement cette merveilleuse seconde chance.

— Quand je pense que j'aurais pu vivre toute ma vie sans savoir que c'était possible...

— Alors, tu...

Laura fit un signe avec sa main, espérant que Sarah lui donnerait les détails.

— On n'est pas allés jusqu'au bout, mais ce que nous avons fait était incroyable. Et, murmura Sarah, il a dit qu'il m'aimait.

— Pourquoi même es-tu là ce matin ? Tu devrais être avec lui !

— Parce que je savais que tu aurais besoin de moi et être là pour toi est aussi important pour moi.

— Sarah ! Pour l'amour de Dieu, retourne auprès de lui !

Sarah éclata de rire devant l'indignation de Laura.

— C'est bon, ma chérie. Je vais le voir tout à l'heure.

Les yeux de Laura se remplirent de larmes et avant qu'elle ne s'en rende compte, elles glissèrent le long de ses joues.

— Qu'est-ce qu'il y a ? demanda Sarah, alarmée par la soudaine dépression de Laura.

— Rien.

Laura essuya ces larmes stupides qui étaient presque aussi exaspérantes que la nausée. Toutes deux étaient les aléas de la grossesse dont elle aurait préféré se passer.

— Je suis si heureuse pour toi. Je ne sais même pas comment l'exprimer... Nous t'avons ici avec nous, tu m'as aidée à passer cette première année avec Holden, tu prends soin de nous tous et m'as appris tant de choses à propos de l'hôtel... Cela signifie énormément pour moi. Pour la première fois depuis l'âge de 9 ans, j'ai l'impression d'avoir à nouveau une mère.

— Oh, Laura...

Sarah essuya délicatement ses propres larmes en reprenant la tasse de thé à Laura pour qu'elle puisse l'embrasser.

— C'est sans doute la chose la plus douce qu'on m'ait jamais dite. Je me sens tellement honorée de savoir que tu penses à moi de cette façon. Merci, ma chérie.

Elle se recula pour voir le visage de Laura.

— Être ici avec toi, avec Owen et Holden m'a littéralement sauvé la vie et j'ai adoré chaque minute que j'ai pu passer avec toi.

Elle repoussa une mèche des cheveux de Laura derrière son oreille.

— Pendant très longtemps, j'ai eu peur qu'Owen ne se risque jamais à être amoureux ou avoir une famille à lui. Il avait renoncé à une grande partie de son enfance pour élever sa fratrie et semblait content de son existence sans attache. Mais à la minute où je l'ai vu avec toi, j'ai su. J'ai su que tu étais celle qu'il lui fallait et j'ai été immensément reconnaissante qu'il t'ait trouvée.

— Je le suis également. Quand je pense à l'état dans lequel j'étais quand nous nous sommes rencontrés... Et la belle amitié que j'ai trouvée avec lui avant qu'il ne se passe autre chose entre nous. C'est un homme formidable, Sarah.

— Je le sais et je ne pourrais pas être plus fière de lui.

— Cependant, je m'inquiète que le procès et l'idée de voir son père lui fassent du mal.

Elle regarda la guitare posée sur un socle à l'autre bout de la pièce.

— Je ne l'ai pas entendu jouer ou chanter depuis des jours. Evan m'a dit hier qu'Owen avait refusé plusieurs concerts cette semaine, ce qui ne lui ressemble pas. Il aime les soirées où il joue avec Evan, ce qui n'arrive plus aussi souvent ces derniers temps parce qu'Ev est très occupé au studio.

— C'est inquiétant, approuva Sarah. Il faut que nous ayons confiance et, une fois le procès terminé, nous retrouverons le jeune homme que nous connaissons et aimons.

— J'espère que tu as raison, répondit Laura. Est-ce que je pourrais avoir encore un peu de thé, s'il te plaît ?

Souriant, Sarah lui tendit la tasse.

— Maintenant, parlons de cette incroyable nuit que tu as passée avec Charlie.

Une fois de plus, Sarah rougit terriblement.

— Les femmes de mon âge ne partagent pas les détails salaces.

— Alors, les détails sont comme ça ? fit Laura avec un sourire timide.

— Je n'embrasse pas pour raconter ensuite, reprit sagement Sarah.

— Oh, voyons ! Tu sais que tu en as envie.

Sarah éclata de rire et le son emplit le cœur de Laura d'un amour immense pour la femme qui avait pris tellement d'importance pour elle.

— C'est vrai.

— Alors, vas-y, sœurette.

De retour à l'hôtel après sa visite à Evan, Owen portait Holden endormi ; il suivit le bruit des rires dans le salon où il trouva sa mère et Laura papotant sur le canapé. Il remarqua immédiatement la pâleur de Laura et la tasse de thé qu'elle tenait dans sa main. Elle avait été de nouveau malade.

— Qu'est-ce qui se passe ici ? leur demanda-t-il.

Était-ce son imagination ou sa mère avait-elle l'air gênée de le voir là ?

— Tu n'as rien entendu de ce que nous disions, n'est-ce pas ? demanda-t-elle.

— De quoi ?

La question déclencha une nouvelle vague de rires chez les deux femmes et il se sentit heureux d'être rentré chez lui, impression qu'il n'avait guère connue avant l'année dernière. Si cet hôtel avait été le seul véritable foyer qu'il ait jamais eu pendant une enfance marquée par de fréquents déménagements et les conflits d'une vie familiale violente, il l'était encore plus maintenant que Laura et lui vivaient ensemble ici. Le fait d'avoir sa mère avec eux ne faisait que rendre la vie encore plus agréable.

— Pourquoi ai-je l'impression de rater la fin d'une bonne histoire – à moins que je ne sois le sujet de celle-ci ?

Sa question relança leur fou rire. Les voir toutes les deux rire de si bon cœur lui faisait du bien et il ne put s'empêcher de sourire en les voyant joyeuses.

— Crois-moi quand je te le dis, reprit Laura en essuyant ses larmes, tu n'as pas besoin de savoir de quoi nous parlions.

Les regardant avec une certaine inquiétude, Owen continua :

— Je suppose que tu as passé une bonne nuit avec Charlie, Maman ?

Sarah poussa un petit cri et se tourna vers Laura, cherchant de l'aide.

— Empêche-le de continuer. Je ne parle pas de ça avec lui.

— Je ne veux pas de détails et je le pense au plus profond de moi. Je demandais simplement si tu avais passé un bon moment.

— Euh, oui, répondit Sarah. Oui, j'ai passé un bon moment.

Sa réponse mesurée tira un reniflement bien peu élégant à Laura.

Sarah glissa une main sur la bouche de Laura.

— Arrête. Immédiatement.

— Peux pas, dit faiblement Laura.

— Je retourne au travail, enchaîna Sarah. Essaie de te comporter correctement.

— Je ferai de mon mieux.

— On se voit tout à l'heure.

Sarah se précipita hors de la pièce et Owen vint prendre sa place à côté de Laura sur le canapé.

— Qu'est-ce qui s'est passé ?

— Je ne te le dirai jamais. Discussion de filles.

— Mais elle va bien ? Tu me le dirais si ce n'était pas le cas, hein ?

Laura lui prit la main et se pencha pour appuyer un baiser sur la joue potelée de son fils endormi.

— Owen, mon chéri, elle va bien plus que bien. Elle est au *septième ciel.*

— Beurk. Dégoûtant.

— Pas du tout. C'est très, très agréable. Elle est extrêmement heureuse ce matin.

— Je te supplie de ne pas me donner les détails, mais je suis heureux de l'apprendre.

Laura repartit à rire, ce qui fit sourire Owen malgré l'humeur sombre qui ne le quittait pas depuis des jours.

— La matinée a-t-elle été rude pour toi ?

— Plus que d'habitude.

— Je n'aurais pas dû te quitter.

— J'allais bien et tu ne peux pas être avec moi tout le temps.

— J'aimerais.

— Je sais. As-tu réussi à convaincre Evan de ne pas venir avec nous ?

Ahuri qu'elle lui pose la question, il la fixa :

— Comment as-tu su que j'allais là-bas ?

Elle leva les yeux au ciel.

— Je te connais comme ma poche, Lawry.

— Tu me fais un peu peur en ce moment.

— Alors, qu'a-t-il dit ?

— Il est presque aussi têtu que toi, soupira Owen.

— Ça craint d'avoir tous ces gens autour de toi qui t'aiment, n'est-ce pas ?

Il lui prit la main et lia ses doigts aux siens.

— Pas autant que d'être tout seul. C'était pire.

Laura posa sa tête sur son épaule.

— Alors, Evan vient avec nous ?

— Oui.

— Bien. Est-ce qu'on va à la fête des fiançailles de Dan et Kara tout à l'heure ? C'est à 14 h. Amuse-gueules et boissons.

— Je suppose qu'on peut aller y passer un petit moment si tu veux.

— Tu es sûr que tu te sens d'attaque ?

— Tout vaut mieux que d'essayer de trouver un moyen de penser à autre chose.

Elle se tourna, passa un bras autour de lui et de Holden.

— J'ai hâte que tout ça soit fini, dit-elle.

— Moi aussi.

Pour la première fois depuis très, très longtemps, Stéphanie se réveilla en ne sentant aucun poids sur ses épaules. Elle avait passé des années à essayer désespérément de faire libérer Charlie de prison et, quand cela s'était enfin produit, elle s'était enfermée dans une cage qu'elle avait elle-même fabriquée.

Elle savait maintenant qu'il avait été stupide de craindre que Grant ne comprenne pas ses peurs ou ne veuille pas l'aider à les gérer comme il le faisait depuis qu'elle le connaissait. Même après tout ce temps passé avec lui, elle s'attendait toujours à ce que le sol se dérobe sous ses pieds comme il l'avait fait tant de fois par le passé. Mais après la nuit dernière, elle commençait enfin à croire que cela n'arriverait pas cette fois-ci.

Grant resterait auprès d'elle. Il l'en avait convaincue en lui montrant une fois de plus à quel point il l'aimait véritablement. Avec les souvenirs de leur incroyable nuit ensemble encore frais dans son esprit, elle était impatiente de partager leur bonne nouvelle avec la personne qu'elle aimait le plus après lui.

Malgré ses efforts pour le rassurer, elle voyait bien que Grant était toujours inquiet à son sujet. Elle avait insisté pour qu'il aille annoncer la date de leur mariage à son père, alors même qu'il lui avait proposé de rester à la maison avec elle. Elle était bien décidée à aller de l'avant avec leurs plans et essayer de profiter de sa vie comme elle n'avait jamais pu le faire auparavant. Après une douche, elle passa un débardeur et un short, puis sortit.

Par cette journée ensoleillée, elle était reconnaissante de vivre dans un si bel endroit. Quand elle avait décidé de s'installer de façon permanente sur Gansett, elle avait eu peur de s'ennuyer. Cependant, elle n'en avait jamais eu le temps. Avec la grande famille de Grant à proximité et leur large cercle d'amis, il se passait toujours quelque chose, même en hiver, lorsque les touristes étaient rentrés chez eux.

Elle avait adoré son premier hiver complet sur l'île : elle n'avait ouvert le restaurant que le week-end et passé le reste du temps à se calfeutrer avec Grant pendant qu'il travaillait sur le scénario parlant de ses efforts pour faire libérer Charlie de prison. Pendant des mois, elle avait prudemment évité ses fréquentes tentatives de lui faire fixer une date de mariage en changeant de sujet ou en éludant les questions. Il ne l'avait jamais pressée, mais elle pouvait dire que son refus d'en parler l'avait peiné plus d'une fois.

C'était un tel soulagement de savoir qu'elle n'avait plus à esquiver la question. Ils avaient parlé de toutes ses craintes et décidé d'une date. Elle allait épouser Grant dans quelques petites semaines. Cette idée déclencha un fou rire qui l'étourdit au moment où elle arrêta la voiture dans l'allée de son beau-père, où il coupait l'herbe. Il n'était vêtu que d'un short et son physique était vraiment impressionnant. Il n'était que muscles, gagnés au temps passé en prison sans rien d'autre à faire, plusieurs heures par jour, que de l'exercice physique.

L'apercevant, il arrêta la tondeuse et utilisa un bandana pour essuyer la sueur de son visage. Il se pencha pour ramasser le T-shirt qu'il avait jeté sur l'herbe et le remit.

— Coucou, toi. Qu'est-ce qui t'amène de si bonne heure ?

— Je voulais voir mon papa. C'est autorisé ?

— Toujours. J'aurais besoin de quelque chose de frais. Tu te joins à moi ?

— Passe devant.

Elle le suivit dans la petite maison qu'il louait à Ned Saunders. L'idée était qu'il s'agissait d'une location temporaire jusqu'à ce qu'il sache exactement quoi faire de sa vie après la prison. Comme tant d'autres venus sur Gansett, il y avait trouvé ce qu'il cherchait et Stéphanie était ravie de l'avoir près d'elle. La première chose qu'elle remarqua à l'intérieur de la maison fut le vase de fleurs artistiquement arrangées sur la table de sa cuisine.

— Jolies fleurs.

— Oh, merci. Sarah les a cueillies dans le jardin.

— Comment va Sarah ?

— Bien, comme tu sais. Tu l'as vue hier.

Stéphanie lui sourit en acceptant le verre de limonade qu'il lui avait versé.

— En fait, je suis content que tu sois passée, reprit-il. J'allais t'appeler aujourd'hui pour te dire que je vais quitter l'île la semaine prochaine – huit jours ou un peu plus.

— Où est-ce que tu vas ?

— En Virginie avec Sarah et Owen. Son ex-mari va être jugé par un tribunal parce qu'il l'a tabassée l'automne dernier.

— *Quoi* ? haleta Stéphanie en se laissant tomber sur une chaise à côté de la table.

Charlie la rejoignit en apportant son verre à table.

Son esprit tourbillonnait en tentant d'absorber le fait que la femme qu'elle avait appris à connaître par son père et qui travaillait près d'elle à l'hôtel avait été terriblement maltraitée.

— Tu le savais ?

— Pas jusqu'à l'autre jour, répondit Charlie. Mais je le soupçonnais. Elle est toujours si timide et nerveuse. C'est horrible de penser que c'était la raison.

— Je n'en avais aucune idée.

— Ce n'est pas quelque chose dont elle ou Owen parlent librement. Je suppose que c'était vraiment affreux au temps où sa fratrie et lui grandissaient.

— Mon Dieu, pauvre Owen – et Sarah. Il a l'air de quelqu'un

de tellement heureux et détendu. Je n'aurais jamais deviné. Et Sarah ne m'en a jamais rien dit non plus.

— Ils ont été discrets à ce sujet, pour des raisons évidentes, et ils s'en sortent maintenant. Il faut juste que nous les aidions à passer la semaine prochaine et ils pourront reprendre leur vie ensuite.

— Je suis contente que tu partes avec elle.

— Moi aussi. Je suis content qu'elle m'en ait parlé et qu'elle me laisse l'accompagner.

— Donc les choses vont bien entre vous deux ?

— Tu pourrais le dire. Elle est restée ici la nuit dernière.

Stéphanie en demeura bouche bée, puis reprit une expression normale.

— Vraiment ? Raconte, raconte.

— Je ne t'en dirai pas plus.

— Oh, allons !

— Arrête, grogna-t-il en riant à demi. Qu'est-ce qui t'amène jusqu'ici ? Et ne me dis pas que je t'ai manqué. On venait à peine de se quitter.

— Ne sois pas si taquin, répondit Stéphanie, amusée par son ton rude. Je suis venue pour t'apprendre une bonne nouvelle. Grant et moi avons fixé une date de mariage. Le jour de la fête du Travail.

— Cette année ?

— Oui.

— C'est formidable, ma chérie. Je suis heureux pour toi. Je me demandais quand il allait se décider à s'engager véritablement avec toi.

— Ce n'était pas lui qui retardait les choses. C'était moi. Il voulait fixer une date depuis presque aussi longtemps que nous sommes fiancés.

Elle glissait un doigt de haut en bas à l'extérieur du verre, déplaçant la condensation.

— J'ai perdu beaucoup de temps en me disant que je pourrais devenir comme ma mère...

— *Quoiii* ! Attends, qu'est-ce que tu viens de dire ?

— Que je pourrais devenir comme elle, du coup je m'inquiétais d'avoir des enfants à moi.

— Tu n'es *absolument* pas comme elle. En aucune façon. Si je n'avais pas vu des photos d'elle te tenant dans ses bras juste après la naissance, je n'aurais jamais cru que tu étais vraiment sa fille – et je l'ai pensé dès le moment où je vous ai rencontrées. Elle a toujours été un peu bizarre et toi... Même toute petite, tu étais incroyablement intelligente et habile. Il n'y a pas de comparaison, Steph. Aucune.

Stupéfaite d'entendre ces mots enthousiastes et passionnés, si peu habituels du caractère tranquille de son beau-père, Stéphanie s'effondra sur sa chaise.

— Je me suis laissé enfermer par la peur et ça me semble un peu idiot maintenant que j'ai enfin tout raconté à Grant hier soir.

— Il a été gentil avec toi, j'espère ?

— Oui, répondit doucement Stéphanie. Il l'est toujours. Mais ça a été dur, tu sais... de tout lui expliquer.

— Tu gardais ça en toi pour te protéger au cas où Grant ne comprendrait pas, c'est ça ?

Elle ne fut pas du tout surprise qu'il comprenne si bien ; lui-même avait tellement souffert à cause de sa mère.

— Oui.

— Mécanisme de défense classique. Je le connais bien.

— Tu ferais pareil, n'est-ce pas ?

— Tu vois, nous sommes tous deux conditionnés à penser que tout va mal aller parce que c'est toujours comme ça que ça s'est passé. Je choisis de croire que ça n'arrivera pas cette fois-ci avec Sarah. Tu devrais faire la même chose avec Grant. Malgré ce qu'il a fait pour m'aider et qui était absolument fabuleux, je dois admettre que je n'étais pas convaincu à cent pour cent qu'il était celui qu'il te fallait quand j'ai fait sa connaissance. Il avait l'air... Je ne sais pas... Élégant, je suppose. Je me demandais si un type comme lui pouvait être heureux avec la vie simple dont tu as besoin.

— Tu ne m'as jamais rien dit de tout ça.

— Tu avais des étoiles dans les yeux pour lui. Est-ce que ça t'aurait fait changer d'avis ?

— Oui ! Ton avis a de l'importance ! Tu ne le sais donc pas ?

Perplexe, Charlie fronça les sourcils.

— Qu'est-ce que je ne sais pas ?

— Tout le temps où tu étais en prison, ta voix était dans ma tête. Tu étais toujours ma boussole, même si je ne pouvais pas te voir quand je le voulais. J'aurais tenu compte de ton avis si tu m'avais dit qu'il n'était pas fait pour moi.

— Je n'ai jamais dit ça. J'ai dit qu'au début je n'en étais pas sûr, mais je te faisais confiance pour connaître ton propre cœur et, avec le temps, j'ai fini par voir qu'il était parfait pour les choses qui comptent le plus. Vous deux... Vous vous complétez.

Charlie lui prit la main.

— Il est le fils de gens bien. Cela compte aussi.

— Ce sont de très bonnes personnes. Je les aime presque autant que je l'aime lui.

— Il faut que tu te permettes d'être heureuse, ma chérie.

— J'apprends à le faire.

— Ça ne se fera pas du jour au lendemain, mais on le mérite tous les deux, tu ne crois pas ?

— Tout à fait vrai.

Soudainement timide, elle le regarda.

— Tu me conduiras à l'autel le jour de la fête du Travail, n'est-ce pas ?

— J'en serais très honoré. Viens ici et fais un câlin à ton vieux papa.

Elle s'approcha de lui et le laissa la prendre entre ses bras forts, l'entourant de l'amour inconditionnel qu'il lui avait donné bien avant qu'il ne commette l'énorme erreur d'épouser sa mère.

— Je t'aime, Ours Charlie, chuchota-t-elle en se servant du surnom qu'elle lui avait donné dans son enfance.

Elle était diablement reconnaissante de pouvoir l'embrasser quand elle le voulait ou en avait besoin.

— Je t'aime aussi, Stéphie Lou.

CHAPITRE 15

Charlie raccompagna Stéphanie jusqu'à sa voiture et l'embrassa encore avant de lui adresser un signe de la main tandis qu'elle s'éloignait. Il était tellement fier d'elle. Elle avait été une enfant brillante, heureuse et joyeuse tandis qu'elle grandissait dans un véritable cauchemar avec une mère abusive, négligente et toxicomane. Renée avait accusé Charlie d'avoir kidnappé et maltraité Stéphanie et ils avaient dû traverser les flammes de l'enfer ; ils s'en étaient finalement sortis, plus ou moins indemnes et en bonne santé malgré leur épreuve.

Il n'avait pas pensé à Renée depuis longtemps. En fait, il s'efforçait de ne jamais penser au jour où il l'avait surprise en train de tabasser la petite fille qu'il avait appris à aimer comme sa fille. Il avait fait ce que n'importe qui aurait fait dans cette situation : il avait emmené Stéphanie hors de la maison et payé cette décision de quatorze ans de sa vie derrière les barreaux. À la voir maintenant, adulte, belle, rayonnante de bonheur et amoureuse d'un type formidable, Charlie savait qu'il recommencerait tout s'il le fallait. Elle valait chaque minute qu'il avait passée en prison.

Il s'apprêtait à reprendre son travail dans le jardin quand une autre voiture s'arrêta dans l'allée – une Porsche noire surbaissée qui faisait baver Charlie d'envie chaque fois que ses yeux se posaient dessus. Il avait toujours eu le goût des voitures et celle de Dan Torrington était l'une de ses préférées. Elle convenait parfaitement à l'avocat de Los Angeles.

Charlie avait durement appris à se méfier des avocats qui cherchaient souvent à servir leurs propres intérêts plutôt que ceux de leurs clients. Dan était une exception notable. Charlie lui devait tout. Un seul appel du célèbre et riche avocat avait suffi – Charlie avait soudainement obtenu la réouverture de son dossier qui lui avait été refusée pendant des années ; et Dan avait plaidé avec succès en faveur de sa libération.

— Salut, Charlie, fit Dan en s'extrayant de la voiture.

Un jour, il avait dit à Charlie que la voiture avait appartenu à son frère Dylan, tué en Afghanistan. Charlie avait compris le profond chagrin de Dan et la douleur que lui causait ce deuil. Il s'agissait de son unique frère.

Charlie serra la main qu'il lui avait offerte.

— Maître. Qu'est-ce qui vous amène par ici ?

— Un appel téléphonique qui m'a plutôt surpris : un de mes amis au bureau du procureur général.

— Un dimanche ? Vous ne prenez jamais un jour de congé, hein ?

Charlie avait tout d'abord trouvé Dan un peu sophistiqué lui aussi, jusqu'à ce qu'il le connaisse mieux et en vienne à apprécier l'homme sous le vernis raffiné.

— Nous ne travaillons ni l'un ni l'autre aujourd'hui, mais il voulait me prévenir que l'État se prépare à offrir un dédommagement dans le cadre de votre demande pour emprisonnement abusif.

Charlie avait refusé de déposer cette demande jusqu'à ce que Dan, Stéphanie et même Grant l'obligent à y réfléchir. Après tout, la procédure initiale avait complètement laissé de côté le témoignage de la petite fille qu'il était censé avoir abusée, qui avait imploré toutes les personnes possibles et imaginables de l'écouter, répétant qu'en fait il l'avait sauvée, que c'était sa mère qui la maltraitait et non son beau-père.

Renée était morte peu de temps après qu'il avait été inculpé, sans jamais admettre qu'elle avait menti sur ce qui s'était passé ce jour-là chez eux. Elle l'avait condamné à l'enfer sans un gramme de remords, comme si elle n'avait jamais assuré qu'elle l'aimait quand elle n'était plus sous l'emprise de la drogue ou de la boisson.

— Quel genre d'offre ? demanda Charlie avec hésitation.

Il s'était répété encore et encore que cela n'avait pas d'importance si quelqu'un l'indemnisait pour ce qu'il avait été forcé d'endurer. Il avait sa liberté et sa fille était de retour dans sa vie quotidienne. Qu'est-ce qui comptait d'autre ?

— Ceci est strictement confidentiel car ce n'est pas encore une offre officielle, mais il a entendu dire qu'ils allaient proposer un demi-million pour chaque année passée en prison.

Sept millions. Putain de merde.

— Je continue à penser qu'on pourrait obtenir davantage, continua Dan. Il s'agit seulement d'une offre préliminaire et ils s'attendent à ce qu'on revienne avec un chiffre plus élevé.

— Non, fit Charlie.

— Hum, non ? Que voulez-vous dire ?

— Pas de somme plus élevée. C'est plus que suffisant. Combien touchez-vous là-dessus ?

— Rien du tout. Je n'en veux pas et je n'en ai pas besoin.

— Je ne vous comprends pas. Pourquoi n'êtes-vous pas comme tous les autres escrocs qui sont si intéressés par un accord comme celui-ci que j'aurais de la chance de pouvoir m'acheter un hamburger quand tout serait terminé ?

Dan renversa la tête en arrière et se mit à rire.

— Vous n'avez pas trop bonne opinion de ma profession, n'est-ce pas ?

— Vous pouvez me le reprocher ?

— Pas du tout. Vous et la plupart des gens avec qui je travaille maintenant avez vu les pires d'entre nous. Je suis content de vous montrer le meilleur. J'ai fait fortune en tant qu'avocat d'affaires avant de commencer le projet de faire innocenter les personnes injustement condamnées. Je ne suis pas là pour l'argent, mais si vous voulez faire un don au projet pour que nous puissions aider d'autres personnes injustement condamnées, je ne le refuserai pas.

— Comme si c'était fait.

— J'aimerais que tous mes clients soient aussi faciles à satisfaire que vous, Charlie.

— Il n'en faut pas beaucoup pour me rendre heureux maintenant.

— Je m'en doute. Je suis heureux pour vous. Mille fois plus ne compenserait pas complètement ce que vous avez perdu.

— Peut-être pas, mais sept millions me suffiront vraiment pour le reste de ma vie et aussi quelque chose que je laisserai à ma fille un jour.

— D'accord. Je vous ferai savoir quand j'aurai reçu l'offre officielle.

— Vous allez en Virginie avec Sarah et Owen, n'est-ce pas ?

— Oui. Vous aussi ?

— Oui.

— Je vous vois mardi matin, alors.

— Je serai là. Vous veillerez sur elle, n'est-ce pas ?

À en juger par l'expression farouche du visage de Dan, Charlie n'eut pas besoin d'en dire davantage.

— Bon sang, et comment ! C'est pour ça que j'y vais. Je me suis occupé du divorce, et son mari est un sacré numéro. Je ne prends pas le risque qu'il lui fasse encore du mal. Je serai là tout le temps du procès.

— Je me sens mieux de savoir que vous êtes de son côté.

— Toujours.

Dan tendit de nouveau la main.

Charlie la saisit entre les deux siennes.

— Je ne pourrai jamais vous remercier correctement pour tout ce que vous avez fait pour moi – et pour Stéphanie. Nous vous serons toujours reconnaissants.

— Croyez-moi quand je vous le dis, Charlie, c'était vraiment un plaisir. On se voit à la fête plus tard ?

— Nous y serons. On ne manquera pas ça.

Charlie fit signe à Dan quand il partit, laissant un nuage de poussière dans son sillage.

Sept millions de dollars.

Une partie de lui voulait dire qu'ils aillent se faire foutre, leur argent et eux ; une autre – qui avait été un intellectuel, un professeur et un être humain honnête avant que la vie ne lui retire le tapis de dessous ses pieds – ne dirait jamais ça. Il pouvait faire beaucoup de bien avec cet argent, pour lui-même et les gens qu'il aimait.

Il pouvait acheter à Sarah la maison qu'elle voulait, pensa-t-il avec un sourire, imaginant sa réaction lorsqu'il lui annoncerait qu'elle pouvait choisir ce qu'elle voulait. Cette idée le fit sourire et repenser à la nuit qu'ils avaient passée ensemble.

Elle l'avait surpris lorsqu'elle lui avait demandé de faire plus et, même s'il brûlait du désir de lui donner tout ce qu'elle voulait, il n'avait pas complètement cédé à ses désirs, car il craignait toujours de lui faire peur ou d'aller trop vite après tout ce qu'elle avait vécu.

Ils avaient cependant réussi à passer un formidable bon moment ensemble et dormir avec elle dans ses bras avait été l'une des meilleures expériences de sa vie – même s'ils n'avaient pas vraiment fait l'amour. Ils en avaient été extrêmement proches et il avait toutes les raisons de croire que cela allait arriver bientôt. Du moins, il l'espérait.

Même s'il avait beaucoup aimé Renée autrefois, ceci était différent. Avec elle, la pente avait toujours été glissante. Avant même qu'il ne découvre ses problèmes de dépendance, elle avait été imprévisible, sujette à des accès de colère irrationnels qui les maintenaient, Stéphanie et lui, constamment inquiets, en attendant la prochaine explosion.

Sarah avait vécu ses propres expériences, dans l'attente de la colère et vivant au bord du précipice. À part un tressaillement occasionnel lorsqu'on la touchait, on ne pouvait pas savoir qu'elle n'oubliait pas. Elle était sereine et paisible et se réjouissait des choses simples de la vie. Comme lui, elle était reconnaissante de se voir libérée d'un passé qui l'avait maintenue aussi emprisonnée qu'il l'avait été autrefois.

Maintenant qu'il avait pu lui dire – et lui montrer – combien il l'aimait, il espérait qu'ils pourraient passer le reste de leur vie ensemble. Une fois que le procès serait derrière elle et son divorce prononcé, il serait temps de faire des projets. Charlie avait hâte d'être à ce jour. C'était bien d'avoir de nouveau quelque chose à attendre avec impatience.

Après avoir envoyé un message à sa femme lui demandant de le retrouver à la maison, Grand Mac rentra chez lui pour l'attendre. Son esprit était assailli de questions, de conséquences possibles et d'inquiétudes. Il était très soucieux de la réaction de Linda lorsqu'elle apprendrait qu'il avait eu un enfant avec une autre femme. Certes, c'était arrivé avant qu'il ne la rencontre, mais quand même... Il connaissait son épouse et s'inquiétait que la nouvelle ne la bouleverse.

Il n'était que 10 h 30, mais il pensa prendre un verre pour se calmer, y renonça cependant. Il voulait être en pleine possession de ses moyens pour cette conversation. Ses pensées revenaient sans cesse à la belle jeune femme, sortie de nulle part, avec une nouvelle qui allait changer sa vie et celle de tous ceux qu'il aimait. Avait-il été inconsidéré en n'acceptant pas son souhait de la laisser partir sans que personne n'apprenne son existence ?

— Non, fit-il à voix haute.

Il n'aurait jamais eu une minute de paix si une de ses enfants se promenait de par le monde toute seule alors qu'elle aurait pu faire partie de sa grande et chaleureuse famille. Il souffla à fond, passa ses doigts dans ses cheveux gris, épais et drus, en pensant au temps qu'il avait passé avec sa mère.

Ils avaient eu une brève aventure, qui avait duré presque tout l'hiver, avant qu'il ne rencontre Linda, la veille du jour où il avait choisi la marina. Ni Diana ni lui n'avaient pris leur relation vraiment au sérieux et quand le moment était venu de passer à autre chose, ils l'avaient fait sans animosité ni ressentiment.

Il se souvenait de Diana comme d'une beauté brune et vive, qui aimait la vie et même l'aventure. Elle parlait des voyages qu'elle voulait faire et des endroits qu'elle espérait voir. Aucun de ses projets ne convenait à l'objectif de transformer sa marina délabrée sur l'île de Gansett en une entreprise florissante. En fait, elle l'avait taquiné en lui disant qu'il deviendrait fou sur cette île isolée. Mais il était bien décidé à poursuivre ses rêves, tout comme elle, de sorte qu'ils avaient pris des chemins diffé-rents quand il était devenu manifeste que leurs rêves divergents ne coïncideraient jamais.

Il avait été beaucoup attiré par elle, mais il ne l'avait pas aimée. Probablement parce qu'il avait toujours soupçonné que leur relation était au mieux temporaire. Lorsqu'il avait rencontré Linda, il avait immédiatement vu que leur relation avait beaucoup plus d'avenir que ce qu'il avait jamais connu avec Diana ou qui que ce soit d'autre. Il avait suivi son instinct pour Linda et il en était résulté un amour extraordinaire dont la plupart des gens ne pouvaient que rêver. Et trente-neuf ans plus tard, voilà qu'il n'avait jamais regretté de l'avoir choisie.

Malgré leur relation éphémère, il était attristé d'apprendre la mort de Diana. Dans sa lettre, elle avait dit à Mallory qu'elle ne voulait quitter ni sa maison ni sa famille, ce qui expliquait pour-quoi elle n'avait pas pu poursuivre une relation avec lui. Il n'y avait aucune mention de voyage ou d'aventure. Il se demandait si elle avait pu faire certaines des choses qu'elle avait tellement désirées ou si le fait de s'occuper de leur enfant avait fait échouer tous ses espoirs et projets. L'idée de cette possibilité le peinait grandement.

La porte moustiquaire claquant contre le chambranle de la porte – un bruit aussi familier que la vie même – annonça l'arrivée de Linda.

— Honnêtement, Mac. Je prenais un café avec Doro quand j'ai reçu ton message. Je profite de notre été en amoureux autant que toi, mais j'ai des engagements, tu sais.

Elle s'arrêta pile devant lui et leva les yeux, impatiente.

— Eh bien ? Je suis là.

Elle fit descendre son doigt au milieu de son torse, puis le glissa dans la ceinture de son short.

— Tu as dit que c'était urgent.

Elle était tellement et diablement belle et, quand elle le regardait ainsi, il lui aurait donné tout ce qu'elle aurait demandé. Il dut se forcer à dire les mots.

— Il faut que je te parle.

L'instant d'après, elle le regarda plus attentivement et nota que quelque chose n'allait pas.

— Qu'y a-t-il ?

— Il s'est passé quelque chose aujourd'hui.

— Les enfants ?

— Vont tous bien. C'était quelque chose d'autre, quelque chose de complètement inattendu et qui m'est tombé dessus comme ça.

— OK...

— L'hiver qui a précédé notre rencontre, je suis sorti avec une jeune femme nommée Diana Vaughn pendant quelques mois.

Il la vit se préparer à entendre ce qui allait suivre.

— Ce nom ne me dit rien.

— Je ne t'ai probablement jamais parlé d'elle. Ça n'a pas duré longtemps. Nous voulions emprunter des chemins différents dans la vie et nous n'avions pas d'avenir ensemble. Quand je t'ai rencontrée, c'était fini depuis un moment.

— Alors, pourquoi en parler maintenant ?

— Parce que sa fille est venue me trouver aujourd'hui.

Les yeux bleus de Linda s'agrandirent sous l'effet de la surprise.

— Qu'est-ce que sa fille te voulait ?

Il se força à rencontrer son regard quand il répondit :

— Il semble que je sois son père.

Linda ouvrit la bouche mais les mots n'arrivaient pas à sortir. Elle secoua la tête.

— Ce n'est pas vrai. Comment même est-ce possible ? Je veux dire, je sais que c'est possible, mais tu n'as jamais été irresponsable à propos de ces choses. Et pourquoi te l'a-t-elle cachée pendant tout ce temps ?

Le cœur de Grand Mac se brisa en se rendant compte qu'elle était au bord des larmes.

— Je ne comprends pas.

— J'ai toujours fait très attention. Je te le jure. Mais rien n'est sûr à cent pour cent.

Grand Mac tira la lettre de Diana de sa poche et la tendit à Linda.

— Ceci pourrait aider à expliquer pourquoi Diana me l'a cachée.

Méfiante, Linda lui prit la lettre et commença à la lire, les yeux filant sur la page. Elle secoua la tête, se couvrit la bouche de la main, visiblement sous le choc.

— Lin, écoute-moi. Je n'en avais pas la moindre idée. Je te le jure. Je ne savais pas.

— Bien sûr que tu ne savais pas. Si tu l'avais su, tu aurais fait quelque chose.

— Oui, dit-il, soulagé mais cependant toujours inquiet. J'aurais agi, assurément.

— Comment est-elle ? Mallory ?

— Elle est magnifique. Elle a les cheveux et les yeux noirs. Elle est infirmière aux urgences à Providence.

— Donc elle ressemble à sa mère ?

— Oui, je suppose, mais je retrouvais Janey en elle et ma mère. L'image que j'ai de ma mère en tant que jeune femme – Mallory, c'est tout à fait elle.

Linda avala difficilement et le regarda avec des yeux pleins de larmes.

— Est-ce que tu l'aimais ? Diana ?

— Non, je l'aimais bien. Beaucoup. Mais je ne l'aimais pas. La seule femme que j'aie jamais aimée est celle que j'ai épousée et tu le sais.

Il la prit dans ses bras et lui fut reconnaissant quand elle vint se blottir dans ses bras, l'enlaçant à son tour.

— Je n'ai rien dit à personne. Mac était là et Frankie... J'ai bien vu qu'ils voulaient savoir ce qui se passait, mais je suis venu ici tout droit pour te parler.

— Je t'en remercie.

— Qu'est-ce qu'on va faire, Lin ?

— J'aimerais la rencontrer. C'est possible ?

— J'espérais que tu dirais ça, alors je l'ai convaincue de passer la nuit à l'hôtel.

— Invite-la à dîner.

— J'espérais que tu dirais ça aussi.

Il s'accrocha à elle.

— Qu'est-ce qu'on dit aux enfants ?

— Rien pour le moment. Parlons-lui et réglons les choses à nous trois avant de les impliquer.

— Mac va se demander ce qui se passe. Il m'a vu lui parler.

— Il peut attendre. Ça ne le tuera pas.

— Ça pourrait. Tu le connais.

Le petit gloussement de Linda lui dit que ça allait bien se passer. Ils allaient s'en sortir.

— Qu'est-ce qu'il va dire quand il découvrira qu'il n'est plus l'aîné ?

Il se recula pour la regarder.

— Oh, mon Dieu. Et quand Janey apprendra qu'elle n'est pas ma seule fille...

Son sourire s'effaça à mesure qu'il prenait conscience des conséquences pour leurs enfants.

— Janey n'a pas à s'inquiéter en ce qui te concerne.

— Non, certainement pas, mais tout de même... Ce sera un choc pour elle. Pour eux tous.

— Pas plus que ça ne l'a été pour toi.

— Ça ne causera pas de problèmes entre toi et moi, n'est-ce pas ? Dis-moi que non, parce que je ne pourrais pas le supporter. Tout ça me désoriente, mais même en sachant qu'elle est seule au monde, si cela signifiait une mésentente entre nous, je la laisserais partir. J'espère que tu le sais.

— Je ne te demanderais jamais une chose pareille. Tu serais vraiment trop malheureux de faire ça à un de tes enfants, même à une dont tu n'avais jamais entendu parler.

— Je sais que je te l'ai déjà dit, mais ça n'a jamais été plus vrai que maintenant : le jour le plus heureux de ma vie, c'est celui où tu es arrivée à cette fête chez Frankie.

— C'était un assez bon jour pour moi aussi.

Il se força à sourire pour qu'elle ne se fasse pas de souci.

— Seulement assez bon ?

— Un jour, parmi les meilleurs jours de ma vie, comme tu le sais bien.

Elle posa la tête contre sa poitrine, semblant heureuse de rester là aussi longtemps qu'il le voudrait, c'est-à-dire pour toujours.

— Veux-tu l'appeler maintenant et l'inviter ?

— Si tu es sûre que c'est ce que tu veux.

— Oui.

Il ne voulait pas la lâcher, mais il fit ce qu'elle lui demandait ; il prit son portable et la carte de Mallory dans sa poche. Ses doigts étaient maladroits et embarrassés en composant le numéro. En attendant qu'elle réponde, il passa son bras libre autour de sa femme.

— Allô ?

— Bonjour, Mallory. C'est Mac McCarthy.

— Bonjour.

— Je suppose que tu es installée à l'hôtel ?

— Oui, ils ont été très gentils, mais je me suis recommandée du propriétaire.

— Ça ne peut pas faire de mal.

Il s'éclaircit la gorge, stupéfait de sentir ses nerfs à fleur de peau, ce qui était inhabituel.

— J'ai parlé avec Linda, mon épouse. Nous aimerions t'inviter à dîner, si cela te va.

— Ce serait très gentil. Je peux apporter quelque chose ?

Linda secoua la tête.

— Juste ta présence. Tu te souviens où est la maison, n'est-ce pas ?

— Oui. Quelle heure vous convient ?

— 18 h, chuchota Linda.

— 18 h ?

— À tout à l'heure et merci. Pour l'invitation.

— D'accord. Bien sûr. À ce soir.

Il raccrocha et regarda sa femme sans être certain de sa réaction. Mais, comme toujours, elle le regardait avec amour, compassion et bienveillance.

— Merci pour ça, Lin, dit-il d'un ton bourru.

— Je t'en prie.

CHAPITRE 16

— Tout ça est tellement prétentieux, souffla Kara à l'intention de Dan lorsqu'ils entrèrent au *Summer House*, où sa mère supervisait le personnel avec toute l'autorité d'un sergent instructeur.

— Je déteste, ajouta-t-elle.

Il l'enlaça et la serra très fort contre lui, l'embrassant sur le dessus de la tête.

— Tes parents ont voulu faire quelque chose d'agréable pour toi, ma chérie. C'est vraiment le moins qu'ils puissent faire.

— Je sais, mais n'empêche...

— Je ne déteste pas avoir l'occasion de t'admirer dans cette robe.

Il recula un peu pour la regarder tout à son aise, prenant le temps d'admirer les jambes bronzées que rien ne dissimulait.

— Mm, mmm, *mmm*.

Le rouge lui monta aux joues comme à chaque fois qu'il la regardait de cette façon, ce qu'il savait bien évidemment.

— Arrête, grogna-t-elle.

— J'essaie juste de te faire oublier à quel point cette fête est

191

prétentieuse, se défendit Dan en lui adressant un clin d'œil qui la fit rire.

Dan regardait les tables chargées de cristal, de porcelaine et d'argenterie, sans oublier des centres de table artistiquement composés d'hortensias, de roses et de gueules-de-loup.

— Ma mère à moi se sentirait parfaitement à l'aise à cette fiesta.

— En parlant de tes parents, enchaîna Kara, quand est-ce que je vais faire leur connaissance ?

— J'y ai réfléchi et reçu pas mal de pression de ce côté-là. Que dirais-tu d'un voyage à Los Angeles quand la saison sera terminée, en octobre ? Ce serait pas mal que je passe un peu de temps au cabinet avec les collègues. Et mes parents meurent d'envie de rencontrer la femme qui m'a décidé à sauter le pas.

— *Je t'ai* fait sauter le pas ?

— C'est exactement ce qui s'est passé.

Elle s'approcha et défit le nœud papillon qu'il avait passé une demi-heure à essayer de nouer juste comme il faut.

— Tu es vraiment un couillon, tu sais ça ?

Il lui jeta un regard noir alors qu'il adorait quand elle était en colère et refit son pauvre nœud papillon.

— Je suis presque sûr que ce mot n'est pas autorisé dans ce lieu !

Tout en aboyant des ordres aux serveurs qui semblaient prêts à la tuer, la mère de Kara s'élança vers eux dans un nuage de parfum luxueux. Elle était grande et mince, bronzée, ses cheveux blonds parfaitement coiffés. À la voir, on n'aurait jamais deviné qu'elle était la mère de onze enfants, mais plutôt qu'elle vivait sur les courts de tennis d'un club chic sans avoir rien à faire.

Kara lui avait dit qu'ils avaient eu des nounous du temps où ils étaient jeunes ; en fait, sa mère s'était beaucoup plus occupée d'elle-même que de ses enfants. On pouvait le voir à la façon dont Judith embrassa sa fille en regardant ailleurs.

— Tu es charmante, chérie, dit-elle, visiblement ravie de la robe que Kara avait achetée dans le magasin de Tiffany.

Dan aurait parié un million de dollars que, si elle avait su qu'elle venait d'un endroit appelé *Coquine et Coquette*, elle n'aurait pas apprécié autant.

Elle reporta son attention sur Dan, qui se sentit presque mal à l'aise tant elle le détaillait.

— J'adore le nœud papillon. Ça vous va bien.

— Merci.

Il avait décidé de donner à Judith et Chuck Ballard le bénéfice du doute. Après tout, ils allaient être ses beaux-parents. Mais il n'oublierait jamais, au grand jamais, pas plus qu'il ne leur pardonnerait, la façon dont ils avaient traité Kara après le drame de la trahison de sa sœur Kelly avec Matt. Cependant, cela ne signifiait pas qu'il ne pouvait pas être cordial.

Kara lui avait dit qu'il les avait impressionnés lors de leur rencontre, la veille pour dîner. Dès que sa sœur, Kelly, était rentrée chez elle à Bar Harbor[1] et avait annoncé que Kara était fiancée à un célèbre avocat, ses parents s'étaient soudainement de nouveau intéressés à la vie de leur fille sur Gansett, au grand désarroi de Kara.

Laisser Bar Harbor et tout le théâtre familial derrière elle avait été la meilleure chose qu'elle ait jamais faite pour elle-même et cela l'avait amenée à Dan, ce qui était la meilleure chose qui soit arrivée à l'avocat. Il n'allait certainement pas accepter que ces gens, ou n'importe qui d'autre, lui fassent encore du mal.

C'est pourquoi il resta près d'elle lorsque leurs invités commencèrent à arriver. Au milieu de leurs amis qui s'étaient tous mis sur leur trente-et-un pour l'occasion, Dan sentit que Kara commençait à se détendre. C'était leur nouvelle famille, celle qu'ils avaient développée ensemble, et le fait d'être entourés de leurs amis les rendait toujours heureux.

Il devait reconnaître aux parents de Kara le mérite d'être

restés de leur côté, accueillant leurs amis et échangeant des plaisanteries avec chacun d'eux. Chuck Ballard était grand, avec des cheveux blancs, un bronzage intense et une attitude amicale et plaisante. Un homme « vrai de vrai » avait pensé Dan lors de leur première rencontre, le genre d'homme qui attirait les autres. Il était en train de parler de marinas et de l'industrie nautique avec Grand Mac et Linda McCarthy.

Dan devait admettre qu'avec l'alcool qui coulait à flots, l'offre inépuisable d'amuse-gueules savoureux, sa fiancée à ses côtés et ses amis autour de lui, cette fête n'était pas aussi catastrophique que Kara l'avait craint.

— Comment ça va ? lui chuchota-t-il à l'oreille quand ils s'écartèrent un peu des autres.

— Pas mal.

— En fait, c'est plutôt sympathique.

— Je m'en souviendrai tout à l'heure quand tu voudras faire l'amour. Tu es soit avec eux, soit avec moi. C'est l'un ou l'autre.

Il éclata de rire, ce qui lui valut un regard courroucé de sa bien-aimée.

— Je t'aime tellement, Kara Ballard. Tu ne sauras jamais à quel point.

Elle lui fit signe de s'approcher plus près.

Il se pencha vers elle, retenant son souffle tandis qu'elle chuchotait à son oreille.

— Le savoir rend tout cela supportable.

Elle referma sa main autour de son bras et le serra d'une manière possessive qui lui donna envie de l'entraîner hors de la salle à la recherche d'un vestiaire. Un endroit comme celui-ci avait certainement un vestiaire, bon sang ? Mais c'était peu probable, les salles de réception accueillaient des invités principalement l'été, ils n'avaient donc pas de manteau. Mais c'était aussi un hôtel... Cette idée le fit réfléchir à toute vitesse.

— Tu veux bien m'excuser une minute, ma chérie ?

— Une minute et une minute seulement, répondit-elle.

— Je reviens tout de suite.

Il la quitta avec un baiser sur la joue et se dirigea vers la réception, ravi de son projet de lui faire une surprise après la fête.

Regardant Dan sortir de la pièce d'un pas décidé, Kara eut envie de le suivre, mais il allait probablement aux toilettes ou quelque chose comme ça.

— Quelle belle fête ! s'écria Abby Callahan en serrant Kara dans ses bras.

— Ce n'est pas moi qui l'ai organisée, avoua Kara, en présentant Abby et son petit ami, Adam, à ses parents.

— Il y a beaucoup de McCarthy sur cette île, remarqua Judith en serrant la main d'Adam.

Il rit, hochant la tête en signe d'accord.

— Cinq dans ma famille, puis mes cousins Laura et Shane et leur père, mon oncle Frank. Mon oncle Kevin et sa famille vont bientôt venir pour le mariage de Laura. Il a deux fils.

— Je suppose qu'on n'a rien à dire à ce sujet, enchaîna Chuck en riant. Nous avons onze enfants en comptant Kara.

— Rien que d'y penser, je me sens prête à m'évanouir, plaisanta Abby.

— J'ai été enceinte pendant des *années*, continua Judith.

Kara savait parfaitement combien de mois sa mère avait été enceinte, car elle avait dû entendre ce chiffre quatre-vingt-dix-neuf fois.

— Nous sommes ravis de faire votre connaissance. Nous aimons beaucoup Kara, dit Adam.

Dans un moment comme celui-ci, Kara le lui rendait bien.

— C'est une fille merveilleuse, approuva Chuck en serrant affectueusement le bras de Kara.

Elle dut faire un véritable effort pour ne pas le repousser

comme elle l'avait fait ces deux dernières années quand ses parents avaient organisé un superbe mariage pour Kelly et Matt – comme si cette relation n'avait pas anéanti Kara. Son père essayait de réparer les choses. Elle le voyait bien, mais pas beaucoup plus. Où diable était passé Dan ?

— Alors, vous allez être les prochains tous les deux ? fit Kara en se tournant vers Adam et Abby.

Abby rougit tandis qu'Adam bredouillait.

— Hum, eh bien, on n'en est pas tout à fait encore là, n'est-ce pas, mon bébé ?

— Pas encore, répondit Abby en lui souriant.

— Désolée, s'excusa Kara. Je ne voulais pas te mettre dans l'embarras.

Elle se demandait si Adam avait remarqué l'éclat douloureux qu'elle-même avait vu dans les yeux d'Abby. Si Kara ne se trompait pas, Adam était le seul qui « n'en était pas encore là ».

— C'est une superbe fête, enchaîna Adam, qui semblait vouloir changer de sujet.

— Merci, répondit Kara. Typique de ce que fait généralement Judith Ballard. Le meilleur et rien d'autre.

Dan revint à temps pour serrer la main d'Adam et embrasser Abby sur la joue.

— Je suis heureux que vous ayez pu venir alors qu'on vous a prévenus si peu en avance.

— Un McCarthy ne manque jamais une occasion de boire à l'œil, dit Adam.

— J'ai entendu Grant dire ça une centaine de fois, constata Dan.

Jenny Wilks et Alex Martinez s'approchaient, accompagnés du frère d'Alex, Paul, et d'une autre jeune femme.

— Félicitations à tous les deux, s'exclama Jenny en embrassant Dan et Kara. Quelle belle fête !

— Merci, fit Kara. En se penchant, elle ajouta : c'est un

secret, mais je pense que les fêtes de fiançailles sont plutôt stupides. C'est comme si c'était un prémariage. Les mêmes personnes, mais pas la même date.

— Tu vois ? souligna Alex. C'est ce que je dis aussi. Je suis content que tu sois d'accord, Kara.

— Tu n'as pas besoin de lui dire que les fêtes de fiançailles sont stupides quand tu es invité à la sienne, lui reprocha Jenny, faisant rire Paul de voir l'air déconfit de son frère.

— C'est elle qui a commencé, reprit Alex avec un sourire effronté.

— Je vous présente Hope Russell, continua Paul. Elle est venue nous sauver la vie en s'occupant de notre mère. Hope, voici Kara Ballard et Dan Torrington, le couple heureux qui endure cette fête stupidement magnifique.

— Ravie de faire votre connaissance à tous les deux, dit Hope. On m'a dit qu'on pouvait s'incruster sans difficulté.

— Bien sûr, répondit Dan. Plus on est de fous, plus on rit.

— Tout à fait vrai, renchérit Kara. Nous sommes heureux que vous ayez pu vous joindre à nous. Comment trouvez-vous la vie sur l'île jusqu'ici ?

— J'adore, répondit Hope. Mon fils aussi, ce qui est vraiment important.

— Faites en sorte d'aller vous restaurer, sans quoi ma mère va penser qu'elle a tout raté, continua Kara.

— Tu n'as pas besoin de me le dire deux fois, fit Alex.

Ils se dirigèrent vers le buffet pendant que Kara et Dan présentaient Blaine et Tiffany Taylor aux parents de la jeune femme.

— Blaine est le chef de la police de l'île, ajouta Dan.

— Ça doit être un bon travail tranquille dans un endroit comme celui-ci, s'exclama Judith, faisant rire Blaine et Tiffany.

— Oui, en hiver, répliqua-t-elle. En été, je le vois à peine.

— Et quel est votre métier ? demanda Judith à Tiffany.

Kara s'étouffa avec son champagne quand Dan lui donna un coup de coude.

— Je possède un magasin de lingerie en ville, répondit Tiffany. *Coquette et Coquine.* En fait, cette belle robe de Kara vient de mon magasin.

— Le côté coquin, ajouta Dan.

Il lui paierait ça plus tard, pensa Kara sans oser regarder sa mère.

— Il faut que j'aille faire un tour dans votre boutique, assura Judith.

— Vous serez la bienvenue, répondit Tiffany en faisant un clin d'œil coquin à Kara.

— J'aimerais être là quand tu iras, fit Kara.

— Moi aussi, ajouta Dan en faisant rire tout le monde, sauf Judith qui ne comprenait pas la plaisanterie.

— Elle ne vend pas que de la lingerie et des robes habillées, Maman, expliqua Kara.

Un court instant, Judith sembla perplexe, puis elle dit : « Oh. *Oh,* » en rougissant énormément.

— L'hiver est long et froid ici, Mme Ballard, commenta Tiffany. Nous devons trouver un moyen de nous occuper.

— Eh bien, oui, j'en suis certaine. Je vais voir où ton père est parti, se hâta de dire Judith en s'éclipsant.

— C'était génial, s'enthousiasma Kara, qui était secouée par le rire. Tu es la meilleure.

— Heureuse d'avoir pu être utile, répondit Tiffany.

— Tu es un véritable scandale ambulant et qui parle, mon amour, souligna Blaine en souriant à sa femme.

— Merci, dit Tiffany. Je fais ce que je peux pour les gens.

Le bruit d'une fourchette qui résonnait sur un verre en cristal attira leur attention.

— Si tout le monde pouvait s'asseoir, s'il vous plaît, commença Chuck tandis que sa femme, rayonnante, se tenait à côté de lui.

— Oh, mon Dieu, souffla Kara. Qu'est-ce que c'est encore ?

— Kara ? Dan ? Pourriez-vous nous rejoindre ici ?

— Quoi que ce soit, finissons-en, pour que nous puissions profiter de ma surprise tout à l'heure, grommela Dan en lui prenant la main et en la conduisant vers ses parents.

— Quelle surprise ?

— Sois gentille devant nos invités et je te le dirai.

— Je ne veux pas être gentille.

— Souviens-toi de ça plus tard.

Alors qu'ils rejoignaient ses parents, Kara sentit les yeux de tout le monde sur elle et crut mourir de honte. Elle détestait être le centre de l'attention et cela depuis toujours ; ce que ses parents savaient certainement. Cela ne les avait jamais empêchés de la forcer à sortir de sa zone de confort chaque fois qu'ils l'estimaient nécessaire. Aujourd'hui ne faisait pas exception à la règle.

— Merci beaucoup d'être venus aujourd'hui pour célébrer les fiançailles de notre fille Kara avec Dan Torrington, reprit Chuck après que Judith se fut assurée que tout le monde avait du champagne. Kara est la sixième de nos onze enfants et a toujours manifesté cette forte indépendante qui l'a conduite ici à Gansett pour démarrer le service de lancement de bateaux sur votre lac Salé. Nous avons été ravis d'apprendre ses fiançailles avec Dan Torrington, un homme qui ne nous était certainement pas étranger. Dan, nous admirons ton travail depuis des années et nous nous réjouissons de t'accueillir dans notre famille.

Alors que tout le monde applaudissait et levait son verre, Kara fit de même parce que c'était ce qu'on attendait d'elle. Mais une partie d'elle voulait tout arrêter et demander à ses parents s'ils étaient heureux pour elle pour les bonnes raisons. Était-ce parce qu'elle avait trouvé l'homme parfait ? Était-ce parce qu'il était riche et qu'il avait du succès ? Ou parce que le fait de savoir qu'elle était heureuse avec lui les faisait se sentir un peu moins coupables de la façon dont ils s'étaient comportés avec elle ?

Dan se pencha pour lui embrasser la joue.

— Souris, chuchota-t-il. Tu es censée être heureuse aujourd'hui.

Elle repensait à la façon dont il l'avait demandée en mariage, après que sa sœur eut tenté de la piéger au début de l'été avec une visite inattendue et intempestive. Dan avait littéralement couru pour l'avertir en découvrant que Kelly était sur l'île avec son mari et son nouveau-né, dans l'intention de prendre Kara par surprise, lui imposant une confrontation dont il savait que Kara ne voulait pas.

Songeant à la journée qu'ils avaient passée, cachés du reste du monde et à son adorable proposition romantique, la raison pour laquelle ses parents étaient heureux pour elle n'avait, soudainement, plus d'importance. Peu importait que sa sœur lui ait volé son petit ami et que le reste de la famille ait agi comme s'il n'y avait là rien de grave. Rien ne comptait, sauf l'homme qui se tenait à ses côtés et voulait passer le reste de sa vie avec elle.

En vérité, Kelly et Matt lui avaient fait une faveur. S'ils ne l'avaient pas trahie, elle n'aurait jamais ressenti le besoin de quitter Bar Harbor. Elle n'aurait pas connu Gansett ni rencontré Dan et cela aurait été vraiment tragique. Elle avait aimé Matt, mais pas autant qu'elle aimait Dan. Ce n'était absolument pas comparable.

Rien ne pourrait être comparé à cela.

Kara vit bien qu'elle avait surpris son fiancé en se tournant vers lui ; elle lui avait adressé un grand sourire amoureux et s'était ensuite appuyée contre lui pour l'embrasser devant tout le monde. Tandis que leurs amis poussaient des cris de joie autour d'eux, elle passa la main autour de son cou et fit rapidement glisser sa langue sur les lèvres de Dan. Lorsqu'elle mit fin au baiser, il la regarda fixement, confus, comme s'il essayait de comprendre ce qui lui était arrivé.

Le bonheur s'était emparé d'elle, purement et simplement.

Elle rit de sa confusion, puis le serra contre son cœur,

heureuse de sentir comme leurs corps étaient faits l'un pour l'autre, aimant l'odeur de son eau de Cologne et le frottement rêche de ses moustaches contre son visage.

— Tu m'étonnes toujours, ma chérie, murmura-t-il à son oreille, la faisant frissonner de la tête aux pieds.

—Je t'aime.

—Je t'aime aussi.

Le fracas de verres brisés interrompit ce moment et tout le monde se retourna pour voir de quoi il s'agissait. À côté d'elle, Dan retint un cri en voyant Jim Sturgil, l'ex-mari de Tiffany qui, passant devant un serveur portant un plateau de flûtes à champagne, avait fait tomber le plateau de la main du serveur, envoyant d'autres verres se briser sur le sol.

— Mais qu'est-ce qui se passe ? s'alarma Dan.

Du coin de l'œil, Kara vit Blaine se lever de la table où il était assis avec Tiffany, sa sœur Maddie, le mari de celle-ci, Mac ainsi que les parents de Mac. Tiffany fixait Jim, ses yeux agrandis et son visage soudainement pâle.

— Tout le monde passe un bon moment ? articula Sturgil d'une voix forte.

Ses yeux lançaient des éclairs sauvages, sa chemise blanche était sale et pendouillait sur un pantalon déchiré. On aurait dit qu'il était ivre depuis plusieurs jours.

— Est-ce que tout le monde applaudit l'homme qui a *ruiné* ma vie ? Tu as ruiné ma vie, Torrington ! Tout allait bien jusqu'à ce que tu débarques ici avec tout ton argent et tes relations ; maintenant, tout le monde veut que la grande célébrité soit son avocat et personne ne veut de moi ! *Je suis* l'avocat de cette île. Pas *toi* ! Tu dois retourner à ta vie luxueuse à L.A. et nous laisser tranquilles. Personne ne veut de toi ici.

De la table où un homme portant toque et veste de chef était en train de découper un filet de porc, Jim saisit un grand couteau et commença à le faire tournoyer.

— Ne fais pas un pas de plus, ordonna Blaine sur un ton que Kara ne l'avait jamais entendu employer auparavant.

— Toi ! *Tu m'as volé ma femme et mon enfant* ! Ma propre fille t'aime plus qu'elle ne m'aime !

Il fit pivoter le couteau en direction de Blaine.

— Je devrais t'étriper comme tu m'as saigné.

— Tu en es le seul responsable, Sturgil, répondit Blaine calmement mais fermement. Tu peux lancer toutes les accusations que tu veux, mais tu ne peux t'en prendre qu'à toi-même.

Jim se jeta sur lui avec le couteau, mais Blaine s'écarta à temps.

Dan lâcha Kara et traversa la pièce pour aider Blaine.

— Dan ! cria Kara, craignant de le voir de nouveau blessé alors qu'il était tout juste remis des blessures subies lors de l'accident de voilier.

Tout le monde s'était levé ; Evan et Mac se précipitèrent pour prêter main-forte à Dan et Blaine qui affrontaient Jim. Il agitait le grand couteau devant lui, défiant quiconque de s'approcher de lui.

— Quelqu'un devrait appeler la police, dit Judith nerveusement.

— Blaine *est* la police, répliqua Kara. Laisse-lui une minute. Il va s'en occuper.

— Jim, tenta Tiffany en se dirigeant vers son ex-mari, qu'est-ce que tu fais, bon sang ? Pense à ta fille. Pose ce couteau et arrête de te comporter comme un con.

— Tiffany, recule, cria Blaine sans quitter des yeux Jim ni le couteau. Immédiatement.

— Tu penses que je suis un con ! hurla Jim. *C'est toi la responsable de tout ça, espèce de stupide salope !*

Blaine rugit et se jeta sur Jim, son bras se refermant autour de son cou tandis que Dan tentait de récupérer le couteau.

— Dan ! cria de nouveau Kara, croyant que son pire cauchemar se déroulait sous ses yeux. Non !

Acculé, Jim lança sa main en direction de Dan qui poussa un grognement lorsque le couteau le taillada avant de s'écraser sur le sol.

Kara courut vers son fiancé, qui était plié en deux, tandis que Blaine entraînait Jim hors de la pièce malgré les coups de pied qu'il donnait et les cris qu'il poussait.

— Dan ! *Dan* ! Qu'est-ce que tu as ? Tu es blessé ?

Il la regarda, grimaçant de douleur.

— Juste une égratignure.

C'est alors qu'elle remarqua la mare de sang qui se formait sur le sol devant lui.

— Que quelqu'un appelle les secours, cria Mac derrière elle. Viens, Dan, assieds-toi.

Lorsque Dan fut assis, Mac attrapa une serviette qu'il enroula autour de la main droite de Dan. La serviette fut vite trempée et Mac la changea calmement avec une autre.

— Désolé pour tout ça, fit Dan.

Kara blottit sa tête contre sa poitrine.

— Ce n'est pas ta faute. Ce n'est pas toi qui avais le couteau.

— Qu'est-ce que tu as encore fait, Torrington ? plaisanta son ami Grant McCarthy en s'accroupissant devant Dan.

— J'étais plus en sécurité à L.A. qu'ici, répondit-il, en se forçant à sourire pour rassurer Kara. Il est peut-être temps de rentrer chez moi.

Kara savait qu'il plaisantait, mais le commentaire l'effraya quand même. Gansett était leur maison ou, du moins, c'était ce qu'elle pensait.

Les ambulanciers arrivèrent une minute plus tard et Kara s'éloigna pour leur laisser la place de s'occuper de Dan.

Le bras de sa mère vint entourer sa taille.

— Tu vas bien, ma chérie ?

— Ça ira quand je saurai qu'il va bien.

— Il a été courageux en se précipitant sur cet homme avec le couteau. Qui est-ce ?

— Jim Sturgil. Il était marié à la femme de Blaine, Tiffany ; les gens ne l'aiment pas à cause de la façon dont il l'a traitée quand ils ont divorcé.

Tout en expliquant la situation à sa mère, Kara ne quittait pas une seconde Dan des yeux.

— Quand Dan est venu sur l'île pour écrire son livre, les gens ont commencé à demander son avis juridique et maintenant ils le préfèrent à Jim.

— Donc Dan pratique vraiment le droit ici ?

— Depuis un bout de temps maintenant. Il n'en avait pas l'intention, mais c'est arrivé comme ça.

L'ambulancier en chef fit signe à Kara de venir avec eux.

— Je t'appelle plus tard, Maman. Désolée pour tout ça.

— J'espère juste que ça va aller.

— Moi aussi.

Kara courut après la civière sur laquelle Dan était attaché.

— Beaucoup de bruit pour rien, lui dit-il quand elle l'eut rattrapé.

Malgré ce qu'il disait, son visage était pâle et ses yeux vitreux à cause du choc – rappelant à Kara les suites de l'accident de bateau, un moment qu'elle aurait préféré oublier plutôt que de le revivre.

— Tu as aimé la façon dont je t'ai sortie de cette stupide fête ?

— Ne plaisante pas !

Dès que les mots eurent franchi ses lèvres, elle regretta son ton brusque. Ce n'était pas sa faute s'il avait été blessé.

— Je vais bien, ma chérie. Je le jure. Ce n'est qu'une coupure. Ils vont me recoudre et je serai comme neuf.

Kara se força à respirer pour s'empêcher de pleurer de soulagement qu'il aille bien. Quand elle pensa à ce qui aurait pu se passer, elle frissonna.

Dans l'ambulance, Dan lui tendit sa main indemne et elle la prit, s'accrochant à l'homme qu'elle aimait de tout son cœur.

1. Ville de l'État du Maine où les parents de Kara exploitent une marina. (N.D.T.)

CHAPITRE 17

— _M_ais quelle horreur !

Maddie et Tiffany regardaient les ambulanciers emmener Dan Torrington sur un brancard loin de sa fête de fiançailles.

— Damné Jim, grommela Tiffany, embarrassée et humiliée par la sortie de son ex-mari.

Dans des moments comme celui-ci, elle ne pouvait comprendre comme elle avait pu l'aimer autrefois.

— Qu'espérait-il démontrer en faisant un truc pareil ?

— Il avait l'air d'être sous l'emprise de l'alcool depuis des jours.

— Je me demandais pourquoi il n'avait pas appelé pour venir voir Ashleigh depuis quelque temps. Malgré tous ses défauts, ça ne lui ressemble pas.

Maddie passa un bras autour de sa sœur.

— Est-ce que ça va ?

— Oui, je crois. Je suis juste chagrinée de le voir perdre la tête comme ça. Je ne savais pas du tout que son cabinet traversait une aussi mauvaise passe.

Tiffany se sentit soudainement glacée jusqu'à l'os malgré la chaleur de cette journée d'été et elle croisa les bras sur sa poitrine pour se réchauffer.

— Tu ne penses pas que Blaine va le tuer, n'est-ce pas ?

— Je suis sûre qu'il aimerait le secouer un peu, mais il ne vous ferait jamais ça, à Ashleigh ou toi. Il suivra parfaitement les règles à cause de ce que Jim est pour vous.

— Il ne m'est rien ! s'écria Tiffany.

— Tu sais ce que je veux dire. Il est toujours le père d'Ashleigh.

Tiffany savait que sa sœur avait raison, même si Blaine était déjà davantage un père pour Ashleigh que Jim ne l'avait jamais été. Parlant de son mari... Voilà Blaine qui rentrait dans la pièce, le visage rouge de fureur. Quand les yeux marron qui la regardaient normalement avec seulement de l'amour, du désir et de la tendresse rencontrèrent ceux de Tiffany, elle se rendit compte qu'il était incroyablement en colère. Contre elle.

L'estomac de Tiffany se contracta d'inquiétude – un sentiment qui ne lui rappelait que trop bien ses années malheureuses avec Jim.

— Oh-oh, murmura Maddie tandis que Blaine traversait la pièce pour les rejoindre.

— Où est-il ? demanda Tiffany. Que s'est-il passé ?

— Je l'ai remis à mes hommes.

Ses mots étaient secs et brefs, n'offrant aucune information pour la calmer ou l'apaiser comme il le faisait normalement.

— Il est en route pour la prison, là où il doit être. On s'en va.

Faisant une grimace à sa sœur, elle laissa son mari la conduire hors de la pièce. Il lui tint la portière côté passager du 4x4 de la police et attendit qu'elle soit installée avant de la refermer en la claquant. Alors qu'il revenait lentement vers l'avant du SUV, la nervosité de Tiffany augmentait en reconnaissant une situation par trop familière. Elle avait passé des années avec un homme dont le tempérament ombrageux la laissait dans un état permanent de crainte en attendant la prochaine explosion. Si une algarade avec son nouveau mari était imminente, au moins Ashleigh n'en serait pas témoin. Elle passait l'après-midi avec les parents de Jim.

Blaine monta dans le 4x4 et claqua sa portière aussi fort qu'il avait refermé celle de Tiffany. Il sortit du parking, laissant un nuage de poussière dans leur sillage et roula jusqu'à leur maison dans un silence total.

Elle remarqua que les articulations de sa main étaient blanches tandis qu'il s'agrippait au volant de toutes ses forces. Avalant difficilement, elle eut finalement le courage d'affronter le tigre.

— Qu'est-ce qui ne va pas ?

Il se tourna vers elle et la regarda, l'air incrédule, avant de retourner son attention sur la route.

— Alors, tu ne vas pas me le dire ? Ce n'est pas ma faute si Jim a fait ça ! Je ne l'avais pas vu depuis des semaines.

Pas de réponse. Formidable !

Elle croisa les bras pour maîtriser sa propre fureur, qui augmentait à chaque seconde.

Il s'arrêta dans la longue allée qui menait à leur maison quelques minutes plus tard, le SUV faisant une embardée parce qu'il freinait brusquement, mit au point mort et sortit. Il ouvrit la portière de Tiffany et lui dit :

— Viens.

— Je ne veux pas. Tu te comportes comme un fou.

— J'agis comme un fou ?

— Oui ! Qu'est-ce qui te prend, bon sang ?

— Tu veux savoir ce que j'ai ?

— Arrête de répondre à mes questions par des questions !

— Eh bien, tu peux me dire *ce que tu* foutais à vouloir affronter un homme *qui déclare qu'il te hait devant tous ceux qui* écoutent, quand il brandit *un foutu couteau de boucher* ?

Tout d'un coup, elle comprit pourquoi il était si fâché. Elle lui avait fait peur. Elle détacha sa ceinture de sécurité et se tourna vers lui, toujours assise dans le 4x4, alors que lui était dehors.

— Blaine...

— Arrête ! N'essaie pas de m'amadouer et ne pense pas que tu vas t'en tirer comme ça en me parlant gentiment. Il aurait pu te tuer !

Malgré sa résistance, elle mit ses mains sur son visage et le força à la regarder.

— Tu étais juste là et tu l'aurais empêché de me faire du mal.

— À quoi pensais-tu en l'affrontant ainsi ? Il était clairement à bout de nerfs et cherchait à se venger. Tu as bien failli lui faciliter la tâche.

— Je voulais seulement essayer de l'arrêter avant que les choses n'empirent. Je savais que tu étais là et que tu me protégerais si ça tournait mal.

Elle se pencha pour l'embrasser.

— Je savais que tu étais là.

— Mon bébé, gémit-il d'une voix torturée tandis qu'il la serrait si fort dans ses bras qu'elle ne pouvait plus respirer, ne fais plus jamais une chose pareille. Tu m'entends ?

— Oui, oui.

— Tu dois me le promettre. Je crois que mon cœur s'est arrêté une seconde quand je t'ai vue t'approcher de lui. J'ai besoin que tu me le promettes.

— Je te le promets.

Il la souleva et la tira hors du 4x4, la porta jusqu'à la maison, ouvrant la porte d'un coup de pied, puis la refermant derrière eux de la même façon.

Tiffany referma ses bras autour de son cou et l'embrassa avec tout l'amour et le désir qu'il éveillait en elle chaque fois qu'il la touchait.

— Tu m'as fait peur aussi, tu sais.

— Quand ? Quand est-ce que je t'ai effrayée ?

Il la déposa sur le comptoir de la cuisine, là où avait eu lieu leur première rencontre importante.

— Quand tu étais en colère contre moi. Ça me rappelait trop... lui. Comment c'était toujours avec lui quand je passais la plupart de mon temps à attendre qu'il se mette en colère contre moi pour chaque petite chose.

— Ce n'était pas une petite chose, mais je suis désolé de t'avoir fait peur comme ça. Je ne veux absolument pas que tu te sentes avec moi comme tu étais avec lui.

— Je sais.

— Alors, on s'est fait mutuellement peur.

Il passa ses mains sur ses jambes, remontant sous sa jupe jusqu'à ce qu'elles entourent ses fesses.

— C'est seulement parce que je t'aime tellement, putain ; j'ai presque perdu la tête quand tu l'as affronté. La pensée que tu sois en danger, aussi bref que ce soit, me donne envie de hurler.

— Tout va bien.

Elle lui caressa le visage et lissa ses cheveux ébouriffés depuis l'altercation avec Jim.

— Je devrais être au poste à m'occuper de lui, mais j'ai plus besoin d'être en toi en ce moment que de respirer. J'ai besoin de toi, Tiff.

Elle déboutonna et descendit la fermeture Éclair du pantalon qu'elle avait réussi à lui faire porter pour la fête.

— Prends-moi. Je suis toute à toi.

Il grogna en lui arrachant sa culotte en dentelle, un mouvement qui la fit basculer en zone rouge tant elle avait envie de lui. Les mains sous sa jupe, il l'attira à lui et la pénétra de son membre dur en les faisant haleter tous les deux.

— Merde, chuchota-t-il en se figeant. Désolé.

— De quoi ?

— C'était brutal.

— J'ai aimé et je t'aime.

Ses mots firent trembler son corps musclé tandis qu'il l'emportait pour une course sauvage. Elle lui passa le bras autour du cou, l'entraînant dans un baiser frénétique et passionné.

Il émit un bruit inarticulé en tirant sur le haut de sa robe, jusqu'à ce que sa poitrine se libère de son soutien-gorge. Serrant et pétrissant, il pinça son mamelon entre ses doigts jusqu'à ce qu'elle crie sous l'effet de l'orgasme qui la transperçait, envoyant des vagues de chaleur et de sensations depuis son clitoris vers chaque partie de son corps.

— Putain, tu es tellement sexy, gémit-il tandis qu'il poussait de nouveau fortement en elle ; mais cette fois-ci, il y demeura, alors qu'il accompagnait les vagues de son orgasme avec le sien. Transpirant et haletant, il eut un rire rauque :

— Il faut que je me mette en colère contre toi plus souvent. C'était incroyable.

— S'il te plaît, ne fais pas ça. Je ne pourrais pas le supporter.

— Tu n'as absolument aucune crainte à avoir de moi – jamais. Je suis ton esclave. Je suis complètement et totalement sous ton charme.

Enchantée et émue par ses paroles qui sortaient du fond de son cœur, elle resserra ses jambes autour de ses hanches et poussa contre son membre toujours planté en elle malgré son orgasme. Sa vigueur l'étonnait toujours et l'épuisait.

— Regarde où nous sommes !

Il sembla sortir d'un brouillard de sexe et se rendit compte qu'il l'avait prise sur le plan de travail dans la cuisine où il l'avait fait un jour jouir et avaitchangé leur vie à tous deux.

— J'ai fait le meilleur boulot ici même, remarqua-t-il avec un sourire fanfaron qui la fit rire.

Les mains toujours fermement resserrées autour de ses fesses, il la souleva du plan de travail sans rompre leur contact et la porta jusqu'au canapé du salon où il s'allongea sur elle. Soulevant sa jupe, il la fit passer par-dessus sa tête, la laissant nue sauf le soutien-gorge assorti au string qu'il venait de déchiqueter. Il défit les agrafes de son soutien-gorge et s'en débarrassa avec un savoir-faire qui ne manquait jamais de l'amuser.

— Je sais, je sais, grommela-t-il avant qu'elle ne puisse le faire. Je suis doué pour ça.

Il frotta son nez contre ses seins nus, taquinant ses mamelons avec sa langue et ses moustaches, rêches en fin de journée contre sa peau sensible.

— C'est parce que j'ai la meilleure raison possible de me débarrasser de ton soutien-gorge le plus vite possible.

Elle saisit une poignée de ses cheveux, lui faisant signe de se concentrer sur son bout de sein. Son mari savait comment prendre la direction des affaires et, en quelques minutes, il la fit se tordre, haleter et se frotter contre lui.

— Blaine...

— Quoi, mon bébé ?

— Je veux que tu saches...

— Quoi ?

Il ne s'arrêta pas un instant d'embrasser, de sucer ou de la taquiner pendant qu'il parlait et le courant de son souffle chaud sur son mamelon humide était presque suffisant à lui seul pour la faire jouir de nouveau.

— Je t'ai dit que, quand tu étais en colère contre moi, ça me faisait penser à lui. Mais tu n'es pas du tout comme lui, et notre mariage... Il ne ressemble en rien à mon premier. C'est tellement, tellement mieux. C'est plus que je n'avais jamais rêvé.

Le front de Blaine retomba sur sa poitrine.

— Tu me fais mourir, mon bébé. Ce que tu me dis... Tu es si incroyablement gentille et je suis désolé que tu aies traversé toutes ces épreuves avec lui, mais je suis vraiment, vraiment heureux que ça t'ait menée à moi.

Il leva la tête pour rencontrer son regard.

— Je n'ai jamais eu l'impression d'appartenir à un endroit quelconque jusqu'à ce que je t'appartienne.

— Je sais exactement ce que tu veux dire. Je ressens la même chose.

— T'aime, chuchota-t-il en se remettant à bouger, lui faisant cette fois-ci l'amour lentement et doucement.

— Je t'aime aussi.

— Et tu ne feras plus jamais quelque chose comme aujourd'-hui, n'est-ce pas ?

— Oui, répondit-elle dans un soupir.

— Promis ?

— Je te le promets, Blaine.

— Dans ce cas, je vais te faire encore l'amour.

Riant, elle ferma les yeux et s'accrocha à lui et à l'amour qu'il avait apporté dans sa vie.

— Tu es juste *trop* bon avec moi, chef Taylor.

La fête de fiançailles s'interrompit peu après que les invités d'honneur furent partis en ambulance. Les parents de Kara essayèrent vainement de sauver les festivités, mais abandonnèrent lorsqu'il devint évident que l'ambiance était cassée. Après avoir dit au revoir à leur famille et à leurs amis, Adam tendit la main à Abby pour parcourir à pied la courte distance les séparant de la maison qu'ils louaient à Janey.

— C'est pour ça, évidemment, que nous ne devrions jamais faire de fête de fiançailles, déclara Adam alors qu'ils marchaient dans le centre-ville bondé, envahi par les touristes en ce dimanche après-midi ensoleillé.

Abby ne savait que répondre à son commentaire fait sur le ton de la plaisanterie. Elle avait des raisons de se demander s'ils se fianceraient un jour et, encore plus, s'il y aurait une fête. Parfois, elle craignait d'avoir commis une autre erreur en emménageant avec lui avant leur mariage. Elle était là, à sa disposition, alors quelle raison avait-il de vouloir faire avancer les choses ? Si son père disait encore un mot sur les vaches et le lait à propos d'elle et d'Adam, elle ne lui parlerait plus jamais.

Ce qui était triste, encore que le mot puisse paraître étrange, c'est qu'elle n'avait jamais été aussi heureuse de sa vie. Adam était tout ce qu'elle avait toujours voulu – et leur relation était à des années-lumière de celles qu'elle avait eues avec son frère Grant et son ex-fiancé, Cal. Adam la comprenait profondément et intensément, créant un lien incroyablement fort entre eux.

Et le sexe avait continué à être une révélation. Tout cela l'amenant à se demander s'il avait l'intention de passer à l'étape suivante avec elle.

— Allô ? Il y a quelqu'un ?

Abby se rendit compte qu'elle avait oublié sa présence à côté d'elle.

— Pardon. Qu'est-ce que tu disais ?

— Je faisais des blagues sur le fait qu'on n'aura jamais de fête de fiançailles.

Elle le regarda, comme toujours fascinée par ses cheveux noirs ondulés, les lunettes qui lui donnaient l'air d'un binoclard intelligent et sexy, le petit sourire sardonique et l'ombre de barbe sur ses joues – le tout faisant qu'il était formidablement séduisant.

Il donna un petit coup sur la hanche d'Abby avec la sienne.

— Qu'est-ce que tu as ?

— Rien. Je réfléchissais seulement.

— À quel sujet ?

— Dan et Kara, et Jim avec le couteau ; j'espère que Dan va bien. Il était enfin comme avant ce qui s'était passé sur le voilier, et maintenant ça.

— C'est tout ce à quoi tu pensais ?

— Oui, je suppose.

— Tu supposes. Donc tu ne sais pas vraiment à quoi tu pensais ?

Son insistance la poussa à le regarder de nouveau.

— Pourquoi veux-tu tellement le savoir ?

Il la surprit quand il lui fit traverser la rue jusqu'à un banc qui surplombait le débarcadère du ferry en contrebas.

— Assieds-toi.

— OK...

Adam s'assit à ses côtés et se tourna vers elle.

— Dis-moi.

— Que veux-tu que je dise ?

— Je veux que tu me dises pourquoi tu es restée silencieuse quand j'ai fait une blague sur notre fête de fiançailles.

— Tu as besoin que je te dise pourquoi ? Vraiment ?

Le commentaire semblait plus irrité qu'elle l'avait voulu, mais honnêtement, à quel point pouvait-il être obtus ?

— Oui, je suppose que oui.

— Pour quelqu'un de si intelligent, tu peux être plutôt bouché par moments.

— C'est censé vouloir dire quoi ?

— Rien. Peu importe.

— Abby... Voyons. Ce n'est pas comme ça qu'on fonctionne. On se parle. Non ?

Elle voulait être légère, calme et concentrée, mais c'était trop important et elle s'était déjà brûlé deux fois les ailes à cause de longues histoires d'amour qui n'avaient pas abouti. Si c'était encore le cas cette fois-ci...

— Mon bébé, pourquoi pleures-tu ?

Abby se détestait pour les larmes qui coulaient malgré son ardent désir de ne pas céder à ses émotions, d'être pragmatique pour aborder ce sujet avec lui. Elle se força à regarder le visage qu'elle aimait par-dessus tout.

— Je veux me marier, Adam, répondit-elle doucement, et nous n'en parlons jamais, jamais. Ce qui m'amène à me demander si c'est ce que tu veux toi aussi.

— C'est ce que je veux.

— Alors, qu'est-ce qu'on attend ?

— Le bon moment.

— Pour quoi ?

— Pour ça.

Avant qu'elle comprenne ce qui lui arrivait, il se mit à genoux devant elle.

— Abigail Callahan, je t'aime plus que tout au monde. Tu as changé ma vie de toutes les façons possibles, et je veux être avec toi pour toujours. Me feras-tu le grand honneur de devenir ma femme ?

Elle pleurait tellement qu'elle l'entendait à peine par-dessus ses propres sanglots, mais elle comprenait parfaitement ses paroles, tout comme la bague qu'il glissait sur le quatrième doigt de sa main gauche.

— Où... C'est quoi... Depuis combien de temps...

— Sur le continent, deux carats et il y a environ trois mois maintenant. D'autres questions avant de répondre aux miennes ?

Elle le regarda, puis l'anneau exquis et secoua la tête.

— Tu ne dis pas non, n'est-ce pas ?

— Je ne dis pas non.

Elle plaça sa main sur sa joue et se pencha pour l'embrasser.

— Je ne dis certainement pas non.

— Une double négation, ce n'est pas vraiment ce qu'un homme attend quand il pose la question la plus importante de sa vie.

— Que dirais-tu d'une triple affirmation alors ? *Oui.*

Elle l'embrassa.

— *Oui.*

Elle l'embrassa de nouveau.

— *Oui.*

Elle l'embrassa une troisième fois et resta là quand il l'entoura de son bras, la gardant prisonnière contre lui.

— J'aime les triples affirmations, dit-il, reprenant sa respiration après que des enfants qui passaient dans la rue leur eurent crié de prendre une chambre.

— Tu t'es moqué exprès des fêtes de fiançailles ?

— Peut-être. J'attendais le moment propice.

— J'ai toujours été prête pour cette conversation. Depuis le jour où tu m'as dit que tu revenais vivre ici définitivement.

Elle s'arrêta un instant, ressentant le besoin de lui demander quelque chose mais ne sachant pas comment le faire.

— Adam ?

Il se tourna vers elle.

— Oui ?

— Nous allons vraiment *nous marier*, c'est vrai ?

— Bien sûr que oui, dit-il en riant. Pourquoi me demandes-tu ça ?

— Je n'ai pas les meilleurs antécédents quand il s'agit de prendre une décision.

Il remua les sourcils.

— Tu as de très bons antécédents pour que je prenne une décision te concernant.

— Je ne parle pas de sexe.

— Je sais que non, ma chérie, et je suis bien conscient de ce que tu as vécu dans le passé. Et tu sais ce qui m'est arrivé. Je pense qu'on peut dire sans crainte que nous voulons tous les deux aller jusqu'au bout. Je sais que je le veux.

— Moi aussi. J'ai hâte d'être mariée avec toi.

Il remonta ses lunettes sexy sur le haut de sa tête et se pencha pour l'embrasser de nouveau.

— Vous n'avez pas une maison à vous, tous les deux ? demanda une voix féminine derrière eux.

Abby leva les yeux pour voir Owen et Laura qui avançaient vers eux, se tenant par la main. Abby leva sa main gauche.

— Grande nouvelle et vous êtes les premiers à le savoir !

Laura poussa un cri et s'approcha pour voir de plus près la bague d'Abby.

— C'est magnifique ! Félicitations, les amis.

Elle embrassa Abby puis son cousin.

— Bon choix pour la bague, Adam.

— Eh bien, merci.

Owen serra la main d'Adam.

— Félicitations, mon vieux. Je suis content pour toi.

— Merci.

— On vous laisse fêter ça en privé, enchaîna Laura en prenant la main d'Owen et en le tirant doucement. Mais avant de s'éloigner, elle serra de nouveau Abby dans ses bras.

— Je suis si heureuse pour toi. Je sais que tu le souhaitais vraiment.

— Merci, Laura.

— Nous allons être cousines !

Abby rit de la joie de Laura et lui fit signe tandis qu'ils s'éloignaient vers le *Surf*.

— Que dirais-tu de rentrer à la maison et de célébrer cette occasion exceptionnelle ?

— J'aimerais bien fêter ça, mais pas de la manière que tu as en tête. Pas tout de suite en tout cas, dit-elle en riant de son expression affligée.

— Tu penses à quoi ?

Elle lui prit la main et la retourna, paume vers le haut, traçant une ligne à l'intérieur de son poignet.

— J'aimerais que nous nous fassions tatouer tous les deux la date d'aujourd'hui ici, pour que nous ne l'oubliions jamais. Et puis quand nous nous marierons, nous mettrons la date de notre mariage sur l'autre poignet.

Le sourire d'Adam éclaira tout son visage tandis qu'il secouait la tête.

— Non ? demanda-t-elle timidement, n'étant pas certaine de ce qu'il pensait.

— J'adore l'idée et j'aime que la douce et gentille fille que

j'aime cache une enfant sauvage en elle. Je veux en avoir beaucoup comme elle après notre mariage, d'accord ?

— D'accord.

Quand il se pencha pour l'embrasser, elle se redressa pour
l'accueillir à mi-chemin.

— Alors, c'est oui pour les tatouages ?

— C'est oui pour les tatouages. C'est oui pour tout.

CHAPITRE 18

— *J*e suis si heureuse pour Adam et Abby ! s'exclama Laura.

Elle marchait le long du trottoir, le bras d'Owen posé sur les épaules. Sarah avait choisi de ne pas participer à la fête de fiançailles, préférant rester à la maison avec Holden pour qu'ils puissent avoir du temps pour eux.

— Ils vont très bien ensemble. Je suis heureux pour eux, moi aussi.

— Elle le voulait vraiment. Elle ne l'a jamais vraiment admis, mais je peux juste dire en la regardant quand tout le monde parle de mariage, de maris et de bébés, qu'elle voulait connaître tout cela.

— C'est formidable de voir des gens bien obtenir ce qu'ils veulent.

— Oui, c'est vrai.

Il répondait à ce qu'elle disait et avait participé à la conversation avec leurs amis pendant la fête, mais il était distrait, distant et pas totalement présent.

— Tu veux faire une promenade sur la plage ? Je suis sûre

que ta maman ne sera pas contrariée si nous lui laissons un peu plus Holden.

— Si tu veux.

Elle s'arrêta de marcher et se tourna vers lui.

— Je te demande si *toi* tu veux.

— Je préférerais une sieste à une promenade.

Voilà qui ressemblait à l'Owen qu'elle connaissait et aimait.

— Ah bon ? lui demanda-t-elle en lui souriant.

Owen regarda son visage, avec des yeux ardents et affamés, tandis qu'il hochait la tête.

Lui tenant la main, Laura monta les marches et pénétra dans le hall où ils saluèrent la jeune femme qui s'occupait de la réception et montèrent l'escalier vers leur appartement. Elle lâcha sa main seulement pour qu'il puisse utiliser sa clé. À l'intérieur, ils trouvèrent un petit mot de Sarah disant que Charlie et elle avaient emmené Holden chez Charlie pour quelques heures et qu'ils seraient de retour après le dîner.

— Je t'ai déjà dit à quel point j'adore ta mère ? demanda Laura.

— Plusieurs fois.

— Jamais autant que juste en ce moment.

— Ah bon ?

— Hu-hu.

Elle déboutonna la chemise qu'il avait mise parce que la fête avait lieu dans l'un des endroits les plus prestigieux de l'île. Elle en retira les pans de la ceinture de son pantalon, la fit glisser de ses larges épaules le long de ses bras jusqu'à ce qu'elle atterrisse sur le sol derrière lui. Ensuite, elle défit la boucle de sa ceinture et déboutonna son pantalon.

Pendant tout ce temps, il garda ses mains le long du corps, attendant et la regardant le déshabiller.

— Qu'est-ce que tu as en tête, mon amour ? lui demanda-t-elle.

— Rien du tout, sauf que je me demande ce que fait Laura.

Elle rit doucement, charmée par sa réponse et l'effort qu'il faisait pour lui répondre malgré le poids de ses pensées et soucis. Elle l'embrassa sur le ventre, effleura le tracé de poils d'un blond doré qui disparaissait dans son pantalon. Descendant la fermeture Éclair, elle allait lentement et précautionneusement autour d'une bosse renflée. Il retenait son souffle, attendant de voir ce qu'elle allait faire ensuite.

Elle enfonça ses mains à l'arrière de son pantalon, le fit descendre sur ses hanches, puis se frotta le nez et les lèvres sur son membre à travers le doux coton de son caleçon.

Il gémit et prit des poignées de ses cheveux.

— Laura... Viens ici.

— Pas encore.

Toujours à genoux devant lui, elle fit lentement passer ses sous-vêtements par-dessus son gland, laissant l'élastique posé au milieu de sa queue. Puis elle fit courir sa langue sur la zone qu'elle avait exposée, caressant ses couilles à travers le tissu.

Sa respiration devint saccadée et erratique tandis qu'elle le taquinait avec sa langue et ses lèvres, en se concentrant uniquement sur son large gland.

— Mon bébé, haleta Owen. Tu veux me faire perdre la tête ?

Sachant qu'il ne pensait plus qu'au plaisir, oubliant tout ce qui pesait sur lui depuis des semaines, elle continua cette torture érotique. Glissant sa main libre derrière lui, elle prit une de ses fesses rondes et fermes et la pressa.

— Mon Dieu, Laura, gémit-il. Tu vas me faire mourir.

— Détends-toi et profite.

— Bon... Me détendre ? Foutument impossible. Profiter ? Diable, oui.

Souriant, elle tira ses sous-vêtements jusqu'à terre et enroula sa main autour de la base, refermant ses lèvres sur le gland et suçant. Elle plongea sa langue dans la fente et la fit courir d'avant en arrière tout en la caressant avec sa main. Il était bien trop grand pour qu'elle puisse prendre plus de quelques centimètres dans sa bouche, alors elle fit de son mieux en continuant à pétrir une fesse.

— C'est tellement bon, chuchota-t-il.

Elle leva les yeux et vit qu'il la regardait, les yeux brûlants de désir et de passion. Et plus rien de la torture qu'il avait endurée au cours des dernières difficiles semaines. Elle ne voyait que le plaisir.

— Viens ici, ma princesse. Faisons cela ensemble.

Sans le lâcher, elle secoua la tête. Si son propre sexe frémissait de désir, elle aimait savoir qu'elle l'empêchait vraiment de penser. Les cuisses d'Owen se serraient et tremblaient, et sa queue grossissait dans sa bouche, étirant ses lèvres jusqu'à leur limite. Lorsqu'elle recula pour mieux s'adapter, il bondit, la souleva dans ses bras puissants, dévorant sa bouche avec ses lèvres et sa langue. Ils atterrirent sur le lit dans un enchevêtrement de bras et de jambes sans interrompre leur baiser.

Comme toujours, il faisait attention à ne pas trop peser sur son ventre, mais ses mains étaient partout sur elle, soulevant sa robe et cessant de l'embrasser uniquement le temps de la faire passer par-dessus sa tête. Son soutien-gorge suivit, puis la culotte assortie, un ensemble qu'elle avait acheté chez Tiffany.

— Tu es si belle, chuchota-t-il en caressant de sa langue son mamelon jusqu'à ce qu'il se tienne tout droit. Parfois, je n'arrive toujours pas à croire que je peux te tenir dans mes bras et te toucher de cette façon chaque fois que je le veux.

— Quand tu veux, Owen. J'ai toujours envie de toi.

La main sur son visage, il repoussa ses cheveux et l'embrassa de nouveau, plus doucement cette fois, mais avec autant de désir. Il interrompit le contact et se souleva pour être au-dessus d'elle, semant un chemin de baisers brûlants sur son ventre.

— Tu sais ce qu'on dit à propos de la vengeance, hein ?

Le rire nerveux de Laura parlait pour elle tandis qu'il installait les jambes de la jeune femme sur ses larges épaules et utilisait ses doigts pour l'ouvrir à sa langue. Elle était tellement prête, si excitée, qu'il lui suffit de quelques coups de langue concentrés pour déclencher son orgasme. Il le fit durer en glissant deux doigts en elle, touchant l'endroit en elle qui déclenchait une autre vague de plaisir intense.

Avant qu'elle ne puisse redescendre de cette incroyable hauteur, il positionna son membre contre son entrée et poussa en elle, bougeant lentement, lui donnant le temps de s'adapter et de le laisser la pénétrer. Elle aimait le taquiner en lui disant qu'il prenait plus qu'elle, mais elle aimait le sentir en elle.

— Doucement, ma chérie, chuchota-t-il en se balançant contre elle. Doucement et lentement. Tu peux y arriver. Tu peux me prendre.

Penchant la tête, il lécha le bout de son sein, envoyant un éclair de chaleur à l'endroit où ils étaient réunis.

— C'est ça. Laisse-moi entrer pour que je puisse t'aimer.

Ses paroles étaient presque aussi puissantes que la pénétration un peu difficile de sa chair dure, puis il ajouta la pression de son pouce sur son clitoris, et Laura jouit de nouveau, lui arrachant un gémissement sourd tandis que ses muscles internes se resserraient autour de lui.

— Seigneur ! chuchota-t-il en haletant, tandis qu'il la pénétrait, utilisant les vagues de sa jouissance.

Une fois qu'il fut complètement entré, il demeura immobile, la laissant reprendre son souffle.

— Bon sang, à chaque fois !

— Quoi ? demanda-t-elle quand elle put parler.

Se soulevant sur ses coudes, il entoura ses épaules et la tint aussi serrée contre lui qu'il le pouvait sans écraser le ventre où leurs bébés dormaient.

— Tu me vides bougrement à chaque fois.

Elle repoussa les cheveux blonds et hirsutes de son front.

— *Je te* vide ? Et si nous parlions de ce que tu me fais.

— Dis-moi ce que je te fais.

— D'abord, tu t'arranges pour que je ne puisse plus marcher correctement pendant des jours.

— Ce n'est pas vrai.

Il lui leva les jambes, l'une après l'autre, jusqu'à ce qu'elles se referment autour de ses hanches. Lorsqu'il l'eut installée comme il le souhaitait, il se retira un peu avant de pénétrer de nouveau en elle, lui tirant un gémissement passionné tandis qu'elle se cambrait vers lui.

— Si, c'est vrai, mais j'aime ça. J'aime pouvoir te sentir en moi longtemps après que nous avons fait l'amour.

— Tu peux me sentir ? Vraiment ?

Elle fit oui d'un signe de tête.

— Tu ne me l'avais jamais dit.

— Quelques heures plus tard, je peux encore te sentir et tout est encore en train de palpiter et de frémir.

Comme pour se faire comprendre, elle se contracta autour de lui, le faisant gémir.

— C'est comme des mini-orgasmes qui n'en finissent plus.

— Mon Dieu, j'adore quand tu me dis des trucs cochons. Continue.

Elle rit de son commentaire amusé, ravie et soulagée de le voir détendu et pleinement présent à ce qu'ils faisaient.

— J'aime que tu sois d'une bonne taille.

Il éclata de rire.

— Maintenant, tu me racontes vraiment des blagues.

— Non, je ne te mens pas. J'aime vraiment ça. Je n'aime pas qu'il me faille une éternité pour te laisser entrer, mais j'aime ce que tu ressens quand on y arrive et que tu me pénètres complètement.

Il grogna contre son cou, grignotant et léchant sa peau tandis qu'il s'enfonçait plus profondément en elle.

— Tu vas me faire jouir rien qu'à t'écouter.

— J'aime la façon dont tu me tiens et m'embrasses. J'aime

ton odeur et la façon dont ton joli cul bouge quand tu me fais l'amour.

Elle descendit ses mains dans son dos pour presser ses fesses et il poussa de toutes ses forces en elle.

— Et j'aime follement quand tu perds le contrôle et que tu te laisses vraiment aller.

— J'ai toujours peur de faire ça. Je ne veux pas te blesser.

— Tu ne le feras pas. Tu ne pourrais pas.

— Mais les bébés...

— Vont bien.

Elle souleva les hanches, le mettant au défi de lui donner ce qu'elle voulait le plus.

— S'il te plaît, Owen...

— Dis-moi ce que tu veux.

— Tu le sais !

— Dis-le.

— Je veux que tu me fasses l'amour.

— Oh, ma princesse si polie. Dis-moi ce que tu veux vraiment.

Tout son corps brûlait pour lui, chaque point de pression palpitant et picotant.

— Je ne peux pas.

— Alors, je crains de ne pas pouvoir t'aider.

— Owen !

Il gloussa doucement et cela lui donna le sourire, mais celui-ci s'effaça rapidement lorsqu'elle se rendit compte qu'il se retirait d'elle.

— Non !

Elle saisit son cul et l'obligea à la pénétrer de nouveau.

— Je veux que tu me baises.

— On y va ! dit-il avec un sourire satisfait et, gênée, elle détourna les yeux.

— Je n'avais jamais dit ça de ma vie.

— Je suis content que tu me l'aies dit. Putain, j'adore ça.

Il referma ses mains autour des siennes.

— Accroche-toi bien, ma chérie.

Il serra ses mains.

— Prête ?

— Oui.

Il commença lentement, la regardant et la surveillant de près pour s'assurer qu'elle le suivait bien avant d'accélérer le rythme, la chevauchant de coups profonds qui la firent crier du plaisir entier qui l'envahissait.

— Bien ?

— Hum, encore. Plus vite. *Plus fort.*

Il lâcha ses mains pour mettre une des siennes sous elle, la soulevant vers lui tandis qu'il la possédait. Il n'y avait tout simplement pas d'autre mot pour cela. Elle était à lui, lui appartenait et était charmée par lui de toutes les manières possibles. Leurs corps étaient couverts de sueur alors qu'ils bougeaient ensemble, respirant fort et courant vers la ligne d'arrivée.

— Jouis pour moi, la supplia-t-il. *Laura...*

Il donna un dernier coup de boutoir, déclenchant un autre orgasme, celui-ci plus grand et plus fort que les deux autres réunis, l'emmenant cette fois avec elle.

Il s'affaissa contre elle, continuant à ne pas peser sur son ventre jusqu'à ce que ses bras commencent à trembler sous l'effort. Il se retourna sur le côté, la faisant basculer avec lui, toujours palpitant en elle.

— Je t'aime. C'était... Je n'ai même pas les mots.

— Stupéfiant.

— Oui. Oui, tout à fait. Tu es extraordinaire.

— Tu es sacrément étonnant toi-même et je t'aime aussi.

— Quand je fais l'amour avec toi, je ne peux penser qu'à toi et moi et à ce que nous avons ensemble.

— Je vais garder ça à l'esprit dans les prochains jours. Je vois *beaucoup* de sexe dans ton avenir.

— Voilà qui me plaît bien.

Elle posa la main sur son visage et lui sourit.

— Tout ce que je peux faire pour t'aider.

En rentrant de la soirée mouvementée des fiançailles, Mac et Maddie roulaient les vitres baissées dans leur SUV, laissant entrer la chaude brise d'été.

— Quel coup de folie de ce crétin de Jim, déclara Mac, écœuré par le connard qui avait été son beau-frère. Il a pratiquement ruiné toutes les chances qu'il avait encore de pratiquer le droit sur cette île.

— Je sais. Je suis contente que Tiffany ne soit plus avec lui, mais je déteste qu'il ait fait ça à Ashleigh.

— Il n'a jamais manifesté un réel respect pour l'une ou pour l'autre, si tu veux mon avis.

— Ce n'est pas un Mac McCarthy, c'est sûr.

Il lui prit la main et la serra.

— C'est gentil à toi de dire ça et, vraiment quand on y pense, qui l'est ?

Maddie gémit.

— Voilà qui ne mérite pas de réponse.

Elle se tourna pour le regarder et se pencha au-dessus de la console centrale pour lui embrasser la joue.

— Mais sérieusement, je le pense. Chaque jour, j'ai l'impression d'avoir touché le gros lot avec toi, mais jamais autant que lorsque quelque chose me rappelle à quel point le premier mariage de ma sœur a été horrible.

— C'est moi qui ai gagné à la loterie, mon bébé ; et quant à Tiffany, au moins elle est heureuse maintenant avec Blaine.

— C'est vrai, même s'il n'avait pas l'air très heureux quand il est revenu la chercher.

— Je suis sûr qu'il était furieux parce qu'elle avait essayé d'affronter Jim et je ne lui en veux pas. Je le serais aussi si tu te mettais en danger de cette façon.

— Je ne lui reproche pas ce qu'elle a fait. Elle voulait qu'il arrête avant que les choses ne deviennent incontrôlables.

— Les choses l'étaient à la minute où il est entré et a commencé à renverser des choses.

— C'est vrai. Que penses-tu qu'il va lui arriver maintenant ?

— Il va être inculpé, c'est sûr. S'il n'avait pas saisi le couteau, c'était peut-être un délit, mais agiter un couteau devant un flic est probablement un crime et il a bel et bien poignardé Dan.

— Seigneur !

— S'il est condamné, il pourrait être également radié du barreau.

— Je ne comprendrai jamais ce qui ne va pas chez lui. Il avait tout et a tout gâché.

— Tant pis pour lui.

— Tout à fait. As-tu déjà parlé à ton père de la femme qui est venue à la marina aujourd'hui ?

— Je n'en ai pas eu l'occasion avec tant de gens autour. Je le lui demanderai demain matin. Je suis sûr que ce n'est rien, sinon il me l'aurait dit.

Il lui jeta un coup d'œil.

— Dis donc, j'ai eu cette idée absolument brillante, plus que brillante, aujourd'hui, et je voulais t'en parler.

— J'ai hâte d'entendre ça.

— Ned se plaignait ce matin parce que Seamus et Carolina avaient volé leur idée.

— Volé leur idée ?

— Apparemment, ta maman et lui avaient prévu de se marier sans prévenir personne et en déguisant ça en barbecue.

— C'est pas vrai ? Ils allaient faire ça aussi ?

— Vouais et il est complètement déprimé parce qu'il veut vraiment se marier avec ta mère ; or, il est presque impossible de trouver un jour où il ne se passe pas autre chose. Après ça,

Grant est arrivé et a annoncé que Steph et lui allaient se marier le jour de la fête du Travail. Cela a vraiment mis Ned en rogne.

— Je suis si heureuse que Grant et Steph aient enfin fixé une date. Je commençais à me faire du souci à ce sujet.

— Lui aussi.

— Alors, quelle est ta brillante idée ?

— On va leur organiser un mariage surprise.

— Tu veux les surprendre avec un mariage ?

— Oui.

— Mac, quand nous nous sommes mariés, qu'as-tu fait exactement pour aider à organiser le mariage ?

Il réfléchit quelques instants.

— J'ai acheté la maison où nous avons célébré le mariage.

— *Et* ?

— Et j'ai, hum... Eh bien... J'ai... Je me suis marié ?

— Exactement, répondit-elle en riant. Tu n'as pas la moindre idée de tout ce qu'il faut pour préparer un mariage, c'est pourquoi tu penses que c'est une idée si brillante.

— Ça ne doit pas être bien difficile. Nous pouvons le faire chez nous. Nous avons besoin de nourriture, de fleurs et de musique. Nous invitons tout le monde à une fête, et oncle Frank les marie. Voilà.[1] C'est fait.

— Et que fais-tu des bans et des bagues ?

— Euh... Hum, on peut faire ça pour eux, non ?

— Si je m'en souviens bien, il y faut aussi des signatures.

— Allons, Maddie. Il doit y avoir un moyen. Je vais parler à oncle Frank pour savoir comment contourner le problème des bans. Tu parleras à Tiffany pour voir si elle approuve ça et si elle nous aidera ? Vous savez toutes les deux ce que votre mère aimerait. Faisons ça comme ça.

— C'est une jolie idée. Je te l'accorde.

— C'est une idée *brillante*.

— Comme tu veux, mon chéri.

Mac s'arrêta devant la pharmacie de Grace et coupa le moteur.

— De quoi avons-nous besoin ici ?

— Je te le dirai quand je l'aurai.

Il la laissa après lui avoir donné un baiser.

— Je reviens tout de suite.

Mac entra dans le magasin et se dirigea directement vers l'allée où se trouvaient les préservatifs au fond du magasin – toujours au même endroit depuis son adolescence excitée sur Gansett. À l'époque, les Gold possédaient le magasin qui appartenait maintenant à sa future belle-sœur, Grace. Heureusement, celle-ci ne travaillait pas ce soir-là. En fait, il ne vit personne qu'il connaissait. Dieu merci pour l'embarras en moins.

Il fit la grimace et prit une grosse boîte de XXL, puis riant de sa bonne blague, également une boîte de la plus petite taille et revint sur le devant de la boutique pour payer.

— Pourrais-je avoir deux sachets, s'il vous plaît ?

— Bien sûr, fit l'adolescente à la caisse, rougissant jusqu'à la racine des cheveux quand elle se rendit compte de ce qu'il achetait.

Même à 37 ans, marié avec deux enfants et un troisième en route, cette transaction n'était jamais devenue moins embarrassante.

— Merci.

Il sortit du magasin avec ses achats et remonta dans la camionnette.

— Qu'est-ce que tu as pris ?

Maddie se saisit des sachets avant qu'il puisse s'expliquer.

— Tu veux me dire quelque chose ? demanda-t-elle en fronçant les sourcils.

— Ils sont pour Janey. Et Joe.

— Quoi ?

— Elle me rend la monnaie de ma pièce pour ce que je lui ai fait quand nous commencions à sortir ensemble.

Cela déclencha chez Maddie un bon fou rire qui le fit rire de la voir si joyeuse.

— Oh, mon Dieu, j'adore ! Bien fait !

— Bien fait ? Tu ne peux pas être de son côté et, en même temps, être mariée avec moi.

— Qu'est-ce que tu vas faire ? Divorcer ?

— En fait, je pourrais.

— Oh, arrête. Tu ne pourrais pas vivre sans moi. Pourquoi deux sachets ?

— Regarde les tailles.

Maddie examina les boîtes et éclata de rire une fois de plus.

— Qu'est-ce que tu manigances ?

— Elle m'a dit de prendre les extra-larges. Tu verras.

----

1. En français dans le texte. (N.D.T.)

CHAPITRE 19

Mac roula jusqu'à la maison de sa sœur qui se trouvait près de la leur. P.J. avait été difficile dans l'après-midi, si bien que Janey avait décidé de ne pas se rendre à la fête. Mac lui avait envoyé un SMS pour lui dire qu'ils étaient en approche et les lumières extérieures avaient été allumées pour eux. Mac frappa doucement à la porte d'entrée, ne voulant pas réveiller un bébé qui dormait.

— C'est drôle, mais on n'aurait jamais pensé à frapper doucement il y a quelques années, remarqua Maddie.

— Je suis parfaitement bien éduqué à présent.

— Pas vraiment, mais je n'ai pas encore renoncé.

— Tu es en pleine forme ce soir, Mme McCarthy. On réglera nos comptes tout à l'heure.

— Oh, j'aime tellement tes menaces, Mac, répliqua-t-elle en lui tapotant les reins. Tu sais que je les aime.

— Continue comme cela et ça va être une visite très rapide.

— Avec ce que tu leur apportes, je pense qu'ils ont d'autres plans pour ce soir de toute façon.

— Oh là là. Ne m'en parle pas.

Il ouvrit la porte de la maison et passa une tête :

— Bestiole ? murmura-t-il assez fort.

— Entre, voyons ! fit Maddie.

— Pas question. Pas quand ils pourraient bien être en train de « revenir à la normale ».

— Mais bon sang !

Maddie passa devant lui et entra sans plus attendre dans la maison de sa belle-sœur.

Mac, craignant de tomber sur quelque chose qui laisserait des cicatrices permanentes dans son âme, la suivit, prêt à battre en retraite. Il l'aurait fait volontiers. Ils trouvèrent Joe et Janey dans la véranda vitrée où ils passaient beaucoup de temps depuis qu'ils avaient acheté la maison au printemps. P.J. dormait dans un berceau en osier à roulettes à côté du canapé.

— Vous voilà ! s'écria Janey, en se levant pour prendre le sachet des mains de son frère tandis que ses animaux tournaient autour d'eux, manifestement heureux de la visite. J'ai cru que tu n'arriverais jamais !

— Ne me regarde pas, marmonna Joe en souriant. C'était son idée.

— Je n'en doute pas un instant, répondit Mac.

Joe était son plus vieil et plus proche ami et à présent son beau-frère. Mac était heureux de ce mariage, sauf dans des moments comme celui-ci où il devait se souvenir que son plus ancien et meilleur ami était maintenant légalement autorisé à avoir des relations sexuelles avec sa petite sœur. Beurk.

— Regarde-le, reprit Joe en se moquant de Mac. Il est dans tous ses états.

— Tu le serais aussi, si on t'avait chargé d'une mission comme celle-ci.

— Je t'ai juste rendu la monnaie de ta pièce !

Janey regarda dans le sac et se tourna vers son frère.

— Tu n'as pris que la petite boîte de trois ? Ce sera à peine assez pour ce soir !

Joe lui prit la boîte.

— Les XS ? Tu plaisantes !

— C'est ce qu'elle m'a dit de prendre, répliqua Mac.

— Sûrement pas. J'ai dit XL, espèce de crétin.

Maddie renifla fort peu discrètement derrière sa main.

— Donc tu dis que ceux-ci ne te conviennent pas ? reprit Mac, qui s'amusait bien plus qu'il ne l'avait imaginé.

— Ils ne m'iront certainement pas, rétorqua Joe, bien évidemment blessé dans son orgueil masculin.

Mac sortit le second sachet de derrière son dos et le lança vers eux.

Joe l'attrapa au vol et regarda à l'intérieur.

— Ah, beaucoup mieux. XL et une bonne quantité. Dommage que tu doives partir maintenant, Mac.

— Ouais, de rien. Pas de problème. Je peux faire autre chose pour toi ? Attends. Pas d'importance. Oublie que j'ai posé la question.

Il avait appris à ne pas défier Janey quand elle était d'humeur vindicative.

— Tu te crois très drôle, n'est-ce pas ? enchaîna Janey. En apportant des XS.

— C'est pour la commode de P.J., répliqua Mac. Jamais trop tôt pour être prêt.

— File, grogna Janey. *Immédiatement.*

Il l'embrassa sur la joue.

— Je t'aime aussi, bestiole. Vas-y doucement avec le pauvre Joe. Il n'a plus d'entraînement. Les choses pourraient dégénérer *rapidement.*

Joe le prit par le bras et l'escorta jusqu'à la porte d'entrée.

— Navré de te mettre dehors, Maddie, mais c'est ça de l'avoir épousé.

— Je comprends, répondit Maddie sur un ton de voix dramatique. Parfois, j'ai aussi envie de le mettre à la porte.

— Sûrement pas, rétorqua Mac. Tu dis toujours des choses comme : *Encore, Mac. Plus fort, Mac. Non, là, Mac.*

— Je vais te tuer quand je t'aurai ramené à la maison.

— Elle ne le pense pas, continua Mac, s'adressant par-dessus son épaule à Joe et Janey qui riaient sur le pas de la porte.

— Si, si ! répliqua Maddie. Tu l'appelles bestiole, mais personne ne l'est plus que toi.

Il lui tint la portière de la voiture puis se pencha pour l'embrasser.

— Tu m'aimes. Avoue-le.

— Oui, Mac, soupira-t-elle comme si elle souffrait réellement. Je t'aime vraiment.

— Et le truc extra-petit était assez drôle. Admets-le.

— Pas question. Je refuse de t'encourager.

— C'est ce que tu feras, et de la belle manière. Dans une trentaine de minutes, peut-être moins. *Plus fort, Mac, oh lààààà* !

Les enfants passaient la nuit avec Ned et Francine et il avait de grands projets pour sa femme ce soir.

Elle lui tira les cheveux.

— Tais-toi et conduis avant de te retrouver à dormir seul sur la véranda cette nuit.

Il lui sourit et vola un autre baiser avant de faire le tour de la camionnette en sifflant.

— Tu es en colère seulement parce que tu sais que j'ai raison, reprit-il alors qu'ils sortaient de l'allée de Janey.

— Mac, je jure devant Dieu que si tu n'arrêtes pas de parler et ne conduis pas cette voiture, je ne me tiendrai pas responsable de mes actes.

Enchanté de son épouse et de toute leur vie ensemble, il fit ce qu'elle lui demandait. Mais il la ferait crier son nom dans moins de trente minutes ou il ne s'appelait pas Malcolm John McCarthy Junior.

～

— On monte, dit Joe à sa femme à l'instant où il referma la porte derrière Mac et Maddie.

— Il n'est que 17 h 30, lui rappela Janey.

— Et alors ?

Elle croisa les bras et le regarda attentivement.

— J'ai le temps d'aller chercher mon bébé dans le patio avant que tu ne me traînes là-haut ?

Joe leva la main pour lui signifier de ne pas bouger et fila prendre le bébé.

— Je dois dire… commença-t-il tandis qu'il montait avec le couffin, les yeux fixés sur le joli déhanchement de sa femme devant lui.

Leurs animaux domestiques les suivaient docilement et regagnèrent leurs couchettes, comme s'ils savaient ce qui allait se passer et s'abritaient.

— … Honnêtement, je ne pensais pas que Mac s'exécuterait.

— Je savais qu'il le ferait. Je ne lui ai pas laissé le choix.

— Tu es une femme rare et extraordinaire, Janey Cantrell.

— Et, surtout, ne l'oublie pas.

— Impossible !

Joe déposa le couffin dans un coin de la chambre et non à côté du lit où Janey préférait qu'il soit en général.

— C'est trop loin.

— Mais non.

— Joe…

— Chuuut.

Il l'enlaça et la tranquillisa en l'embrassant.

— Tu t'es promenée toute la journée avec ce pantalon de yoga, exhibant ton joli petit cul, te penchant pour t'occuper du bébé, tu m'as induit en tentation…

Il lui prit les fesses et les pressa entre ses mains pour souligner ce qu'il disait.

— Je ne peux pas attendre plus longtemps pour faire l'amour avec toi, Janey.

Elle leva la tête pour le regarder avec les yeux bleus insondables qu'il adorait.

— Tu es en forme ?

— Pourquoi est-ce que tu ne vérifies pas toi-même ?

Après l'échec de la veille au soir, il s'était baladé toute la journée avec une érection qui parlait pour elle-même.

— Oh, Seigneur, murmura-t-elle, en lui faisant subir un examen approfondi qui lui fit renverser la tête en arrière. J'ai l'impression que ça doit te faire mal.

— Et pas qu'un peu. J'ai besoin de toi.

Le temps des plaisanteries était passé. Celui de l'action était venu. Il lui arracha pratiquement son débardeur, la laissant nue depuis la taille.

— Attends ! J'ai besoin d'une douche ! Je sens le lait aigre et le vomi de bébé.

— Pas de douche. Pas de tergiversations. Seulement ça.

Il écrasa sa bite dure contre son ventre tant il avait besoin d'être soulagé dans l'instant.

— Joe... Vraiment.

— Je suis absolument sérieux. Tout de suite, Janey.

Il lui prit les seins dans ses mains et pencha la tête pour caresser son mamelon avec sa langue.

— Hum, tu n'as pas besoin de faire ça...

— Tu aimes quand je le fais.

— Normalement, oui, mais ils ne nous appartiennent pas seulement ces temps-ci. Je pourrais avoir des fuites et ce serait un peu dégoûtant.

— Tu crois que je trouverais ça dégoûtant ? Pas le moins du monde. Je pense que c'est formidable.

— Tu ne le penseras plus quand tu en auras partout.

— Ça n'a pas d'importance, Janey.

— Pour moi si, répondit-elle d'un air triste qu'il ne pouvait supporter.

Il la mena de nouveau jusqu'au lit.

— Ne t'inquiète de rien. Laisse-moi juste t'aimer. Je meurs d'envie de toi.

Soupirant, elle tendit les bras au-dessus de sa tête, ce qui fit jaillir ses seins. Tout ce qu'elle faisait l'excitait et ceci ne faisait pas exception. Il l'embrassait partout, en faisant particulièrement attention aux vergetures qui marbraient sa peau, par ailleurs sans défaut.

— Ne les regarde pas.

— Chut. Ferme les yeux et détends-toi. Laisse-moi m'amuser.

Pendant qu'il parlait, il lui enleva son pantalon de yoga et sa petite culotte, puis il ôta rapidement ses propres vêtements.

— Tu as une drôle de conception de l'amusement.

— Chaque fois que je peux te toucher, où que ce soit, je suis heureux.

— Mon corps a changé.

— Il est mieux. Tu es une déesse.

Il murmura ses mots d'une voix rauque tout en grignotant sa hanche et embrassant doucement la ligne rose de la cicatrice de sa césarienne, ce qui la fit se tortiller sous lui.

— Ma déesse. Ce corps m'a donné mon fils et il ne sera jamais rien d'autre que parfait pour moi.

Elle lui tendit les bras, l'attirant à elle.

— Je n'avais pas fini en bas, dit-il en lui souriant.

— J'ai besoin de toi. Maintenant.

— Qu'as-tu fait des préservatifs que ton frère a eu la gentillesse de nous acheter ?

— Table de chevet. Dépêche-toi.

Joe se dépêcha de lui obéir et revint vers elle, heureux de la façon dont elle l'entourait de ses bras et jambes.

— Dis-moi si quelque chose te fait mal ?

— Rien ne me fait mal, je te le promets.

Il la pénétra lentement, l'étudiant de près pour déceler tout signe de souffrance, mais il ne vit que le sourire qui entrouvrait ses lèvres.

— C'est incroyablement bon, murmura-t-elle. Tu m'as manqué – et ça aussi.

— Moi aussi, ma chérie. Tu n'as pas idée...

— Je crois que j'ai une toute toute petite idée.

Elle passa ses doigts dans ses cheveux et répondit à chacune de ses poussées en soulevant ses hanches vers lui.

— On change de position.

— Pas cette fois. C'est trop pour toi.

— Mais non ! S'il te plaît ? Je sais que tu aimes beaucoup ça.

Il ne pouvait rien lui refuser quand elle le lui demandait comme ça, si bien que, prenant ses reins, il la retourna avec lui pour qu'elle se retrouve sur lui.

— J'aimerais que tu puisses voir ce que je vois quand je te regarde.

Ses cheveux étaient devenus longs – si longs qu'ils couvraient presque ses seins. Ses tétons pointaient entre les mèches et ses lèvres gonflées par les baisers semblaient faire la moue tandis qu'elle le chevauchait lentement mais intensément.

— Tu es tellement chaude, Janey.

Elle allait dire quelque chose, mais son visage se contracta d'angoisse.

— Oh, merde !

— Quoi ? Est-ce que ça fait mal ?

— Non... Mes seins picotent – et pas comme il faudrait, du moins pas maintenant.

— Peu importe la façon, c'est toujours bien.

Il tendit les mains vers des seins beaucoup plus gros que d'habitude, passant ses pouces sur l'humidité qui perlait au bout. Si la contraction de ses muscles internes autour de son membre était une indication, ça l'excitait. Alors, il recommença.

Sa tête se renversa et elle gémit, accélérant le rythme de ses hanches.

Joe lui pinça les tétons, la faisant crier.

— Chuuut, ne le réveille pas.

— Tu m'as fait oublier qu'il était là, dit-elle avec un demi-rire étouffé. Je n'aurais pas cru ça possible.

Sachant qu'ils n'avaient guère de temps avant que P.J. ne se rappelle à leur bon souvenir, Joe décida de faire avancer les choses. Il passa un bras autour de sa taille et les retourna, prenant de nouveau le contrôle.

— En parlant de chaleur, haleta Janey.

— Tu as aimé ça, hein ?

— J'aime tout ça, Joe. Chaque fois qu'on se retrouve ensemble comme ça...

— Je t'aime tellement, chuchota-t-il contre ses lèvres en tendant la main pour caresser son clitoris.

Il n'en fallut pas beaucoup plus pour qu'elle jouisse et, de son côté, il avait attendu ce moment toute la journée. Ils jouirent en même temps, s'accrochant l'un à l'autre, et il couvrit ses cris par de chauds baisers à pleine bouche, se préparant ainsi à un second assaut avant même que le premier soit terminé.

Malgré leurs efforts pour rester discrets, ils échouèrent lamentablement et Joe ne fut pas surpris lorsque P.J. se réveilla avec un cri de protestation parce qu'on avait interrompu son sommeil de façon si peu courtoise. Joe se mit à rire tout en continuant à pulser après son orgasme.

— La partie est terminée, constata Janey.

Joe se retira pour la laisser se relever.

— Au moins, notre fils nous a laissé un peu de temps.

— J'espère qu'on ne l'a pas traumatisé à tout jamais.

— Nan.

Joe s'allongea sur le côté, la tête appuyée sur sa main levée, la regardant avec plaisir traverser nue la pièce pour se pencher au-dessus du couffin de P.J.

— Tu as faim, mon amour ? demanda-t-elle au bébé en le prenant dans ses bras et en le portant jusqu'au lit.

Il lui avait fallu des semaines pour se remettre au point de pouvoir le prendre dans ses bras et maintenant elle le faisait à chaque fois qu'elle en avait l'occasion. Elle s'assit dans le lit contre une pile d'oreillers et guida le bébé jusqu'à son sein.

Joe observait chacun de ses mouvements, brûlant d'amour pour elle et le fils qu'elle lui avait donné.

— Quoi ? interrogea-t-elle parce qu'elle l'avait surpris en train de la regarder.

— Tu... Tu es juste...

Il se rendait compte qu'il n'y avait pas de mots adéquats pour décrire ce genre d'amour.

— Mienne. Toute à moi. Et rien ne m'a jamais rendu plus heureux.

Elle lui sourit, les yeux brillants d'émotion.

— Moi aussi, Joseph.

— Il est si parfait, n'est-ce pas ? demanda Sarah à Charlie alors qu'ils regardaient Holden dormir sur le canapé à côté d'eux.

— Il est beau, c'est vrai.

— C'est drôle... Bien sûr, je sais qu'Owen n'est pas son père biologique, mais je ne me sens pas moins grand-mère que s'il l'avait engendré. C'est bizarre, hein ?

Sarah avait adoré regarder Charlie jouer avec le bébé tout à l'heure. Il s'était mis par terre avec Holden et ses jouets jusqu'à ce que le bébé commence à s'agiter et à se frotter les yeux.

— Nan. Je comprends bien. Je ne suis pas le vrai père de Steph, mais je suis le seul qu'elle ait jamais connu et elle est la seule enfant que j'aie jamais eue. La biologie n'a pas d'importance quand on aime quelqu'un.

Il porta sa main jusqu'à ses lèvres et embrassa une ligne au milieu de ses articulations.

— Elle m'a demandé de la conduire à l'autel le jour de son mariage.

— Oh, Charlie. C'est merveilleux ! Je suis si heureuse pour toi – pour vous deux.

— Tu sais, dit-il en hésitant, quand toute cette histoire de procès sera terminée et ton divorce prononcé... Je veux dire, c'est probablement beaucoup trop tôt et tout, mais vraiment, quand on y pense, on est ensemble depuis un moment maintenant. Ah, bon sang, je suis en train de tout gâcher.

Elle se tourna vers lui, surprise de voir son visage habituellement calme déformé par une tension inaccoutumée.

— Gâcher quoi ?

— Après, quand tu seras libre... J'espère que tu envisageras... Hum, j'aimerais t'épouser, Sarah. J'aimerais vivre avec toi et me réveiller avec toi tous les jours. Je voudrais que ta famille soit ma famille et que ma fille soit ta fille. Voudrais-tu, je veux dire, plus tard quand tu seras prête... Penses-tu que tu pourrais vouloir...

Riant et pleurant, elle l'embrassa.

— Oui, Charlie, je voudrai tout ça.

— Tu le voudras ? Vraiment ?

— Oui, bien sûr ! Le temps que j'ai passé avec toi est le plus heureux que j'aie jamais vécu auprès d'un homme. Jusqu'à ce que je te rencontre, je ne savais même pas qu'il y avait des hommes comme toi. J'étais tellement habituée à une tout autre sorte d'homme.

— Tu n'auras plus jamais à te soucier de ce genre de choses. Pas tant que je respirerai.

Ses promesses farouches étaient presque aussi adorables que sa demande en mariage maladroite.

— Est-ce que cela signifie que nous sommes fiancés ?

— Ça veut dire qu'on est presque fiancés, répondit Sarah. Laisse-moi passer le procès et finaliser le divorce. Ensuite, nous pourrons en reparler.

Il mit son bras autour d'elle et l'attira pour un autre baiser.

Sarah était stupéfaite de la rapidité avec laquelle elle avait surmonté son hésitation à se laisser toucher par lui. En quelques jours seulement, elle ne pouvait plus se passer de ses baisers et de la façon dont il la prenait dans ses bras. Elle se sentait en sécurité et protégée, désirée et aimée, autant de choses qui étaient tellement nouvelles pour elle. Sa seule autre relation amoureuse avait été violente et imprévisible et le fait d'être avec Charlie était une révélation à tous points de vue.

Lorsqu'il se recula un peu, elle passa sa main autour de sa nuque, l'empêchant de s'éloigner. Il la regarda un instant avant de continuer le baiser, cette fois en passant sa langue sur sa lèvre inférieure.

Sa bouche s'ouvrit et Sarah se pressa contre lui sans honte tandis que la passion l'emportait et que toutes ses pensées fuyaient son esprit, sauf une – elle le voulait. Leurs baisers étaient devenus plus brûlants en quelques jours et le désir avait grandi au point qu'ils ne pouvaient plus être dans le déni. La veille au soir, dans le lit, ils s'étaient embrassés jusqu'à ce que ses lèvres soient engourdies et gonflées, mais il ne l'avait pas poussée pour aller plus loin.

Sarah ne savait pas si elle pourrait supporter une autre nuit qui commencerait et se terminerait par un baiser, mais elle ne savait pas comment lui dire ce qu'elle voulait. Elle voyait bien qu'il était prudent avec elle à cause de son passé et elle l'aimait pour cela, mais elle voulait beaucoup plus de ce qui la faisait se sentir nerveuse et en attente.

— Charlie, haleta Sarah en interrompant le baiser.

— Quoi, ma chérie ?

— On ne devrait pas faire ça devant le bébé.

En riant, il blottit son nez dans le cou de Sarah, mettant ses sens en émoi tandis qu'il l'embrassait et grignotait sa peau sensible à cet endroit.

— Il dort et je doute qu'il s'en souvienne, même s'il était éveillé.

— Tout de même…

Soupirant, Charlie s'éloigna légèrement d'elle, levant les mains en signe de reddition.

Sarah reposa sa tête sur le dosseret du canapé et regarda longuement l'homme qu'elle aimait. Ses pommettes étaient striées de rouge et ses yeux lourds d'excitation et de désir. Les lèvres qu'elle aimait embrasser étaient légèrement gonflées et encore humides. Fixant cette bouche, Sarah se lécha les lèvres.

— Sarah, gémit-il. Ne me regarde pas comme ça si tu veux me dire que je ne peux pas t'embrasser devant le bébé.

— De quelle façon est-ce que je te regarde ?

— Comme si tu voulais faire des choses avec moi.

Bien que gênée de voir qu'elle était à ce point transparente, elle rassembla le courage de lui dire la vérité.

— C'est ce que je veux.

Il sembla s'arrêter de respirer pendant une seconde.

— Quoi ? Que veux-tu ?

— Toi, Charlie. Je te veux toi. Je veux plus qu'un simple baiser. Je veux tout.

Il souffla tout l'air de ses poumons, l'étudiant de cette manière réfléchie et intense qui était la sienne.

— Dis quelque chose, tu veux ? Ne me laisse pas attendre que tu me répondes, ici, toute seule.

— Tu n'es certainement pas toute seule, mais tu dois être sûre d'être prête, chérie. Tu as traversé beaucoup de choses et je détesterais faire quoi que ce soit qui te contrarierait ou te boule-verserait.

— Certainement pas. Tu ne pourrais pas. Tout est différent maintenant, pour nous. Je n'ai pas peur de toi, Charlie, et tu n'as pas à t'inquiéter pour moi. Je vais bien. Je vais vraiment bien. Sauf que je ne pense qu'à toi, à t'embrasser et à te toucher…

Son gémissement résonna dans sa poitrine tandis qu'il posait sa tête contre le canapé et fermait les yeux.

— C'est tout ce à quoi je pense depuis des mois – t'embrasser et te toucher. J'espérais tellement que tu me laisserais le faire un jour.

Le portable de Sarah annonça un message d'Owen.

On est rentrés de la fête. Tu veux qu'on vienne chercher Holden ?

— Owen et Laura proposent de venir le chercher, expliqua Sarah.

— Pourquoi tu ne les laisses pas venir le chercher et ensuite tu pourras rester ici avec moi ? Si tu le veux, bien sûr.

— Je le veux.

Elle répondit à Owen, lui disant que ce serait bien s'ils voulaient venir chercher Holden.

On arrive bientôt, répondit Owen. *Merci encore de l'avoir surveillé.*

J'ai adoré chaque minute.

— Ils seront bientôt là, dit Sarah, en posant sa tête sur l'épaule de Charlie.

— Et ensuite ?

— Ensuite, nous aurons toute la nuit ensemble, si ça te va.

— Oui, Sarah, répondit Charlie en riant. Ça me va tout à fait.

CHAPITRE 20

Alors que l'horloge approchait de 18 h, la nervosité de Linda augmentait de plus en plus. Comment devait-on accueillir l'enfant de son mari ? L'enfant qu'aucun des deux ne connaissait encore il y avait quelques heures ? Que lui dirait-elle ? Comment sa présence menacerait-elle la famille que Linda chérissait par-dessus tout ? Sans parler du mariage qui était au centre de sa vie.

Son mari était tout pour elle et elle s'était toujours efforcée de lui apporter le soutien et les encouragements qu'il méritait. Dès le début de leur relation, elle avait suivi de grand cœur son désir de créer une entreprise et de mener sa vie sur l'île isolée qu'ils appelaient la leur. Et cela avait été une bonne vie, la meilleure qu'elle aurait jamais pu espérer. Elle ferait tout pour ne pas la perdre, c'est pourquoi elle l'avait encouragé à inviter Mallory à dîner.

Elle était certaine d'avoir fait ce qu'il fallait pour son mari, mais cela ne signifiait pas qu'elle n'était pas nerveuse et inquiète de ce qui se passerait lorsque leurs enfants apprendraient qu'ils avaient une autre sœur. Elle n'avait pas la moindre idée de leurs réactions éventuelles. Elle se doutait que Mac serait mécontent d'apprendre qu'il n'était plus l'aîné, et que Janey pourrait avoir à redire à propos d'une autre fille dans la famille.

Son mari entra dans la cuisine, superbe dans les vêtements qu'il avait portés pour la fête de fiançailles.

— Je peux faire quelque chose pour t'aider ?

— Tu n'aides jamais dans la cuisine.

— Ce qui ne veut pas dire que je ne le veux pas, surtout ce soir.

Il était difficile de lui résister la plupart du temps, mais jamais autant que lorsqu'il était gentil.

— Je suis nerveuse, Mac. Je ne veux pas l'être, mais je ne peux pas m'en empêcher. Ça me fait peur de penser à quelqu'un qui arrive dans notre famille et change les choses. Je me déteste, seulement pour avoir dit ça...

— Chut, ma chérie.

Ses bras l'encerclèrent par-derrière et ses lèvres frôlèrent son cou.

— C'est normal d'être nerveuse. Je le suis aussi. Mais elle est très gentille et elle a tenu à dire qu'elle n'attendait rien de moi – ou de nous. Elle voulait juste me rencontrer. Tout ce qui se passe à partir de maintenant dépend de nous et nous déciderons ensemble des prochaines étapes. OK ?

Elle se détendit contre lui, rassurée par ses mots et aussi de la façon dont il l'enveloppait de son amour. Se retournant, elle regarda le visage qu'elle aimait depuis si longtemps qu'elle ne se souvenait plus de sa vie avant que Mac McCarthy ne change tout. Comme toujours, il la regardait avec des yeux pleins d'amour.

— Tu n'as pas du tout à t'inquiéter. Cela ne change rien entre nous. Cela ne change rien à ce qui compte vraiment. Peut-être, sans doute... Cela pourrait nous donner une personne de plus à aimer dans ce monde. Et ce ne serait pas si mal, n'est-ce pas ?

Quand il le présentait ainsi, ce n'était pas mal du tout.

— Tu as raison.

— Tout ce que je demande, c'est que tu la rencontres et lui donnes le sentiment d'être la bienvenue ici.

— Je peux faire ça.

— Je sais que tu le peux, ma chérie. Et je veux que tu saches que j'apprécie. J'apprécie la façon dont tu as réagi tout à l'heure et le fait que tu l'aies invitée dans notre maison. Tu fais ça pour moi et ne crois pas que je ne le vois pas.

— Je ferais n'importe quoi pour toi, Mac. Tu le sais bien.

— Et vice-versa. C'est ce qui fait que nous nous entendons si bien depuis si longtemps. Mais je t'en demande beaucoup cette fois-ci.

Son téléphone sonna et il regarda qui appelait, vit qu'il s'agissait d'Adam. Il mit l'appel sur haut-parleur pour que Linda puisse entendre aussi.

— Salut, mon garçon. Qu'est-ce qui se passe ?

— J'ai des nouvelles pour vous. Maman est là ?

— On est tous les deux là et le téléphone est sur haut-parleur.

— Coucou, mon chéri, enchaîna Linda.

— Bonsoir, Maman.

— Quelles sont tes nouvelles ?

— Comme je ne voudrais pas être accusé de quoi que ce soit par Grant, je voulais que vous soyez les premiers à savoir qu'Abby et moi sommes fiancés.

— Oh, Adam ! s'écria Linda. C'est merveilleux ! Félicitations à vous deux.

— Merci, on est excités.

— Depuis quand ? On vient à peine de vous quitter !

— J'ai fait ma demande sur le chemin du retour.

— Alors, c'était totalement spontané ? demanda Mac avec un sourire pour Linda.

Elle savait qu'il était tout aussi ravi qu'elle de voir leurs enfants franchir le pas avec des compagnes qui étaient parfaites pour chacun d'eux. Il n'y avait pas si longtemps, Linda avait craint qu'aucun de leurs fils ne se marie jamais ; et maintenant un était marié et trois fiancés.

— Pas totalement. J'avais la bague depuis quelque temps et j'attendais le bon moment.

— Abby a dû être ravie.

— Elle a pleuré, donc je suppose que c'est une bonne chose.

Linda posa la main sur son cœur, émue à l'idée de la jeune femme qu'elle adorait pleurant de bonheur.

— Je suis si heureuse pour vous deux, Adam. Merci de nous avoir appelés.

— N'oubliez pas de dire à Grant que vous avez été les premiers à l'apprendre.

— Je vais le faire, dit Linda en riant.

Ses enfants étaient incroyablement proches, mais ils aimaient encore se chamailler à chaque fois qu'ils en avaient l'occasion.

— Félicitations, fiston, répéta Mac. On vous aime tous les deux et on a hâte de danser au mariage.

— Nous sommes impatients aussi. Je vous aime tous les deux. Je vous appelle demain.

— Au revoir, chéri.

À son mari, Linda déclara :

— Quelle merveilleuse nouvelle !

— La meilleure. Ils vont très bien ensemble.

— J'avais peur qu'ils ne se marient jamais étant donné qu'ils cohabitent déjà.

— Il y a quelque temps, il m'avait dit qu'il y pensait.

— Et tu ne m'as jamais dit un mot ?

— Conversation privée avec mon fils, ma chérie.

— Privée...

Elle tenta de lui faire les gros yeux, probablement sans y parvenir parce qu'elle était trop heureuse de la nouvelle d'Adam pour être en colère.

— Tu aurais quand même dû me le dire.

On sonna à la porte et ils se figèrent, se regardant l'un l'autre pour se rassurer. Il pencha la tête pour l'embrasser.

— Je t'aime. Tout va bien. OK ?

— Oui. Je t'aime aussi.

La main sur le bas de son dos, il se dirigea avec elle vers l'entrée pour accueillir leur invitée.

Mallory avait une jolie robe d'été et portait une bouteille de vin. Comme Mac l'avait dit, elle était grande et très jolie, avec des cheveux noirs qui tombaient en boucles sur les épaules et de jolis yeux bruns. Bien que leurs carnations soient totalement différentes, Linda vit en elle une certaine similitude avec Janey et une ressemblance frappante avec sa belle-mère, comme le lui avait annoncé Mac.

— Entre, fit Mac. Voici ma femme, Linda. Linda, je te présente Mallory Vaughn.

— Ravie de vous rencontrer, répondit Mallory en tendant la main à Linda.

— Oui, ravie de vous rencontrer moi aussi.

— Ce n'est pas grave si vous ne le pensez pas vraiment.

Le commentaire plein d'humour, prononcé avec un sourire chaleureux, fit que Linda pensa à ses propres enfants qui auraient pu dire quelque chose de similaire.

— Je le pense vraiment, assura Linda.

Son mari la remercia d'une légère caresse dans le dos.

— Nous sommes heureux que tu sois venue. Entre.

Mac ouvrit la marche vers la cuisine, suivi de Mallory puis de Linda. Passant devant les photos encadrées de leurs cinq enfants sur le mur, Mallory s'arrêta.

— Ce sont vos enfants.

— Oui, répondit Linda. Voici Mac, Grant, Adam, Evan et Janey. Au complet avec un mari, une femme, trois fiancées – pour le moment – et trois petits-enfants.

— Vous avez une belle famille, dit Mallory, non sans nostalgie.

— Merci. Notre famille s'agrandit chaque jour un peu plus. Adam et Abby viennent de nous dire qu'ils sont fiancés.

— Félicitations.

— Veux-tu voir d'autres photos ?

— J'aimerais beaucoup.

Pendant que les lasagnes que Linda avait sorties du congélateur finissaient de cuire, Mac ouvrit la bouteille de vin apportée par Mallory, versa des verres pour les deux femmes et prit une bière pour lui. Dans la salle de séjour, Linda sortit des albums récents pour montrer à Mallory les photos de Mac, Maddie, Thomas et Hailey, ainsi que celles de Janey, Joe et P.J. et puis Evan et Grace, Adam et Abby, Grant et Stéphanie.

— Ils sont tous en couple.

— Enfin... Pendant très longtemps, j'ai cru qu'aucun d'entre eux ne se stabiliserait et se marierait, et maintenant ils le sont tous. Grant et Steph nous ont appris tout à l'heure qu'ils se marieraient le jour de la fête du Travail.

— C'est formidable.

— Tu es mariée ? interrogea Linda avant de regretter d'avoir posé une question trop personnelle.

— Plus maintenant.

— Oh, je suis désolée.

— Ce n'est pas grave. C'était il y a longtemps.

Elle aurait bien voulu en savoir davantage, mais Linda ne voulait pas être indiscrète.

— Eh bien, tu dois avoir faim.

— Linda... Je veux juste vous dire... Merci de m'avoir invitée et d'être si gentille avec moi. Je sais que cela a dû être un choc pour vous deux et je n'ai aucune envie de gâcher quoi que ce soit pour vous ou votre famille.

Elle jeta un regard vers Mac.

— Je voulais juste faire votre connaissance.

— Je suis très heureux que tu sois venue, répondit Mac. Et seulement désolé que ta mère ne m'ait pas parlé de toi plus tôt. J'aurais aimé te connaître.

— J'espère que vous n'êtes pas fâché à cause de ça, mais je suppose que vous n'auriez pas tort.

— Je ne veux pas être en colère contre elle, reprit Mac pensivement. Mais je suis déçu qu'elle ne soit pas venue me voir quand elle a appris qu'elle t'attendait. J'aurais aimé faire partie de ta vie et je n'aurais jamais essayé de t'éloigner d'elle. J'aurais aimé qu'elle me fasse un peu plus confiance.

— Moi aussi. J'ai passé la plus grande partie de ma vie à me poser des questions à votre sujet.

— Est-ce qu'elle t'a quelquefois parlé de lui ? demanda Linda.

Mallory secoua la tête.

— Elle était très vague au sujet de mon père, même une fois que j'ai été adulte et qu'il n'y avait aucun risque qu'on puisse m'enlever à elle. C'est pourquoi j'ai été surprise de trouver la lettre vous concernant parmi ses affaires après sa mort.

— Nous ne pouvons pas rattraper le temps perdu, soupira Mac, mais j'espère que tu me laisseras faire partie de ta vie à l'avenir. J'aimerais vraiment.

— Oh... Vraiment ?

Il fit un signe de tête.

— Certainement.

— Je m'attendais à ce que vous me demandiez des preuves et je ne m'y opposerais pas... Si, vous savez, vous vouliez...

— Je n'ai pas besoin de preuve.

Mac se leva et se rendit dans son bureau qui jouxtait la salle de séjour, revint une minute plus tard avec une photo encadrée. Linda savait exactement laquelle.

— C'était ma mère quand elle était jeune.

Il tendit le cadre à Mallory, qui sursauta puis se couvrit la bouche tandis que les larmes lui montaient aux yeux.

— Oh, mon Dieu !

— Je sais, reprit Mac. N'est-ce pas ? La preuve est dans l'ADN.

Mallory passa son doigt sur l'image de sa grand-mère.

— C'est incroyable. J'ai toujours pensé que je ressemblais à ma mère.

— Et c'est le cas. Je la retrouve vraiment en toi.

— C'est tellement étonnant, continua Mallory, en regardant toujours la photo. Remplir ces blancs... C'est sans prix à mes yeux.

— Je suis content d'avoir pu faire ça pour toi, dit Mac. Nous en remplirons d'autres quand tu rencontreras le reste de la famille.

— Que pensez-vous qu'ils diront quand ils apprendront qu'ils ont une demi-sœur ?

Mac se tourna vers Linda pour qu'elle réponde à sa place.

— Si je devais deviner, commença Linda, ils seront surpris, bien sûr, mais Mac sera secoué d'apprendre qu'il n'est pas l'aîné et Janey un peu perturbée de savoir qu'elle n'est pas la seule fille. Mais si je connais mes enfants, ils se montreront accueillants et amicaux, même s'ils sont un peu hésitants au début.

— Ce qui est certainement compréhensible.

— J'aimerais que tu les rencontres pendant que tu es ici, enchaîna Mac. Nous n'avons pas de secrets pour eux, alors je préférerais le faire aussi vite que possible. Mac se doute déjà de quelque chose. Il me connaît très bien et il a constaté que j'étais secoué après notre conversation de ce matin. Serais-tu d'accord pour les rencontrer avant de rentrer chez toi demain ?

— Bien sûr. J'aimerais bien.

— OK, alors, répondit Mac. Nous leur dirons de passer à

10 h. Peut-être pourrais-tu venir un peu plus tard pour que nous puissions leur parler d'abord ?

— Certainement.

— Super, fit Mac avec un grand sourire pour les deux femmes. Maintenant que nous avons réglé toutes les affaires, je suis prêt pour les lasagnes. Attends de goûter les lasagnes de Linda !

— Je suis impatiente de le faire, répondit Mallory.

Lorsqu'elle se rendit compte que Mallory était une personne gentille qui ne cherchait pas à détruire sa famille, Linda se détendit. Demain, ils parleraient de Mallory à leurs enfants et réfléchiraient aux prochaines étapes de leur vie de famille. Bien qu'appréhendant un peu la façon dont les enfants pourraient prendre la nouvelle, elle décida de ne pas trop anticiper. Ils le découvriraient bien assez tôt.

David termina de recoudre l'entaille dans la paume de Dan et appliqua un bandage qui couvrait une grande partie de sa main.

— Garde le pansement propre et sec pendant les deux prochains jours, recommanda-t-il. Je vais te faire une ordonnance pour les médicaments antidouleur.

— Pas besoin, répondit Dan. Il m'en reste du précédent désastre.

— Reviens vendredi pour enlever les points de suture.

— Compris. Je peux y aller ?

— Où en est ton vaccin contre le tétanos ?

— J'en ai eu un.

— Il y a combien de temps ?

— Je ne sais pas.

— Comme nous n'avons aucune idée de ce qu'il y avait sur ce couteau ou s'il était propre, je recommande un vaccin antitétanique ainsi qu'une dose d'antibiotique.

— Bien, c'est toi qui sais, Doc. Finissons-en avec ça.

— Tu es terriblement pressé, Maître. Tu vas me donner un complexe.

— Rien de personnel, mais j'ai des projets avec la femme de ma vie. Et d'ailleurs, je suis sûr que tu as mieux à faire un dimanche après-midi que de me recoudre.

— Ne t'inquiète pas, dit David. Ça fait partie du boulot. Je reviens tout de suite.

Kara entra dans la cabine avec une canette de Coca qu'elle lui tendit. Il l'avait envoyée la chercher pour qu'elle ne soit pas dans la pièce pendant que David le recousait. Elle était assez bouleversée pour ne pas avoir à y assister.

— Viens me tenir la main pendant que David me plante d'autres aiguilles.

Les piqûres pour engourdir sa paume avaient été si douloureuses qu'il avait failli s'évanouir. L'idée d'autres piqûres le rendait nauséeux et il transpirait.

Kara vint s'asseoir à côté de lui sur le lit d'hôpital, lui prenant la main qui n'était pas blessée.

David revenait avec deux seringues et lui fit deux autres piqûres qui le brûlèrent terriblement lorsqu'elles lui furent administrées.

— Voilà, c'est fait.

Et il ajouta à l'intention de Kara :

— Garde tout ça propre et sec.

— Voilà ce que nous n'aimons guère, plaisanta Dan, s'attirant un regard noir de sa fiancée.

— Oui, il va bien, remarqua David en riant. Va-t'en d'ici, que je puisse rentrer chez moi.

— Merci encore, David.

— Pas de souci. Fais-moi savoir si tu as des problèmes ou si la blessure devient particulièrement rouge ou gonflée.

— D'accord.

En quittant la clinique, Dan laissa tomber son bras sur les épaules de Kara.

— Tu as mes clés ?

— Oui.

— Je peux les avoir ?

— Tu ne vas pas conduire.

— Si, je conduis.

— Non !

— Ma chérie, je vais bien. Je le jure.

— Tu viens d'avoir trente points de suture dans la paume de ta main droite. Comment comptes-tu manœuvrer un levier de vitesse ?

— Mes doigts fonctionnent encore très bien, assura-t-il en remuant les sourcils pour prouver sa dextérité manuelle.

— Tu prends tout à la légère, hein ?

Voyant qu'elle était au bord des larmes, il s'arrêta et se tourna vers elle.

— Pas tout. Je nous ai réservé une chambre à la *Summer House*. J'allais te faire la surprise après la fête.

Elle appuya sa tête contre sa poitrine.

Il glissa les doigts de sa main indemne dans les cheveux soyeux de Kara.

— C'est affreux de te voir de nouveau blessé.

— Je vais vraiment bien. Je te le promets.

Il lui caressa la nuque, un des endroits qu'il préférait embrasser.

— Viendras-tu avec moi à la *Summer House* et passeras-tu la nuit avec moi pour que nous puissions célébrer nos fiançailles comme il convient ?

— On n'a pas déjà fait ça au moins une centaine de fois depuis que nous nous sommes fiancés ?

Il rit de sa réponse. Il aimait son impertinence.

— Ma chérie, je commence à peine à célébrer nos fiançailles.

Je compte les célébrer autant et aussi souvent que possible pour le reste de notre vie.

Posant ses doigts sous son menton, il la força à le regarder.

— Tu es d'accord ?

— C'est super.

— Alors, veux-tu bien me conduire à la *Summer House* et t'occuper de moi comme tu sais le faire ?

— Puisque tu le demandes si gentiment, oui, bien sûr.

— Excellent.

dam avait oublié la douleur horrible d'un tatouage. La première fois, il avait eu une vue de Gansett encrée sur son biceps et avait failli pleurer comme un bébé tellement il avait eu mal. Comme alors, Abby était assise sur la chaise à côté de la sienne, paraissant vraiment heureuse, tandis que Jeff – son tatoueur préféré – tatouait la date de leurs fiançailles sur la face interne de son poignet ; Duke faisait la même chose à Adam.

— Tu as l'air un peu pâlot, mon vieux, déclara Duke. Tu ne vas pas être malade ou quelque chose comme ça, hein ?

— Non, assura Adam en serrant des dents. Je ne vais pas vomir.

— Tu vas bien ? lui demanda Abby.

— Je vais bien.

Il irait encore mieux quand Duke aurait fini de le torturer et qu'il pourrait ficher le camp de là. Il lui vint alors à l'esprit qu'il avait déjà accepté de subir à nouveau cette torture quand ils ajouteraient leur date de mariage à l'autre bras. *Grrr.*

Quarante-cinq minutes plus tard, ils sortaient dans le crépuscule au moment où la corne d'un ferry sur le point de partir venait troubler la paix du soir.

— J'aime les dimanches soir quand les gens venus en week-end sont repartis, déclara Abby. Et que les choses se calment un court instant avant que tout recommence le lendemain.

Il lui prit la main en marchant sur le trottoir et essaya d'ignorer la douleur lancinante de son poignet gauche.

— Mon père a toujours aimé les dimanches à la marina pour cette même raison. Les gens partent le dimanche, l'endroit se vide et il retrouve son île le temps qu'un autre contingent arrive.

— Merci pour ce que tu viens de faire, reprit Abby avec un doux sourire qui le récompensa de la souffrance endurée. Je sais que tu n'aimes pas ça autant que moi, alors j'apprécie.

— Je suis heureux de te voir si épanouie. Ça me rappelle quand tu...

Le visage d'Abby devint cramoisi, ce qu'il aimait.

— Ne dis rien. Pas ici où tout le monde peut entendre.

Il lâcha sa main et passa son bras autour d'elle. Se penchant vers elle, il appuya ses lèvres contre son oreille et lui dit :

— C'est comme quand tu jouis.

— Adam... Arrête !

— Pourquoi ? Nous sommes fiancés maintenant. Je devrais pouvoir parler librement de ces choses.

— Qu'est-ce que ça a à voir avec le fait d'être fiancés ? Tu as toujours parlé librement de « ces choses ».

— Tu ne vas pas me dire que tu n'aimes pas quand je te dis des trucs cochons.

— Je n'aime pas quand nous sommes en public.

— Alors, tu aimes bien en privé. C'est bon à savoir.

Abby lui donna un coup de coude dans les côtes, ce qui le fit grogner, puis rire. Sa fiancée se comportait généralement tout à fait comme une « lady », mais il aimait vraiment quand elle se laissait aller en disant un mot de cinq lettres ou devenait autoritaire avec lui au lit. Il savait qu'il la provoquait, mais ça conduisait généralement à de bonnes choses avec Abby.

Son téléphone vibra, annonçant un message de sa mère.

Nous voudrions te voir demain vers 10 h. Ton père et moi aime-rions te parler de quelque chose, rien de grave, alors ne t'inquiète pas. Viens tout seul, si tu veux bien. À demain !

Adam montra le texto à Abby.

— Tu as une idée de ce dont il s'agit ?

— Aucune, mais je suis contente qu'elle ait dit que ce n'était rien d'embêtant.

— Moi aussi.

— J'imagine que tu le sauras demain matin.

Ils arrivèrent peu de temps après dans la maison qu'ils louaient à Janey. Comme toujours, Abby sortit une clé de son soutien-gorge, également appelé son vide-poche. Il n'arrivait pas du tout à comprendre comment elle réussissait à y faire tenir autre chose que ses seins qui étaient parfaitement magni-fiques, mais avait appris à ne pas poser de questions au sujet du soutien-gorge.

Elle se retourna pour lui dire quelque chose et il bondit. Il mourait d'envie de la toucher et de l'embrasser depuis la seconde où elle avait accepté sa proposition. Il avait subi la torture du tatouage, attendant son heure et qu'il puisse se retrouver seul avec elle. Les mains sur ses hanches et sa bouche dévorant la sienne, il la fit reculer jusque dans leur chambre. Lorsque l'arrière de ses jambes toucha le matelas, il lui donna une légère poussée, la propulsant sur le lit. Il s'allongea sur elle sans perdre un instant de leur baiser.

Les bras d'Abby se refermèrent autour de son cou et ses jambes s'ouvrirent pour l'accueillir. Ces deux mouvements se déroulèrent de manière si simple, si naturelle qu'il vécut un moment de satisfaction extrême car il avait trouvé la femme qui lui était destinée. Il ne cessa de l'embrasser que lorsqu'il lui fallut respirer.

— Tu vas vraiment m'épouser ?

— Oui. Vas-tu vraiment m'épouser ?

— Bien sûr que oui. Qui d'autre voudrait de moi ?

— C'est vrai...

Son sourire illuminait les yeux d'Abby et un élan d'amour fit haleter Adam. Elle leva les deux mains pour toucher son visage et il se tourna pour embrasser sa paume gauche, juste au-dessus de son nouveau tatouage.

— Tu penses à quoi ?

— Que je n'arrive pas à croire à la chance que j'ai eue de me retrouver sur le ferry avec toi, quand tu disais à quel point tu en avais marre des hommes.

— Ne parle pas de ça. Ça m'embarrasse encore de penser à quel point j'étais hors de contrôle ce jour-là.

— Comment puis-je ne pas le mentionner alors que c'est cela qui nous a réunis ? D'ailleurs, ajouta-t-il en l'embrassant de nouveau, je t'aime mieux quand tu ne te maîtrises plus.

— Tu as une très mauvaise influence sur moi.

— Ah, mais ce n'est pas vrai du tout.

Avec une dextérité au sujet de laquelle Abby le taquinait souvent, il lui retira la robe qu'elle avait portée pour la fête, rapidement suivie de son soutien-gorge.

— Tu as dû avoir un sacré entraînement pour être aussi doué, dit-elle comme toujours.

— Tais-toi et embrasse-moi.

Elle fit ce qu'il demandait, sa douceur et son enthousiasme le faisant basculer dans la zone rouge après une trentaine de secondes de lèvres glissant sur les siennes tandis que sa langue taquinait et défiait.

— Adam ? demanda-t-elle après un long temps de silence.

— Hum ?

Il était maintenant concentré sur son cou.

— Je veux me marier bientôt. Je ne veux pas de longues fiançailles.

Il leva la tête pour la regarder dans les yeux.

— C'est d'accord. Tout ce que tu veux.

Il retournait à son cou quand ses doigts sous le menton l'arrêtèrent.

— Je veux aussi autre chose.

— Quoi, ma chérie ? Je te donnerai tout ce que tu veux. Tu le sais bien.

— Un bébé, dit-elle doucement. Je veux tellement être mère.

— Alors, nous aurons un bébé, répondit Adam comme si ce n'était pas la plus grande chose à laquelle il s'était engagé dans sa vie.

S'engager à avoir un enfant avec elle ne lui paraissait pas du tout une notion écrasante comme cela aurait pu l'être avec quelqu'un d'autre.

— Vraiment ? Tu le penses ?

— Oui, je le pense. Je veux des enfants aussi. Tu le sais.

— Mais tu les veux maintenant ?

— Je veux ce que tu veux. Maintenant, plus tard... Peu importe pour moi, du moment que tu es heureuse.

Quand ses yeux se remplirent de larmes, il se pencha pour l'embrasser.

— Pourquoi les larmes ?

— Je suis si heureuse. C'est ce que j'ai toujours voulu et, malgré tous mes efforts, je n'avais pas réussi à *le* trouver.

— C'est parce que tu ne le cherchais pas avec moi.

— S'il te plaît, dis-moi que tu ne vas pas soudainement devenir fou, perdre la tête et me dire que ce n'est pas ce que tu veux en fait. Parce que je ne pense pas que je m'en remettrais si ça arrivait avec toi.

— Je ne vais pas faire ça, Abs. Comment le pourrais-je alors que je ne peux absolument pas vivre sans toi ?

Tout en parlant, il commença à se presser contre elle, lui faisant savoir ce qu'il brûlait de faire. Fort heureusement, elle comprit le message et se mit en devoir de défaire son bouton et sa fermeture Éclair.

Glissant ses mains à l'arrière de son pantalon, elle le fit descendre par-dessus ses hanches, sa hâte évidente alimentant son désir. Il aimait la façon dont elle le désirait toujours et lui répondait comme elle ne l'avait jamais fait avec personne d'autre.

Adam ne lui laissa que le temps de se débarrasser de ses vêtements et d'enlever le minuscule morceau de tissu qu'elle appelait culotte. Il adorait vraiment son fétichisme des sous-vêtements sexy et l'encourageait en lui offrant fréquemment des chèques-cadeaux pour la boutique de Tiffany qu'elle savait fort bien utiliser. Mais il la préférait sans rien du tout, comme maintenant où elle s'offrait à lui comme un festin érotique.

Avec elle, il avait trouvé une partenaire qui le comprenait mieux que personne. De son côté, il l'avait aidée à découvrir les secrets de sa sensualité et il en récoltait chaque jour les fruits.

— Adam... je te veux. Tout de suite.

Ils avaient fait bien du chemin depuis le temps où elle avait besoin de beaucoup de préliminaires pour arriver jusqu'au bout. S'il en avait adoré chaque seconde, il était tout aussi pressé qu'elle ce soir. Comme il mourait d'envie d'être en elle, il prit ce qu'elle lui offrait si généreusement, se glissant en elle d'un seul coup qui faillit le faire jouir immédiatement. Il demeura immobile pendant un moment, essayant de reprendre le contrôle alors qu'elle se resserrait autour de lui et que ses seins frôlaient sa poitrine.

— Qu'est-ce qui ne va pas ? demanda-t-elle, étonnée de sa retenue inhabituelle.

— Rien.

Il tremblait de l'effort qu'il faisait pour retenir un orgasme imminent.

— Adam...

Elle l'entoura de ses bras et l'attira à elle, ses jambes encerclant ses hanches du même coup. Complètement pris dans sa douceur, son odeur séduisante et la chaleur de son vagin, il abandonna la lutte et se laissa aller, se sentant comme un adolescent qui s'envoie en l'air pour la première fois.

— Désolé, marmonna-t-il.

— De quoi ?

— C'était vite fini. Tu n'as pas eu le temps.

— Et alors ? Je te dois environ cinq cents orgasmes.

Il éclata de rire.

— Je ne savais pas qu'on comptait les points.

— Mais non. C'est pourquoi ça n'a pas d'importance.

— Si, c'est important. Tu t'en es passée pendant trop longtemps. Tu ne quitteras pas ce lit tant que tu n'en auras pas eu au moins deux.

— Ce n'est vraiment pas nécessaire, Adam. C'était plus que suffisant pour moi.

— Pas pour moi. Je ne suis pas satisfait de ton insatisfaction.

— Ce mot n'existe pas !

— Maintenant si.

Il se retira d'elle et commença à l'embrasser depuis la gorge jusqu'en bas, s'attardant sur tous les endroits qui la rendaient folle.

— Maintenant, tais-toi et laisse-moi m'amuser.

— Si tu insistes, fit-elle avec un soupir de plaisir.

— Oui. J'insiste vraiment. Absolument.

Après avoir reçu le message énigmatique de sa mère, Mac n'avait pas bien dormi. Depuis la veille, il savait qu'il se passait quelque chose – cette jeune femme était arrivée sur le quai et avait dit quelque chose qui avait bouleversé son père. Entre Grand Mac qui avait quitté la marina juste après le départ de la jeune femme et la fête de fiançailles de Dan et Kara, Mac n'avait pas eu l'occasion de coincer son père pour obtenir des réponses.

Il avait rendu Maddie folle en faisant des hypothèses sur ce qui se passait et sur la raison pour laquelle ses parents voulaient lui parler, ainsi qu'à ses frères et sœurs, sans la présence de leurs partenaires.

— Ils ont dit que ce n'était rien de grave, avait répété Maddie entre des bâillements, alors que minuit devenait 1 h du matin. Tu devrais essayer de te détendre au lieu de t'inquiéter.

OK. Se détendre et ne pas s'inquiéter. Dommage qu'il ne soit pas programmé ainsi, ce que sa femme ne savait que trop bien. Au cours des deux dernières années, son père avait subi un terrible traumatisme crânien ; Maddie avait accouché de leur fille chez eux pendant une tempête tropicale ; deux de ses frères et lui avaient failli être tués dans un accident de bateau ; ensuite il y avait eu le dernier choc avec l'accouchement de P.J. qui aurait pu coûter la vie à Janey. Et Maddie se demandait pourquoi il était aussi inquiet ?

Il avait l'impression d'attendre constamment le coup dur suivant et de voir sa vie déraper de nouveau. Et voilà que maintenant... Sa mère lui avait dit qu'il n'y avait pas lieu de s'inquiéter, mais il ne se souvenait pas à quand remontait sa dernière convocation – tous les cinq et sans leurs conjoints – pour parler de quelque chose.

Le lendemain matin, Janey s'arrêta devant la maison familiale au moment où Mac sortait de sa camionnette, si bien qu'il l'attendit.

— Salut, bestiole.

— Qu'est-ce que c'est que toute cette histoire ?

— Je n'en sais pas plus que toi.

— Tu es inquiet ?

— Diable oui. Ils ne nous convoquent pas comme ça si ce n'est pas important.

— Elle a dit qu'il n'y avait pas de quoi s'inquiéter.

— Je m'inquiétais quand même.

— Ouais, soupira Janey, moi aussi. J'ai un peu peur d'entrer. Je n'ai pas trop envie de savoir ce qui se passe.

—Je suis d'accord.

Il ouvrit la barrière et la tint pour sa sœur tandis qu'elle passait devant lui. Le parfum des roses de sa mère emplissait l'air et il suivit Janey jusque dans la maison où ils furent accueillis par l'odeur du café et de quelque chose qui cuisait dans le four.

— Elle prépare à manger, remarqua Janey. On en a pour un moment.

— Pourquoi dis-tu ça ?

— Elle fait toujours la cuisine quand elle est énervée par quelque chose.

— Tu ne penses pas qu'ils se séparent, n'est-ce pas ? demanda Mac.

— Ça compterait comme quelque chose de pas bien et ils ont dit que ce n'était rien de méchant.

Elle lui donna un petit coup pour le pousser vers la cuisine.

— Bonjour, tous les deux, s'exclama Linda en les voyant entrer. Du café ?

— Oui, merci, répondit Mac.

— Pas pour moi, enchaîna Janey. J'évite la caféine pendant que j'allaite.

— Ne parle pas d'allaiter quand je suis là, grommela Mac. Je ne le supporte pas.

— J'ai des seins vraiment gonflés en ce moment, continua Janey, et je les utilise pour nourrir le bébé que j'ai eu après avoir fait beaucoup, *beaucoup* de sexe avec ton meilleur ami.

—Je te déteste.

— C'est pas vrai.

— Si, je te déteste vraiment.

— Pourquoi Mac déteste-t-il Janey maintenant ? demanda Grant qui arrivait avec Evan.

— Elle parle de ses gros seins, expliqua Linda.

—Et de tout le sexe qu'elle a eu avec mon meilleur ami avant de tomber enceinte, ajouta Mac.

— Je la déteste aussi, enchaîna Grant.

— On est trois, continua Evan.

Janey rayonnait de plaisir.

— Ils me détestent tous avant midi. C'est comme au bon vieux temps, Maman.

— On déteste Janey ? demanda Adam en entrant et allant directement se servir de café. Pourquoi, au juste ?

— Elle parle de ses seins et de sa vie sexuelle, expliqua Grant à son frère.

— Comptez sur moi alors, dit Adam en avalant un café noir.

— Soirée difficile ? lui demanda Evan.

— Super soirée. Abby et moi nous sommes fiancés.

— C'est une nouvelle fantastique ! s'écria Mac. Félicitations.

Janey embrassa la joue d'Adam.

— J'adore quand mes frères épousent mes meilleures amies. Merci pour ça.

— Qu'est-ce qu'on ne ferait pas pour toi, bestiole, fit Adam.

— *Parce que tout tourne autour de Janey*, dirent les quatre frères en chœur.

— Ahhh, les garçons...

Janey fit semblant de se tamponner les yeux.

— Que d'amour pour moi aujourd'hui !

— C'est quand, le grand jour ? demanda Grant entre deux bouchées du pain aux bananes que Linda avait placé sur la table pour eux.

Leur mère se tenait au-dessus d'une poêle pleine d'œufs brouillés et d'une autre avec des pommes de terre sautées. Le grondement dans l'estomac de Mac lui rappela qu'il avait été trop énervé pour prendre un petit déjeuner.

— Et ne dites pas que c'est le jour de la fête du Travail, ajouta Grant, parce que je vais me marier à ce moment-là.

— Vous avez fixé une date ! s'exclama Janey. Enfin !

— Oui, on en a fixé une et personne ne fait de commentaire

sur le temps que ça a pris. Steph devait régler des trucs de son enfance. On a résolu la question et fixé une date.

— Je suis content pour toi, dit Evan. Je sais que tu te demandais pourquoi elle ne voulait pas parler mariage.

— En parlant de mariage, coupa Mac, Maddie et moi voulons organiser un mariage surprise pour Ned et Francine.

— Un mariage surprise ? s'étonna Linda. Comment ça marche exactement ?

Mac exposa son plan pour aider leur cher ami Ned et la mère de Maddie à trouver un dénouement heureux à leur histoire d'amour.

— C'est une idée géniale, dit Janey. J'adore.

— Ils aimeront aussi, dit Linda en souriant à son aîné. Francine m'a dit récemment qu'elle redoutait toute l'organisation d'un mariage. Quand penses-tu le faire ?

— Peut-être le week-end après le mariage de Laura ? Je voulais vérifier avec vous tous pour m'assurer que vous êtes disponibles. Ned voudrait que nous soyons tous là.

— Ça marche pour moi, fit Janey.

Les autres acquiescèrent.

— Super, je vous tiendrai au courant, promit Mac.

— Et dites-nous comment nous pouvons vous aider, reprit Linda.

— D'accord.

Des pas dans l'escalier précédèrent l'arrivée de leur père dans la cuisine.

— Bien, commença Mac. Vous êtes tous là.

— Maintenant, vous pouvez peut-être nous dire de quoi il s'agit, coupa Adam. Vous avez dit qu'il n'y avait pas de quoi s'inquiéter, mais je me suis quand même fait du souci.

— Moi aussi, renchérit Mac.

— Tu t'inquiètes pour tout, se moqua Evan.

— C'est ça le fardeau d'être le plus âgé, commenta Mac sur un ton intentionnellement grave. Tu ne comprendrais pas.

— Oh, tais-toi, gémit Grant. Tu n'es jamais fatigué de t'écouter ?

— Non, répondit Mac. Pas vraiment.

— Alors, écoutez bien, reprit Grand Mac.

Son ton sérieux alerta immédiatement Mac.

— J'ai quelque chose à vous dire et je veux que vous m'écoutiez jusqu'à la fin avant de dire quoi que ce soit.

— Tu n'es pas malade, n'est-ce pas, Papa ? demanda Janey d'une petite voix, exprimant ce que Mac craignait le plus.

— Non, ma chérie, pas du tout. Je te le promets. Mac et Grant, vous étiez à la marina hier quand une jeune femme est venue me voir.

— Quelle jeune femme est venue te voir ? demanda Adam.

Grand Mac regarda Linda qui semblait hocher la tête pour l'encourager.

— Il s'avère que la jeune femme qui est venue me voir est ma fille, Mallory.

Ses mots furent accueillis par un silence abasourdi, tandis que mille pensées traversaient l'esprit de Mac en quelques secondes.

— Ta *fille* ? s'exclama Evan. Tu as une autre fille ? Où était-elle tout ce temps ?

— À Providence avec sa mère, qui est récemment décédée et qui lui a enfin appris qui était son père. Mallory est venue ici pour me rencontrer sans intention de bouleverser ma vie. Si vous me connaissez un tant soit peu, et vous me connaissez tous les cinq mieux que n'importe qui, vous comprendrez qu'il n'était pas question que je la laisse partir comme si je ne l'avais jamais rencontrée.

Grant leva la main pour arrêter son père.

— Commence par le début. Qui est sa mère ? Et je suppose que tu l'as connue *avant* de rencontrer Maman ?

Les sourcils de Grand Mac se contractèrent à cette question qui sous-entendait qu'il aurait pu être infidèle à leur mère.

— Oui, mon fils. Je suis sorti avec elle avant de rencontrer Maman.

— Pardon, marmonna Grant.

— Je suis sorti avec sa mère pendant quelques mois, l'hiver avant de rencontrer votre maman. Elle s'appelait Diana Vaughn. Elle est morte il y a peu, laissant une lettre pour Mallory, avec mon nom et l'endroit où elle pourrait me trouver.

— Donc jusque-là, elle n'avait aucune idée de qui était son père ? demanda Adam.

— Non. Ni elle ni moi ne le savions.

— Waouh ! s'exclama Grant. Ça a dû être un choc.

— Assurément, répondit Grand Mac. Et je suis tout à fait conscient que c'est choquant pour vous tous d'entendre que vous avez une demi-sœur dont vous n'avez jamais entendu parler, mais je vous demande de la rencontrer, de lui donner une chance...

— *La rencontrer* ? demanda Janey, qui semblait paniquée par cette idée. Quand ?

— Elle sera ici dans quelques minutes.

— Je m'en vais, répondit Janey, dont le menton tremblait. Je suis désolée, Papa, mais je ne peux pas faire ça maintenant.

Elle se précipita hors de la pièce et la porte moustiquaire claqua derrière elle.

— Bestiole ! l'appela Mac. Attends.

— Laisse-la partir, fiston, dit Grand Mac. Je lui parlerai plus tard.

Il regarda chacun de ses fils, qui étaient inhabituellement graves après la bombe qui venait de leur tomber dessus.

— Quelqu'un d'autre veut-il partir avant qu'elle n'arrive ?

Mac aurait bien voulu s'en aller. Il n'avait aucun désir de rencontrer la sœur dont il n'avait jamais entendu parler. Il aimait sa vie et sa famille telles qu'elles étaient. Cependant, l'idée de décevoir son père de quelque façon que ce soit le poussa à se taire et il resta assis sur le tabouret de bar alors qu'il voulait en fait partir comme Janey.

Un à un, ses frères hésitèrent quand leur père leur demanda s'ils voulaient partir. Lorsque le regard de Grand Mac se posa sur lui, Mac secoua la tête.

— Merci pour ça.

Son père regarda chacun de ses fils.

— Je l'apprécie plus que vous ne le pensez.

Linda servit œufs, pommes de terre et toasts, que Mac mangea parce qu'il avait faim, mais chaque bouchée nécessitait un effort pour la faire passer dans sa gorge nouée. Comment pouvait-il se sentir aussi menacé par quelqu'un qu'il ne connaissait même pas ? Dans des circonstances normales, chaque fois que ses trois frères et lui se trouvaient au même endroit au même moment, les insultes fusaient au milieu d'un tapage de grands rires.

Aujourd'hui, les quatre frères mangeaient en silence, tandis que leur mère veillait sur eux et que leur père faisait nerveusement les cent pas.

— Elle n'a personne, continua doucement Linda. Sa mère était sa seule famille.

— Est-ce que papa va exiger des preuves ? demanda Mac. Il a des biens à protéger.

— Je n'ai pas besoin de preuves, répondit Grand Mac.

— Papa, sérieusement, répliqua Mac. Je sais que tu penses que tout le monde est aussi honnête que toi, mais ce n'est pas le cas.

— Tout d'abord, coupa Grand Mac, j'apprécie ton inquiétude, mais je n'ai pas besoin de preuves.

— Papa, voyons, enchaîna Grant. Toute personne dans cette situation serait un peu sceptique.

— Je comprends, mais quand tu la rencontreras, tu verras pourquoi je n'ai pas besoin de preuves. Je connaissais aussi très bien sa mère et je n'ai aucune raison de croire qu'elle aurait menti sur une chose aussi énorme.

— Les gens mentent tout le temps à propos de choses aussi énormes, tenta Evan.

— En effet, admit Grand Mac. Je ne crois pas que ce soit le cas ici.

— Les garçons, suivez l'exemple de votre père, intervint Linda. Je vous promets que personne n'est plus sceptique que moi, mais quand vous rencontrerez Mallory, vous verrez ce que nous avons vu.

Grand Mac adressa un sourire reconnaissant à sa femme.

— Alors tu es d'accord avec ça, Maman ? demanda Adam.

— *Tu es d'accord avec ça* ? reprit Linda en riant. Que veux-tu que je réponde ? Nous avons tous les deux été surpris – choqués – d'apprendre que ton père avait une fille qu'il ne connaissait pas. Mais je ne le blâme pas, si c'est ce que vous demandez. Il n'en savait rien. Si on doit reprocher quelque chose à quelqu'un, si c'est le mot que vous voulez utiliser, c'est à la mère de Mallory qui a choisi de garder la fille de votre père loin de lui pendant près de quarante ans. Mais elle est morte maintenant, alors il est inutile de rejeter la faute sur quelqu'un d'autre. Tout ce que nous pouvons faire, c'est gérer la situation dans laquelle nous sommes.

— C'est très zen de ta part, souffla Evan. Je ne m'attendais pas à ce que tu sois si calme en apprenant que Papa a un autre enfant.

— Je suis désolée de t'avoir déçu par ma réaction modérée, répondit Linda en souriant à son plus jeune fils. J'ai appris que la vie te lance des défis qu'on n'a jamais vus venir. La seule chose qu'on peut contrôler, c'est la façon dont on y réagit. J'ai choisi de ne pas transformer l'apparition soudaine d'une fille dont votre père ignorait l'existence en un drame marital.

— Vous voyez pourquoi je l'aime ? s'exclama Grand Mac.

Mac était tout de même un peu soulagé d'apprendre que l'arrivée de Mallory n'allait pas causer de rupture entre ses parents, dont l'union avait toujours été solide comme un roc.

On sonna à la porte, mettant fin au moment familial.

— J'y vais ! s'écria Grand Mac.

Ils l'entendirent échanger des salutations avec elle et l'inviter à entrer. Mac l'avait vue la veille, mais tout était différent maintenant, si bien qu'il retenait sa respiration tandis que l'anxiété envahissait tout son corps. Cette sœur dont il n'avait jamais entendu parler était plus âgée que lui. Si ses parents avaient l'intention de lui ouvrir leurs bras et de l'accueillir dans leur famille comme ils semblaient vouloir le faire, il ne serait plus l'aîné de leur fratrie. Il aimait être l'aîné et avait toujours assumé la responsabilité qu'il estimait avoir envers ses frères et sœurs plus jeunes, même s'ils regimbaient contre son autoritarisme.

L'arrivée de cette jeune femme allait-elle changer toute la dynamique de sa famille ? Cette pensée lui causait le genre de panique qu'il n'avait pas ressentie depuis l'accident de voilier.

Leur père entra dans la cuisine avec une jeune femme aux cheveux sombres. Sachant ce qu'il savait maintenant, Mac la regarda beaucoup plus attentivement que la veille. Et puis il vit – la ressemblance troublante avec la photo que son père gardait sur son bureau de leur grand-mère quand elle était jeune femme. Pas étonnant qu'il n'ait pas exigé de preuves.

— Voici Grant, Adam, Evan et Mac, les présenta Grand Mac. Les garçons, voici Mallory Vaughn.

Chacun d'eux lui serra la main en faisant semblant de ne pas trop la dévisager.

— Janey ne pouvait pas venir ce matin, mentit Grand Mac. Tu pourras faire sa connaissance une autre fois.

—Je suis heureuse de tous vous rencontrer.

Mallory semblait lutter contre ses émotions.

— Je sais que ça doit être vraiment bizarre pour vous et j'en suis désolée.

— Vous ressemblez tout à fait à notre grand-mère, commença Evan.

— Je me demandais si vous le verriez tous aussi, enchaîna Grand Mac.

— J'ai vu sa photo hier, répondit Mallory. C'était... Eh bien, vous pouvez imaginer que c'était assez bouleversant. Je me suis posé si longtemps des questions au sujet de mon père et de sa famille, et voir que je ressemble tant à sa mère...

Elle essuya une larme.

— Pardon. J'étais bien décidée à traverser tout ça sans montrer trop d'émotions, mais ce n'est pas tous les jours qu'une fille rencontre quatre frères dont elle ignorait l'existence.

Mac ne voulait pas l'aimer. Il n'avait *vraiment* pas l'intention de l'aimer. Mais tandis qu'il pensait cela, il entendait dans sa tête la voix de Maddie lui disant de grandir et de se maîtriser.

— Quand vous nous connaîtrez mieux, enchaîna Grant à brûle-pourpoint, vous souhaiterez peut-être ne jamais nous avoir rencontrés.

Cette sortie fit rire tout le monde et Mac sentit qu'il se détendait très légèrement. Peut-être que ce ne serait pas l'événement cataclysmique qu'il avait imaginé avant l'arrivée de Mallory.

— C'est tout à fait vrai, commenta Linda. Les voilà tous debout à parler et, la minute suivante, ils sont par terre à se battre comme des gamins de 10 ans.

— Hum, Adam et Evan, protesta Grant. Pas nous !

Il désignait d'un geste Mac et lui-même.

— Nous sommes bien trop mûrs pour ça, renchérit Mac,

essayant de se montrer à la hauteur pour faire plaisir à Grand Mac.

Il n'y avait rien – absolument rien – qu'il ne ferait pour son père et, si cela signifiait accueillir dans la famille une sœur dont il ignorait l'existence, Mac trouverait le moyen.

— Il aime commander tout le monde, expliqua Adam en désignant Mac avec son pouce. Il n'y a qu'à ne pas y faire attention. C'est ce que nous faisons.

Mallory semblait suspendue à chacun de leurs mots, ne faisant aucun effort pour cacher sa fascination et sa curiosité.

— Malgré leur comportement souvent répréhensible, intervint Linda, nous sommes fiers d'eux.

— J'ai l'impression d'être une spectatrice abasourdie, dit Mallory avec un rire nerveux. J'ai tellement de questions.

— Asseyez-vous, proposa Evan en abandonnant son tabouret de bar pour qu'elle y prenne place.

— As-tu faim, Mallory ? demanda Linda.

— Non, merci. J'étais très nerveuse avant de venir, alors je n'ai pas osé manger.

— Et un café ?

— Ce serait super. Merci.

Linda posa une tasse devant elle avec un pot de crème, un sucrier et une cuillère.

Fasciné, Mac regarda Mallory mettre un peu de lait dans son café avant d'y ajouter deux cuillères de sucre, exactement comme il le faisait lui. C'était une coïncidence, se dit-il.

Ils attendaient, lui donnant le temps de rassembler ses pensées pendant qu'elle prenait quelques gorgées de son café.

— Je suis infirmière aux urgences. Et vous, que faites-vous ?

La question sembla briser ce qui restait de glace entre eux et la conversation coula sans difficulté à partir de ce moment-là. Mac vit son père se détendre visiblement quand il se rendit compte que ses fils avaient l'intention de faire un effort pour accueillir Mallory. S'il avait pu réellement contrôler le monde,

Mac n'aurait pas choisi de vivre tout cela, mais c'était arrivé et il ferait ce qu'il pouvait pour faciliter la vie de son père.

— Je gère la marina avec Papa et j'ai aussi une entreprise de construction sur l'île, commença Mac quand ce fut son tour. Je suis marié à Maddie et nous avons deux enfants, Thomas et Hailey, avec un troisième en route.

Semblant sentir qu'il était le noyau fort du groupe, Mallory lui sourit chaleureusement.

— J'ai hâte de les rencontrer.

Sans savoir trop comment, Janey réussit à rentrer chez elle, où elle trouva Joe et P.J. ensemble sous la verrière, le bébé endormi dans les bras de son père. Dès qu'elle les vit, elle laissa couler le tsunami qu'elle avait réussi à contenir pour pouvoir rentrer chez elle.

— Janey, ma chérie, qu'est-ce qu'il y a ? Quelque chose ne va pas avec tes parents ?

Elle se laissa tomber sur le canapé et se pelotonna à côté de lui.

Il referma son bras libre autour d'elle et la serra contre lui.

Janey respira son odeur familière et celle de son fils qui avait pris un bain en son absence.

— Mon bébé, tu me fais peur. Qu'est-ce qui ne va pas ?

— Mon père a une autre fille, sanglota Janey.

Son chien Riley traversa la pièce, traînant son arrière-train malade derrière lui jusqu'à ce qu'il soit assez près pour poser son museau sur elle.

— *Quoi* ?

Janey caressa la tête de Riley.

— Elle s'est pointée hier, à l'improviste, prétendant être sa fille. Et il en est *heureux*.

— Attends... Reviens en arrière... Elle est arrivée d'où ?

— De Providence, je suppose. Sa mère vient de mourir et a laissé une lettre lui disant qui était son père. Elle est venue hier pour faire sa connaissance, et... Et... Je ne veux pas qu'il ait une autre fille. *Je suis* sa fille. Il n'a pas besoin d'elle. Et crois-moi, je sais que je suis une vraie idiote et je me déteste en ce moment. Mais je ne peux pas m'en empêcher.

Des sanglots la secouaient, elle se sentait malade et stupide d'être si émotive.

— Putain de merde, chuchota Joe. Qu'est-ce que ta mère a dit ?

— Elle était tout à fait calme parce que papa n'était pas au courant et que c'est arrivé avant qu'ils ne se rencontrent ; alors, évidemment, comment pourrait-elle être en colère contre lui ?

— Quand même... Ils ont dû être complètement choqués.

— Ils l'ont été, mais ils ont eu le temps de se remettre. Ils l'ont appris hier.

Joe l'embrassa sur le dessus de la tête et fit courir sa main le long de son bras.

— Je suis désolé que tu en sois contrariée. Tu as pu la rencontrer ?

— Je suis partie avant qu'elle n'arrive. Je ne pouvais tout simplement pas le faire et je me sens vraiment mal parce que je sais que Papa était déçu quand je suis partie, mais... je n'ai pas pu.

— Chérie, écoute-moi. Tu viens d'avoir un bébé dans des circonstances extrêmement traumatisantes. Tes émotions sont encore à fleur de peau. Ton père le sait. Ne sois pas trop dure avec toi-même. Il n'y a rien que tu puisses faire qu'il ne pardonnerait pas. Tu es sa petite fille.

Entendre ça la bouleversa de nouveau.

— Je ne serai plus sa seule petite fille s'il en a une autre ; et oui, je m'entends agir comme une conne, mais je n'arrive pas à faire autrement. J'ai eu une réaction violemment négative en apprenant son existence. Je ne veux pas d'elle. Je ne veux pas de sœur. J'ai mes frères et Laura... Je n'ai pas besoin d'elle.

— Tu es sous le choc et il est parfaitement naturel que tu te sentes menacée par quelque chose – ou quelqu'un – qui a le pouvoir de changer ta vie entière.

— Je ne veux pas que ma vie soit changée. Je l'aime telle qu'elle est.

— Je crains que tu n'aies guère de choix en la matière, ma chérie, si ton père a décidé de l'accepter dans sa vie.

— C'est fait ! Tout ce qu'elle avait à faire, c'était de se montrer et de proclamer ses droits et il est tout excité à l'idée d'avoir une autre fille. Comme si celle qu'il avait ne lui suffisait pas.

— Janey ! fit-il en riant silencieusement.

— Tu te *moques* de moi ?

— Bien sûr que non.

— Si, tu te moques ! Il n'y a rien de drôle là-dedans !

— Quand tu auras eu un peu de temps pour y réfléchir, tu verras peut-être les choses un peu différemment.

— Comment puis-je penser à une *sœur* dont j'ignorais l'existence ?

— Qu'ont dit tes frères à ce sujet ? J'essaie d'imaginer Mac en train de découvrir qu'il n'est plus l'aîné.

— Je ne sais pas. Je ne suis pas restée assez longtemps pour entendre ce qu'ils avaient à dire.

— Comment s'appelle-t-elle ? Cette sœur que tu ne savais pas que tu avais.

— Mallory.

— C'est un joli prénom.

— Je suppose.

Janey tendit les mains vers le bébé que Joe déposa dans ses bras.

— Voilà mon petit garçon, chuchota-t-elle en passant ses

lèvres sur sa tête douce et respirant le parfum frais du bébé. Je regrette d'être partie en courant comme je l'ai fait.

— Tu pourras toujours dire ça à ton père quand tu le verras.

— Et s'il est en colère contre moi ?

— Il ne le sera pas, Janey.

— Je ne savais pas à quoi m'attendre quand ils nous ont demandé de venir, mais ce n'était certainement pas à ça.

Son téléphone vibra, annonçant un texto.

— Tu peux le prendre dans ma poche arrière ? demanda-t-elle en se levant.

— Avec plaisir.

Son commentaire prévisible la fit rire.

— Qu'est-ce que ça dit ?

— C'est Mac. « *Tu vas bien, bestiole ?* » Tu veux que je lui réponde ?

— Dis juste que je vais bien et que je lui parlerai plus tard.

Joe envoya le SMS et posa son téléphone sur la table.

— Tu sais que ton père va venir ici pour te parler. S'il n'est pas déjà en route, il le sera bientôt.

— Je ne sais pas quoi lui dire. Je me sens vraiment idiote d'être partie comme je l'ai fait.

— Peut-être qu'il suffit de lui dire ça. Il comprendra, ma chérie.

— Je vais devoir rencontrer cette personne, n'est-ce pas ?

— La sœur dont tu ignorais l'existence ? demanda-t-il avec un sourire taquin. Oui, sûrement.

Il avait prévu d'aller à la marina après la réunion chez ses parents, mais Mac rentra au contraire chez lui en voiture. Il avait besoin de voir Maddie. Après deux ans de mariage, le besoin qu'il avait d'elle semblait croître chaque jour de façon exponentielle et il avait appris à ne plus se poser de questions.

C'était comme ça, tout simplement. Elle saurait quoi dire pour le remettre d'aplomb.

Il s'arrêta dans l'allée de la maison dont il lui avait fait la surprise il y avait peu de temps. En pensant à ce jour-là, il retrouva le sourire. Après une brève séparation qui avait failli le faire mourir, il l'avait retrouvée ce jour-là et depuis ils ne s'étaient plus quittés. Montant les marches quatre à quatre, il ouvrit la porte coulissante et s'arrêta net lorsqu'il la vit sur le canapé, tenant Hailey endormie.

Maddie lui jeta un regard interrogateur, plein de questions sur ce qu'il faisait à la maison si tôt un jour de travail.

Il s'approcha d'elle, lui prit leur fille endormie et la porta à l'étage jusque dans son berceau où il la borda après lui avoir donné un baiser. Lorsqu'il se retourna pour quitter la chambre de Hailey, Maddie l'attendait dans le couloir.

Mac lui prit la main, la conduisit dans leur chambre et ferma la porte.

— Où est Thomas ?

— À la plage avec Tiffany et Ashleigh.

Mac enlaça sa femme et la serra dans ses bras.

— Qu'est-ce qui ne va pas ? Tu me fais peur.

— Désolé, murmura-t-il, ses lèvres trouvant son cou.

Alors qu'il respirait son parfum de fleurs d'été, un sentiment de calme s'empara de lui. Quoi qu'il arrive, il l'aurait toujours et elle était tout ce dont il avait besoin.

— Mac ? Chéri, qu'est-ce qu'il y a ?

— Mon père a un autre enfant.

Tout le corps de Maddie se figea.

— Quoi ?

— Enfin, je suppose qu'elle n'est plus une enfant, elle a 39 ans.

— Commence par le début. N'oublie rien.

Mac lui raconta qu'il avait vu une jeune femme à la marina la veille ; elle voulait rencontrer son père et il s'avérait qu'elle était en fait la fille de Grand Mac, Mallory.

— Waouh, fit Maddie, expirant à fond en s'asseyant sur le lit. Alors, vous l'avez rencontrée ?

— Les garçons et moi.

Mac s'assit à côté d'elle sur le lit.

— Janey est partie avant que Mallory n'arrive. Elle était bouleversée.

— Elle aime être la fille unique de ton père. Presque autant – coupa Maddie en le regardant non sans quelque hésitation – que tu aimes être l'aîné.

— Oui.

— Est-ce que ça va ?

— J'imagine. Je veux dire qu'ils auraient pu nous dire des choses pires.

— Quand même... Ça a dû être un sacré choc d'apprendre ça. Elle lui prit la main et la retint entre les deux siennes.

— Alors, comment est-elle ?

— En fait, elle est très gentille. Elle est infirmière aux urgences à Providence et elle ressemble tout à fait à ma grand-mère paternelle quand elle était plus jeune.

— Donc il ne va pas lui demander de preuves ?

— Il n'y en a vraiment pas besoin. La photo est une preuve suffisante. Mais tu seras heureuse de savoir que j'ai posé la même question.

Maddie posa sa tête contre l'épaule de Mac.

— Tu peux me dire que ça te bouleverse. Je comprendrais tout à fait.

— Je savais que tu comprendrais et c'est pourquoi je suis venu te voir au lieu d'aller travailler.

— Je suis contente que tu sois venu vers moi. C'est ce que je voudrais toujours que tu fasses.

— Comment est-ce que tu te sens ?

— Plutôt bien aujourd'hui, en fait.

— C'est vrai ? Et est-il possible que nous nous trouvions complètement seuls au milieu de la journée avec un lit juste là pour tout ce qui pourrait nous venir à l'esprit ?

Maddie gloussa doucement.

— Qu'est-ce qui te vient à l'esprit ?

Toujours volontaire pour montrer plutôt que pour dire, Mac guida sa main vers l'évidence de ce qu'il avait en tête.

— Je pensais que tu étais contrarié.

— Je l'étais, jusqu'à ce que je rentre à la maison. Maintenant, il semble que j'aie d'autres projets en tête pour lesquels tu pourrais m'aider.

— Tout ça était-il un stratagème pour que je compatisse et que tu puisses me séduire au beau milieu de la journée ?

Le mot « séduire » dans sa bouche fit passer un éclair de concupiscence jusqu'à son entrejambes déjà douloureusement intéressé.

— Je ne suis pas si sournois, répliqua-t-il en lui mordillant le cou et l'oreille.

Il tira sur le débardeur qui moulait ses seins magnifiques. Elle les détestait. Il les adorait. Ils étaient d'accord pour ne pas être d'accord sur la question.

— Qu'en dis-tu ? Ne serions-nous pas idiots de ne pas profiter de cette opportunité presque sans précédent ?

— Et le travail ? demanda-t-elle, en penchant la tête pour lui donner un meilleur accès à son cou.

— Luke est là.

— Il sait où tu es ?

— Non, mais ça ne le dérangerait pas.

Il fit passer son petit haut par-dessus sa tête.

— Depuis combien de temps Hailey dort-elle ?

— Pas longtemps.

— Eh bien, eh bien !

Mac traîna son doigt de son cou jusqu'à la vallée profonde

entre ses seins, la faisant frissonner. Il aimait que son toucher lui fasse ça.

— Ça veut dire qu'on a des heures !

Il l'embrassa.

— Et des heures.

— Mac, dit-elle avec un rire nerveux, j'avais prévu de faire quelques petites choses aujourd'hui.

— Est-ce que ça ne peut pas attendre à plus tard ?

— Si, répondit-elle avec un soupir qui, pour Mac, ressemblait vraiment beaucoup à une capitulation. Ça attendra.

CHAPITRE 23

Assise sur la table d'examen, Laura s'agitait en attendant Victoria. Elle l'entendait parler à d'autres patients, son rire contagieux résonnant dans le couloir. Pendant ce temps, Laura s'inquiétait de plus en plus au sujet du voyage qu'ils devaient entreprendre le lendemain, alors qu'Owen se retranchait dans le silence à l'approche du départ ; qu'adviendrait-il de lui – et d'eux – si son père arrivait à s'en sortir, Dieu sait comment, et n'était pas condamné ?

La pensée de cette dernière possibilité la faisait frissonner de peur.

Owen avait décidé d'aller faire du surf et elle avait laissé Holden avec Sarah pendant qu'elle était à la clinique. Laura jeta un coup d'œil à sa montre et vit que Victoria avait trente minutes de retard ; avec tout ce que Laura devait encore faire pour se préparer à partir pendant une semaine, elle espérait que cela ne durerait pas trop longtemps.

Tout en attendant, l'anxiété qui ne la quittait pas depuis des jours semblait maintenant culminer dans un maelström de soucis qui concernaient sa santé, celle de ses enfants à naître, le bien-être d'Owen, le procès à venir et la portée qu'il pourrait avoir sur sa mère et lui ; elle laissait aussi l'hôtel entre les mains de Shane et du personnel d'été ainsi que de Stéphanie et Abby qui avaient proposé leur aide pendant leur absence ; elle craignait d'être terriblement malade comme elle l'était la plupart du temps : comment pourrait-elle même survivre au voyage, sans parler de la tension du procès, sans ajouter aux soucis d'Owen ?

Lorsqu'un coup frappé à la porte annonça l'entrée de Victoria dans la pièce, Laura était sur le point d'exploser toute seule.

— Bonjour ! Désolée de t'avoir fait attendre. Les choses sont folles aujourd'hui.

Victoria regarda Laura plus attentivement.

— Tu te sens bien ?

— Nausées vingt-quatre heures sur vingt-quatre et sept jours sur sept, mais à part ça, pas si mal.

— Ma pauvre ! s'exclama Victoria. Toute la journée, tous les jours ?

— Ça a été comme ça à peu près toute la semaine dernière et nous partons demain pour la Virginie ; j'ai besoin de quelque chose pour arrêter ça, ne serait-ce que pour la semaine où nous serons partis.

— Je croyais que tu étais absolument contre les médicaments contre la nausée ?

— Je l'étais. Je le suis. Mais je ne peux vraiment pas partir avec Owen pour ce voyage dans l'état où je suis maintenant ; et ne pas y aller n'est pas une option. Aux temps désespérés...

— J'ai compris. J'aimerais d'abord t'examiner rapidement, juste pour m'assurer que tout va bien avec les bébés et ensuite nous pourrons parler de ce qu'on peut faire pour lutter contre les nausées.

— J'étais sûre que tu allais dire ça ! grommela Laura tandis que Victoria lui tendait une blouse.

— Je dois absolument être rigoureuse. Puisque tu portes une robe, tu enlèves tout sauf le soutien-gorge.

Lorsque Laura se leva pour obéir aux instructions de Victoria, toute la pièce sembla tanguer devant ses yeux. Elle s'accrocha à la table d'examen pour ne pas tomber.

— Waouh, s'écria Victoria en prenant le bras de Laura. Est-ce que ça t'est déjà arrivé ?

— Plusieurs fois.

— Comment sont les urines ? Normales ou moins que d'habitude ?

— Probablement un peu moins.

— Et de couleur plus foncée ?

— Peut-être un peu.

— Hum, marmonna Victoria. Ça t'embêterait si je t'aidais à te changer ?

— Ça ne me dérange pas.

Aidée par Victoria, Laura enleva sa robe et passa la blouse. Une fois couverte, elle enleva également sa culotte. Victoria l'aida à grimper sur la table et l'installa plus à l'aise avec un oreiller et une couverture légère.

Victoria consulta le dossier de Laura.

— Tu as perdu du poids depuis la dernière fois que je t'ai vue et ta tension artérielle est basse. Tu manges normalement ?

— Quand je peux, ce qui n'est pas souvent. Tout me rend malade. Même les odeurs me rendent malade.

— Je suis désolée d'avoir à le dire, mais je soupçonne que tu sois un peu déshydratée. J'aimerais consulter David et peut-être mettre une perfusion pour t'hydrater.

— Combien de temps cela prendra-t-il ? demanda Laura, alarmée par la perspective d'être mise hors jeu alors qu'elle avait tant à faire.

— Deux ou trois heures.

— Je ne peux pas rester ici aussi longtemps !

— C'est ça, ou je recommande de rester à la maison quand Owen partira demain.

— C'est impossible.

L'idée de ne pas pouvoir partir avec Owen remplit les yeux de Laura de larmes qui coulèrent le long de ses joues.

— Il faut que j'aille avec lui, Victoria. Je ne peux pas le laisser traverser ça tout seul.

Posant une main sur l'épaule de Laura, Victoria lui dit :

— On va s'occuper de toi pour que tu puisses partir, mais tu dois y aller doucement.

— Oui, oui. Je te le promets. Je ferai tout ce que je dois faire pour pouvoir l'accompagner.

— Essaie de te détendre. Je vais parler à David et on revient te voir dans quelques minutes.

— Je vais essayer. Pourrais-tu me passer mon téléphone dans mon sac à main pour que je puisse dire à Sarah que je vais rester ici un petit moment ? Elle garde Holden.

— Bien sûr. Voilà. Je reviens tout de suite.

Laura écrivit un texto à Sarah.

Apparemment, je suis déshydratée, si bien qu'ils vont me mettre sous perfusion. Je vais rester ici quelques heures. Tout va bien avec le bébé ? Je peux essayer de trouver Owen si tu dois aller quelque part.

Je suis désolée ! répondit Sarah. *Holden et moi allons bien. Prends ton temps.*

D'accord, merci. Ne dis pas à Owen que je suis là. Il a assez de soucis. J'irai bien quand j'aurai pris un peu de liquide.

S'il te plaît, ne me demande pas de ne pas lui dire, chérie. Il ne me le pardonnerait jamais.

J'espère que je serai de retour avant qu'il ne rentre.

Appelle si tu as besoin qu'on te ramène ici.

Je le ferai. Merci.

Laissée seule avec ses pensées, Laura ne pouvait empêcher les larmes de couler librement. Ses hormones étant complètement déréglées, les pleurs étaient presque aussi gênants que les nausées. La déshydratation était la dernière chose dont ils avaient besoin, avec tant d'autres soucis à gérer, mais elle ne pouvait pas nier qu'elle se sentait vraiment mal. Avec un peu de chance, Victoria et David pourraient la remettre suffisamment d'aplomb pour qu'elle puisse voyager.

Elle ferait tout ce qu'il fallait pour pouvoir partir avec Owen. Rester à la maison n'était pas une possibilité.

Cherchant un peu de paix et autre chose à penser que le procès, Owen sortit trouver les vagues. Son grand-père lui avait appris à surfer lorsqu'il avait 11 ans et c'était quelque chose qu'ils avaient fait ensemble pendant des années jusqu'à ce que le vieil homme arrive à un âge où le risque de se blesser ne valait plus le plaisir de chevaucher les vagues.

Faire du surf avec son grand-père avait été l'un des moments inoubliables d'une enfance avec peu de souvenirs heureux. Ses frères et sœurs et lui avaient passé leurs étés sur Gansett – seul moment de l'année où ils pouvaient échapper à l'horreur de leur vie de famille. Il avait été si souvent tenté de dire à son grand-père la vérité sur leur père, mais avait toujours craint ce que deviendrait sa mère, qui ne prenait jamais de vacances dans son mariage infernal. Les craintes pour sa sécurité, associées aux menaces de son père sur ce qui se passerait s'ils répétaient les « affaires personnelles » de leur famille à qui que ce soit, avaient empêché Owen de parler.

Avec le recul, il le regrettait aujourd'hui. Si seulement il avait fait confiance à ses grands-parents, comme tout aurait pu être différent pour eux tous. Bien sûr, il n'avait aucun moyen de savoir si c'était vrai, mais il aimait penser qu'il aurait pu changer le résultat d'une manière ou d'une autre.

Regardant l'horizon, il jaugea la houle, attendant le moment propice et le rouleau parfait. Son grand-père lui avait appris à faire la différence entre une vague qui se briserait trop tôt et une autre qui l'emporterait jusqu'à la plage. L'œil braqué sur une de ces vagues, il attendait patiemment, gardant sa position pendant que la vague grandissait et prenait de l'ampleur.

Il pagaya pour se mettre en position de saisir la vague lorsqu'elle atteindrait son maximum exactement là où il l'attendait, l'entraînant dans une folle chevauchée jusqu'à la plage, qui ne s'acheva pas avant qu'il ne saute de la planche. L'adrénaline coulant dans ses veines, Owen se délecta de cette course dont le plaisir n'était surpassé que par l'exaltation de faire l'amour à Laura. Rien n'était meilleur que ça.

Se mettant debout, il repoussa ses cheveux mouillés de son visage et vit Evan sur la plage qui lui faisait des signes. Portant sa planche sous le bras, Owen sortit de l'eau et avança sur la plage.

— Salut, mon vieux. Qu'est-ce qu'il y a ? Tu sais surfer ?

— Pas aujourd'hui.

— Alors, qu'est-ce que tu fais ici ?

— Ta mère m'a appelé.

Quelque chose dans la façon dont Evan parlait mit immédiatement Owen en alerte. Que se passait-il maintenant ?

— Que se passe-t-il ?

— Tout va bien, alors ne t'inquiète pas, mais Laura est à la clinique et ils la mettent sous perfusion parce qu'elle est déshydratée. Ta mère a pensé que tu voudrais le savoir et elle s'est dit que je saurais où te trouver.

Owen attrapa son T-shirt et sa serviette là où il les avait laissés sur la plage et passa le vêtement sans prendre le temps de se sécher. Il enfonça ses pieds dans des tongs.

— Merci d'être venu me trouver.

— Je vais t'emmener.

— Pas besoin.

Evan lui prit le bras.

— Owen...

Owen se dégagea.

— Laisse-moi. Il faut que j'aille la retrouver.

— Je viens avec toi, que tu me laisses te conduire ou non, alors autant que tu me laisses conduire.

Owen saisit sa planche et se dirigea vers les escaliers qui menaient au parking où il avait laissé sa Volkswagen Vanagon.

— Sur ta moto qui est un vrai cercueil ambulant ? Rien à faire. J'ai trois enfants à qui je dois penser.

— On va prendre ta voiture de luxe. Je vais laisser ma moto ici et la récupérer plus tard.

— Tu n'y es pas obligé.

— Je le veux, alors arrête de me casser les pieds. Tu as toujours été aussi chiant et je ne l'avais pas remarqué, ou c'est juste un développement récent ?

— Récent.

Evan prit les clés à Owen.

— J'ai hâte de revenir à la normale.

— Crois-moi, moi aussi.

La chamaillerie avec Evan aida Owen à oublier la peur déraisonnable qui l'avait assailli en apprenant que Laura était à la clinique. Et si quelque chose n'allait vraiment pas chez elle à part les nausées permanentes ? Et si les bébés étaient en danger ? Et s'il devait la laisser derrière lui, malade, pendant qu'il se rendait en Virginie ? Comment pourrait-il faire cela ?

— Arrête de penser au pire, reprit Evan en roulant sur les routes sinueuses et les tournants qui menaient à la ville. Elle va s'en remettre.

— Comment tu sais ça ? Tu as des pouvoirs de divination maintenant ?

— Tout d'abord, c'est une McCarthy, et nous sommes des personnes solides. Deuxièmement, elle est entre de très bonnes mains avec David et Victoria. Tu te souviens de David ? Tu sais, le médecin qui a sauvé la vie de ma sœur alors qu'elle se serait vidée de son sang sans lui ?

— Oui, je m'en souviens.

Owen se sentait déjà mieux lorsqu'on lui rappelait à quel

point David Lawrence était compétent et il savait que Laura avait la plus extrême confiance en Victoria. L'infirmière et sage-femme avait déjà accompagné Laura pendant une grossesse difficile. Elle l'aiderait certainement à surmonter également cette épreuve.

— J'ai des nouvelles qui vont te faire oublier tes propres soucis, continua Evan.

— Quoi donc ?

— Apparemment, j'ai une grande sœur dont personne n'avait entendu parler jusqu'à hier.

— Tu veux me répéter ça encore une fois ?

— Mon père a une fille dont il ne connaissait pas l'existence jusqu'à ce qu'elle arrive à la marina hier avec une lettre de sa mère récemment décédée, lui disant que mon père était le sien.

— Sacré nom… Merde. Qu'est-ce que ta mère a dit ? Qu'a dit ton père ?

— Je suppose que ma mère a été plutôt tolérante à ce sujet. En fait, qu'est-ce qu'elle pouvait dire ? Ce n'est pas comme si mon père avait eu une liaison et un enfant alors qu'il était marié avec elle. Il était avec cette femme avant de rencontrer ma mère.

— Alors elle est plus âgée que vous ? La sœur.

— Ouais, elle a 39 ans. Elle s'appelle Mallory, et écoute ça : elle ressemble à la mère de mon père quand elle était jeune. C'est incroyable.

— Waouh, c'est surprenant. Tu es genre… Ça te fait bizarre de découvrir que tu as une autre sœur ?

— Juste un peu. Ce n'est pas ce que je m'attendais à entendre, c'est sûr.

— Comment les autres l'ont-ils pris ?

— Plutôt bien, dans l'ensemble. Sauf pour Janey. Elle est partie avant que Mallory n'arrive. Elle a dit qu'elle ne pouvait pas gérer ça.

— Elle a eu beaucoup de choses à surmonter dernièrement. Probablement trop.

— Sans aucun doute. Mais elle aime aussi être la seule fille de notre famille et joue le rôle à fond. Si Mallory reste dans le coin, ce sera une adaptation importante pour elle. Pour nous tous en fait.

— Est-ce qu'elle va rester sur Gansett ?

— Je ne sais pas quels sont ses projets. Elle est infirmière à Providence, donc je suis sûr qu'elle devra retourner travailler à un moment ou à un autre.

— Mais elle reviendra ?

— Je suppose. Tu connais mon père. Il va vouloir qu'elle soit près de lui. Il se sent probablement coupable de ne pas avoir su qu'elle existait avant maintenant.

— Ce n'est pas sa faute.

— Quand même...

— Imagine avoir un enfant quelque part sur la Terre depuis presque quarante ans et que tu ne sois pas au courant. Ce doit être assez fou de la découvrir après tout ce temps.

— Ouais.

— Tu avais raison, murmura Owen.

— À propos de ?

— Ça m'a fait oublier tous mes soucis pendant quelques minutes et j'aurais dit que ce n'était pas possible. Merci.

— Ma sœur inconnue et moi-même sommes heureux de t'avoir aidé.

Evan s'arrêta sur le parking et coupa le moteur.

— Je sais que tu as beaucoup de choses à penser en ce moment, mais tu n'es pas seul avec ça, O. J'espère que tu le sais.

— Merci pour le rappel.

Evan lui tendit ses clés.

— Je vais entrer voir comment va ma cousine, puis je te laisserai tranquille.

Evan sur les talons, Owen pénétra dans la clinique et demanda Laura.

— Je vais attendre ici, fit Evan à Owen, tandis que la réceptionniste l'emmenait dans le box de Laura.

La première chose qu'Owen remarqua fut la pâleur de son visage. Comment avait-il pu ne pas le remarquer auparavant ? Est-ce qu'il était si absorbé par ses propres soucis qu'il n'avait pas remarqué une chose aussi importante ?

Elle lui tendit la main.

— Ta mère t'a appelé ?

Il vint se placer sur le côté du lit et lui prit la main.

— Elle aurait pu, mais j'avais laissé mon téléphone dans le van. Elle a appelé Evan. Il est venu me chercher.

— Je ne voulais pas interrompre ton moment dans les vagues. Je sais à quel point tu aimes ça.

— Ne sois pas idiote. Où pourrais-je être mieux qu'auprès de toi ?

Elle cligna des yeux fiévreusement mais ne put contenir un flot de larmes.

— Bon sang ! Tout, absolument tout me fait pleurer, surtout toi quand tu es si gentil.

Se penchant au-dessus du lit, il embrassa ses larmes pour les sécher.

— Alors, je vais essayer d'être méchant et désagréable à l'avenir.

Laura tendit les mains pour essayer de mettre un peu d'ordre dans ses cheveux.

— Tu ne pourrais pas et tu es tout plein de sable.

— Désolé.

Il voulut s'éloigner d'elle, mais elle l'arrêta.

— Je suis venu directement de la plage.

— Je m'en fiche. Je suis contente que tu sois là.

— Qu'est-ce qu'ils disent ?

Elle désigna la perfusion et le goutte-à-goutte régulier jusqu'à une aiguille dans sa main.

— Ils me réhydratent et elle va me donner quelque chose contre les nausées.

— C'est exactement ça, confirma Victoria en les rejoignant. On va la remettre en pleine forme pour le voyage.

— Es-tu sûre qu'il n'y a pas de danger pour elle ?

— Aussi longtemps qu'elle restera le plus tranquille possible, elle ira bien, répondit Victoria. Une fois que nous aurons arrêté les nausées, elle devrait commencer à se sentir beaucoup mieux.

— Je pensais que tu ne voulais rien prendre, s'étonna Owen.

— Bien sûr, coupa Laura, jusqu'à ce que ça empire.

— Je le recommanderais à ce stade même si elle ne le demandait pas, confirma Victoria. Les complications liées à une déshydratation peuvent être bien plus dangereuses pour les mères et les bébés que n'importe quel médicament. Vous avez deux possibilités en ce qui concerne les médicaments. L'une est assez raisonnable. L'autre vous coûtera environ cinq cents dollars.

— Lequel est le mieux ? demanda Laura.

— Le plus cher, bien sûr.

— Alors, nous prendrons celui-là, intervint Owen. Tout ce dont elle a besoin.

— Owen...

— C'est bon, ma chérie. Ne t'inquiète pas pour ça.

À Victoria, il dit :

— Quand pourra-t-on le lui faire prendre ?

— La pharmacie devra probablement le commander spécialement, alors on va lui faire une piqûre avant qu'elle ne parte aujourd'hui et une ordonnance quand vous serez sur le continent demain.

— Merci, Vic, fit Laura.

— Pas de problème. Tu te sentiras bientôt beaucoup mieux. Je reviens te voir dans quelques minutes.

— Des piqûres, des examens pelviens et des perfusions... Ce n'est pas ce à quoi je m'attendais aujourd'hui.

Owen fit une grimace.

— Tu as eu la totale, hein ?

— Ils font vraiment les choses bien ici.

— Je suis content que tu te sois fait examiner avant qu'on parte et que tu aies quelque chose contre la nausée. Je ne sais pas si j'aurais pu en supporter plus, alors je n'arrive pas à imaginer comment tu dois te sentir.

— La vie avec moi a été vraiment une aventure excitante, rien que vomissements incessants, accouchement et allaitement.

— Ce n'est pas ce que je voulais dire, dit-il en riant doucement et en l'embrassant. Je ne pouvais pas supporter de te voir vivre cela, et P.-S. La vie avec toi est vraiment une aventure passionnante. Chaque jour.

— On peut le dire.

— Tu plaisantes, non ? As-tu la moindre idée du bonheur que j'éprouve à regarder ce magnifique visage tous les jours ? De savoir que cette femme incroyablement forte et résistante m'aime suffisamment pour traverser cette épreuve et me donner non pas un, mais trois bébés ? C'est une expérience passionnante. La meilleure de ma vie.

Une fois de plus, elle cligna des yeux de toutes ses forces, mais ne réussit pas à arrêter ses larmes.

Il éclata de rire en les essuyant puis l'embrassa, comme toujours charmé par le goût sucré de ses lèvres.

— Tu veux que j'appelle ton père et Shane ?

— Pas besoin de les inquiéter quand tu es ici avec moi.

— Je suis là et je ne vais nulle part sans toi. Evan est là aussi, avec des nouvelles familiales extrêmement intéressantes qui vont t'intéresser. Tu veux que j'aille le chercher ?

— Hum, *ouais*. Et dépêche-toi.

Encouragé par sa réponse impertinente, Owen la laissa pour aller chercher Evan. Tant qu'elle se portait bien, il allait bien aussi.

CHAPITRE 24

Toute la journée, Janey s'occupa du bébé et de quelques tâches ménagères dans la maison et l'attendit. Pendant le dîner avec Joe, elle s'attendit à entendre la sonnette de la porte suivie de sa voix forte qui criait son nom. Il allait venir. Si elle était certaine de quelque chose dans sa vie, c'était qu'il viendrait.

— Tu devrais l'appeler, dit Joe doucement quand ils eurent baigné et mis P.J. au lit pour la nuit.

— Je ne suis pas obligée de le faire.

— C'est toi qui es partie, Janey.

— Ça n'a pas d'importance. Il va venir me voir. Je sais qu'il le fera.

Pendant qu'elle faisait la vaisselle, Joe passa son bras autour d'elle.

— Je peux faire ça. Pourquoi tu ne t'assieds pas un peu ?

— Je vais bien. Ça aide de s'occuper.

— Tu ne vas pas bien. Tu n'as pas besoin de faire semblant avec moi.

— Quelle différence cela fait-il si j'admets que je suis contrariée ? Est-ce que ça changera quelque chose ? Est-ce que mon père sera moins déçu qu'il ne l'est déjà ?

— Je suis sûr qu'il n'est pas déçu. Il est probablement inquiet, mais jamais déçu.

— J'ai agi comme une gamine de 12 ans qui fait une crise parce que son père a donné à quelqu'un d'autre l'attention qu'il aurait dû lui donner.

— Tu étais sous le choc. Il va le comprendre. Tu ne crois pas qu'il est bouleversé lui aussi ?

Un léger coup sur la porte fut suivi de la voix forte de son père qui murmurait :

— Princesse ?

Janey manqua s'étouffer en entendant ce surnom familier. Il l'avait appelée ainsi toute sa vie jusqu'à ses 19 ans, quand elle l'avait supplié de trouver autre chose.

— Vas-y, ma chérie, dit Joe en l'embrassant sur le front. Va arranger les choses avec lui.

Janey hocha la tête, se sécha les mains et se dirigea vers la salle de séjour, où son père se tenait avec une maladresse qui ne lui était pas coutumière, comme s'il essayait de se rendre compte s'il était ou non le bienvenu chez sa fille.

Sa ménagerie de chiens et de chats handicapés entourait son père qui donnait à chacun d'eux une des friandises qu'il gardait pour eux dans son camion. Puis Joe les siffla, ouvrant la porte à l'arrière de la maison, si bien qu'ils se précipitèrent vers la clôture du jardin.

Janey s'élança tout droit dans les bras tendus de son père, où l'odeur familière de l'après-rasage qu'elle lui connaissait depuis toute petite faillit la faire pleurer.

— Je suis désolée. Je ne sais pas ce qui ne va pas chez moi. Je n'aurais pas dû partir et j'aurais dû appeler et... Je suis désolée.

— Chuttt. Pas besoin d'excuses.

— Je me suis comportée comme une imbécile.

— Mais non. Je t'ai imposé quelque chose d'extrêmement

inattendu et tu n'étais pas prête à y faire face en ce moment. Ça ne veut pas dire que tu ne le seras jamais.

— Je ne sais pas si je serai jamais prête à te partager avec une autre fille. C'est peut-être trop me demander.

— Janey, ma chérie... Il n'y aura jamais une autre fille pour moi qui puisse se comparer à celle que j'ai depuis trente ans. Sans que ce soit ma faute ou celle de Mallory, je n'ai jamais pu la prendre dans mes bras lorsqu'elle était bébé, la nourrir, changer ses couches, lui faire des nattes, l'emmener à un cours de danse, la voir grandir et obtenir son diplôme de fin d'études secondaires et universitaires, la conduire à l'autel ou la voir devenir une épouse et une mère formidables. Je ne pourrai jamais faire tout cela avec une autre fille que toi.

— Tu vas me faire pleurer si tu ne t'arrêtes pas.

— Je n'arrêterai jamais. Tu sais comment je suis.

Cela fit rire Janey malgré l'énorme boule qui s'était installée dans sa gorge.

— Je me suis mal comportée aujourd'hui. J'aurais dû te soutenir davantage.

— Aujourd'hui est du passé. Tu auras d'autres occasions de rencontrer Mallory et je sais qu'elle aimerait faire ta connaissance. Tes frères ont paru la trouver plutôt sympathique. En vérité, il n'y a rien de désagréable chez elle. C'est une personne charmante.

— C'est normal. C'est ta fille, après tout. La gentillesse est dans ton ADN, mais pas dans le mien, apparemment.

— Ce n'est pas vrai, Princesse. Tu es l'une des plus gentilles personnes que je connaisse. Qui ramenait des écureuils blessés à la maison pour les soigner quand elle était toute petite ? Qui a sauvé toutes sortes d'animaux de compagnie dont personne d'autre ne voulait parce qu'ils n'étaient pas parfaits ? Qui a pris soin de ses frères aînés toute leur vie sans même qu'ils sachent qu'elle le faisait ?

Malgré tous ses efforts pour contrôler ses émotions, une larme coula sur sa joue. Elle l'essuya rapidement.

— Qui a été la première à accueillir Maddie dans notre famille alors que ceux qui auraient dû être bien plus sages que toi se demandaient encore si elle était digne de Mac ? Qui a abandonné ses rêves pour permettre à l'homme qu'elle aimait de suivre les siens ?

Riant, Janey leva les mains.

— Drapeau blanc ! Je ne suis pas de taille à lutter avec toi.

— J'espère que tu vois ce que je vois quand tu te regardes.

— J'en ai fait une affaire personnelle et je le regrette également.

Elle le prit par la main et le conduisit à un canapé dans le salon.

— Et toi ? Tu dois être tout bouleversé.

— Un peu. C'est un choc, c'est sûr, mais c'est la vie. Des ennuis arrivent et il faut faire avec. C'est tout ce qu'on peut faire. J'ai déjà énormément de chance d'avoir la famille que j'ai, et maintenant, penser... Il pourrait y avoir plus grave. C'est comme ça que je choisis de voir les choses et j'espère que tu pourras le faire aussi.

— Je vais être son amie. Je le ferai pour toi. Je ferais n'importe quoi pour toi.

— Je sais, mon cœur, et je t'en remercie.

— Alors, tu me pardonnes ?

— Il n'y a rien à pardonner.

— Qu'est-ce que tu lui as dit sur moi ?

— Que tu as un petit bébé à la maison et que tu n'as pas pu venir ce matin.

— C'était plus que ce que je méritais.

— Ne sois pas trop dure avec toi-même. Tu as eu beaucoup de problèmes. Je ne te reproche pas d'être bouleversée par une chose de plus. Alors, ne te fais pas de reproches.

— Je t'aime.

— Je t'aime, moi aussi.

— Tout va bien entre nous deux ?

— Toujours. Maintenant, où est mon petit-fils ?

— Il dort comme un petit ange.

— Je peux le voir ?

— Bien sûr. Viens.

Prenant sa main, elle le conduisit à l'étage jusqu'à la chambre du bébé. Ils entrèrent sur la pointe des pieds pour regarder le nourrisson qui dormait, son derrière en l'air sous la couverture.

Grand Mac leva une main, demandant en silence s'il pouvait le toucher.

Janey fit un signe de tête affirmatif.

Grand Mac passa sa main sur la tête du bébé, puis lui sourit avant qu'ils ne quittent la pièce.

— Ça, fit-il dans un murmure trop fort pour en être un, à l'instant, ce fut le meilleur moment de ma journée.

— Il a cet effet sur les gens.

— Merci pour lui, Princesse.

Son père l'embrassa sur le front.

— On se voit demain ?

— Certainement.

Il descendit l'escalier et elle l'entendit parler à Joe en sortant. Puis le jeune homme siffla les chiens qui arrivèrent du jardin et montèrent directement se coucher. Janey prit le temps de les câliner tour à tour lorsqu'ils entrèrent dans la pièce qui leur était réservée.

Joe fermait la marche.

— Tout va bien ?

— Ça va mieux maintenant.

— Que t'a dit ton père ?

— Tout ce qu'il fallait. Comme toujours.

Elle respira à fond :

— J'ai une sœur, Joe.

— C'est ce que j'ai entendu. Qu'est-ce que tu en penses ?

— Je n'ai pas la moindre idée de ce qu'il faut en penser. Papa a dit que mes frères l'aimaient bien. Ce n'est pas rien.

— C'est sûr. Peut-être que tu l'aimeras aussi. As-tu envisagé cette possibilité ?

— Je commence à y songer.

— Et si tu y réfléchissais en dormant et que tu voyais comment tu te sens demain ?

Elle se rapprocha de lui et mit ses bras autour de lui.

— Est-ce que je vais pouvoir dormir comme ça ? Avec tes bras autour de moi ?

Il la serra très fort dans ses bras.

— Chaque nuit pour le reste de ta vie.

Le moniteur pour bébé grésilla au moment où P.J. laissait échapper un gémissement.

— Le devoir m'appelle.

Il l'embrassa.

— Je vais le chercher et le changer.

— Je t'attendrai.

Elle en profita pour mettre une chemise de nuit et préparer le couffin du bébé. Ils introduisaient lentement le berceau pour la sieste, mais il dormait toujours près d'eux la nuit. Pendant le premier mois, il avait totalement confondu le jour et la nuit, restant éveillé quand il faisait noir et dormant toute la journée.

Heureusement cette étape était terminée et ils dormaient au moins une partie de la nuit, certes encore avec au moins une tétée au milieu de la nuit. Joe était toujours prêt à aider pour tout ce qu'il pouvait faire. Lorsqu'il lui donna le bébé quelques minutes plus tard, P.J. hurlait de colère mais se calma aussitôt lorsqu'elle le guida vers son sein.

— Maman a des nichons magiques, mon vieux. Je lui dis ça depuis des années maintenant.

Janey éclata de rire, ce qui fit perdre au bébé le bout de sein.

— Ne me fais pas rire. Ça le met en colère.

Joe passa un doigt sur la joue du bébé.

— Imagine avoir un enfant quelque part dont tu ne connais même pas l'existence.

— Impossible. Mon père doit être tellement bouleversé à l'idée de tout ce qu'il a manqué.

— Ce qui ne l'a pas empêché de prendre le temps de venir ici et d'arranger les choses avec toi.

— C'est parce qu'il est le meilleur des papas.

— Et il le sera toujours. C'est une chose sur laquelle tu peux compter.

— Ce n'est pas la seule.

Elle fit un mouvement de la tête pour qu'il s'approche et qu'elle puisse l'embrasser.

— Ah bon ?

— Je peux aussi compter sur toi qui m'empêches de devenir folle pour une chose ridicule.

— Ce n'était pas ridicule.

— Si on la compare à beaucoup d'autres, c'était assez ridicule. Après tout ce qui s'est passé au moment de la naissance de P.J., je préfère me concentrer sur tout ce qui m'est arrivé de bon, plutôt qu'être obsédée par des choses qui n'ont pas vraiment d'importance.

— C'est un objectif louable, mais tu es toujours humaine, Janey, et quelque chose comme ça va te perturber, même si tu voudrais vraiment penser le contraire.

— Je t'aime, Joseph. Merci d'être toujours mon appui.

— Je t'aime aussi, Jane Elizabeth. Et il n'y a pas un autre dos au monde que je préférerais soutenir.

Blottie dans les bras de son mari avec son bébé au sein, Janey était en paix.

Le lendemain matin, un groupe sombre se trouvait réuni à l'embarcadère du ferry avant sa traversée vers le continent. L'esprit de Laura s'emballait en songeant à tous les détails liés à leur absence de l'hôtel pour une semaine ou plus. Shane lui avait assuré qu'elle n'avait pas à s'inquiéter. Même si le temps lui était compté pour ses chantiers de construction, il avait pris une semaine de congé par rapport à son projet de logements à loyer modéré pour superviser l'hôtel pendant ce temps. Stéphanie et Abby l'aideraient, tout comme le groupe de jeunes employés d'été qui se montraient particulièrement actifs.

Laura savait que son frère s'en tirerait parfaitement, mais elle s'inquiétait tout de même à l'idée de quitter l'hôtel au milieu de la saison estivale qui battait son plein. Cependant, elle était bien décidée à mettre ces soucis-là de côté afin de pouvoir se concentrer exclusivement sur Owen, qui semblait s'inquiéter exclusivement d'elle.

— Comment te sens-tu ?

— Fantastique, répondit-elle sincèrement.

Bien qu'aucun des deux n'ait bien dormi la nuit précédente, elle s'était réveillée pour la première fois depuis des mois sans nausée et avec plus d'énergie qu'elle n'en avait eue depuis des lustres.

— Je me sens comme neuve.

— J'en suis vraiment heureux.

Il regardait avec inquiétude l'espace liquide au-delà du brise-lames.

— Ça a l'air un peu agité là-bas. J'espère que tu ne seras pas malade.

— Pas de souci, dit-elle avec plus de conviction qu'elle n'en avait vraiment.

Elle avait souffert du mal de mer presque à chaque traversée vers l'île depuis aussi longtemps qu'elle pouvait s'en souvenir. Mais le mal de mer avait toujours pour récompense le plaisir de voir sa tante, son oncle et ses cousins bien-aimés.

— Peut-être que le truc que m'a donné Victoria marche aussi pour le mal de mer.

— Espérons.

— Qu'est-ce qui te prend ? Je pensais que tu trouvais les femmes qui vomissent séduisantes ?

— Il n'y en a qu'une qui le soit à mes yeux et je pense qu'elle a assez vomi pour le moment.

— Oui, c'est bien vrai.

David arriva avec Daisy qui était venue le déposer au ferry. Elle s'approcha de Sarah et la prit dans ses bras.

— J'espère et je prie pour une issue heureuse, dit Daisy.

— Merci, ma chérie, répondit Sarah.

Les deux femmes avaient tissé des liens en raison de leurs histoires malheureuses avec des hommes violents.

— J'aimerais pouvoir venir avec toi pour te soutenir, continua Daisy. Mais on est tellement débordées au travail en ce moment.

— Ne t'inquiète pas. Tout ce groupe s'occupera bien de moi.

Daisy embrassa de nouveau Sarah et lui chuchota quelque chose à l'oreille qui fit monter les larmes aux yeux de son aînée tout en hochant la tête. Puis Daisy embrassa David et les quitta en leur adressant un signe de la main.

Frank tendit les billets de ferry à Laura et Owen, Sarah et Charlie, Blaine, David, Dan, Evan et Slim.

— Avant de partir, commença Sarah, je veux juste vous remercier tous d'avoir mis votre vie entre parenthèses pour nous aider. Cela signifie beaucoup pour Owen et moi que nous puissions compter sur des amis et une famille aussi extraordinaires.

Charlie passa son bras autour d'elle et serra son épaule. Les voir ensemble remplissait Laura de bonheur pour sa future belle-mère.

— Nous en sommes heureux, Sarah, déclara Blaine. Je pense que je parle au nom de nous tous quand je dis que nous voulons que ce bâtard soit jeté en prison.

— Tu m'as certainement pris les mots de la bouche, renchérit Owen.

— Qui te remplace cette semaine ? demanda Laura à David alors qu'ils montaient sur le bateau à la suite d'Owen qui avançait avec Holden dans la poussette.

— Un de mes anciens collègues de Boston est venu pour la semaine. Il voit ça comme des vacances. On verra ce qu'il dira après une semaine à la clinique.

Holden amusa tout le monde sur le ferry et la conversation fut ininterrompue dans le groupe comme s'ils se rendaient dans un endroit amusant et non à un procès contre un homme qui avait battu sa femme et ses enfants.

— Comment te sens-tu, ma chérie ? demanda Owen alors que le ferry plongeait et roulait au gré des vagues.

— Remarquablement bien. C'est tellement bizarre de ne pas se sentir nauséeuse.

— On aurait probablement dû faire ça il y a longtemps.

— Probablement, soupira-t-elle. C'est juste que je déteste prendre quoi que ce soit quand je suis enceinte. On ne sait jamais si on va avoir une mauvaise réaction ou, Dieu nous en préserve, les bébés.

— Jusqu'ici, tout va bien. J'espère que ça va continuer à marcher. C'était terrible de te voir souffrir.

— Et toi. Comment ça va ?

— Bien. Mieux maintenant qu'on est en route. J'ai mal vécu les dernières semaines à force de réfléchir. Je veux juste en finir et j'ai l'impression que c'est ce qu'on fait maintenant.

— Que se passera-t-il une fois qu'on sera arrivés ?

— Ma mère et moi rencontrons les procureurs à 14 h aujourd'hui. Dan et ton père vont venir avec nous. C'est juste un truc de procédure, donc pas besoin que tu sois là.

— Ton père ne sera pas là, n'est-ce pas ?

— Non.

Ses lèvres serrées lui en disaient long sur sa crainte de l'inévitable confrontation avec son père.

Entourant le bras d'Owen de ses mains, elle posa sa tête sur son épaule et regarda sa mère et Charlie jouer avec Holden sur le banc en face du leur. Holden riait de tout ce que faisait Charlie, ce qui faisait sourire Laura. Il allait être un grand-père formidable pour leurs enfants.

— Je ne sais pas, reprit Laura, mais j'ai un bon pressentiment pour tout ça.

— J'en suis content.

— Mon père m'a élevée pour croire que, même si notre système judiciaire a des défauts, la plupart du temps il fonctionne exactement comme il doit. Ta maman et toi avez un dossier solide et une bonne équipe pour vous soutenir. Tout va bien se passer.

— N'hésite pas à me le répéter, tu veux bien ?

— Chaque fois que ce sera nécessaire.

CHAPITRE 25

À 13 h 30 cet après-midi-là, Owen, Sarah, Frank et Dan prirent un taxi de l'hôtel jusqu'au bureau du procureur dans le centre-ville de Richmond. Tom Corcoran, l'assistant du procureur qui suivait l'affaire, vint les accueillir à la réception et les mena dans une salle de conférence.

Nous y sommes, pensa Owen, s'apprêtant pour la bataille.

La personnalité chaleureuse et l'attitude serviable de Tom avaient été une source de réconfort pour Owen et sa mère au cours de l'année passée, quand ils se préparaient à cette journée. Ils lui présentèrent Frank et Dan et prirent place autour d'une grande table.

Assis en tête de table à côté d'une pile de dossiers, Tom s'enquit de leur voyage et fit tout un plat de sa rencontre avec Dan Torrington dont la réputation l'avait précédé.

— Il y a eu quelques développements depuis la dernière fois que nous nous sommes parlé, leur dit Tom après que toutes les entrées en matière furent utilisées. Le plus important est la volonté du général Lawry d'envisager une négociation avant le plaidoyer.

Owen eut l'impression de recevoir une décharge électrique. Les choses allaient-elles vraiment être aussi faciles ?

— Quel genre d'accord ? demanda Sarah avec hésitation.

— Il est d'accord pour ne pas contester un chef d'accusation de coups et blessures domestiques en échange de l'abandon des autres chefs d'accusation, expliqua Tom.

— Qu'est-ce que cela signifie ? continua Sarah en se tournant vers Frank et Dan pour obtenir une explication.

— Cela veut dire, précisa Frank, qu'il n'admet pas sa culpabilité mais ne clame pas non plus son innocence. En fait, il envisage cette option pour éviter le procès.

— Y aurait-il une peine de prison ?

— Nous demanderions sept ans et en obtiendrions probablement cinq avec trois fermes et au moins deux ans de mise à l'épreuve après sa libération.

Owen connut un moment de véritable soulagement en entendant que son père allait certainement passer du temps en prison. Depuis le début, c'était tout ce qu'il voulait.

— Qu'est-ce que tu en penses, Maman ?

— Ainsi, reprit Sarah en pesant ses mots, il ne plaiderait pas coupable, mais il irait quand même en prison ?

— Exactement, répondit Tom. Voilà ce qu'il en est, Sarah. Nous savons tous ce qui s'est passé cette nuit-là. Vous le savez, il le sait et les témoins qui sont venus témoigner le savent. Mais nous n'avons aucun moyen de prouver que Mark Lawry est celui qui vous a battue cette nuit-là. Nous avons le témoignage de votre fils qui détaille des années de mauvais traitements aux mains de son père, mais nous n'en avons pas non plus de preuve. Aucun rapport de police ou quoi que ce soit qui puisse étayer ses affirmations. Il s'agit finalement de votre parole et de celle d'Owen contre celle de Mark. Comme je l'ai déjà mentionné, la position de Mark au sein de la communauté joue également contre nous. Personne ne veut croire qu'un officier de haut rang de l'armée de l'air est capable de ça.

— Donc, vous recommandez que nous prenions la transaction ? demanda Owen.

— Si Sarah était ma mère, je l'encouragerais à accepter l'accord pour éviter la fièvre du procès, confirma Tom.

— Frank ? Dan ? Qu'en pensez-vous ? demanda Owen.

— Ça l'envoie en prison pour des années, souligna Frank, ce qui a toujours été le but.

— Je suis d'accord, renchérit Dan. Ce n'est pas parfait, mais ça inclut la prison, donc je conseillerais à un client de le prendre très sérieusement en considération.

— Maman ?

Après un long moment de silence, Sarah répondit :

— J'apprécie ce que vous dites tous et je vois le bénéfice qu'il y aurait à accepter une transaction. Mais je veux l'entendre dire ce qu'il a fait. Je veux qu'il admette, en public, qu'il nous a battus, nos enfants et moi, alors que le reste du monde le considérait comme un héros. Je veux qu'il prononce le mot « coupable ». S'il n'est pas disposé à le faire, pas d'accord.

— Il a indiqué qu'il n'était pas disposé à plaider coupable.

— Alors, je suppose qu'il n'y a pas de transaction, répéta Sarah.

— Vous comprenez que nous n'avons aucune garantie d'avoir un verdict de culpabilité, n'est-ce pas ? intervint Tom.

— Je le comprends.

— Il pourrait être libre, Maman. Es-tu prête pour cette possibilité ?

— Il pourrait l'être, mais tout le monde saura ce qu'il a fait et ce serait une punition suffisante pour moi.

— Alors, nous irons au procès, conclut Tom.

— Tu aurais dû la voir, dit Owen à Laura cette nuit-là dans le lit. Elle était si forte et résolue. J'étais tellement fier d'elle.

— Je ne lui reproche pas de vouloir qu'il dise les mots en public. Et toi ?

— Non, mais j'aurais aimé qu'on prenne la transaction et qu'on n'en parle plus. Nous aurions pu choisir de ne pas être au tribunal lorsqu'il aurait fait la transaction et nous serions partis sans même être obligés de le voir.

— Cela aurait peut-être été plus facile pour vous deux, mais en fait je suis secrètement contente que Sarah ne le lâche pas. C'est tout ce qu'il mérite.

— J'ai une terrible confession à faire.

— Laquelle ?

— Quand j'étais gamin, avec tout ce qui se passait à cause de mon père, je la détestais en secret un peu. Qu'elle puisse rester sans rien faire et nous laisse endurer ça. Je le lui reprochais, tu sais ?

— Tu étais un enfant, Owen. Comment pouvait-on attendre de toi que tu comprennes toutes les questions plus importantes qui la maintenaient attachée à lui ?

— Je ne pouvais pas comprendre. Je le sais maintenant. Mais à l'époque, je la détestais. Je l'ai haïe plus tard parce qu'elle ne le quittait pas alors qu'il n'y avait plus de raison de rester. Je pensais qu'elle était faible, sans caractère et toutes sortes d'autres choses qui n'étaient pas à son avantage.

— Elle a pu être ainsi quand elle était avec lui, parce que c'est comme ça qu'elle a pu survivre. Mais depuis qu'elle l'a quitté, j'ai vu sa force, sa résolution et sa détermination. Ces qualités ont toujours été en elle. Elle avait juste besoin d'être en mesure de les utiliser.

— Tu as raison. Aujourd'hui, c'est la première fois que j'ai vraiment compris à quel point elle a toujours été forte et je regrette tellement la manière dont je la jugeais.

— Elle ne voudrait pas que tu en aies de la peine. Elle te dirait de ranger ces émotions inutiles là où elles doivent être – dans le passé. Elle te dirait que tout est la faute de ton père, ni la tienne ni la sienne. Qu'elle t'aime sans doute plus que n'importe qui d'autre au monde parce que tu l'as aidée à tout supporter. Et je sais tout cela parce qu'elle me l'a dit, de nombreuses fois.

— Je suis heureux que vous soyez devenues proches toutes les deux.

— Elle est comme ma seconde mère et je l'aime beaucoup.

— Elle t'aime aussi.

Laura se souleva et posa son menton sur la poitrine d'Owen, le regardant dans les yeux.

— Peu importe ce qui se passe à ce procès, aucun de vous n'aura plus jamais à le revoir, si bien que vous avez déjà gagné.

— C'est vrai.

— Dis-toi bien que, pour tout ce qui importe vraiment, ce cauchemar est déjà terminé pour vous deux. Il est sorti de votre vie et il va rester hors de votre vie. Quand vous le verrez demain, souviens-toi de ça.

— Je vais essayer, soupira Owen qui redoutait l'épreuve de force qui l'attendait depuis dix ans.

— Et pendant ce temps, continua Laura, le chevauchant puis se penchant pour l'embrasser, tu devrais vraiment profiter de l'énergie retrouvée de ta fiancée.

— C'est vrai ? demanda-t-il, enchanté de la voir de nouveau aller aussi bien.

Elle se laissa aller sur lui, forçant hors de sa tête toutes les pensées qui ne la concernaient pas ou le plaisir exquis qu'ils trouvaient ensemble.

— Oui, soupira-t-elle. Je me sens tout à fait bien.

Mark Lawry était beaucoup plus petit que dans le souvenir d'Owen. Ou peut-être qu'Owen était seulement beaucoup plus grand. Quoi qu'il en soit, se rendre compte qu'il était désormais beaucoup plus grand et plus large que son père lui procura un calme certain qu'il ne s'attendait pas à éprouver lorsqu'il le reverrait. Cependant, le ricanement cruel était exactement comme il se le rappelait, et dirigé contre sa mère et lui lorsqu'ils s'assirent dans la salle d'audience.

Il se répétait que son père ne pouvait pas le toucher – de quelque façon que ce fût – sauf s'il le laissait faire et il n'en avait pas la moindre intention.

Owen n'était pas du tout surpris de voir son père en grand uniforme, comme s'il voulait rappeler au juge qui il était et qu'il avait servi son pays avec beaucoup d'honneur. Le juge allait entendre et décider de l'affaire, car Mark avait renoncé à son droit à un procès devant un jury, se remettant totalement entre les mains du juge.

Pendant le petit déjeuner, Dan leur avait montré l'article détaillé de l'*Associated Press* que l'édition du *Richmond Times* avait publié ce matin-là sur le général aux multiples décorations de l'armée de l'air qui serait jugé pour coups et blessures domestiques. Dan avait souligné qu'un journaliste de l'*Associated Press* ayant écrit l'article, il serait repris dans tout l'État et peut-être même au-delà. Chaque fois qu'un officier militaire de haut rang avait un problème quelconque, c'était une nouvelle à sensation.

Owen s'interrogeait sur la réaction probable de son père face à la couverture médiatique que le procès suscitait. Il serait furieux et chercherait à blâmer tout le monde, sauf lui-même, pour la situation épineuse dans laquelle il se trouvait. Il fut un temps où Owen, sa mère et ses frères et sœurs l'auraient payé cher.

Sa mère lui prit la main et la serra tandis que Laura lui tenait l'autre main. Ils demeurèrent ainsi pendant les déclarations préliminaires qui détaillaient les accusations portées contre son père.

— Vous entendrez l'aîné des enfants de Mark Lawry, qui vous parlera d'une enfance marquée par les sévices et la violence, commença Tom. La défense présentera Mark Lawry comme un héros américain, mais Sarah et Owen Lawry raconteront une histoire différente. Ils vous parleront d'un homme qui a battu sa femme presque à mort pour du poulet pas assez cuit. Vous entendrez parler d'un homme qui, un jour, a cassé le bras de son jeune fils dans un accès de rage et qui a ensuite fait arrêter ce même fils, l'accusant de l'avoir agressé lorsqu'il avait osé se défendre contre les poings de son père. Ils vous diront la vérité telle qu'ils l'ont vécue. Mark Lawry est un prédateur violent et vicieux qui a sa place en prison, Votre Honneur. Lui permettre de se promener librement, en portant l'uniforme de l'armée de l'air des États-Unis, est une farce pour tous ceux qui ont servi ou servent notre pays honorablement.

Waouh, pensa Owen. *Contester qu'il ait servi honorablement dans l'armée de l'air va mettre le vieux dans une rage folle.*

Sans surprise, il aperçut le visage de son père et vit qu'il était rouge et congestionné. Heureusement, Tom et lui ne s'opposaient pas dans un bar mais dans une salle d'audience. Sinon, Tom aurait pu avoir une démonstration réelle de ce dont Mark Lawry était capable après ce qu'il venait de dire.

Sarah serra sa main, lui montrant qu'elle pensait la même chose. Sa grimace comique faillit faire rire Owen tout haut. Il ne s'attendait certainement pas à rire ce matin, mais il dut admettre qu'il était sacrément bon d'avoir le pouvoir de son côté pour changer. Sa mère et lui avaient la vérité pour eux et cela les réconfortait.

Au cours de la matinée, Tom fit appeler Slim, David et Blaine à la barre des témoins pour témoigner de l'état de Sarah la nuit où elle était arrivée sur l'île de Gansett, couverte d'ecchymoses et venant visiblement d'être battue.

— Mme Lawry vous a-t-elle dit comment elle avait été si gravement blessée ? demanda-t-il à Blaine, qui était le dernier à témoigner.

— Oui, elle a déclaré que son mari l'avait battue parce que le poulet qu'elle avait servi au dîner n'était pas assez cuit.

Blaine avait mis son uniforme pour témoigner.

— D'après ce qu'elle a dit, une altercation verbale a dégénéré en une confrontation physique au cours de laquelle Mme Lawry a été grièvement blessée.

— La défense demandera comment une femme si gravement blessée a pu parcourir des centaines de kilomètres, souligna Tom.

— Nous nous le sommes également tous demandé, répondit Blaine. Personnellement, je pense que la peur et le désir de rejoindre son fils, là où elle savait qu'elle serait en sécurité, lui ont donné cette force.

— Objection, coupa l'avocat de la défense. Spéculation.

— Refusée, répliqua le procureur. Rien d'autre ?

Blaine tint bon pendant l'interrogatoire de l'avocat de la défense avant d'être autorisé à quitter la barre des témoins. Le juge demanda alors une suspension d'audience pour le déjeuner.

Pendant toute la matinée où il avait assisté aux débats, les nerfs d'Owen avaient été mis à rude épreuve, à tel point qu'il avait pensé craquer. Laura lui avait tenu la main tout le temps, son soutien ne faiblissant pas une seconde.

— Ça s'est bien passé, déclara Dan à propos des témoignages de la matinée. Slim, David et Blaine étaient très crédibles et n'ont pas flanché pendant les questions contradictoires.

Tom, qui les rejoignit, était du même avis.

— Je le sens bien. Avec le témoignage de Sarah et celui d'Owen, nous allons brosser un tableau assez fidèle de ce qui s'est passé.

— En dehors du cercle familial, nous n'avons toujours personne qui ait été au courant de ce qui s'est passé pendant des années, souligna Owen.

— J'aimerais que ça soit le cas, admit Tom. Cela cimenterait certainement notre affaire. Mais je pense que nous nous en sortirons sans cela.

Les mots *je pense* n'arrangeaient guère la nervosité d'Owen.

Au moment de quitter la salle d'audience, il crut avoir des hallu-cinations quand ses grands-parents firent leur apparition au seuil de la salle.

— Maman. Regarde !

Il attira l'attention de Sarah vers le couple plus âgé qui les attendait.

Adèle avait rassemblé ses cheveux blancs dans un élégant chignon et portait un tailleur rouge neuf avec des chaussures à talon. Son mari était bronzé après des journées sur un terrain de golf en Floride, mais ses yeux bleus pétillants s'illuminèrent de joie en voyant son petit-fils aîné.

— Oh... Oh, waouh !

— Qui est-ce ? interrogea Laura.

— Adèle et Russ.

Après avoir travaillé pour eux pendant près d'un an, Laura connaissait certainement ces noms.

— Tu savais qu'ils allaient venir ?

— Je n'en avais aucune idée et ma mère non plus.

Sarah était en larmes en embrassant ses parents.

— Que faites-vous ici ? Vous n'aviez pas dit que vous veniez.

— Bien sûr qu'on est venus, s'écria Adèle. Nous ne pouvions être ailleurs.

Elle serra Owen dans ses bras, l'enveloppant du parfum Chanel n° 5 qui le ramenait aux étés de son enfance sur Gansett.

Ils sortirent tous dans le couloir où Owen eut le plaisir de présenter Laura à ses grands-parents.

— Je suis si contente de te rencontrer enfin en personne, s'écria Adèle en serrant Laura dans ses bras.

— Je suis aussi très heureuse de faire votre connaissance, répondit Laura.

Pendant qu'elle bavardait avec ses grands-parents, Owen serra la main de David et Blaine, qui les quittaient pour rentrer chez eux.

— Merci encore pour ça. Je ne pourrai jamais vous dire à quel point votre venue est importante pour nous.

— Nous allons espérer une issue positive, déclara David.

— Tenez-nous au courant, ajouta Blaine.

— Je le ferai.

— J'espère que vous prendrez très bientôt le chemin du retour, renchérit David.

— Espérons.

Ils dirent au revoir à Sarah et partirent pour l'aéroport où ils devaient prendre un vol commercial pour le Rhode Island.

Frank entra, poussant la poussette de Holden, et fit la connaissance des grands-parents d'Owen qui firent fête au bébé dont ils avaient tellement entendu parler.

— Il y a un excellent restaurant de l'autre côté de la rue, annonça Frank. Holden et moi y avons pris un café tout à l'heure.

— Je meurs de faim, déclara Sarah.

Owen fut heureux d'entendre qu'elle avait faim, car lui-même ne se sentait pas trop bien. C'est alors que son père sortit de la salle d'audience, s'arrêtant lorsqu'il se trouva nez à nez avec le groupe dans le couloir. Le regard qu'il lança à Sarah la fit se recroqueviller à l'instant même sous les yeux d'Owen. Les vieilles habitudes ont du mal à disparaître.

— Ne reste pas là, lança Owen à son père.

— Fais attention à toi, mon garçon.

— Au cas où tu ne l'aurais pas remarqué, je ne suis plus un petit garçon, alors, fais attention à toi et à la façon dont tu parles à ma mère.

— Tu aimes toujours avoir le rôle du héros, hein ?

— Tu joues toujours au crétin, alors ?

— Ne restez pas ici, M. Lawry, conseilla Tom. Vous êtes sous le coup d'une ordonnance restrictive qui vous empêche de contacter votre ex-femme. Ceci compte comme un contact.

— Je vais y aller, mais tu aurais dû accepter la négociation, Sarah. Tu n'as rien contre moi.

— Avancez ! grogna Charlie sur un ton qui retint l'attention de Mark.

— Qu'est-ce que ça peut vous faire ?

— Continuez à parler et vous allez le découvrir.

Sarah prit Charlie par la main.

— Laisse tomber, Charlie. Il n'en vaut pas la peine. Allons déjeuner.

Sarah l'entraîna vers la porte avec sa mère.

Tandis que Laura et les autres suivaient Sarah, Owen resta en arrière.

— Va-t'en et laisse-nous tranquilles, dit-il à son père quand les autres ne furent plus à portée d'entendre. Tu n'es rien pour nous et c'est très bien comme ça.

— Ta mère va changer d'avis, assura Mark avec confiance. Elle le fait toujours.

Cette déclaration fit beaucoup rire Owen.

— Continue à te dire ça.

Laura revenait sur ses pas pour le chercher.

— Tu viens ?

— Oui, je viens.

En s'éloignant de son père, il sentit tout le poids du monde quitter ses épaules. Mark Lawry n'avait plus aucun pouvoir sur lui, sa mère ou ses frères et sœurs. Peu importait l'issue du procès, il ne pouvait plus leur faire de mal.

Il prit la main de Laura et lui sourit, se sentant plus lui-même qu'il ne l'avait été pendant des semaines.

— Tout va bien ? demande-t-elle, l'air inquiet.

— Tout va vraiment très bien. Parfaitement bien.

<h1 style="text-align:center">CHAPITRE 26</h1>

près le déjeuner, ils eurent une autre surprise. Une amie de longue date de sa mère, Eva Lewis, les attendait.

— Eva ? s'écria Sarah, délicieusement surprise, en embrassant son amie. Qu'est-ce que tu fais ici ?

— J'ai lu l'histoire dans le journal ce matin. J'ai dit à Bill qu'il fallait que je vienne.

— Je suis si contente de te voir ! Ça fait combien de temps ?

— Au moins cinq ans, peut-être plus.

— Tu te souviens d'Owen, bien sûr. Voici sa fiancée, Laura, et leur fils, Holden.

— Ravi de vous revoir, Mme Lewis, fit Owen.

— Regarde comme tu es devenu un homme, et si beau !

— On peut le dire, acquiesça Sarah avec un sourire de fierté pour son fils.

— Je devais venir, continua Eva. J'ai lu l'histoire ce matin et vu que l'avocat de la défense disait que vous n'aviez personne pour témoigner que cela durait depuis longtemps. Je peux le faire. Je l'ai toujours su. Bill le savait aussi. Tout le monde savait, Sarah.

Le cœur d'Owen battait à tout rompre en voyant sa mère regarder le sol, le visage rouge de honte.

— Je n'ai jamais eu autant de disputes avec mon mari pour quoi que ce soit qu'au sujet de ce que Mark vous faisait subir, à toi et aux enfants. Je voulais le dénoncer, mais Bill craignait pour sa carrière. Il le regrette maintenant et j'aurais aimé lui avoir tenu tête et fait ce qu'il fallait. Laisse-moi faire ce qu'il faut maintenant. S'il te plaît.

Sarah leva les yeux vers Owen, qui se sentait profondément soulagé de savoir que la seule chose dont ils avaient besoin pour étayer leur dossier venait d'apparaître sous la forme d'une vieille amie de sa mère.

— J'apprécierais que tu le fasses, Eva, répondit Sarah.

Ils présentèrent Eva à Tom, dont les yeux s'illuminèrent de plaisir en apprenant qu'Eva était prête à témoigner.

— Vous en êtes certaine, Mme Lewis ?

— Je le suis. Absolument.

— Très bien, alors. Voyons ce que le juge a à dire.

La séance reprit peu après et Tom demanda la permission de s'entretenir avec le procureur. L'avocat de la défense le suivit et les trois hommes chuchotèrent pendant plusieurs minutes.

Le hamburger qu'Owen s'était forcé à manger au déjeuner lui resta sur l'estomac comme un bloc de béton tandis qu'il attendait de savoir ce qui allait se passer. Au bout de ce temps, l'avocat de la défense retourna à sa place pour s'entretenir avec Mark, qui se retourna d'un bloc pour regarder l'assistance. Quand son regard se posa sur Eva, il fronça les sourcils, secoua la tête et dit quelque chose à son avocat. Owen aurait aimé pouvoir lire sur les lèvres. Les épaules de son père perdirent lentement mais sûrement la raideur qu'Owen avait toujours associée à son port militaire. Il sembla s'affaisser sur lui-même pendant que l'avocat le regardait et attendait.

La salle d'audience était complètement silencieuse. Dans le couloir, Owen entendit le son caractéristique du rire de Holden.

Cette joie bruyante était un baume sur la douleur qui l'habitait, alors qu'il attendait la suite des événements.

Après un échange farouche avec son avocat, suivi d'une interminable période de silence, Mark hocha la tête.

Son avocat se leva.

— Votre Honneur, mon client souhaite modifier son plaidoyer.

— Approchez, ordonna le juge.

Les deux avocats se dirigèrent vers le juge pour s'entretenir de nouveau avec lui.

Owen avait du mal à respirer.

Laura lui saisit la main.

Quand les avocats quittèrent le juge, celui-ci s'éclaircit la gorge.

— L'accusé a accepté de plaider coupable de toutes les accusations.

Le groupe autour d'Owen se mit à applaudir tandis que le juge frappait la table de son marteau et demandait le silence.

— L'accusé est prié de se lever.

Une par une, le juge lut les accusations et, une par une, Mark plaida coupable pour chacune d'entre elles. Le juge annonça que le jugement serait prononcé dans un mois à compter de ce jour et conseilla à Mark Lawry d'utiliser ce délai pour mettre de l'ordre dans ses affaires.

Son père avait reconnu sa culpabilité et allait aller en prison. Owen se pencha en avant, les coudes sur les genoux. Il ne pouvait pas bouger. Il semblait incapable de respirer. Il n'arrivait pas à croire que c'était vraiment fini et que ni lui ni sa mère n'avaient eu à témoigner.

— O. ? fit Laura en posant la main sur son dos. Tu vas bien ?

Il hocha la tête parce que c'était tout ce dont il était capable pour le moment.

Elle lui donna une petite tape, l'encourageant à s'appuyer contre elle, ce qu'il fit bien volontiers.

— Je ne comprends pas, reprit-elle doucement. Pourquoi plaide-t-il coupable ?

— Parce qu'il préfère aller en prison plutôt que de voir le linge sale étalé dans la presse, fit-il d'un ton hésitant. Eva Lewis a consolidé notre affaire. Nous connaissons les Lewis depuis des années. Son mari était l'un des subordonnés de mon père.

— Je suis si heureuse pour ta mère et toi !

— Moi aussi. Je suis heureux pour nous tous.

— Owen ? les interrompit Sarah.

Il leva la tête pour la regarder.

— Viens ici, mon fils.

Elle lui tendit les bras et il se leva pour l'embrasser.

— Je n'arrive pas à y croire.

Owen ne se souvenait pas de l'avoir jamais vue aussi euphorique. Elle n'en avait pas eu beaucoup de raisons pendant son terrible mariage. Tenant sa mère dans ses bras, il soutint le regard de son père, plein d'une haine si abominable que le sang d'Owen se glaça.

— Sortons d'ici, Maman. Il est temps de rentrer à la maison.

Ils étaient de retour sur l'île avant le coucher du soleil. Pendant que Laura prenait une douche, Owen emmena Holden à son endroit préféré de la véranda et choisit un fauteuil à bascule, loin d'un groupe plus gai à l'autre bout de la terrasse. Tout en berçant le bébé, il continuait à analyser ce qui s'était passé. Son père avait plaidé coupable. Il avait été forcé d'assumer la responsabilité du cauchemar qu'il avait infligé à sa femme et à ses enfants.

Owen ne le reverrait plus jamais. Il en était certain. Ils n'assisteraient pas à l'audience qui annoncerait la sentence parce que ni lui ni sa mère ne sentaient le besoin d'être là lorsque

Mark serait fixé sur son sort. Il allait aller en prison. C'était tout ce qui comptait pour eux.

Holden se blottit plus près d'Owen, son souffle doux et chaud contre son cou. Laura et lui n'arrivaient jamais à croire à toute la chaleur que ce petit corps générait pendant son sommeil. Owen massait le dos de Holden pendant qu'ils se balançaient et un sentiment de paix et de plénitude sans précédent s'empara de lui ; il regardait la ville qui était à présent chez lui, tout en tenant le bébé qu'il aimait plus que la vie elle-même.

Ses émotions étaient à fleur de peau ce soir-là, menaçant de déborder à tout moment. Il avait réussi à tenir le coup pendant le vol de retour durant lequel tout le monde était en pleine forme et personne plus que Sarah. Owen n'avait jamais vu sa mère aussi heureuse.

— Te voilà, lui dit sa grand-mère en pénétrant sur la véranda.

Son mari et elle s'étaient embarqués avec eux pour rentrer à Gansett et avaient prévu de rester jusqu'au mariage.

— Oh, fit Owen. Désolé. Tu me cherchais ?

— Partout.

— Si je ne suis pas en haut avec Laura, on peut généralement nous trouver ici, mon petit chéri et moi.

— Tu as toujours aimé cette véranda, se souvint Adèle en prenant le fauteuil à côté du sien.

— Elle est tout ce que j'aime.

— C'est bien vrai. Je ne m'étais pas rendu compte que cela m'avait vraiment manqué jusqu'à ce que nous arrivions tout à l'heure. Et ce que Laura et toi avez fait de cet endroit ! Les photos ne lui rendaient tout simplement pas justice.

— Je suis heureux que tu sois contente. Laura a dû me demander mille fois pendant la rénovation si Adèle serait satisfaite de la décision que nous prenions à tel ou tel moment.

— Adèle est très, *très* satisfaite – et pas seulement de l'hôtel, qui est fabuleux. Je suis également ravie de te voir si heureux et amoureux d'une jeune femme si merveilleuse.

— Elle est formidable, n'est-ce pas ?

— Oh, Owen… Elle est incroyable. Je l'aimais déjà au fil de toutes nos conversations téléphoniques, mais passer du temps avec elle et voir à quel point elle t'aime…

Adèle sourit et secoua la tête.

— Ça fait du bien au cœur de ta vieille grand-mère de savoir que tu as ça dans ta vie – de savoir que tu t'es autorisé à l'avoir.

— Je n'ai pas vraiment eu le choix. Elle m'a fait craquer dès que je l'ai rencontrée.

— Je comprends pourquoi.

— Et P.-S. Il n'y a rien de vieux chez ma grand-mère.

Ce qui la fit rire.

— Qu'est-ce que tu racontes, espèce de charmeur !

Adèle suivait attentivement le mouvement de sa main sur le dos de Holden.

— C'est un amour.

— Oui, vraiment.

— Je suis si contente que Laura et toi puissiez vous concentrer sur votre mariage maintenant et un futur plein de choses passionnantes. Le passé est maintenant officiellement rangé aux oubliettes. Enfin.

— C'est un tel soulagement, mais c'est aussi irréel. Je n'aurais jamais pensé que cela se résoudrait aussi facilement.

— Je ne suis pas aussi surprise que je devrais l'être. L'ego de Mark est aussi fort qu'il l'a toujours été et il n'y avait aucun risque qu'il vous laisse, toi, ta mère *et* Eva, le traîner dans la boue en public.

— Dieu merci, elle est arrivée à point nommé.

— Il aurait pu vous attaquer à son tour et je parie que c'était son intention. Mais il ne pouvait rien faire contre elle et il le savait. Son compte était bon dès qu'elle est entrée dans la salle d'audience.

— C'est incroyable quand on y pense. Toutes ces années, je pensais que personne n'était au courant. Je croyais que les gens étaient indifférents.

— Ils n'étaient pas inconscients. Ils avaient aussi peur de ton père que vous tous. C'était un homme puissant avec un caractère terrible. Personne ne voulait se le mettre à dos.

Elle se pencha pour poser sa main sur son bras.

— Je suis seulement désolée qu'il ait fallu autant de temps pour que quelqu'un prenne votre défense. Cela aurait dû arriver il y a longtemps.

— Ça n'a plus d'importance maintenant. Tout ce qui compte, c'est que c'est arrivé quand il le fallait, et maintenant c'est fini.

Sarah les rejoignit sur la terrasse. Elle portait une jolie robe et avait manifestement passé du temps à se coiffer et à se maquiller.

— Tu sors, Maman ?

— Charlie m'emmène dîner pour fêter ça.

— C'est un homme gentil, Sarah, lui dit sa mère.

— Oui, c'est vrai.

— On vous verra demain matin, alors ? demanda Owen.

Sarah rougit jusqu'à la racine de ses cheveux.

— Vraiment, Owen. Pas devant ma mère.

Adèle éclata de rire.

— Oh, pour l'amour de Dieu, Sarah. Tu as presque 60 ans et tu as sept grands enfants et un petit-fils. Va t'amuser pendant que tu es encore jeune.

— Dans ce cas, repartit Sarah avec un sourire cocasse, ne m'attendez pas pour aller vous coucher.

Elle se pencha pour embrasser la joue de Holden et le front d'Owen, puis embrassa sa mère.

Charlie arriva quelques minutes plus tard pour emmener Sarah. Ils s'éloignèrent bras dessus bras dessous et il pencha la tête vers elle pour entendre ce qu'elle disait.

— Eh bien, reprit Adèle en les regardant partir avec Owen, est-ce que ça ne fait pas plaisir de les regarder ?

— Et pas qu'un peu. Ils vont très bien ensemble.

— Tu crois qu'ils vont se marier ?

— Prochainement. Quand son divorce sera prononcé.

— Et tu serais d'accord avec ça ?

— Je serai enchanté pour eux deux. Ils ont connu l'enfer et en sont revenus indemnes.

— Tout comme toi, mon chéri. Et maintenant, il est temps de tourner le dos à l'enfer et d'exulter de joie.

Cela semblait être une excellente idée et Owen décida de suivre le conseil de sa grand-mère. C'était vraiment le moment de se réjouir pour eux.

Les deux semaines suivantes filèrent dans un tourbillon de détails à régler à la dernière minute avant le mariage, tandis que les futurs mariés essayaient de ne pas penser au fait qu'ils n'avaient pas encore reçu les papiers du divorce de Laura.

— Que ferons-nous si nous ne les avons pas à temps ? demanda Laura à Owen trois jours avant le mariage.

— Nous ferons la fête comme si tout allait bien et renverrons à plus tard le mariage lui-même, quand nous serons seuls, histoire de rendre le tout officiel. Personne, à part ton père, n'aura besoin de savoir que ce n'est pas tout à fait légal.

— Evan et Grace, nos témoins, auront besoin de savoir pourquoi nous avons besoin de leurs signatures plus tard.

— Alors, nous le leur dirons et à personne d'autre.

Owen l'embrassa.

— Essaie de ne pas t'inquiéter. Tout va bien se passer. Je te le promets.

Ce n'était pas une solution idéale, mais aucun des deux ne souhaitait reporter le mariage.

Le lendemain soir, Evan organisa pour Owen un enterrement de vie de garçon au restaurant de la marina qui se poursuivit toute la nuit.

Comme Evan et lui rentraient en ville tôt le lendemain matin, Owen était encore pompette après la nuit passée avec la plupart de ses meilleurs amis et un flot ininterrompu d'alcool.

— Quel moment fantastique, répéta Owen tandis qu'ils gravissaient la colline jusqu'à son sommet près de la maison des parents d'Evan, puis descendaient la rue menant chez lui.

— Content que tu aies apprécié, dit Evan.

Sa voix était rauque à force d'avoir fumé des cigares et chanté toute la nuit. Ses cheveux bruns semblaient hirsutes et poisseux, résultat d'un shampoing à la bière offert par son frère Mac.

— On ne doit pas sentir très bon, continua Owen.

— Cela signifie que la fête a été un succès.

— Je n'arrive pas à croire que je vais me marier *demain*.

Plus tard dans la journée, ses sœurs Katie et Julia devaient arriver, suivies le lendemain matin par ses frères Jeff et Josh et son autre sœur Cindy. Seul son frère John n'assisterait pas au mariage car il n'avait pas pu quitter son travail.

Bien qu'ils soient restés en contact étroit, surtout ces derniers temps, Owen n'avait pas vu ses frères et sœurs depuis deux ans et attendait leur arrivée avec impatience.

— Tu es prêt ? questionna Evan.

— À me marier ? Diable oui, mais seulement parce que je vais épouser Laura. Si c'était quelqu'un d'autre, je ne serais pas aussi partant.

— Si c'était quelqu'un d'autre, tu ne te marierais pas.

— Oui, c'est évident. Et toi, alors ? Prêt à te marier ?

— Certainement. Je regrette qu'on ait décidé d'attendre jusqu'en janvier. En y repensant, c'était une énorme erreur. Je veux me marier maintenant.

— Malheureusement, nous allons probablement rater votre

mariage parce que Laura sera trop enceinte pour prendre l'avion à ce moment-là.

— Je sais, gémit Evan. Je ne peux pas imaginer me marier sans que tu sois là.

— Elle veut que j'y aille sans elle, mais je ne pense pas pouvoir le faire. Tu comprendras, n'est-ce pas ?

— Bien sûr que oui, mais tu vas me manquer. Je voulais que tu sois mon témoin. Tu le sais, n'est-ce pas ?

— Tu as trois frères, Ev.

— Toi aussi et tu m'as quand même choisi pour être le tien.

— C'est parce que...

Owen mettait sur le compte de l'alcool cette montée d'émotion mais, en vérité, il était particulièrement émotif depuis des semaines maintenant, depuis ce jour où il avait été officiellement libéré du passé au tribunal.

— Tu ne le savais pas à l'époque, Ev, mais le temps que nous passions ensemble l'été, notre amitié... Cela signifiait beaucoup pour moi. C'est toujours le cas, mais dans le temps... Je n'aurais demandé à personne d'autre.

— Ah, fichtre, mon vieux. Tu vas me faire pleurnicher comme une fille.

Ce commentaire les fit rire tous les deux, ce qui détendit le nœud émotionnel installé dans la poitrine d'Owen. Il avait voulu le dire à Evan depuis un certain temps déjà et ça lui faisait du bien de l'avoir exprimé. Il était important pour lui qu'Evan sache à quel point leur amitié avait été importante pour lui pendant une période extrêmement difficile de sa vie.

— Laura veut que nous jouions ce soir à la répétition, reprit Owen. Tu es partant ?

— Mon ami, je suis toujours d'accord pour jouer avec toi. Toujours.

Ils se séparèrent devant la pharmacie où Evan vivait avec Grace.

Owen lui serra la main et lui donna une accolade.

— Merci pour cette nuit mémorable.

— Tout le plaisir était pour moi.

— Je suis encore un peu saoul et débraillé, alors excuse-moi pour ce que je vais dire.

— Non, je ne quitterai pas Grace pour toi. Je te l'ai dit la dernière fois que tu m'as demandé.

— La ferme, tu veux ? répliqua Owen en riant. Tout ce que j'allais dire... Eh bien, maintenant, ça semble doublement stupide puisque tu veux quitter Grace pour moi, mais... Je t'aime, mon vieux. Je t'aime vraiment.

Evan l'embrassa.

— Je t'aime aussi. Nous t'aimons tous. Nous sommes si heureux que tu rejoignes officiellement la famille McCarthy.

Il était peut-être ivre et débraillé, mais il avait été submergé par plus d'émotions qu'il ne pouvait en supporter depuis la fin du procès de son père ; et à l'instant présent, il en allait de même. Avant de se ridiculiser complètement devant Evan, il lâcha son ami.

— Nous ne devrons plus jamais parler de ça.

— Jamais, répondit gravement Evan. On se voit ce soir.

— À ce soir.

— Tu ne vas pas tomber ou trouver un autre moyen de te blesser en rentrant chez toi ?

— Nan, c'est bon. Je vais vraiment, vraiment bien.

Evan sourit et, amusé, hocha la tête tandis qu'Owen faisait signe de la main et se dirigeait vers le *Surf* et ce foyer qu'il avait trouvé avec Laura et Holden. Quelques lève-tôt prenaient un café sur la véranda quand il monta l'escalier et entra. La réception était sombre et silencieuse, tout comme le *Bistro* de Stéphanie et le *Grenier* d'Abby. Tous deux ouvriraient dans quelques heures pour commencer une autre journée d'été sur Gansett. Pressé de rejoindre sa famille, Owen monta les marches deux par deux, s'arrêtant net en découvrant une grande enveloppe devant leur porte.

Il la ramassa et l'apporta à l'intérieur, allant directement à la salle de bains, fermant la porte pour ne pas déranger Laura ou Holden. À l'intérieur de l'enveloppe, il trouva une liasse de papiers et une note de Dan.

J'ai pensé que cela pourrait rendre le jour de votre mariage encore plus spécial. Il a fallu un acte du Congrès, mais nous avons réussi et Slim a fait venir les papiers par avion la nuit dernière. Félicitations et meilleurs vœux. Dan.

Les papiers du divorce de Laura.

Les genoux d'Owen tremblèrent de soulagement et de gratitude pour les amis extraordinaires qui avaient fait tout leur possible afin que les papiers arrivent à temps pour le mariage.

CHAPITRE 27

Owen prit une douche, se rasa et se brossa les dents avant de se glisser dans le lit avec Laura. Ses intentions étaient pures – quelques heures de sommeil avant que Holden ne les réveille. Mais ensuite, il respira l'odeur de ses cheveux et sentit la chaleur de son corps ; l'instant d'après, son bras était autour d'elle, sa jambe entre les siennes et son visage blotti dans la soie de ses cheveux.

— Alors, tu as décidé de rentrer à la maison, dit-elle d'une voix rauque et somnolente qui l'excita aussitôt.

— C'était une décision difficile, mais tu sais, Holden a besoin de moi, alors je me suis dit qu'il valait mieux que je revienne.

Sa main recouvrit la sienne, posée sur son ventre arrondi.

— Je suis contente que tu l'aies fait.

— Je ne voudrais être nulle part ailleurs sur cette planète.

— Mm, murmura-t-elle, ses fesses se blottissant contre son membre, tout à coup fièrement dressé. On dirait que tu m'as apporté un cadeau.

Ce commentaire inattendu le fit rire.

— C'est comme ça dès que tu es à proximité.

Il embrassa sa joue et tous les autres morceaux de peau

douce qu'il pouvait atteindre tandis que sa main remontait pour englober son sein. Faisant rouler son mamelon entre ses doigts, il le taquina jusqu'à ce qu'il soit dur et gonflé.

— Devine ce qui attendait devant la porte quand je suis rentré ?

— Quoi ?

— Les papiers du divorce.

— Oh, mon Dieu ! *C'est vrai* ? Ils sont vraiment arrivés ?

— Grâce à Dan et Slim, qui les ont fait venir par avion.

— Oh, mon Dieu ! C'est la meilleure nouvelle que j'aie jamais reçue.

Elle laissa échapper un rire plein de bonheur et de soulagement qui était contagieux. Leur mariage pourrait se dérouler sans que rien ne s'interpose entre eux ; ils allaient être heureux pour toujours.

Il continua à taquiner son mamelon jusqu'à ce qu'elle se presse contre lui.

— Owen...

— Veux-tu que je te laisse tranquille pour que tu puisses te rendormir ?

— Certainement pas.

— T'ai-je déjà dit aujourd'hui combien je t'aime et combien j'ai hâte d'être marié avec toi ?

— Tu viens de le faire.

Il glissa sa main de côté sur sa hanche et le long de sa jambe jusqu'à ce qu'il rencontre l'ourlet de sa chemise de nuit, qu'il remonta jusqu'à sa taille.

— Laisse-moi me retourner.

— Non, comme ça. Juste comme ça.

Owen lui retira sa culotte et vérifia si elle était prête, gémissant quand il la trouva lisse et chaude.

— Tu pensais à moi avant que je rentre à la maison ?

— Peut-être un peu. Je me réveillais sans cesse en te cherchant.

Jamais, dans ses rêves les plus fous, il ne s'était attendu à aimer une femme comme il l'aimait. Et quand elle disait des choses comme ça...

— Tu ne dormiras plus jamais sans moi.

— Et ce soir ? On n'est pas censés se voir avant le mariage.

— On s'en fiche. Je ne suis pas superstitieux. Et toi ?

— Je l'ai été dans le passé, avoua-t-elle. Je suis irlandaise, après tout.

— Et maintenant ?

— On s'en contrefiche.

— J'aime ta façon de penser, Princesse.

Levant la jambe de Laura par-dessus sa hanche, il la pénétra lentement et prudemment.

Elle se tortillait, essayant de se rapprocher.

— Je suis en train d'étudier ce que tu penses en ce moment, moi aussi.

Il caressa de sa main l'arrondi sous lequel se trouvaient leurs bébés jusqu'à trouver le centre du désir de Laura.

Elle haleta tandis qu'il s'enfonçait plus loin et sa tête revint se poser sur son épaule.

— Owen, mon Dieu... Je me sens si bien. C'est si bon.

— Pour moi aussi. Rien n'est meilleur que ça.

— Et après demain, on fera ça pour toujours.

— Et légalement, en plus.

— Bonus.

Quand il poussa plus loin en elle, elle gémit.

— En parlant de bonus.

— À chaque fois ! dit-il en riant.

— C'est devenu la tradition.

— Toutes ces plaintes... Ça épuise un homme, je te le dis.

— J'ai découvert qu'il est presque impossible de t'épuiser... ou de trouver tes limites.

— Puisque tu vas te plaindre de toute façon, autant en avoir pour mon argent.

Sans perdre leur connexion, il la fit mettre à genoux, appuyée sur une pile d'oreillers. Il saisit ses hanches, se mouvant tout d'abord lentement, toujours attentif à ne pas lui faire mal.

— C'est bon ?

— Mm, oui. Si bon.

— Prête pour plus ?

— *Encore* ?

Pour la taquiner, il lui donna une tape sur les fesses qui la fit rire doucement. Et cela fut un baume sur son âme blessée, qui avait finalement commencé à cicatriser quand elle était entrée dans sa vie.

— Quelle bestiole !

— Tellement plus que ce que tu devrais faire.

— Bien. Maintenant, les choses sérieuses vont pouvoir commencer.

— On n'était pas déjà sérieux ?

— On commençait à peine.

Elle rit tout en gémissant, puis il lui montra de quoi il était capable quand il devenait vraiment, *vraiment* sérieux.

Couchée avec Owen après une matinée d'amour magique, Laura ne s'était jamais sentie aussi heureuse et sereine. Il était de retour. Son Owen était revenu vers elle petit à petit depuis la fin du procès. Avec chaque jour qui passait, il était devenu moins maussade et renfermé. Aujourd'hui, cependant, il avait ri sans contrainte et aimé farouchement. Il avait affronté ses plus grandes peurs et en était sorti plus fort. Ses démons avaient été exorcisés une fois pour toutes.

— Alors, l'enterrement de vie de garçon était amusant ?

— C'était fantastique. On a tellement ri ! Evan s'est donné à fond.

— Tu t'y attendais, n'est-ce pas ?

— Oui. C'est le meilleur.

— C'est pour ça que tu l'as choisi comme témoin.

— Eh oui !

Il fit courir sa main de haut en bas de son bras, la faisant frissonner comme toujours lorsqu'il la touchait.

— Il te reste un peu de force ?

Il ouvrit les yeux :

— Pourquoi ? Tu veux recommencer ?

— Pas tout de suite, répondit-elle en riant. J'ai quelque chose à te montrer avant que les choses ne deviennent folles par ici.

— J'ai toujours de l'énergie pour toi, Princesse.

— J'espère qu'on parle du même genre d'énergie, répliqua-t-elle calmement en sortant du lit pour récupérer l'album photo qu'elle avait ressorti la veille.

— Haha, très drôle.

Il s'assit contre les oreillers, la regardant marcher dans la pièce, toute nue.

Laura se sentait mal à l'aise à mesure que sa grossesse avançait, mais n'osait pas faire un geste pour se couvrir car elle savait qu'il l'aimait au naturel.[1] Elle apporta l'album au lit et s'assit avec lui contre les oreillers.

— Qu'est-ce que c'est ? lui demanda-t-il.

— L'album de mon premier mariage.

— Oh.

— Je sais que ça peut sembler bizarre de sortir ça la veille de notre mariage, mais j'ai pensé à quelque chose et je voulais le partager avec toi.

Elle souleva la lourde couverture gaufrée et s'arrêta sur une photo d'elle en robe de mariée. Ses cheveux étaient tirés vers l'arrière dans un style élaboré qui avait demandé des heures de travail pour être parfait. Son maquillage avait été réalisé de manière professionnelle et chaque détail pris en charge par un organisateur de mariage, avec une attention méticuleuse.

— Waouh, s'exclama Owen en regardant la photo. Tu es incroyable. Tellement belle.

— Merci.

Sa gorge se serra.

— Je voulais que tu voies ça parce que ce n'est pas moi. Ce n'est pas la vraie moi. La vraie moi est celle que tu verras demain. Bien moins parfaite et bien moins préparée, mais vraiment moi.

— C'est la seule toi que je veux, Laura.

— Je sais, et c'est pour cela qu'il n'y a pas de coiffeur, de maquilleur ou d'organisateur de mariage cette fois-ci. Il n'y a que toi, moi et Holden.

— C'est tout ce dont nous avons besoin.

— La dernière fois, avec Justin, tout cela semblait nécessaire. Je ne me sens pas comme ça avec toi et je voulais que tu saches combien il est réconfortant de pouvoir être complètement moi-même avec toi – sans faux-semblant ni artifice, sans simulacre. Moi, tout simplement.

— Tu ne pourrais rien m'offrir qui soit plus important à mes yeux, Laura.

Il lui caressa la joue, passant son pouce sur sa lèvre inférieure.

Sa tendresse fit monter les larmes aux yeux de Laura.

— Je peux voir les autres photos ?

— Je n'avais pas l'intention de te montrer le reste. Je voulais juste que tu voies celle-là.

— J'aimerais voir les autres, si tu veux bien.

Elle hésita, mais seulement un court instant, avant de lui tendre l'album. Qu'est-ce que ça pouvait faire maintenant ? Il savait qu'elle n'aimait plus Justin – si elle l'avait d'ailleurs jamais aimé. Il savait qu'elle n'avait jamais aimé Justin comme elle l'aimait et c'était tout ce qui comptait, pour l'un comme pour l'autre.

Owen tourna les pages, étudiant chaque photo avec une

intense concentration. Le mariage avait été glamour, élégant et distingué – ce qu'elle avait autrefois cru si important. Jusqu'à ce que son mariage si parfait parte en fumée un mois après les « Oui, je le veux ».

— Tu es magnifiquement belle, reprit-il après un long silence. Je n'arrive toujours pas à croire que tu m'aies choisi pour passer le reste de ta vie avec moi.

— Ce jour-là, continua Laura d'un ton hésitant, je savais que quelque chose n'allait pas. Je ne savais pas quoi, mais je savais que ce n'était pas ce qu'il me fallait.

— Je peux le voir sur certaines photos.

Il désigna une photo d'elle avec Justin.

— Tu es rayonnante, radieuse, mais je vois malgré tout de la tristesse dans tes yeux.

— J'étais triste, mais à l'époque je ne savais pas pourquoi. Maintenant, je le sais. C'est parce que mon destin a toujours été de vivre avec toi et je l'ai su presque du jour où je t'ai rencontré. S'il te plaît, ne regarde pas ces photos en pensant que c'est ce que je veux vraiment. Ce n'est pas le cas.

Elle lui prit la main et la porta à ses lèvres.

— Voilà ce que je veux. Toi. Nous.

— Je le sais, mon bébé.

Il se pencha pour l'embrasser.

— Je le sais, répéta-t-il.

Fermant l'album, il le posa sur la table de chevet puis se tourna vers elle, passant son bras autour de ses épaules.

— Merci d'avoir partagé ça avec moi et merci de m'avoir donné celle qui est vraiment toi. Ce sera toujours exactement ce que je veux.

— Merci de m'accepter comme je suis, de la façon incroyable dont tu prends soin de moi et de Holden et d'avoir abandonné ta vie de bohème pour prendre en charge une mère et son enfant.

— C'est la meilleure décision que j'aie jamais prise. Je pensais récemment à cette journée, en regardant les bateaux partir ; je me rappelais la dernière fête de Christophe Colomb où le bateau du soir est parti sans moi pour la première fois depuis des années. J'ai alors su que je m'engageais à être toujours avec toi et je ne l'ai pas regretté une seule seconde. Je ne le regretterai jamais.

— Je suis heureuse que tu me dises ça.

— Tu ne t'es pas posé de questions ?

— Pas vraiment, mais c'est quand même agréable à entendre.

La main à plat sur le ventre d'Owen, elle embrassa sa poitrine.

— Je pensais que tu serais épuisé après une nuit blanche.

— Je suis trop excité pour dormir. Mes sœurs arrivent aujourd'hui, les autres demain. Nous avons notre dîner de répétition ce soir et le mariage demain.

Elle était enchantée de l'entendre dire qu'il était aussi impatient.

— Et tu vas t'écrouler sur la table ce soir si tu ne dors pas.

— Mon petit homme va bientôt se réveiller.

— Je vais m'occuper de lui ce matin pour que tu puisses dormir.

— Je ne veux pas dormir quand je peux être avec vous deux.

— Tu seras avec nous tous les jours pour le reste de notre vie.

Elle l'embrassa.

— Ferme tes yeux.

— Je veux pas.

— Owen...

Un sourire diabolique illumina le visage d'Owen.

— Essaie un peu.

Elle se souleva et se mit à cheval sur lui, embrassant chaque paupière jusqu'à ce qu'il ferme les yeux et soupire profondément.

— Maintenant, garde-les fermés.

Il mit ses bras autour d'elle, la faisant descendre au-dessus de lui.

— Reste avec moi. Je ne peux pas dormir sans toi.

— Seulement jusqu'à ce que Holden se réveille.

— Je prendrai tout ce que je peux avoir.

Elle l'embrassa doucement sur les paupières, les joues et les lèvres, s'arrêtant seulement quand elle sentit qu'il commençait à se durcir sous elle.

— N'y pense même pas !

— Je n'ai pas à y penser. Ça arrive, tout simplement.

— Je m'en vais.

— Non ! Je vais être sage. Je te le promets.

— C'est une promesse en l'air comme je n'en ai jamais entendu !

— Reste, chuchota-t-il.

Parce qu'il gardait les yeux fermés, elle posa sa tête sur sa poitrine, écoutant sa respiration devenir plus profonde et ses bras se relâcher autour d'elle. Elle resta jusqu'à ce qu'elle entende Holden remuer dans son berceau, puis elle se dégagea de l'étreinte d'Owen, le laissant dormir pendant qu'elle allait commencer sa journée.

— Oh, mon Dieu ! Ça ne va pas !

La panique s'emparait de Laura.

— Si, ça rentre.

Demoiselle d'honneur de Laura, Grace avait été l'incarnation du calme et de la patience toute la journée et l'instant présent ne ferait pas exception.

— Non, ça ne va pas ! Comment mon ventre a-t-il pu gonfler autant en *trois jours* ?

— Hum, tu attends des jumeaux et tu as arrêté de vomir dix-sept fois par jour ?

— Personne ne m'a dit que ça arriverait si je prenais des médicaments !

— Laura, fit Grace en pouffant. Tu t'entends ? Tu préférerais sérieusement vomir et être malade le jour de ton mariage ?

— Je préférerais que ma robe m'aille vraiment.

— Elle ne te va pas ? demanda Stéphanie qui arrivait, portant une robe épaules nues de couleur corail qui mettait en valeur ses cheveux d'un roux foncé et son intense bronzage d'été.

Stéphanie, Abby, Maddie et Janey porteraient chacune un style différent de robe, mais de la même couleur. Contrairement à la dernière fois, Laura avait dit à ses amies de choisir ce qu'elles se sentaient à l'aise de porter. Elles étaient magnifiques et seraient belles quelle que soit la robe qu'elles choisiraient.

— On dirait que la fermeture Éclair ne veut pas fermer, grogna Grace, confirmant les pires craintes de Laura.

— Qu'est-ce que je vais faire ? gémit-elle. Les gens seront là dans une heure !

Dans le miroir, elle regarda Grace, Abby et Stéphanie évaluer la situation. Toutes les trois étaient devenues les amies les plus proches de Laura au cours de l'année écoulée et leur demander d'être ses demoiselles d'honneur avait été la décision la plus facile à prendre. Elle aimait beaucoup les filles avec lesquelles elle avait grandi à Providence, mais elles faisaient maintenant partie de son ancienne vie. Elle avait également demandé à Maddie d'être là parce qu'elle avait été une amie formidable et une aide incroyable pour répondre à toutes les questions qu'elle pouvait avoir à propos de Holden. Janey était la sœur que Laura n'avait jamais eue et elle avait également été demoiselle d'honneur lors du dernier mariage.

— Que dirais-tu si on retirait le dos ? demanda Abby.

— Ça voudrait dire aussi se retrouver sans soutien-gorge ? Ce n'est pas possible avec ces seins de femme enceinte.

— Je te rejoins à ce sujet, souffla Maddie, en les faisant toutes rire.

Elle avait des seins importants quand elle n'était pas enceinte et ses blagues sur les seins qui gonflaient étaient hilarantes.

— Si on la coupe ici, reprit Abby, on peut coudre le tissu en trop pour fermer la robe derrière la nuque et laisser le dos nu.

— Et on peut faire ça en *une heure* ?

Laura n'arrivait pas à croire qu'elle envisageait ce plan, mais quel choix avait-elle ? La robe n'allait pas.

— Va chercher Sarah. Elle sait coudre ! Elle saura quoi faire.

— J'y vais, s'écria Stéphanie. Détends-toi. Tout ira bien.

Laura se mit à rire parce qu'elle ne pouvait rien faire d'autre. Et honnêtement, qu'est-ce que ça pouvait faire ? Elle pourrait épouser Owen dans un sac en toile de jute et tout irait bien. Les photos leur donneraient matière à rire dans leur vieillesse.

— Tu es terriblement calme, remarqua Abby. Tu n'es pas en état de choc ou quelque chose comme ça, hein ?

— Nan. Je vais bien.

Essayant d'imaginer ses anciennes demoiselles d'honneur prendre des ciseaux pour sa robe le jour de son premier mariage, Laura partit dans un fou rire. Elle aurait perdu la tête si c'était arrivé à ce moment-là.

— Faut-il appeler Victoria ? demanda Grace, les sourcils froncés d'inquiétude.

— Non ! Je vais vraiment bien. Je ris juste parce que c'est parfaitement ridicule.

— Tout va bien se passer, lui assura Abby.

— Je le sais, c'est pour ça que je ris. Ce soir, je serai mariée à Owen. Qui se soucie de savoir à quoi ressemble ma robe ?

— Elle est en état de choc, gémit Grace.

— Mais non. Je le jure.

Laura essayait d'être convaincante, mais elle ne pouvait pas s'empêcher de rire.

Stéphanie revint avec Sarah qui apportait sa trousse de couture et une paire de ciseaux tranchants dans lesquels Laura reconnut ceux de la cuisine.

Son estomac lui fit mal lorsqu'elle comprit qu'elles allaient bel et bien *couper* la magnifique robe en soie blanche.

— Laissez-moi voir, commença Sarah.

Les autres filles s'écartèrent pour permettre à Sarah de travailler.

— Qu'est-ce qui se passe ? demanda Adèle qui venait de les rejoindre.

— Gros problème avec la robe, expliqua Laura à la grand-mère d'Owen. Dû à des jumeaux qui poussent très vite.

— Oh non ! s'écria Adèle.

— Ne vous inquiétez pas, reprit Sarah avec confiance. Je sais ce qu'il faut faire.

Comme elle ne pouvait pas contenir son nouveau tour de taille, Laura décida de croire que sa future belle-mère allait tout arranger.

---

1. « Au naturel ». En français dans le texte. (N.D.T.)

CHAPITRE 28

*A*yant une heure à tuer avant le mariage de sa sœur, Shane McCarthy décida d'aller se baigner. Il pouvait prendre une douche et s'habiller en dix minutes. L'hôtel étant débordé par les invités et les préparatifs du mariage, la plage était le seul endroit où il pouvait espérer trouver quelques minutes de paix et de tranquillité.

Il était enchanté pour Laura – et Owen, un type formidable qui était devenu son ami proche depuis qu'il avait déménagé ici pour vivre avec eux à l'hôtel. Cependant, Shane ne pouvait pas s'empêcher de penser au jour de son propre mariage, il y avait trois ans de cela maintenant, et à tout ce qui s'était passé depuis lors.

Courtney lui manquait. Avoir une femme et une compagne lui manquait. Il avait adoré être marié. Découvrir que sa femme était terriblement toxicomane avait été le moment le plus affreux de sa vie. La perdre en même temps que leur mariage à cause de cette dépendance l'avait presque brisé.

Il pensait encore à Courtney tous les jours, mais il se concentrait sur les mauvais moments pour ne pas oublier pourquoi il ne pouvait pas être avec elle. Il ne pensait que rarement, voire jamais, aux bons moments. Flottant sur le dos, regardant le ciel bleu sans nuages, il se laissa aller aux souvenirs de meilleurs moments, comme le jour où il avait épousé la femme avec laquelle il pensait passer le reste de sa vie.

Ils avaient vécu une année formidable avant que tout ne s'écroule. Ou du moins, *lui* avait passé une excellente année. Pendant tout ce temps, elle s'était battue contre un ennemi plus grand qu'eux deux. Cela avait commencé par une opération de routine pour décoincer un disque comprimé dans son dos.

Il avait fait sa connaissance six mois après l'opération dont elle s'était complètement remise – du moins, c'était ce qu'elle avait dit. Il lui avait fallu deux ans pour découvrir qu'elle était dépendante des médicaments antidouleur qu'elle avait pris après l'opération. Elle lui avait bien caché sa dépendance aux antalgiques, et le temps qu'il mette au jour le tissu de mensonges et le désastre financier qu'elle avait laissés dans son sillage, il était presque ruiné lui aussi.

Sa vie heureuse lui avait explosé au visage dans un laps de vingt-quatre heures qui figurait toujours parmi les pires jours de sa vie – tout juste après le jour où sa mère était morte, alors qu'il avait 7 ans. Choqué, découragé et pratiquement ruiné, Shane avait fait ce qu'il pouvait pour l'aider. Un an plus tard, après des mois de désintoxication qu'il payait encore, elle avait demandé le divorce et l'avait anéanti une nouvelle fois.

Quelle était cette vieille expression ? *Qui me trompe une fois, honte à lui, qui me trompe deux fois, honte à moi.*[1] Oui, il était un idiot et elle l'avait manipulé de toutes les manières possibles à une femme. D'abord en lui faisant croire qu'elle l'aimait vraiment et ensuite en lui mentant sur tout ce qui comptait.

Si bien que, même s'il était très heureux pour Laura et Owen, il en avait fini avec l'amour, le mariage et tout ce bazar. Il était heureux de laisser ça à sa sœur et ses cousins, qui étaient tombés amoureux l'un après l'autre ces dernières années, les laissant, ses cousins Riley, Finn et lui, les seuls célibataires. Selon lui, eux trois étaient ceux qui avaient de la chance.

Il était sur le point de nager vers le rivage lorsqu'un cri attira son attention. Le soleil étant encore haut dans le ciel de l'après-midi, il était difficile de voir d'où venait le son. Mais il entendit alors quelqu'un qui se débattait et un autre appel à l'aide provenant d'une voix nettement féminine.

Shane nagea dans la direction des cris en espérant que cette mission de sauvetage ne le mettrait pas en retard pour le mariage de sa sœur. Suivant le bruit de l'eau et de la lutte, Shane nagea plus vite jusqu'à ce qu'il atteigne la femme.

— Oh, fit-il, détendez-vous. Je vais vous aider.

Paniquée, elle s'accrochait à lui, ses bras enserrant son cou tandis qu'elle pesait de tout son poids sur lui.

Bon sang, pensa Shane alors qu'il était aspiré sous l'eau si rapidement qu'il avait à peine eu le temps de fermer la bouche avant d'être submergé. La femme le tenait si fermement qu'il ne pouvait rien faire pour s'aider lui-même – ou pour l'aider elle.

Est-ce que je vais me noyer ici ?

Ils coulèrent ensemble dans l'obscurité. Cela ne pouvait pas être... Se rendant compte qu'il ne pouvait pas se sauver et la sauver, Shane commença à se débattre, tirant frénétiquement sur les bras qui s'enroulaient autour de son cou comme une corde. Ses poumons commençaient à brûler tant il avait besoin de respirer, mais il n'arrêta pas de lutter jusqu'à ce qu'il parvienne à se libérer.

Remontant à la surface, il aspira de grandes goulées d'air tandis que son cœur battait et que sa tête tournait à cause du manque d'oxygène. Il chercha des yeux la femme autour de lui, mais ne la vit pas. Allait-il oser plonger à sa recherche et risquer de nouveau sa propre vie, ou devrait-il nager jusqu'au rivage tant qu'il le pouvait ?

Comment pourrait-il l'abandonner et se regarder en face s'il le faisait ? Sa conscience gagna le débat intérieur et, après avoir respiré à fond, il plongea sous l'eau. Il l'aperçut flottant sans bouger et tenta de l'attraper, mais ne saisit que le haut de son bikini. Il remonta à la surface, reprit son souffle et redescendit, cette fois enroulant son bras autour de sa taille et la tirant avec lui à l'air libre.

Toute volonté de lutte l'avait quittée, à moins qu'elle ne soit inconsciente. Il soupçonnait que c'était plutôt cela et il la traîna avec lui jusqu'au rivage qui semblait maintenant à un kilomètre. Tous les muscles de son corps souffraient de l'effort qu'il faisait pour maintenir leurs deux têtes au-dessus de l'eau tout en avançant difficilement contre un fort courant.

Après ce qui ressembla à une heure de lutte épique, ses pieds entrèrent finalement en contact avec le sable. Il déplaça la jeune femme de manière à avoir ses bras sous son dos et ses jambes et la porta sur le sable où il la déposa avec précaution avant de s'effondrer à côté d'elle. Il devait s'assurer qu'elle respirait, mais il n'arrivait pas à reprendre son propre souffle.

Où étaient tous les gens qui étaient toujours sur cette plage ? Se hissant sur ses genoux, il coula un regard vers le visage de la jeune fille, caché sous une masse de cheveux blonds. Son regard se déplaça jusqu'à l'endroit où ses seins étaient entièrement exposés. Faisant appel à une formation de secouriste qui datait de plusieurs années, il repoussa les cheveux de la noyée, boucha son nez et ouvrit sa bouche pour insuffler un flux d'air régulier dans ses poumons. Il répéta son geste avant qu'elle ne se mette à tousser. Il la fit rouler sur le côté lorsqu'elle commença à rejeter de l'eau salée.

Dégageant les cheveux de son visage, il sursauta en reconnaissant Katie, la sœur d'Owen, dont il avait fait la connaissance la nuit précédente.

— Katie ! Mon Dieu ! Dis quelque chose. Est-ce que ça va ?

Elle toussait, s'étouffait et crachait. Puis elle se mit à sangloter de façon incontrôlable.

Bon sang, que pouvait-il faire ?

— Katie, c'est Shane, le frère de Laura. Tu peux parler ?

Elle gardait les yeux fermés, mais posa un bras autour de ses seins.

— J'ai perdu mon haut.

— Tu as failli perdre la vie ! Que faisais-tu si loin ?

— J'ai été prise dans un courant, haleta-t-elle doucement tandis que des larmes continuaient à couler sur ses joues. J'ai cru que j'allais mourir.

— Moi aussi, pendant une minute.

— Je suis désolée. J'ai paniqué.

— Pas de problème, continua-t-il en lui tapotant l'épaule maladroitement. On va bien tous les deux.

— Grâce à toi.

— Je suis content de t'avoir entendue.

Penser qu'Owen aurait pu perdre sa sœur un jour qui était censé être rempli de bonheur rendait Shane doublement reconnaissant d'avoir été au bon endroit au bon moment.

— Tu crois que tu peux marcher ?

— Je ne sais pas. Je tremble comme une feuille et je suis à moitié nue.

— Laisse-moi trouver ma chemise. Je reviens tout de suite.

Ils avaient mis pied à terre à une certaine distance de son point de départ, si bien qu'il courut sur la plage ; ses jambes tremblaient à cause de l'effort qu'il avait dû faire pour nager jusqu'au rivage. Il ramassa chemise et serviette et retourna là où il avait laissé Katie.

— Voilà, dit-il. Mets ça.

Elle s'assit et se glissa maladroitement dans le T-shirt, immense sur elle.

— Tu m'as bien regardée, hein ?

— J'étais bien plus inquiet de savoir si tu respirais que de te reluquer.

Elle croisa ses bras sur sa poitrine.

— Tu as besoin d'un coup de main pour te relever ?

Secouant la tête, elle recommença à pleurer.

Ils n'en avaient le temps ni l'un ni l'autre, mais il s'assit à côté d'elle sur le sable. Ses épaules se soulevaient tandis qu'elle sanglotait et il n'avait aucune idée de ce qu'il fallait faire. En pensant à Owen et à l'ami qu'il avait trouvé en lui depuis un an, Shane passa son bras autour de sa sœur, lui offrant tout le confort qu'il pouvait.

— Tu vas bien, Katie. Tout va bien.

— J'ai failli nous tuer tous les deux, le jour où ta sœur va épouser mon frère, dit-elle en sanglotant.

— Puisque ça aurait complètement gâché leur journée, soyons tout simplement heureux que ça ne se soit pas produit.

— Je suis vraiment désolée, dit-elle entre deux sanglots. J'ai paniqué. J'avais tellement peur. J'ai nagé sur cette plage toute ma vie et ça n'est jamais arrivé.

— Pas besoin d'être désolée. Tout ce qui compte, c'est que nous soyons tous les deux sains et saufs. Mais on va avoir de plus gros problèmes si on ne retourne pas à l'hôtel ; nous devons nous préparer pour le mariage.

— Oh, mon Dieu ! Quelle heure est-il ?

Il consulta sa montre.

— Cinq heures moins vingt.

— Il faut qu'on y aille.

— C'est ce que j'essaie de te dire.

Il se leva et lui tendit la main.

Elle la prit et le laissa la relever, titubant parce que ses jambes ne la portaient plus.

Shane mit son bras autour de ses épaules pour la stabiliser.

— Attends une seconde.

Elle le regarda avec des yeux bleus pleins de larmes.

— Tu ne parleras de ça à personne, n'est-ce pas ?

Il éprouvait un profond sentiment protecteur pour une jeune femme qu'il ne connaissait que depuis une journée. Mais il semblait que cela faisait beaucoup plus longtemps, sachant dans quelle famille elle avait grandi. Elle semblait fragile, debout à côté de lui, avec ses cheveux collés à son crâne et ses yeux transparents à cause des larmes.

Elle était la sœur d'Owen. Bien sûr, il se sentait protecteur envers elle. Il secoua ces sentiments bizarres et la regarda.

— Je ne le dirai à personne, mais nous devrions y aller.

Hochant la tête, elle commença à marcher lentement vers la volée de marches raides qui menaient à l'hôtel. Ses jambes, remarqua-t-il, vacillaient sous elle pendant qu'elle bougeait.

— Que dirais-tu d'un coup de main pour monter les escaliers ? proposa-t-il.

— Que veux-tu dire ?

Il lui tourna le dos.

— Monte.

— Oh, je ne peux pas. Je vais bien. Vraiment. Je peux le faire.

Shane bloqua l'escalier pour qu'elle ne puisse pas avancer à moins qu'elle ne le laisse l'aider.

— J'ai dit que je pouvais le faire.

— Et j'ai dit que je voulais t'aider.

— Tu n'as pas assez aidé ? Tu m'as sauvé la vie après tout.

— Oui, alors je pense qu'en signe de gratitude, tu pourrais me permettre de t'aider à monter les escaliers. Maintenant, monte.

— Bien, mais tu dois me reposer dès que nous sommes en haut. Je ne veux pas qu'on me voie sur ton dos.

Il la regarda par-dessus son épaule.

— Pourquoi pas ? Je ne suis pas exactement un criminel condamné.

Son visage se figea et il se rendit immédiatement compte de ce qu'il avait dit.

— Je suis désolé. Je n'ai pas réfléchi.

— Pas de souci. Il est un criminel reconnu coupable comme il devrait l'être. C'est juste encore un peu... nouveau.

— Je suis désolé.

Elle le regarda.

— Est-ce que l'offre de transport est toujours valable ?

— Tu penses !

— Allons-y, alors.

Shane la hissa sur son dos et, même si ses jambes étaient encore molles après avoir failli se noyer, il réussit à les faire monter tous les deux sans autre incident. Il la déposa sur le quai et attendit de s'assurer qu'elle était stable avant de la lâcher.

— Tout va bien ? interrogea une voix venant d'un des fauteuils sur la véranda.

Ils se retournèrent d'un coup pour voir la grand-mère de Katie qui les regardait avec un vif intérêt dans ses yeux pleins de sagesse.

— Oh, Bonne-maman, tu m'as fait peur. Oui, tout va bien. Je me suis endormie au soleil et Shane a eu la gentillesse de me réveiller. Je ferais mieux d'aller prendre une douche en vitesse, sans quoi je vais avoir l'air affreuse au mariage.

Shane voulait lui dire qu'elle ne pourrait jamais avoir l'air horrible, mais il garda bouche cousue.

— À tout à l'heure, leur dit Katie en trottinant vers l'entrée de l'hôtel.

Shane se sentit pris au piège sous le regard appuyé d'Adèle.

— Je... Hum, je ferais mieux d'aller me préparer aussi, sinon Laura va me chercher.

En tant que garçon d'honneur d'Owen, il aurait déjà dû être avec le marié depuis une demi-heure.

— J'ai vu ce qui s'est passé là-bas.

Adèle se leva et s'approcha de lui.

— J'allais appeler les secours, mais tu m'as devancé.

Elle lui fit signe de s'approcher d'elle, puis l'embrassa sur la joue, ce qui le laissa bouche bée.

— Merci, Shane. Je ne pense pas que cette famille aurait survécu à la perte de notre chère Katie et je te suis profondément reconnaissante pour ce que tu as fait.

— Oh, hum… Il se trouve que j'étais au bon endroit au bon moment.

— Merci mon Dieu pour ça ! Je ne te retiens pas. Je voulais juste te remercier du fond du cœur.

— Vous ne direz rien, n'est-ce pas ? Nous ne voulons pas bouleverser Laura et Owen. Pas aujourd'hui.

— Je ne dirai pas autre chose que merci.

— De rien. Je vais prendre une douche et me préparer.

Shane traversa le hall au pas de course et monta l'escalier jusqu'à sa chambre au troisième étage. Il se rasa et doucha en un temps record, puis passa la chemise blanche en lin et le pantalon en toile qu'on lui avait demandé de porter pour le mariage.

Sortant de sa chambre dix minutes plus tard, il rencontra Katie dans le couloir. Ses cheveux avaient été lavés et séchés et retombaient en vagues sur ses épaules. Elle portait une robe à fleurs qui épousait toutes ses courbes et s'arrêtait juste au-dessus des genoux, laissant paraître ses jambes magnifiques.

— Tu as fait un beau brin de toilette, dit-elle en rompant le silence.

— Toi aussi, et tu as fait vite.

— J'ai grandi avec six frères et sœurs. J'ai appris à être rapide dans la salle de bains.

— Tout va bien ? interrogea-t-il.

— Un peu tremblante, mais sinon ça va, tout bien considéré. Et toi ?

— Pareil.

— Est-ce que je t'ai dit merci ? Je ne me souviens pas si je l'ai déjà dit, et j'aurais dû.

— Si et n'en parlons plus. Je suis content d'avoir été là quand tu avais besoin d'aide.

Il lui tendit le bras.

— Et si on essayait d'oublier tout ça et de passer un bon moment au mariage ?

— Je ne suis pas sûre de l'oublier, mais je suis d'accord pour qu'on passe un bon moment au mariage. La famille Lawry n'a pas fait la fête depuis longtemps.

— Alors, allons-y.

Laura se trouvait seule dans son appartement, regardant son reflet dans le miroir en pied que Sarah avait remonté de la cave. Sa future belle-mère avait réalisé un miracle le jour de son mariage. Elle avait utilisé un tissu découpé dans le dos de la robe pour confectionner une bande qui s'attachait dans la nuque et semblait appartenir à la robe elle-même. La créatrice aurait eu une crise cardiaque si elle avait vu ce qu'on avait fait de sa création.

Laura se retourna et regarda longuement son dos nu, uniquement couvert par une sorte de châle léger que Sarah avait confectionné à partir du tulle trouvé dans le grenier. Sa belle-mère était étonnamment ingénieuse – ce qu'elle attribuait à des années de fabrication de costumes d'Halloween pour sept enfants.

Laura n'avait pas prévu de porter un châle, mais elle se sentait plus à l'aise avec le tulle qui couvrait son dos nu.

Un coup frappé à la porte précéda l'entrée de son père dans la pièce. Il s'arrêta net à sa vue.

— Oh, mon Dieu, ma chérie. Ce que tu es belle !

— Ça te plaît ? demanda-t-elle en souriant à son père.

— Formidable. Je ne t'ai jamais vue aussi belle. Tu es positivement rayonnante.

— Merci beaucoup de nous marier, Papa. Tu sais que je voulais que ce soit toi la dernière fois, mais la mère de Justin avait insisté pour l'église.

— Je sais, ma chérie, et je suis bien plus heureux de procéder à cette cérémonie que je ne l'aurais été pour la première. J'aime vraiment Owen. C'est un homme digne de ma magnifique fille.

— C'est tout à fait vrai, répondit Laura. Mais ne me fais pas pleurer. Je ne veux pas être affreuse à mon mariage.

— Ce serait complètement impossible.

Posant les mains sur ses bras, il déposa un tendre baiser sur son front.

— Ferme tes yeux pour ne pas pleurer. J'ai quelque chose à te dire. Deux choses, en fait.

— Il le faut vraiment ?

— J'en ai bien peur.

Laura lui sourit et ferma les yeux comme il le lui demandait.

— Premièrement, je t'aime infiniment. Ton frère et toi êtes la meilleure partie de ma vie et je suis incroyablement fier de vous deux. Et deuxièmement, ta mère le serait aussi. Elle aurait aimé Owen et elle aurait aimé la femme que tu es devenue en grandissant. Je voulais que tu le saches.

Le bout du mouchoir de Franck sous les yeux de Laura vint sécher les larmes qui coulaient malgré ses efforts pour les contenir.

— Merci de m'avoir dit ça. J'aime à penser qu'elle serait fière de moi.

— Elle le serait, ma chérie. Sans aucun doute. Maintenant, es-tu prête à te marier ?

— Je le suis tout à fait.

Frank lui présenta son bras.

— Alors, allons-y.

―――――――――――――――――

1. Proverbe anglais. (N.D.T.)

CHAPITRE 29

— Tout le monde dehors ! s'écria Sarah en entrant dans le salon où Owen avait retrouvé ses garçons d'honneur.

Outre Evan et Shane, Adam McCarthy et les autres fils de Sarah – Josh et Jeff – entouraient Owen pour son mariage. Avoir tous ses enfants – sauf un – réunis au même endroit au même moment était chose rare et Sarah en appréciait chaque minute.

— La mère du marié veut un moment avec son fils.

Maintenant que le procès contre leur père était derrière eux, ses enfants avaient trouvé une légèreté qu'elle ne leur avait jamais vue auparavant. Ils riaient plus facilement et souriaient plus souvent. On aurait dit qu'ils avaient enfin la permission d'être eux-mêmes maintenant que Mark Lawry était sorti de leur vie pour toujours. Elle aurait dû le quitter il y avait des années, mais on ne refait pas l'histoire et, ces temps derniers, elle avait choisi de regarder vers l'avenir plutôt que le passé.

— Vous l'avez entendue, reprit Owen en s'adressant à ses amis. Allez sur la plage. Je vous rejoins tout de suite.

Les uns après les autres, ils embrassèrent Sarah sur la joue en sortant de la pièce.

— Quelle bande de beaux garçons ! déclara-t-elle quand ils furent seuls.

— Je me sens un peu homme des cavernes à côté d'eux.

— Pas du tout. Tu es magnifique et Laura a de la chance.

— C'est moi qui ai de la chance, Maman.

— Vous en avez tous les deux, mon chéri, et ne l'oublie jamais.

— Je ne l'oublierai pas. Tu es superbe. J'adore ta robe.

— Ce n'est pas trop ? demanda-t-elle à propos de la robe à volants lavande que Tiffany l'avait persuadée d'acheter et qui la mettait très en valeur.

— Elle est parfaite.

— Ton père n'a jamais aimé que je montre même un centimètre de peau.

Avec un sourire en coin et un clin d'œil, elle ajouta :

— Charlie l'adore.

Owen mit ses mains sur ses oreilles.

— Je ne t'entends pas !

Elle rit de la mine qu'il faisait.

— Blague à part, je suis si content que tu sois heureuse avec lui. Tu le mérites plus que toutes les personnes que je connais.

— Je le mérite autant que toi, mon chéri. Et si on se donnait la permission d'être heureux à partir de maintenant ?

— Tout à fait d'accord.

Elle prit la dernière boutonnière de rose corail dans la boîte du fleuriste sur la table et la tint dans sa main.

— Puis-je ?

— Je t'en prie. Je n'avais aucune idée de ce que je pouvais faire avec ça.

— C'est à ça que servent les mères.

Quand la rose fut en place sur sa chemise en lin blanc, elle posa à plat ses mains sur sa poitrine.

— Je t'aime plus que tu ne le sauras jamais. Toi, ta petite

famille et cet hôtel magique m'avez sauvé la vie l'année dernière et je t'en serai toujours reconnaissante.

— Nous te sommes tout aussi reconnaissants, Maman. Tu es arrivée juste au moment où on avait le plus besoin de toi.

Elle leva les yeux et lui sourit.

— Laura va descendre d'une minute à l'autre. Et si tu accompagnais ta mère jusqu'à la plage ?

Il l'embrassa sur la joue.

— Ce serait avec plaisir.

Le soleil de fin d'après-midi brillait tandis qu'Owen aidait sa mère à descendre la volée de marches raides jusqu'à la plage. Selon le souhait de Laura, tout le monde était pieds nus. Depuis le début, sa devise avait été : « rester simple », ce qui convenait parfaitement à Owen.

Ses sœurs bien-aimées – Julia, Katie et Cindy – descendirent à leur tour, Julia portant Holden. Bien qu'elles fussent jumelles, Julia avait les cheveux foncés et Katie était blonde, mais elles avaient toutes deux les yeux bleus. Les cheveux de Cindy étaient brun clair, tout comme ses yeux. Jeff, Julia et elle tenaient du côté paternel de la famille, tandis que les autres étaient blonds comme leur mère. Ses sœurs lui sourirent chaleureusement lorsque Julia lui tendit le bébé. Owen les embrassa, les serrant dans ses bras. Il était si heureux de les voir.

Holden portait la même chemise blanche et le même pantalon que les autres hommes de la fête et suivait les événements avec une expression de curiosité sur son adorable visage.

Evan avait la double charge de témoin d'Owen et de musicien. Le fleuriste avait placé deux énormes compositions de lys tigrés, de lys de jour, de marguerites, de roses et quelque chose que Laura lui avait dit être des « oiseaux de paradis ». Owen s'était interrogé sur la décision de Laura d'opter pour les couleurs corail et orange, mais il devait admettre que les fleurs étaient vraiment spectaculaires. Il aurait dû savoir que Laura prendrait la bonne décision. Elle le faisait toujours. Leurs invités se tenaient en demi-cercle autour des fleurs. Comme la cérémonie allait être courte et agréable, ils n'avaient pas eu besoin d'apporter des chaises sur la plage.

Le cortège descendit les escaliers deux par deux : Adam et Abby, Shane et Janey, Jeff et Stéphanie, Josh et Maddie. En qualité de demoiselle d'honneur, Grace descendit seule et Owen vit le visage d'Evan s'illuminer en la voyant. Evan ne lâcha jamais des yeux sa fiancée qui se dirigeait vers eux dans une robe corail qui moulait toutes ses courbes.

Et puis Laura apparut en haut de l'escalier, au bras de son père ; tout le reste s'effaça et on ne vit plus qu'elle. Il n'y aurait jamais qu'elle. Evan joua une version acoustique de *Here Comes the Bride*[1] tandis que Laura s'approchait d'Owen, le regard fixé sur lui.

Owen eut du mal à respirer jusqu'à ce qu'elle lui sourie, et le nœud de nervosité dans sa poitrine se changea en un sentiment de joie pure, comme il n'en avait jamais ressenti aussi profondément auparavant. Sa princesse... Son amour. Sa vie.

Le temps qu'ils avaient passé ensemble lui traversa l'esprit comme le meilleur film qu'il ait regardé, depuis le jour où il l'avait vue pour la première fois au mariage de sa cousine Janey jusqu'à celui, le lendemain matin, où il l'avait trouvée à l'extérieur du *Surf* sous une pluie battante, en passant par le jour où il l'avait relevée dans la salle de bains parce qu'elle avait des nausées pendant sa grossesse pour Holden. Il avait été à ses côtés lorsqu'elle avait donné naissance à Holden et le jour où ils avaient découvert que la grossesse « surprise » était celle de jumeaux. Elle était restée à ses côtés pendant qu'il affrontait le souvenir du cauchemar de sa mère battue par son père ; elle lui avait apporté un soutien indéfectible pendant le procès de ce dernier.

Chaque minute vécue avec elle avait été le meilleur moment qu'il ait jamais passé avec quelqu'un et il était impatient de ne plus jamais la quitter. Ils avaient déjà partagé de bons et de mauvais moments, la bonne et la mauvaise santé. Aujourd'hui, ils allaient rendre officiel ce qu'ils avaient dans le cœur depuis près d'un an maintenant.

Frank tendit la main à Owen.

Owen serra la main de son nouveau beau-père. Depuis qu'ils se connaissaient, Frank McCarthy avait été plus un père pour Owen que Mark Lawry ne l'avait jamais été.

Puis Frank joignit les mains de Laura et d'Owen, embrassa sa fille et vint se placer devant l'assemblée.

— C'est un très grand plaisir pour moi de vous accueillir tous aujourd'hui pour assister au mariage de ma magnifique, merveilleuse et sensationnelle fille Laura avec l'amour de sa vie, Owen Lawry.Owen, je n'aurais pas pu choisir un homme mieux fait pour ma fille. Tu as pris soin d'elle et de Holden avec un amour et une tendresse inébranlables et je t'en remercie. Je dors beaucoup mieux la nuit en sachant que ma fille est bien et véritablement aimée par un homme que j'admire et respecte.

Aux paroles sincères de Frank, Owen eut du mal à retenir ses larmes.

Laura lui serra la main et lui sourit, calmant ses émotions comme elle seule le pouvait.

— Owen et Laura ont choisi d'exprimer eux-mêmes leurs vœux. Owen ?

Frank tendit la main vers son petit-fils et Owen passa Holden dans les bras tendus de son grand-père.

Laura remit son bouquet de fleurs orange à Grace, puis joignit ses mains à celles d'Owen.

—Je ne m'attendais pas à ce que ton père me donne envie de pleurer, commença Owen, lâchant la main de Laura pour écarter une larme de sa joue.

—Il m'a fait la même chose tout à l'heure, répondit Laura.

— Je suis content de ne pas être le seul.

Owen prit une grande inspiration et contempla son magnifique visage. Elle le regarda avec attention, attendant ce qu'il allait dire. Il avait longuement réfléchi à tout cela parce qu'il voulait exprimer exactement ce qu'il ressentait.

— Dès le jour où je t'ai rencontrée, tu as été ma princesse, si belle et si raffinée, avec un cœur d'or pur sous cet élégant extérieur. Au cours de l'année que nous avons passée ensemble, j'ai connu plus de bonheur, de satisfaction et de paix que je n'en avais connu dans toute ma vie avant toi. Je pensais être heureux jusqu'à ce que je te rencontre et découvre que je ne faisais qu'exister. Tu m'as appris à vivre, Princesse, et le fait que je puisse vivre avec toi et t'aimer chaque jour pour le reste de ma vie est le plus beau cadeau qu'on m'ait jamais fait. Il n'y a pas d'autre endroit au monde où je préférerais être qu'ici avec toi. Je jure de t'aimer, de t'honorer et de te protéger, ainsi que Holden et les bébés que nous aurons ensemble pour le reste de ma vie.

Holden laissa échapper un petit cri de joie qui fit rire ses parents alors même qu'ils avaient tous deux du mal à contenir leurs larmes.

— Laura ? enchaîna Frank.

— C'est à mon tour ?

Elle expira profondément en levant les yeux vers Owen.

— Comme toi, je ne faisais qu'exister jusqu'à ce que je te rencontre et que je trouve ma maison, le travail de ma vie et l'amour de ma vie dans un endroit magique. L'année que nous avons passée ensemble a été la meilleure pour moi aussi, malgré les défis que nous avons dû affronter dès le début. Tu n'as pas pris ombrage du fait que j'attendais le bébé de mon ex-mari. Tu ne t'es pas écarté parce que j'étais malade comme un chien tous les jours pendant les six premiers mois où nous étions ensemble. Tu m'as ramassée par terre tous les matins et tu ne m'as laissé aucun autre choix que de tomber amoureuse de toi. Et puis tu as décidé de rester avec nous plutôt que de poursuivre ton chemin, vivant ta vie comme le troubadour libre et plein de fantaisie que tu avais toujours été. Tu nous as choisis et tu as changé ta vie entière pour moi. Je t'en serai toujours profondément reconnaissante, car, tu vois... je n'avais aucune idée de la façon dont j'allais vivre sans toi quand tu es parti. Maintenant, je n'ai plus à le faire. Maintenant, je vais passer chaque jour avec toi pour le reste de notre vie et il n'y a vraiment et honnêtement rien que je veuille plus que cela. Je jure de t'aimer, de t'honorer et de te protéger aussi longtemps que je vivrai.

De sa main libre, Frank essuya des larmes.

— Je dirais que vous avez eu votre revanche, dit-il en faisant rire l'assemblée tout aussi larmoyante.

— Evan ? Les bagues ?

— Oh, merde, répondit Evan, en faisant paniquer le groupe.

Puis il sourit largement.

— C'est une blague !

Il fit tomber les anneaux dans la main tendue de Frank et le déchargea de Holden.

— Pas drôle, dit Frank à son neveu.

— Si, répondit Evan avec un sourire espiègle.

Owen rit de l'échange. Il n'attendait rien de moins de son meilleur ami qu'une blague au milieu de sa cérémonie de mariage. Il prit la bague de Laura des mains de Frank et fit glisser le simple anneau en platine qu'elle avait demandé.

— Avec cette bague, je t'épouse, Laura McCarthy.

Elle fit de même, glissant une identique bague en platine au doigt d'Owen.

— Avec cette bague, je t'épouse, Owen Lawry.

— Par les pouvoirs qui me sont conférés par l'État de Rhode Island, je suis honoré de vous déclarer mari et femme. Owen, tu peux embrasser ma fille, mais fais ça délicatement.

— Pas du tout, répliqua Laura en se jetant dans ses bras et l'embrassant passionnément devant son père, leur famille et leurs amis.

Que pouvait faire Owen à part l'embrasser de la même façon ?

— Ce n'était pas très décent, murmura Frank lorsqu'ils finirent par se séparer, essoufflés et riant de la joie pure de ce moment. C'est l'un des plus grands honneurs de ma vie, reprit Frank, de vous présenter pour la première fois, M. et Mme Owen Lawry.

Leurs amis et leur famille se mirent à applaudir chaleureusement lorsqu'Owen reprit Holden à Evan et tendit la main vers Laura, l'entraînant vers les marches qu'ils devraient remonter pour aller saluer leurs invités à la réception qui les attendait à l'hôtel.

Un par un, leurs amis les félicitèrent avant de monter les marches : David et Daisy, Jenny, Alex et Paul, Victoria et Shannon, Jared et Lizzie, Tiffany et Blaine, Luke et Sydney, Grand Mac et Linda, Mac, Grant, l'oncle de Laura, Kevin et ses fils, Riley et Finn, qui ressemblaient beaucoup à Mac et Adam avec leurs cheveux noirs et leurs yeux bleus malicieux.

Owen avait fait leur connaissance la nuit précédente et, bien que beaucoup plus jeunes, ils s'intégraient déjà très bien aux groupes de leurs cousins plus âgés et de leurs amis. Il avait entendu Riley demander à Janey si elle avait toujours un chien portant son nom, à quoi Janey avait répliqué que le chien lui était arrivé déjà nommé ainsi. Et Riley avait aboyé en réponse. Finn prévoyait de rester dans les parages jusqu'à la fin de l'été afin d'aider Shane à réaliser le projet de logements à loyer modéré qu'il essayait de terminer avant que le froid ne s'installe.

Riley et Finn embrassèrent Laura et serrèrent la main d'Owen.

— Merci de nous avoir déchargés d'elle, commença Finn.

Laura lui donna un petit coup.

— Aïe, se plaignit Finn, en se frottant le bras de façon dramatique.

— Ce n'est pas très gentil de ta part le jour de ton mariage. Elle sait se battre ! souligna Owen aux cousins de sa femme.

— J'aime bien ton mari, commenta Riley.

— En temps normal, je l'aime bien aussi, répliqua Laura.

— On est arrivés à les monter l'un contre l'autre, frérot, dit Riley à Finn. Notre travail ici est terminé.

Contents d'eux-mêmes, les frères montèrent l'escalier.

— Ils sont trop drôles, dit Owen à Kevin, l'oncle de Laura, quand celui-ci leva les yeux au ciel.

— Positivement hilarants.

Dix ans plus jeune que Grand Mac, Kevin avait les cheveux châtain clair et les yeux bleus des McCarthy. Mais comme ses frères aînés, Kevin était drôle et dévoué à sa famille. Owen l'avait aimé tout de suite.

— Je ne peux les emmener nulle part. Qu'ont-ils dit cette fois-ci ?

— Quelque chose à propos d'Owen qui viendrait te soulager en m'épousant, répondit Laura.

— Nous t'en sommes reconnaissants, acquiesça Kevin avec gravité.

— Les chats ne font pas des chiens, admit Laura, tendant la joue pour que son oncle l'embrasse.

— Félicitations, ma chérie. Je suis si heureux pour toi.

— Merci, Kev. Je suis ravie que tu sois là. Où est tante Deb ? Elle a réussi à venir ce matin ?

Le sourire de Kevin s'effaça et il secoua la tête.

— Finalement, elle n'a pas pu venir.

— Oh. Est-ce que tout va bien ?

— Ça, ma chérie, c'est une histoire pour un autre jour. Aujourd'hui est un jour heureux et je suis si content d'être ici avec vous et le reste de la famille. Cela faisait bien trop longtemps.

— Oui, admit Laura. C'est vrai.

Lorsque Kevin eut monté l'escalier, Laura soupira :

— Je n'aime pas ça.

— Non, effectivement, mais essaie de ne pas t'en faire aujourd'hui. Aujourd'hui, c'est notre jour.

Elle se laissa aller contre lui qui l'entourait d'un bras.

— Mis à part le jour où Holden est né, le meilleur de ma vie.

— Le mien aussi, Princesse.

Il embrassa son front puis ses lèvres.

— Pour moi aussi.

Kevin McCarthy monta les escaliers, le cœur lourd après que sa nièce lui eut demandé des nouvelles de sa femme. Il ne pouvait pas vraiment lui dire, le jour de son mariage, que Deb l'avait quitté pour un homme plus jeune. Oui, c'était un cliché. Il ne pouvait pas dire à Laura que sa tante Deb voulait plus que ce qu'elle trouvait en lui, et avait l'impression que sa vie passait, la laissant insatisfaite.

Il l'avait suppliée de ne pas partir, d'envisager une aide psychologique, de se battre pour leur mariage qui comptait vingt-sept années. Mais ses supplications étaient tombées dans l'oreille d'un sourd et il lui restait maintenant à expliquer à sa famille pourquoi sa femme avait choisi de ne pas assister au mariage de leur nièce.

En haut des marches, il vit son frère Mac lui faire signe de le rejoindre au bar, où il était assis sur un tabouret à côté de leur frère aîné, Frank. Il aurait peut-être pu éluder les questions de Laura, mais ses frères ne se contenteraient pas d'esquives. Sachant cela, Kevin s'avança néanmoins vers eux, comme toujours ravi de les voir.

— Félicitations, papa, dit Kevin en serrant la main de Frank. Je pense que notre fille a bien fait les choses cette fois-ci.

— J'en suis sûr. Owen est le meilleur.

— Je le vois, répondit Kevin. Beau travail pour la cérémonie, aussi.

— La meilleure partie du boulot, surtout quand tu maries ton propre enfant.

— Je n'en doute pas.

— J'ai quelque chose à te dire, Kev, coupa Mac en tendant une bouteille de bière à Kevin.

— Tu dis ça d'un air qui m'inquiète plutôt.

— En fait, je choisis de voir ça comme une bonne nouvelle. Il semble que j'aie une autre fille.

— Quoi ?

Le regard de Kevin passa de Mac à Frank, qui hocha la tête.

Mac lui parla alors de Mallory et de sa mère, Diana, et lui raconta comment il avait découvert l'existence de Mallory.

— Oh, mon Dieu, souffla Kevin. C'est un choc incroyable. Comment te sens-tu ?

— Ne me psychanalyse pas, Kev, dit Mac avec un clin d'œil et un sourire.

Ses frères aînés détestaient qu'il se comporte comme un psychiatre avec eux. Ils n'imaginaient pas qu'il pouvait avoir besoin lui-même d'un psy en ce moment.

— Je n'en avais pas l'intention.

— Je plaisante, répliqua Mac. J'ai eu un choc au début, mais je me suis fait à l'idée d'une autre fille.

— Comment les enfants le prennent-ils ? demanda Kevin.

— Plutôt pas mal, tout bien considéré. Ils me connaissent assez bien pour comprendre que je ne vais pas la laisser partir et prétendre que je ne sais pas qu'elle existe. Ce n'est pas ce que je suis.

— Non. Bravo ! C'est ce qu'il faut faire.

— Je suis content que tu sois d'accord.

— J'ai hâte de rencontrer ma nouvelle nièce.

— Elle sera de retour dans les prochaines semaines pour un week-end. Peut-être que vous pourrez vous joindre à nous.

— En fait, j'avais prévu de rester quelque temps dans le coin. Je prends un peu de repos.

— Tout va bien, Kev ? demanda Frank.

— Ça pourrait aller mieux.

— Tu vas nous dire où est Deb ? interrogea Mac.

— Je ne sais pas où est Deb. Elle m'a quitté pour un type plus jeune, entre autres choses.

— Elle t'a quitté, s'effara Mac. Quand est-ce que c'est arrivé ?

— Il y a quelques semaines.

— Et tu nous dis ça seulement maintenant ? remarqua Frank.

— Ce n'est pas quelque chose dont j'ai vraiment envie de parler, alors je suis désolé de ne pas vous avoir appelé pour vous dire que ma femme m'avait quitté.

— Ce n'est pas ce que je voulais dire, corrigea Frank, et tu le sais. Nous aurions voulu être là avec toi, comme tu es toujours là pour nous.

— Je sais, soupira Kevin.

Il se sentait mal à l'aise de s'être emporté contre Frank, parce qu'il savait que ses frères seraient inquiets.

— Je vais bien. Du moins, ça ira mieux. Un jour ou l'autre. Si je suis tout à fait sincère, ça fait un moment que ça durait. Je savais qu'elle était malheureuse. Mais je ne m'attendais pas à ce qu'elle parte.

— Je suis vraiment désolé, Kev, fit Mac. Comment les garçons le prennent-ils ?

— On ne le leur a pas encore dit. Ils pensent qu'elle est malade et qu'elle doit rester confinée.

— Tu dois leur parler avant qu'ils ne l'apprennent par quelqu'un d'autre, conseilla Frank.

— Je sais. Je le ferai. Bientôt.

L'idée de dire à ses fils que leur mère l'avait quitté pour un autre homme rendait Kevin physiquement malade.

Une très belle femme aux cheveux noirs s'approcha d'eux et le visage de Frank s'illumina d'un immense sourire tandis qu'il lui tendait la main.

— Belle cérémonie, Votre Honneur, dit-elle avec un sourire chaleureux à l'adresse de Frank.

Kevin regarda avec stupéfaction Frank passer son bras autour de la femme et elle poser le sien sur son épaule. Depuis la mort de Joann, il n'avait jamais vu Frank avec une autre femme.

— Merci. Betsy, voici mon petit frère, Kevin. Kevin, Betsy Jacobson.

— Enchanté, marmonna Kevin, levant un sourcil en direction de son frère.

— En parlant de tenir bon...

Frank se mit à rire et regarda Betsy avec affection.

— C'est un développement assez récent.

— Pas tant que ça, corrigea Mac avec un sourire taquin pour l'heureux couple. Ça dure depuis un moment maintenant.

Kevin éprouvait un sentiment de jalousie pour le bonheur que son frère aîné avait trouvé après des décennies passées seul.

— Vous avez trouvé l'un des meilleurs, Betsy.

— Je sais.

— Kevin vient de nous dire qu'il va rester dans le coin pour un moment, expliqua Frank à Betsy.

— C'est super, répondit-elle. J'ai hâte de mieux vous connaître.

— Moi aussi.

Kevin s'en réjouissait, ainsi que de tout ce qui le tiendrait éloigné du cauchemar qui se déroulait chez lui.

---

1. *Voici que la mariée s'avance,* marche nuptiale composée par Wagner. (N.D.T.)

Quand tout le monde eut terminé le dîner sur le thème des Caraïbes préparé par le chef de Stéphanie, Evan s'installa dans le coin de la véranda qui lui avait été réservé, avec son ingénieur du son, Josh, et deux autres musiciens qu'Evan avait recrutés pour assurer la musique des festivités de la soirée. Il brancha sa Gibson Les Paul – guitare hautement prisée – sur le petit amplificateur qu'il avait apporté du studio. Derrière lui, le soleil plongeait vers l'horizon dans un flamboiement d'orange, de rouge et d'or qui se terminerait par un coucher de soleil grandiose.

Lorsqu'il fut prêt, il s'approcha du micro.

— Oyez, oyez, oyez, écoutez le témoin du marié !

Les convives pleins d'entrain se turent et lui accordèrent leur attention.

— J'ai une longue histoire avec ces deux-là : Laura et Shane, vous étiez bien plus que des cousins pour nous. Vous étiez nos frères et sœurs d'été quand nous étions tous petits et nous aimions passer ce temps de vacances avec vous. Owen est mon meilleur ami depuis le lycée, quand nous nous sommes liés grâce à notre amour de la musique. Les soirées où nous jouons ensemble sont toujours mes préférées. Ce fut donc un grand honneur quand mon meilleur ami m'a demandé d'être son témoin en épousant ma cousine. Je te connais depuis longtemps, O., et je ne t'ai jamais vu aussi heureux que depuis que Laura et toi êtes ensemble. Vous êtes géniaux tous les deux, mais ensemble vous êtes formidables. Je vous aime tous les deux et vous souhaite tout ce que la vie a de mieux à offrir. À Owen et Laura !

Tandis que les invités se délectaient avec le champagne et portaient un toast à l'heureux couple, Evan joua les premiers accords de la chanson qu'Owen avait choisie pour leur première danse.

— Laura a laissé une grande décision à son époux – le choix d'une chanson sur laquelle ils allaient danser ce soir. Êtes-vous prêts tous les deux ?

— Nous voilà !

Laura avait l'air déjà un peu gaie en conduisant son nouveau mari à l'endroit qu'ils avaient laissé libre pour danser.

— Owen a choisi *All I Want Is You* de U2 pour leur première danse.

Evan joua les accords et mit tout son cœur dans cette chanson chargée d'émotion pour donner à Owen et Laura un moment inoubliable. Mais pendant tout ce temps, il avait les yeux sur Grace, espérant qu'elle savait qu'il chantait aussi pour elle.

— Un choix parfait, commenta Laura en soupirant de bonheur tandis qu'elle dansait avec son nouveau mari.

— Cela dit tout ce que je voulais que tu saches aujourd'hui.

Elle le regarda, l'aimant plus que jamais.

— Quoi ? demanda-t-il, comme toujours à son écoute.

— Je pense juste à combien je t'aime.

—Je t'aime tant et plus.

— Je t'aime encore plus.

Il rit et l'embrassa, ce qui fit rire et applaudir les invités qui firent sonner l'argenterie contre le cristal, demandant à voir d'autres baisers.

— Combien de temps devons-nous rester ? demanda-t-il.

— C'est notre fête. On ne peut pas partir comme ça.

— Si, on peut.

— Non, impossible.

— Si.

— Non.

— Je suis le mari. C'est moi qui décide.

— Et je suis l'épouse. Si vous voulez avoir de la chance tout à l'heure, surveillez ce que vous dites, monsieur.

— J'aime quand vous me réprimandez.

Pendant qu'il parlait, il la rapprocha de lui.

— Ça m'excite.

— Pas maintenant, mon chéri. Les gens regardent.

— Sommes-nous vraiment mariés ?

— On l'est vraiment.

— Je veux partir d'ici. Très vite.

— Encore une heure. Peut-être deux.

— Je compte sur vous, Mme Lawry.

La fête touchait à sa fin lorsque Charlie, debout derrière Sarah, referma ses bras autour d'elle et l'embrassa dans le cou.

— On peut y aller ?

— Je ne peux pas partir, dit-elle en frissonnant sous la brosse de ses moustaches contre sa peau. Que vont dire mes enfants ?

— Ils diront : *Regarde notre superbe maman qui va passer du temps avec l'homme qui l'aime. N'a-t-elle pas de la chance ?*

Sarah se mit à rire de sa désinvolture.

— Je n'arrête pas de penser à te tenir dans mes bras, t'embrasser et te toucher. J'ai tellement envie de toi, je brûle pour toi.

Sarah tremblait en entendant le désir qui accompagnait ses paroles prononcées d'une voix rauque. Ils n'avaient pas été loin de faire l'amour l'autre soir, mais elle s'était retenue à la dernière minute, décision qu'elle avait regrettée presque aussitôt. Depuis, elle n'avait pensé qu'à une seule chose : quand se présenterait une autre occasion.

— Viens à la maison avec moi, Sarah. S'il te plaît, reviens chez moi.

Elle jeta un rapide coup d'œil sur la véranda. Owen et Laura étaient allés jusqu'à la mer pour prendre des photos au coucher du soleil. Holden était avec Frank et Betsy. Katie, Julia et Cindy parlaient avec Riley, Finn et Shane. Jeff et Josh étaient assis à une table avec leurs grands-parents et son fils John avait téléphoné pour parler à son frère un peu plus tôt dans la soirée. Il regrettait tellement d'avoir manqué le mariage et avait promis de leur rendre bientôt visite sur l'île.

Tous ceux qu'elle aimait, présents ou représentés. Et l'homme qu'elle aimait se tenait derrière elle, lui demandant de partir discrètement avec lui.

Sarah couvrit la main qu'il avait posée sur son ventre et la serra.

— Allons-y.

Elle s'arrêta seulement pour demander à Daisy de l'excuser.

Presque comme s'il avait peur qu'elle change d'avis, Charlie lui prit la main et la conduisit, traversant la cuisine, jusqu'au parking à l'arrière de la maison où il avait laissé sa camionnette. Ils roulèrent jusqu'à chez lui en silence, mais la conscience de ce qu'ils allaient faire la traversait comme un courant électrique.

En silence, il lui prit la main, liant leurs doigts.

— Je t'aime, Sarah.

Il ne parlait pas beaucoup, mais ce qu'il disait valait toujours la peine d'être entendu. Et il en était de même maintenant. Il avait dit exactement ce qu'elle avait besoin d'entendre.

— Je t'aime aussi. J'apprécie la patience dont tu as fait preuve à mon égard, ta douceur et ta tendresse. Avant même de savoir pourquoi j'en avais besoin, tu savais ce dont j'avais besoin.

— Tu as fait la même chose pour moi, tu sais. Tu me redonnes de l'espoir.

— C'est vraiment gentil de le dire.

Ils arrivèrent chez lui et il relâcha sa main après en avoir embrassé le dos.

— Attends que je vienne t'ouvrir.

Sarah le regarda passer devant le SUV. Il était si beau avec le polo bleu marine et le pantalon de toile qu'il avait portés au mariage. La porte fut ouverte et Charlie se pencha au-dessus d'elle pour détacher la ceinture de sécurité. Il lui tendit les mains et l'aida à sortir de la camionnette.

Quand ils furent entrés, il lui servit un verre de vin et lui demanda d'attendre une minute dans la cuisine.

Se demandant ce qu'il allait faire, elle but le vin, essayant de maîtriser sa nervosité. Bien que plusieurs décennies et sept enfants la séparent de sa première fois avec un homme, elle avait l'impression de tout recommencer parce que c'était la première fois avec Charlie.

Il revint et lui tendit la main.

Sarah posa son verre de vin et vint à lui.

Il la conduisit dans sa chambre où il avait allumé une douzaine de bougies.

— J'aimerais que ce soit le Ritz ou quelque chose de magnifique pour toi.

— Je n'ai pas besoin de ça.

— J'aimerais quand même te l'offrir et bientôt je le pourrai.

— Que veux-tu dire ?

— Je vais recevoir un dédommagement de l'État pour le préjudice des années passées en prison.

— De quoi parles-tu ?

— Une très, *très* grosse somme, dit-il avec un sourire. Je pourrai te donner tout ce que tu as toujours voulu. Tu pourras choisir des maisons, des vacances, des choses pour tes enfants. Tout ce que tu veux. Aucune limite.

Sarah le regarda fixement, se demandant si elle l'avait bien entendu.

— Je... Je ne sais pas quoi dire.

— Tu n'as pas à dire quoi que ce soit. Tu dois juste me laisser te gâter parce que ça me rendra heureux. Je veux te donner tout ce qui t'a été refusé pendant tant d'années. Je veux que tu sois heureuse et entourée des personnes que tu aimes dans une maison que nous choisirons ensemble. Je veux que tu m'épouses et que tu passes le reste de ta vie avec moi.

Il leva les mains vers son visage et l'embrassa doucement.

— Veux-tu m'épouser, Sarah ?

— Oui, Charlie. Oui, je t'épouserai.

— Nous irons sur le continent cette semaine pour choisir une bague. Celle que tu voudras, n'importe laquelle.

— Je ne suis pas encore divorcée.

— Qu'est-ce que ça peut faire ? Je ne vais pas partir en voyage. Et toi ?

— Où irais-je quand tu es là ?

Sarah se surprit elle-même presque autant que lui lorsqu'elle tira sa chemise de son pantalon et la fit passer par-dessus sa tête. Elle mit ses mains à plat sur sa poitrine et embrassa son cou.

— Tu es très belle aujourd'hui, lui dit-il.

— C'est la robe. Tiffany m'a convaincue.

— La robe est magnifique, dit-il en la soulevant et la passant par-dessus sa tête. Mais *tu* étais belle, rayonnante de bonheur au moment où ton fils épousait sa Laura. J'ai adoré te voir comme ça.

— C'était un jour très spécial. J'étais contente que tu sois là avec moi.

Debout devant lui, en soutien-gorge et culotte assortie – Tiffany l'avait convaincue qu'elle en avait besoin –, Sarah aurait dû se sentir gênée. Elle n'était plus toute jeune et avait donné naissance à sept enfants. Mais avec Charlie qui la regardait avec amour et du désir dans les yeux, elle ne pouvait pas se soucier d'être gênée. Il l'aimait exactement comme elle était.

— Fais-moi l'amour, Charlie.

Il passa ses bras autour d'elle et la tint tout contre lui.

— Il n'y a rien que je préférerais faire.

— Il est temps de partir, murmura Owen, les lèvres collées contre l'oreille de Laura.

— À l'instant même ?

— À la *seconde* même.

— Ai-je le droit d'aller chercher mon fils ?

— Frank, Betsy et Shane s'occupent de lui pour la nuit. Ils sont là-haut en ce moment, ils lui donnent un bain et le mettent au lit. Shane va dormir dans notre chambre avec lui cette nuit et je lui ai préparé un biberon pour l'heure du coucher et un autre pour le milieu de la nuit – au cas où. Shane m'a dit de te dire de ne pas t'inquiéter. Pas de souci.

— Tu as pensé à tout.

— Je te voulais pour moi tout seul ce soir.

— Et où m'emmènes-tu ?

— Viens avec moi et je te montrerai.

— Ne devrais-je pas au moins embrasser Holden pour lui souhaiter bonne nuit ?

— Seulement si tu veux avoir du chagrin s'il pleure quand nous partirons. Il est parfaitement heureux avec oncle Shane et Grand-père.

— Est-ce qu'on ne doit pas dire au revoir à nos invités ?

La plupart d'entre eux dansaient comme des fous sur la musique qu'Evan et ses amis avaient fournie toute la soirée.

— Non, parce qu'on les verra tous demain pour le brunch.

— Il y a un brunch ?

— Mes grands-parents en organisent un et tout le monde est invité.

— C'est gentil de leur part.

Il lui prit la main.

— Tu viens avec moi, mon amour ?

— J'irai où tu veux aller.

Souriant, il lui tint la porte afin qu'elle le précède. Il lui prit la main et la conduisit jusqu'à la porte d'entrée, puis en bas des escaliers et de l'autre côté de la rue jusqu'au *Beachcomber.*

— Tu m'emmènes chez la concurrence ? lui demanda-t-elle d'un air enjoué.

— Même si je voulais passer la nuit dans notre hôtel, il y a vraiment beaucoup trop de membres de notre famille là-bas. J'ai pensé que ce serait mieux ici.

Il lui tint la porte latérale du *Beachcomber* ouverte et la guida jusqu'au deuxième étage où il utilisa une carte magnétique dans une porte au bout du long couloir.

— Attends, dit-il lorsqu'elle voulut entrer dans la pièce.

Il la souleva et lui fit passer le seuil de la suite nuptiale : des lampes tempête donnaient une lumière douce et des pétales de rose avaient été saupoudrés sur le lit. Une bouteille de champagne refroidissait dans un seau à glace à côté du lit.

— Tu as tout prévu ! s'écria Laura, ravie de la chambre et de son nouveau mari.

— Faire des plans ne me vient toujours pas naturellement, mais je voulais que cette soirée soit spéciale pour nous deux.

— C'est parfait. Merci.

— Maintenant que je t'ai seule, dit-il en retirant de ses cheveux le peigne qui maintenait son voile en place, je veux mieux voir cette incroyable robe.

— Laisse-moi te parler de cette incroyable robe et de ce à quoi elle ressemblait avant que ta mère ne prenne des ciseaux une heure avant le mariage.

— *Des ciseaux ?*

— Ouais.

Laura lui raconta l'histoire de la robe, en riant de sa réaction.

— Tu as dû avoir sacrément peur ?

— Même pas un peu. Tout ce qui m'importait aujourd'hui, c'était de t'épouser. Le reste n'était que détails.

— Ma mère a vraiment découpé et ajusté ta robe une heure avant le mariage ?

— Vraiment ! Dieu merci, elle savait ce qu'elle faisait.

Laura se tapota le ventre.

— Ces deux-là ont bien poussé la semaine dernière.

— Probablement parce que tu n'es plus malade tout le temps.

— Probablement.

— Je suis content que ça ait marché et je n'aurais jamais vu que la robe avait été découpée et remontée. J'ai trouvé que tu étais incroyablement belle.

Faisant un clin d'œil, il ajouta :

— Bien mieux que la première fois.

Laura rit de sa remarque.

— Je n'avais pas prévu de mettre un voile, quel qu'il soit, mais je n'avais pas non plus prévu d'avoir le dos complètement nu. Ta maman a trouvé le tulle dans le grenier. Elle a vraiment sauvé la situation.

— Et elle a filé discrètement avec Charlie ce soir.

— Elle a fait ça ? Vraiment ? Qui te l'a dit ?

— Daisy. Maman ne voulait pas qu'on s'inquiète, mais elle ne voulait pas non plus claironner qu'ils partaient.

— Je m'en réjouis pour eux. Elle est comme une adolescente en plein dans les affres du premier amour.

— À bien des égards, c'est son premier véritable amour. Ce

qu'elle a connu avec mon père peut difficilement être appelé de l'amour.

— Eh bien, elle l'a maintenant et c'est ce qui compte.

Il l'embrassa dans le cou et l'enlaça.

— Suffit la conversation. J'ai attendu une éternité pour faire l'amour à ma femme.

— Je t'en prie, répondit Laura avec un sourire éclatant. Ce n'est pas moi qui vais t'arrêter.

Il passa un bras autour de sa taille et la souleva pour un baiser passionné.

Elle referma ses bras autour de son cou et se perdit dans son baiser, ravie d'avoir une éternité à passer avec lui.

LE JEUNE MARIÉ

NOUVELLE DE L'ÎLE DE GANSETT

— Redis-le-me ! Pourquoi que j'dois porter une cravate sur c'truc ? demanda Ned Saunders qui essayait de se rappeler comment nouer cette satanée chose.

Il n'en avait pas porté depuis des années.

— C'est l'dîner chez Maddie. Pourquoi que j'dois êt'e chic ? J'suis pas chic.

— Parce que Maddie a dit que c'était un dîner habillé, alors on va s'habiller. Ça ne va pas te tuer.

— Ça pourrait ben, murmura-t-il.

Il était d'humeur massacrante depuis des semaines maintenant et il savait que les autres commençaient à s'en rendre compte. Son copain Grand Mac le lui avait récemment reproché, lui demandant ce qui l'avait mordu et s'il en était mort. Or, il était en plein milieu d'une épidémie de mariages et de fiançailles. Tout le monde s'engageait pour de bon sauf lui – et c'était lui qui avait attendu le plus longtemps.

Ils avaient été contrecarrés à chaque fois qu'ils avaient essayé de fixer une date depuis que le divorce de Francine était acté. Il avait lancé l'idée d'un mariage surprise et elle avait adoré. Ils avaient même fixé une date pour cela, mais Seamus et Carolina les avaient devancés.

Même Grant et Stéphanie allaient finalement se marier dans quelques semaines alors qu'ils avaient traîné les pieds pendant un an !

Ce n'était pas juste. Il avait attendu plus de trente ans pour épouser sa poupée. Il en était presque à vouloir l'emmener à Las Vegas juste pour que ça soit fait. Sauf que... Il ne voulait pas le faire de cette façon. Il voulait que tout son monde soit là, y compris les filles de Francine qui étaient devenues ses filles depuis qu'il était avec leur mère. Il voulait que leurs petits-enfants et tous leurs amis soient là.

Demain, il allait régler ça une fois pour toutes. Ils fixeraient une fichue date et s'y tiendraient. Que quelqu'un essaie de les arrêter !

— Prêt ? demanda Francine.

Il la regarda et marqua un temps d'arrêt tellement elle était belle. Elle s'était fait coiffer plus tôt dans la journée et chacune de ses mèches auburn était brillante et magnifique.

— Qu'est-ce que tu regardes comme ça ?

— J'regarde la fille qu'j'aime. E'me coupe le souffle.

— Tu es un charmeur.

— J'te raconte pas d'sornettes, poupée. J'te regarde et j'm'emmêle tout à l'intérieur.

Francine lissa de ses mains les revers de la seule veste de sport qu'il possédait.

— Je ressens la même chose pour toi et notre belle vie ensemble. Chaque jour, je suis reconnaissante que tu m'aies donné une autre chance.

— J't'ai donné une z'autre chance, répondit-il en riant. Comme si j'avais z'eu l'choix. T'as mon cœur, poupée. Tu l'as toujours z'eu.

Elle l'embrassa.

— Allons dîner avec les enfants pour pouvoir rentrer à la maison et continuer cette conversation.

Il était encore étonné, même après plus d'un an de vie commune, de pouvoir rentrer chez eux avec elle tous les soirs et de dormir avec elle dans ses bras après avoir rêvé d'elle pendant des décennies de solitude et de vide.

Comme ils avaient été obligés de se mettre sur leur trente-et-un, il sortit la Cadillac d'époque achetée à la vente du domaine Chesterfield pour se rendre chez Mac et Maddie. Ils arrivèrent pour découvrir un grand nombre de voitures dans l'allée qui menait jusqu'à la route de la Ferme des Douces Prairies.

— Je pensais qu'y avait qu'nous et les z'enfants, fit Ned d'un ton morose.

Il n'était vraiment pas d'humeur pour une autre fête avec tous les couples mariés, heureux dans leur vie.

— C'est ce que je pensais aussi. Ils ont dû inviter toute la bande.

— Super.

Ned la prit par le coude en montant les escaliers vers la véranda où le groupe réuni leur lança quelque chose en criant « Surprise ! ». Il leva le bras pour protéger son visage de ce qui lui tombait dessus – quoi que ce fût. Des pétales de rose pleuvaient sur eux.

— Surprise ? s'étonna Francine.

Elle se tourna vers lui.

— Ce n'est ni ton anniversaire ni le mien.

Mac et Maddie s'approchèrent d'eux, tenant des coupes de champagne et arborant de larges sourires.

— Ce n'est pas votre anniversaire, confirma Maddie, en les embrassant tous les deux. Bienvenue à votre mariage.

Ned se disait qu'il l'avait mal entendue jusqu'à ce que les choses commencent à s'accélérer autour de lui.

Frank McCarthy s'avança avec une licence de mariage que

Francine et lui devaient signer. Maddie et Tiffany signèrent comme leurs témoins.

Ensuite vinrent des fleurs pour eux deux, ainsi que Maddie et Mac puis Tiffany et Blaine. Ashleigh, Thomas et Hailey terminaient le cortège du mariage qu'il aurait choisi lui-même.

— J'comprends pas, balbutia finalement Ned quand il put placer un mot.

— Tu voulais te marier et tu ne trouvais pas de date, expliqua Grand Mac, alors Mac et Maddie t'en ont trouvé une.

Grand Mac mit son bras aussi large qu'un tronc d'arbre autour de Ned.

— Tout ce que tu as à faire, mon vieux, c'est rester là et te marier.

Il allait pleurer, bon sang ! Devant tout le monde. Il allait vraiment pleurer. Ici, debout devant lui, prête à se lever avec Francine et lui, se trouvait réunie la famille qu'il avait toujours voulue, mais n'avait jamais eue. Il coula un regard vers Francine et vit qu'elle pleurait déjà.

Bon sang de bois ! pensa-t-il en cessant de lutter contre ses émotions.

— C'est formidable c'que vous avez fait ici, dit-il à Mac et Maddie. Merci.

— Alors tu es content ? demanda Maddie. J'ai dit à Mac que si tu étais en colère, c'était son idée *à lui tout seul*.

— *C'était* mon idée à moi tout seul.

Maddie lui caressa le visage avec indulgence.

— Oui, mon chéri.

— Eh bien, c'est *vrai* !

— J'suis très heureux d'ça, grogna Ned en reniflant. J'ai jamais été aussi z'eureux.

— Je *savais* que tu le serais, enchaîna Mac avec un grand sourire à l'intention de sa femme.

Frank se frotta les mains.

— Qu'en dites-vous, Ned ? Francine ? On y va ? Cela fait une semaine entière que j'ai marié Laura et Owen. Je commence à avoir envie d'un autre mariage.

— J'ai pas d'alliance pour elle, coupa Ned, soudainement paniqué.

Ils allaient vraiment faire ça.

— J'ai besoin d'une bague. Elle mérite z'une bague.

— J'y ai pensé, enchaîna Mac en tirant des bagues de sa poche. On a pris la liberté de les choisir pour vous, mais le magasin a dit que vous pouviez les rendre si vous préfériez quelque chose d'autre.

— J'sais pas quoi dire. T'as pensé à tout. T'as même trouvé l'moyen d'me faire mettre une cravate.

— C'était le plus dur, dit Maddie, en tapotant la poitrine de son nouveau beau-père.

Tiffany et Blaine embrassèrent Ned et Francine.

— C'est tellement formidable, dit Tiffany à sa mère. J'ai failli t'en parler cinq fois cette semaine !

— J'ai gardé le secret, murmura Ashleigh à sa grand-mère.

— Oui, ma chérie. Je ne m'en doutais pas du tout !

— En place, tout le monde, s'écria Maddie en tapant dans ses mains.

À Ned, elle dit :

— Tu restes ici avec Mac et Blaine.

Ned la laissa le placer où elle voulait. Son cœur battait si vite qu'il craignait de s'évanouir ou de faire quelque chose d'aussi embarrassant. Mais c'était le moment qu'il avait tant attendu et rien n'allait le gâcher, ni pour lui ni pour Francine. Il respira donc profondément à plusieurs reprises, espérant calmer son cœur qui battait à toute allure.

Il fit un geste en direction de Grand Mac.

— Viens ici.

Grand Mac s'approcha.

— Je suis là.

— Reste. J'ai besoin d'toi ici z'avec moi.

Son meilleur ami l'embrassa.

— Je suis là, mon pote.

Grand Mac serra la main de Mac et Blaine en les rejoignant.

Regardant tous les visages réunis devant lui, Ned vit tous ceux qu'il aimait en ce monde. Les cinq enfants McCarthy qui avaient grandi avec lui, le considérant comme leur oncle adoptif bien-aimé ; ses copains des réunions matinales à la marina et les amis comme Luke Harris, qui étaient devenus sa famille au fil des ans. Il s'essuya les yeux, essayant de garder ses émotions sous contrôle même s'il se rendait compte qu'il menait une bataille perdue d'avance.

Evan et Owen jouèrent une musique douce à la guitare pendant qu'Ashleigh et Thomas sortaient de la maison, se tenant la main.

Ned aimait tellement ces enfants. Il avait hâte de les voir grandir et de les gâter comme le ferait tout bon grand-père.

Puis vint Tiffany, magnifique et enthousiaste, précédant sa sœur Maddie, tout aussi belle. Maddie portait Hailey dans ses bras et le bébé lui envoya des baisers qui firent fondre le cœur de Ned. Il retenait son souffle, attendant l'apparition de Francine ; et quand elle passa la porte, elle portait un bouquet de fleurs blanches et arborait un sourire qui faisait rayonner son joli visage.

La vue de ce visage et de ce sourire l'apaisa et le calma. Dans quelques minutes, elle serait sa femme et ils passeraient le reste de leur vie ensemble. Rien ne l'avait jamais rendu plus heureux que cela.

Du reste, il ne se souvint pas vraiment de la suite. Des vœux furent prononcés, des alliances échangées et Frank les déclara mari et femme. Ned l'embrassa et la serra dans ses bras – probablement plus longtemps et plus fort que ce qui était techniquement approprié, mais qui diable s'en souciait ? Francine, *sa* Francine, était enfin sa femme ; et tout cela parce que leurs enfants les aimaient assez pour faire ça pour eux.

Main dans la main avec sa nouvelle femme, entouré de la famille qu'il avait toujours voulue, Ned Saunders se considérait comme l'homme le plus chanceux de la Terre.

Merci d'avoir lu *Gansett à la nuit tombée* ! J'espère que vous avez apprécié le(s) mariage(s) !

L'île de Gansett

Livre 1: Quand on est fait pour l'amour

(*Maddie & Mac*)

Livre 2: Quand on est fou d'amour

(*Joe & Janey*)

Livre 3: Quand on est prêt pour l'amour

(*Luke & Sydney*)

Livre 4: Quand on rencontre l'amour

(*Grant & Stephanie*)

Livre 5: Quand on espère l'amour

(*Evan & Grace*)

Livre 6: Quand vient la saison de l'amour

(*Owen & Laura*)

Livre 7: Quand on aspire à l'amour

(*Blaine & Tiffany*)

Livre 8: Quand on attend l'amour

(*Adam & Abby*)

Livre 9: Quand Vient le Temps de l'Amour

(*Daisy & David*)

Livre 10: Quand on est Destiné à l'Amour

(*Jenny & Alex*)

Livre 10.5: Quand Surgit L'Amour

(*Jared & Lizzie*)

Livre 11: Gansett à la tombée de la nuit

(*Owen & Laura*)

La Série Quantum

Livre 1: Virtuous

(*Flynn & Natalie*)

Livre 2: Valorous

(*Flynn & Natalie*)

Livre 3: Victorious

(*Flynn & Natalie*)

Livre 4: Rapturous

(*Addie & Hayden*)

Livre 5: Ravenous

(*Jasper & Ellie*)

Livre 6: Delirious

(*Kristian & Aileen*)

Livre 7: Outrageous

(*Emmett & Leah*)

Livre 8: Famous

(*Marlowe*)

La série Rester à Flot

Livre 1: Rester à Flot

Livre 2: Marquer le pas

Titres Uniques

Cinq Ans Sans Lui

Un An Plus Tard

A PROPOS DE L'AUTEUR

Marie Force figure en très bonne place sur la liste du *New York Times* des auteurs les plus vendus avec des romances contemporaines, des romans à suspense et des romans érotiques. Parmi eux, les séries de *L'Île de Gansett, Fatal, Trading Water, Butler Vermont* et *Quantum*.

Elle a vendu près de dix millions de livres dans le monde entier, est traduite dans plus d'une douzaine de langues et a fait l'objet d'articles dans le *New York Times* plus de trente fois. Elle est également une des auteures les plus lues selon *USA Today* et le *Wall Street Journal*, ou encore le *Spiegel* en Allemagne.

Ses objectifs dans la vie sont simples : achever l'éducation de deux jeunes adultes heureux, en bonne santé et actifs ; continuer à écrire des livres aussi longtemps qu'elle le pourra et ne jamais se trouver dans un avion qui ferait la une des journaux.

Inscrivez-vous sur la liste de contacts de Marie pour être informé de la parution de ses nouveaux livres.

Suivez-la sur Facebook et sur Instagram. Rejoignez l'un des nombreux groupes de lecteurs de Marie. Contactez Marie sur marie@marieforce.com.